Ullstein Krimi

Für Terry und Penny, in Liebe

Was ist ein Name? Was uns Rose heißt,
Wie es auch hieße, würde lieblich duften.
Shakespeare: Romeo und Julia

Brian Freemantle

Eine Rose für Charlie Muffin

Übersetzt von Rainer Schmidt

Mit einem Nachwort von Frieder Middelhauve

Ullstein Krimi

Ullstein Krimi
Lektorat: Georg Schmidt
Ullstein Buch Nr. 10366
im Verlag Ullstein GmbH,
Frankfurt/M – Berlin
Titel der englischen
Originalausgabe:
Charlie Muffin And Russian Rose

Deutsche Erstausgabe

Umschlaggestaltung & Fotorealisation:
Welfhard Kraiker & Karin Szekessy

Printed in Germany 1986
Gesamtherstellung:
Ebner Ulm
ISBN 3 548 10366 9

Juli 1986

Vom selben Autor
in der Reihe der
Ullstein Krimis:

Die Schliche der Taube (10061)
Strategie des Skorpions (10111)
Eine Flasche für Charlie Muffin (10161)
Abgesang auf Charlie Muffin (10177)
Jagd auf Charlie Muffin (10220)
Deakens Krieg (10249)
Rächer kennen kein Erbarmen (10262)
Charlie-Muffin-Dreifachband (10351)

CIP-Kurztitelaufnahme
der Deutschen Bibliothek

Freemantle, Brian:
Eine Rose für Charlie Muffin / Brian
Freemantle. Übers. von Rainer Schmidt. –
Dt. Erstausg. – Frankfurt/M; Berlin:
Ullstein, 1986.
(Ullstein-Buch; Nr. 10366:
Ullstein-Krimi)
Einheitssacht.: Charlie Muffin and
Russian rose ‹dt.›
ISBN 3-548-10366-9
NE: GT

Prolog

»Der Gefangene möge sich erheben.«

Charlie Muffin gehorchte, aber es machte ihm Mühe. Für das Gerichtsverfahren hatten sie ihm die gewohnten, wehmütig vermißten Hush Puppies zurückgegeben, behaglich eingelaufen und abgelatscht, aber seine Füße schmerzten immer noch bestialisch von den Knaststiefeln im Untersuchungsgefängnis.

Der Gerichtssaal war fast leer, denn das gesamte Verfahren hatte natürlich *in camera* stattgefunden; Öffentlichkeit und Presse waren ausgeschlossen, die Zahl der Behördenvertreter hatte man auf ein Minimum reduziert. Anwesend waren somit lediglich der rotgewandete Richter, der Anwalt mit Perücke und rabenschwarzem Mantel und die wenigen Berater und Mitarbeiter im Hintergrund. Und die kurze, begrenzte Prozession der Zeugen – eine bloße Formalität, denn Charlie hatte nichts bestritten. Schließlich gab es gar nichts zu bestreiten.

Und eine Abmachung war eine Abmachung.

Hoffte er.

Der erste, der ausgesagt hatte, war Cuthbertson gewesen, der Direktor, den er wie einen Pinsel hatte aussehen lassen. Immer noch aufgeblasen, immer noch rotgesichtig, immer noch wichtigtuerisch. Immer noch ein Pinsel. Dann Wilberforce, sein Vertreter, der verdientermaßen zusammen mit dem Direktor, dem er beständig um den Bart gegangen war, hier sein Ende gefunden hatte – in Pastellfarben gehüllt, wie Charlie sich erinnerte, knochig, mit spitzen Ellbogen und einem Adamsapfel, der auf und ab hüpfte wie ein unsicheres Wettermännchen. Auch ein Pinsel.

Vielleicht war der Eindruck täuschend, verstärkt durch die Leere im Gerichtssaal, aber Charlie hatte das Gefühl, der jetzige Direktor habe sich von seinen Vorgängern distanziert. Er blickte zu Sir Alistair Wilson hinüber. Der Direktor blickte ausdruckslos zurück. Es schien ihm leichtzufallen, sich zu distanzieren.

». . . Charles Edward Muffin . . .«

Charlie trat vor den Richter, in seinen Gedanken unterbrochen. Hallet, erinnerte er sich. Oder war es Habbet? So ähnlich jedenfalls. Ein portweinfleckiges Gesicht, und Wangen, die beim Reden schwabbelten; wenn ihm der rote Mantel und die weiße Perücke auch nach der Arbeit erlaubt wären, würde er einen guten Weihnachtsmann abgeben. Wart ihr auch alle brav? Zwanzig Jahre!

». . . Sie haben sich schuldig bekannt, in ernster Weise gegen offizielle Geheimhaltungsvorschriften verstoßen und ihr Vaterland verraten zu haben...« begann der Mann.

Stimmt nicht, dachte Charlie. Aber sie würden es nie verstehen; sie hatten es auch gar nicht erst versucht. Wie sie es sahen, paßte es in die Aktenkartons, die sie mit rosafarbenen Bändern verschnürten und dann mit Wachs versiegelten. Alles war leichter in einer Welt aus Schemata und Schachteln.

»... Sie haben sich mit der Sowjetunion verschworen und nicht nur Kollegen im Felde, sondern auch Ihre Vorgesetzten, den Direktor selbst, der Verhaftung durch die Russen ausgesetzt...«

Ein Rascheln und Knarren klang durch die Stille des Gerichtssaales, als Cuthbertson auf seinem Stuhl hin und her rutschte; die Erinnerung machte ihn verlegen. Der beste Dienst, den ich dem Lande je erwiesen habe, dachte Charlie. Ist aber schwer, jemanden davon zu überzeugen.

Der Richter hustete gepreßt. »... hat Ihr hochgelehrter Vertreter hier Argumente zu Ihrer Entlastung vorgetragen. Man hat großes Gewicht auf ein Ereignis aus jüngster Zeit gelegt, bei dem Sie, noch unentdeckt von britischen Behörden und infolgedessen sicher vor einer Verhaftung, nichtsdestoweniger als Lockvogel dienten und die Zerschlagung eines größeren Spionageringes herbeiführten, der nicht nur gegen dieses Land, sondern gegen den Westen insgesamt tätig war. Man hat ebenso großes Gewicht darauf gelegt, daß Ihr Handeln ursprünglich nicht das eines Verräters, sondern das eines rebellischen, rachsüchtigen Mannes sei, der keine andere Absicht gehabt habe, als Vergeltung an denjenigen Vorgesetzten zu üben, denen es geboten erschienen sei, ihn aus eigenem Recht zu verraten...«

Wenigstens erwähnte der alte Scheißer es – aber das mußte er, vermutete Charlie, um fair zu erscheinen. Dabei war es ausgeschlossen, daß er Berufung einlegen würde. Das gehörte nicht zur Abmachung.

»... Argumente und Einwände, die ich nicht berücksichtige. Zu der Behauptung, Sie seien ein Lockvogel gewesen, ist jeder Zeuge, der hier vor mir erschienen ist, befragt worden, und jeder Zeuge hat die bloße Möglichkeit verneint, Sie könnten...«

Weil sie verlogene Lumpen sind, sogar unter Eid, dachte Charlie. Keiner von denen hätte auch nur einen Tag auf der Straße überlebt, auf der Straße – und in der Gosse –, wo er zwanzig Jahre lang sein Dasein gefristet hatte.

»... es gibt keinen mildernden Umstand, keine Entschuldigung für das, was Sie getan haben. Sie sind ein Verräter, und als solcher sind Sie zu behandeln. Ich verurteile Sie, Charles Edward Muffin, zu der Höchststrafe, die das Gesetz mir gestattet: Ich verurteile Sie zu vierzehn Jahren Gefängnis...«

Charles schaute Sir Alistair an und suchte wachsam nach der Andeutung eines Hinweises. Das Gesicht des Direktors blieb unbewegt, und Charlies Magen krampfte sich in einem Gefühl der Unsicherheit zusammen. Es war ein Gefühl, das er schon viel zu oft verspürt hatte.

1

Anfangs, in den frühen Tagen, Wochen und Monaten, war Charlies erste Wahrnehmung nach dem Aufwachen der Geruch gewesen – der Nachturin und die Ausdünstungen zu vieler Körper, die zu dicht beieinander lagen. Jetzt merkte er davon nichts mehr. Vermutlich hatte er sich daran gewöhnt. Wie er sich auch an alles andere gewöhnt hatte. Daran, die guten Wärter von den schlechten zu unterscheiden, und die wichtigen Gefangenen, die harten Hunde, die den Knast regierten, von denen, die diese Regierung akzeptierten. Und an die Männerehen, von denen einige glücklicher und zufriedener verliefen als die, die er draußen gekannt hatte, wo die Gattin eine Frau war. Und an die Waffenfertigung in der Schlosserei: Rasiermesserscharf geschliffene Klingen, Dorne, die so spitz waren, daß man Arme oder Beine damit durchbohren konnte – oder auch Knochen, wenn sie im Weg waren.

Und an die Benutzung von Tabak als Geld. Und an die Schwarzmärkte, die es hier gab; Marihuana war erhältlich – er hatte gesehen und gerochen, daß Gefangene welches rauchten. Kokain hatte er nicht gesehen, aber er zweifelte nicht daran, daß es da war, denn er hatte sie schnupfen sehen, und man hatte es ihm im ersten Monat angeboten. Und Schnaps. Charlie wußte, daß er bald jemanden würde kontaktieren müssen, um etwas zu trinken zu bekommen. Es war lange her. Zu lange.

Es war nie völlig still im Gefängnis. Ständig schien etwas Metallenes gegen etwas anderes Metallenes zu schlagen. An diesem Morgen war es weit weg, auf einer fernen Galerie, und Charlie versuchte nicht länger, zu erraten, was es war. Er lag da, die Hände hinter dem Kopf verschränkt, und starrte zu dem vergitterten Fenster hinauf. Im ersten Licht sah es aus wie ein Spielfeld für Kringel und Kreuzchen, das jemand dort an die Wand gezeichnet hatte. Anfangs hatte er dieses

Karomuster sogar zu diesem Zweck benutzt, als geistiges Schachbrett, auf dem er gegen sich selbst gespielt hatte. Aber jetzt tat er das nicht mehr.

Wenn er sich nur genau erinnern könnte, wann der Geruch aufgehört hatte, bemerkbar zu sein. Es war wichtig – das gehörte zur Grundausbildung –, Tage und Wochen zu zählen und sich in ihrem Verlauf an Ereignisse zu erinnern, die wichtig waren. Dadurch überlebte man. Wenn man aufhörte, sich der Zeit bewußt zu sein, hatte man den ersten Schritt zur Institutionalisierung getan. Und das würde ihm nicht passieren. Er wußte Bescheid über die Tage und Wochen, auch wenn er sich an das mit dem Geruch nicht erinnern konnte: Vierzehn Monate, drei Wochen und fünf Tage. Wenn er aufstände, würden es sechs Tage sein. Eine Routine zu etablieren, gehörte ebenfalls zur Ausbildung; also zählte er immer morgens, wenn er aufstand. Vierzehn Monate und drei Wochen und sechs beschissene Tage! Und kein einziges Wort. Kein Besuch, nicht mal ein »Keine Sorge«-Zettel in der Zelle. Nichts. Sie hatten es also wieder getan. Er hatte Sir Alistair Wilson vertraut, hatte ihn für einen braven Burschen gehalten, wie den Direktor vor Cuthbertson.

Charlie regte sich; er hörte, daß das metallische Klirren näher kam. Zumindest hatte er überlebt; vielleicht war der Handel für Wilson damit beendet. Nur darum hatte er schließlich gebeten, mußte Charlie einräumen. Nur um sein Leben.

Charlie wandte den Blick vom Fenster mit seinen säuberlichen Quadraten zum Tisch, auf dem keinerlei persönlicher Kram lag, zu dem steiflehnigen Stuhl und zu dem Pißpott, den er nicht mehr roch. Das war nicht Leben. Das heißt, es war es natürlich doch – die Sorte von Leben, von der er gelesen hatte, ein Urteil, über das er nie nachgedacht hatte, denn als er frei gewesen war, aufzustehen, wann er wollte, zu gehen, wohin er wollte, und zu tun, was er wollte, war es unmöglich gewesen, sich vorzustellen, was es hieß, lebenslänglich im Gefängnis zu sitzen. Aber jetzt wußte er es. Himmel, und ob er es wußte!

Charlie schwang die Beine aus dem Bett. Er stellte die Füße auf den kalten Boden und stützte den Kopf in die Hände. Aufhören! Er mußte die Verzweiflung stoppen, denn auch sie war ein Kollaps, wie wenn man vergaß, die Tage zu zählen, oder wenn man nicht mehr wußte, was wichtig war. Zu verzweifeln hieß, aufzugeben. Und er würde nicht aufgeben; er konnte es nicht. Er hatte es nie getan. Er war ein Überlebenskünstler. War immer einer gewesen. Würde immer einer sein. Sie konnten ihn nicht zerbrechen. Niemals.

Er war aber auch noch nie so hilflos gewesen.

Abrupt stand er auf, wütend über sein Selbstmitleid. Er brauchte richtige Bewegung, um es zu bekämpfen, und so ging er zum Tisch und nahm den Kalender, den man ihm gestattet hatte, aus der Schublade. Er setzte sich mit Bedacht hin, bevor er die Eintragung vornahm, und dann malte er einen Kreis um den Tag, der die Gesamtzeit seiner bisherigen Gefangenschaft beschloß. Noch zwölf Jahre, neun Monate und einen Tag, wenn er nicht vorzeitig entlassen würde. Falls er vorzeitig entlassen würde. Drei Wärter – drei der absoluten Schweinehunde, und einer davon war verantwortlich für diese Galerie – hatten ihm erzählt, daß totales Stillschweigen herrsche und daß er kaum eine Chance habe, innerhalb der nächsten Jahre noch einmal eine Verhandlung, geschweige denn eine Begnadigung zu erhalten. Er hatte das Establishment verarscht, und jetzt verarscht das Establishment ihn. Schweine, dachte Charlie. Richtige Schweine. Waren immer welche gewesen.

Die Geräusche auf den Galerien hatten sich jetzt verändert; es war kein bedeutungsloses Klirren mehr, sondern das Schlagen der Zellentüren nach dem Klingeln der Ausgießglocke. Charlie wandte sich vom Tisch ab, suchte nach seinen Stiefeln und verzog schmerzlich das Gesicht, als er die Füße hineinschob. Er versuchte nicht erst, sie zuzubinden, sondern ließ sie gleich offen. Er knöpfte sich die Hose zu, schloß den Gürtel und zog schließlich seine Jacke über. Bevor der Schlüsselbund an der Tür rasselte, war er fertig.

Während die Tür sich öffnete, bückte Charlie sich nach dem Nachttopf. Als er es noch gerochen hatte, war dieses Ritual ihm abstoßend erschienen. Jetzt verlief es automatisch, so, wie er automatisch vorwärts schlurfte und in der Tür stand, als sie sich öffnete und den Weg auf der Galerie hinaus freigab.

Charlie sagte sich, daß er das Ganze wahrscheinlich widerlicher gefunden hätte, wenn er die Zelle mit jemandem hätte teilen müssen. Dabei hatte er keine Einzelhaft, hatte der Gefängnisdirektor ihm erzählt: Abgesehen von der Sache mit der Zelle sei er ein ganz normaler Häftling, nur habe man sonst niemanden, der wegen eines ähnlichen Vergehens einsitze, und manchmal sei es schwierig, einzuschätzen, wie die anderen Gefangenen reagieren würden. Da sei er allein in der Zelle sicherer, wo er ohne Schutz schlafen könne, ohne mit Angriffen rechnen zu müssen. Aber davon abgesehen werde man ihn nicht anders als alle anderen behandeln. Damals hatte Charlie dies für Blödsinn gehalten, wie so manches andere auch. Inzwischen dachte er anders darüber.

Er blinzelte im helleren Licht auf der Galerie und trat plattfüßig hinaus, um sich in die Schlange einzureihen, die sich auf den Abort zubewegte. Links von ihm hingen die Schutzgitter wie Spinnennetze zwischen den einzelnen Etagen; sie sollten verhindern, daß ein Gefangener, der die Verzweiflung nicht länger bekämpfen konnte, sich selbst zerstörte, oder daß jemand starb, der gegen irgendein ungeschriebenes Gesetz verstoßen hatte und deshalb über das Geländer gekippt wurde, damit die ärgerliche forensische Untersuchung vermieden wurde, bei der die geheimen Aktivitäten in den Schlossereiwerkstätten ans Licht hätten kommen können. Rechts klafften die Zellentüren wie die Schnäbel hungriger, nach Futter schreiender Vögel. Der Gestank war jetzt nicht mehr zu verdrängen. Er entging niemandem, nicht einmal denen, die zwanzig Jahre hier abgesessen und sich an alles gewöhnt hatten. Abschaum in einem langsam fließenden Strom von Pisse, dachte Charlie. Eine passende Analogie.

Charlie hatte einen Gefängnisgang entwickelt, die Schultern hochgezogen, einzelgängerisch, jedem direkten Blick und somit jeder Herausforderung ausweichend. Dennoch entging ihm nichts. Er bemerkte alles. Es war Wochenanfang, und die Schicht der Galeriewärter hatte gewechselt. Als er um die Ecke bog und auf die Zielgerade vor dem Abortausguß kam, sah Charlie Hickley und Butterworth.

Sie waren zwei der allerschlimmsten: verfluchte Sadisten. Aber clevere Sadisten, denen deutlicher als den übrigen bewußt war, daß ein Gefängnis nur mit dem Einverständnis der Insassen zu führen war; infolgedessen waren sie erpicht darauf, sich mit denen anzufreunden, die etwas zu sagen hatten – zum Unbehagen derer, die nichts zu sagen hatten. Hickley – er war es, der ihm erzählt hatte, daß ein Straferlaß nicht zu erwarten wäre – stand am Eingang zum Abort und beaufsichtigte die herankriechende Menschenschlange. Butterworth war drinnen und leitete die eigentliche Säuberung. Charlie mied ihre Blicke; dies war eine Vorsichtsmaßnahme, die er sehr bald gelernt hatte.

Aber die Herausforderung kam, von Hickley diesmal, der ihm den ausgestreckten Arm vor die Brust hielt, so daß Charlie stehenbleiben mußte, und mit ihm die Reihe hinter ihm.

»Haben wieder eins von euch Schweinen erwischt«, verkündete der Gefängniswärter.

Charlie wußte, daß er etwas antworten mußte. »Ja«, sagte er.

»Weißt du, was wir im Krieg mit Spionen gemacht haben?« Hickley war früher bei den Guards gewesen.

»Nein.«

»Nein was?«

»Nein, Mr. Hickley.«
»Wir haben sie erschossen.«
Am Arsch, dachte Charlie. Hickley hatte in seinem Leben noch keinen Spion gesehen. Wahrscheinlich hatte er nicht mal ein Gefecht erlebt. Hickley war ein Etappentyp, ein Kohlenabstauber, ein Latrinenputzer.
»Ich finde, wir sollten es immer noch tun«, stellte Hickley fest.
Vorausgesetzt, er brauchte nicht selber abzudrücken. Herrgott, wie gern hätte er dem schikanierenden Arschloch einen Tritt in die Eier verpaßt!
»Was ist da mit deinen Stiefeln los?«
»Nichts.«
»Nichts was?«
»Nichts, Mr. Hickley.«
»Sie sind nicht zugeschnürt.«
»Ist nicht Vorschrift«, erwiderte Charlie; er hatte nachgesehen.
»Ich habe gern eine ordentliche Galerie.« Hickley hatte einen rasierten Schädel und einen sportgestählten Körper. Sein Feldwebelorgan hallte laut über die Galerie, und jeder konnte hören, was er sagte. »Offene Stiefel sind nicht ordentlich.«
Charlie schwieg.
»Also schnürst du sie jetzt zu.«
Charlie gestattete sich einen Blick, zu kurz, als daß man ihn der Frechheit hätte bezichtigen können, aber lange genug, um einen Mann, der auf hundert Exerzierplätzen gelernt hatte, was Feindseligkeit war, wissen zu lassen, daß es ihm ernst war. Dann kniete er nieder, wobei er sorgsam darauf achtete, daß er weder seinen eigenen Topf noch den seines Hintermannes umstieß, und machte sich an seinen Schnürsenkeln zu schaffen. Er tat es mit Sorgfalt, fädelte den Senkel durch jedes einzelne Loch und nahm sich Zeit mit den Schleifen. Das Gemurmel und Geschlurfe hinter ihm nahm zu, und endlich trat auch Hickley ungeduldig von einem Fuß auf den anderen. Charlie nestelte langsam weiter, zupfte die Schnürsenkel zurecht und straffte sie.
»Steh auf!«
»Ich habe sie noch nicht zugebunden.«
»Ich habe gesagt, du sollst aufstehen.«
Charlie erhob sich so langsam, wie er vorher in die Knie gegangen war, und sah den Beamten an. Hickleys Gesicht war brennend rot; nur auf den Wangen waren weiße Flecken der Wut zu sehen.
»Sei vorsichtig«, sagte er.
Charlie antwortete nicht.

»Ganz, ganz vorsichtig«, wiederholte Hickley. Er trat zurück und ließ Charlie vorbeigehen.

Der Auftritt hatte sein Publikum gehabt. Im Abort ebenso wie draußen gruppierten sich die Männer um den Mittelgang, um zu sehen, was vor sich ging. Zwei Gefangene, beides Longtimer, grinsten kurz und beifällig. Butterworth, der im Mittelgang stand, sah, daß sein Kollege unterlegen war.

»Weiter hier!« sagte er. »Alles weitergehen!«

Ein Gedränge begann, und es dauerte ein Weilchen, bevor die langsam voranschlurfende Reihe sich wieder geordnet hatte. Instinktiv blieb Charlie bei der Hauptrinne stehen, wo sie am breitesten war und wo die meisten Leute standen, statt zu einem der seitlichen Abortabflüsse zu gehen, wo er in eine Sackgasse geraten wäre.

»Weiter, weiter!« drängte Butterworth.

Stur blieb Charlie, wo er war, und ließ die anderen Gefangenen rechts und links ihre Töpfe schwenken und ausschütten. Er war öfter in finstere Gassen abgedrängt worden als diese ganze versyphte Bande zusammengenommen, und er hatte nicht die Absicht, den letzten Tag des dritten Monats seines zweiten Jahres hier mit einer offiziell von Zaun gebrochenen Tracht Prügel zu beginnen, nur weil er einen Gefängniswärter zum Affen gemacht hatte. Er sah, daß Butterworth seinem Freund draußen vor der Tür einen entschuldigenden Blick zuwarf.

Charlie hatte gemerkt, daß Prudell, der neben ihm an der Rinne stand, sich pflichtbewußt in seiner Nähe gehalten hatte. Ein Hickley-Mann – das wußte Charlie; er mußte einer sein, denn Hickley sanktionierte den Zellenwechsel, wann immer Prudell den Gefangenen, den er gerade vögelte, satt hatte und nach Abwechslung verlangte. Und Prudell hatte genügend Muskeln, um einen reibungslosen Ablauf auf dieser Galerie zu garantieren.

»Geschüttelt, nicht gerührt, wie?« sagte Prudell und deutete auf den Topf. Er war ein stämmiger, kompakter Mann, der acht Jahre wegen schwerer Körperverletzung abzusitzen hatte: Er hatte die Hand eines Mannes, der sich geweigert hatte, Schutzgelder für eine Bingohalle in Haringay zu zahlen, auf den Schreibtisch genagelt. Das Opfer war achtundsechzig Jahre alt gewesen.

»So ähnlich«, antwortete Charlie. Er war auf den Stoß vorbereitet, als er kam, nicht nur von Prudell, sondern auch noch von jemandem, der hinter ihm vorbeiging. Deshalb gelang es ihm, dem größten Teil des Urins aus seinem und aus Prudells Topf auszuweichen. Aber ein paar Spritzer trafen dennoch seine Hose.

»Ich hab' gesagt, weitergehen! Was soll das Gedrängel?« sagte Butterworth.

Charlie hielt seinen Topf unter den Wasserhahn und spülte ihn aus.

»Tut mir leid«, sagte Prudell.

»Kannst mir ja ein bißchen Parfum leihen«, erwiderte Charlie.

»Jederzeit, wann immer du Lust hast.«

Charlie trat wieder in die Reihe, ging hinaus, an Hickley vorbei und über den Gang zurück. In seiner Zelle betrachtete er angewidert seine befleckten Hosenbeine. Vielleicht würde es nicht lange dauern, dachte er hoffnungsvoll. Aber vielleicht doch. Hickley hatte sein Gesicht verloren, und an einem Ort, der so eng begrenzt und inselartig war wie ein Gefängnis, konnte ein solcher Zwischenfall über alle Proportionen hinauswachsen.

Charlie wußte, daß er jeden Verstoß gegen die Vorschriften vermeiden mußte, und so stand er beim ersten Klang der Waschraumglocke bereit; aber im Waschraum hielt er sich zurück und wartete, bis der Rasierplatz frei war, den er haben wollte: der letzte vor der Wand; hier brauchte er nur nach einer Seite hin aufzupassen. Er war beständig aufmerksam, und seine Vorsicht ließ nicht nach, als er sich zum Essenfassen anstellte, denn hier gab es Kannen mit kochend heißem Wasser. Der Klacks Porridge ging halb in seine Schale, halb daneben. Charlie protestierte nicht.

Mit seinem Sitzplatz im Speisesaal hatte er genausoviel Glück wie mit dem Rasierplatz: Er saß mit dem Rücken zur Wand. Zwei Tische weiter sah er Prudell, der ihn hämisch angrinste; sein Gefährte war neu – Charlie jedenfalls hatte ihn noch nie gesehen. Dunkel, und sehr hübsch. Ein Grieche vielleicht, oder ein Italiener.

Charlie aß schon, als Eddie Hargrave sich neben ihn schob.

»Ich hab' gesehen, was an der Pißrinne passiert ist«, sagte Hargrave. Seine Stimme war kaum mehr als ein Flüstern, und er sprach nach Gefängnisart mit beinahe unbewegten Lippen. Er hatte ergrauendes, strähniges Haar; draußen war er Lehrer gewesen. Es fiel Charlie immer noch schwer, zu glauben, daß Hargrave nach dem Mord an seiner Frau versucht hatte, den Leichnam in einem Gemisch aus Kalk und Säure aufzulösen, obwohl Hargrave ausführlich darüber gesprochen und ihm auch erzählt hatte, warum er es getan hatte: Er hatte sie mit seinem Bruder im Bett gefunden. Der Bruder war der Schulrektor gewesen, und er war auch für den Stundenplan zuständig gewesen. Aus Versehen hatte er Hargrave zwei Freistunden statt einer Geschichtsstunde gegeben; sonst wäre Hargrave um diese Zeit nicht nach Hause gekommen. Hargrave hatte ihn ebenfalls umgebracht. Jetzt leitete er die Gefängnisbücherei, und Charlie arbeitete dort als sein Assistent.

»Das Schwein hat mich schikaniert.«

»Du hast es herausgefordert, Charlie, mit deinem schlampigen Aufzug.«

»Meine Füße sind wund.«

»Du warst aufsässig. Bei jemandem wie Hickley solltest du nicht aufsässig sein. Er hat die Macht, und die Macht kannst du nicht besiegen.«

Das war etwas, das er nie würde lernen können, dachte Charlie. »Paß auf, daß du nicht mit 'reinrutschst«, sagte er, und er meinte es so.

Hargrave schüttelte den Kopf. »Um mich kümmert sich hier keiner, Charlie. Ich bin keiner von den harten Jungs, aber vor einem Lebenslänglichen hat jeder irgendwie Respekt.«

»Es wird auch wieder aufhören«, meinte Charlie.

»Aber bis dahin mußt du vorsichtig sein. Du hast noch viel Zeit vor dir.«

»Ja«, stimmte Charlie zerstreut zu. »Verdammt viel Zeit.«

»Die Zeitungen sind schon in der Bibliothek«, sagte Hargrave.

Charlie wischte den letzten Rest Porridge mit einem Stück Brot aus der Schüssel. Vermutlich war es nur natürlich, daß Hargrave darüber reden wollte.

»Kanntest du ihn?« fragte der Mörder.

Er hatte das Verfahren in der Zeitung, die in der Bibliothek auslagen, verfolgt; der Name, der während des Prozesses veröffentlicht worden war, hatte Edwin Sampson gelautet. Allerdings – wenn der Mann der KGB-Agent war, als den die Staatsanwaltschaft ihn hinstellte, dann war das natürlich Teil der Legende, der Geschichte, mit der er sich in der Illegalität in England getarnt hatte.

»Nein«, sagte Charlie.

»In der Zeitung steht, er habe für den Geheimdienst gearbeitet. Ich dachte, das hättest du auch getan.«

»Bei mir war das lange her«, antwortete Charlie. »Außerdem gibt's da 'ne Menge verschiedene Abteilungen.«

»Sie sagen, er habe großen Schaden angerichtet.«

»Sagen sie immer.«

»Es heißt, nach dem Urteilsspruch wird er hierherkommen.«

Zum erstenmal fing Charlie an, sich zu konzentrieren. »Hierher?«

»Das sagen die, die im Büro des Direktors arbeiten. Er ist so schuldig wie ein Kinderschänder, sagen sie.«

»Hickley hat davon geredet, bei der Pißrinne«, erinnerte Charlie sich.

»Daß er herkommt?«

Charlie schüttelte den Kopf. »Nur etwas darüber, daß sie wieder eins von uns Schweinen erwischt hätten. Ergibt aber Sinn, wenn er herkommt.«

Die Glocke schrillte: Das Frühstück war beendet. Wie immer leerte der Speisesaal sich nur langsam.

»Ich will was trinken«, sagte Charlie. Wie Hargrave hielt er den Kopf gesenkt, so daß niemand sehen konnte, wie sein Mund sich bewegte.

»Was?«

»Ich will was trinken.«

»Da mußt du zu Prudell, der ist der Lieferant.«

»Ich weiß.«

»Er würde dich aber verpfeifen, Charlie.«

»Weiß ich auch.«

Hargrave schwieg.

»Ich würde es verstehen, wenn du sagtest, daß du mir nichts besorgen kannst«, versicherte Charlie.

Hargrave seufzte. »Geld oder Tabak?«

»Tabak.«

»Wieviel willst du?«

»Soviel, wie ich kriegen kann. Ich habe ein halbes Pfund gespart.«

»Leicht wird es nicht sein«, meinte Hargrave.

»Ich bin dir dankbar, Eddie.«

»Ja.«

»Nein, im Ernst. Wir könnten's uns teilen – den Schnaps, meine ich.«

»Ich trinke nicht. Nicht mehr«, sagte Hargrave. »War blau, als ich die Frau umbrachte. Deshalb trinke ich nicht mehr. Wenn ich nüchtern gewesen wäre, hätte ich nicht so hart zugeschlagen. Und dann wäre ich jetzt nicht hier.«

»Na, es ist jedenfalls da, wenn du doch was willst.«

»Was möchtest du denn haben?«

»Was er gerade hat.«

»Ich habe gehört, es gibt Whisky. Und Gin«, sagte der ältere.

»Whisky, wenn ich die Wahl habe.«

Der Speisesaal war jetzt fast leer. Charlie und Hargrave standen auch auf und reihten sich in die Schlange vor dem Ausgang ein.

»Danke, Eddie.«

Hargrave antwortete nicht.

Den Morgen verbrachte Charlie damit, die Bücher, die am Abend zuvor zurückgebracht worden waren, abzuhaken und wieder einzustellen, aber damit war er lange vor der ersten Ausleihperiode, eine halbe Stunde vor der Mittagspause, fertig. Der dunkelhaarige Knabe, den er beim Frühstück neben Prudell gesehen hatte, war der erste, der in die Bücherei kam.

»Ich möchte ein gutes Spionagebuch«, sagte er.

»Gibt keins«, sagte Charlie.

Sir Alistair Wilson war enttäuscht von der Chelsea-Blumenschau. Oder, um genauer zu sein, er war enttäuscht von den Rosen. Da die Rosenzucht sein Steckenpferd war, schaute er sich etwas anderes gar nicht erst an. Er fand, daß der Versuch, die Provence Duc de Fitzjames zu hybridisieren, ein katastrophales Ergebnis gebracht hatte – als habe man den Stiel in Farbstoff statt in Konservierwasser gesteckt, wodurch die Blüte zu einem Hohn geriet. Und die Hybriden selbst waren nett, aber nicht bemerkenswert; nur bei der Mullard Jubilee lohnte sich ein zweiter Blick. Er verließ die Ausstellung zeitig und dachte daran, sich zum Club zu begeben, doch dann besann er sich anders. Wenn er offenkundig ohne einen Tischgefährten bei den »Travellers« auftauchte, lief er Gefahr, von irgendwelchen Langweilern überfallen zu werden, und er hatte keine Lust, noch einmal von einer Nil-Expedition zu hören, die in einer Zeit stattgefunden hatte, da die Fellachen noch wußten, wo sie hingehörten, und verdammt froh darüber waren, und auch nach einer Erörterung der Überlegenheit des Maultiers über den Huskie bei einer Arktis-Durchquerung stand ihm der Sinn nicht. Also ging er geradewegs ins Büro. Obwohl eben Mittagszeit war und Sir Alistair erst zum Nachmittag zurückerwartet wurde, war sein Vertreter, Richard Harkness, im Büro. Manchmal fragte der Direktor sich, ob Harkness nicht auch hier schlief.

»Enttäuschend, die Ausstellung«, sagte Wilson.

»Ich war noch nie da«, antwortete Harkness.

»Würde mir die Mühe in diesem Jahr auch nicht machen, wenn ich Sie wäre.«

»Ich werd's auch nicht tun.«

»Wie sieht's aus?« erkundigte sich Wilson. Statt sich an seinen Schreibtisch zu setzen, trat er ans Fenster und schaute hinaus auf die Themse und auf das Parlamentsgebäude auf der anderen Seite. Sein rechtes Bein war steif; ein stürzendes Polo-Pony hatte es zerquetscht, und manchmal war es bequemer, zu stehen, als zu sitzen. Dies war ein solcher Tag.

»Gut, glaube ich«, antwortete Harkness. »Fünf eindeutige Botschaften, vier zweifelhafte.«

»Vorstellbar, daß die Russen abgehört haben?«

»Vielleicht nicht alles«, erwiderte Harkness, der stets zur Vorsicht neigte. »Aber einiges; ich bin sicher, daß sie das eine oder andere mitgehört haben. Würde mich wundern, wenn es nicht so wäre.«

»Also gefährlich?«

Bei dieser Frage runzelte Harkness die Stirn. Er war ein adretter, ordentlicher Mann mit rosigem, glattrasiertem Gesicht. Stets trug er eine Weste zu seinen dunklen, unauffälligen Anzügen; seine Hemden hatten steife Kragen, seine Krawatten waren trist. Die Leute erinnerten sich nie an Richard Harkness, und das sollten sie auch nicht. »Gefährlich war es von Anfang an«, sagte er.

Wilson blickte immer noch über London hinweg. »Manchmal muß ich daran denken, wie sicher und geschützt wir hier sind. Anders als die armen Schweine draußen auf der Straße.«

Harkness, der daran gewöhnt war, daß sein Vorgesetzter gelegentlich ins Philosophieren geriet, sagte nichts.

Wilson bückte sich und massierte sein starres Knie. »Wir werden eine Menge Glück brauchen«, stellte er fest. »Eine verdammte Menge Glück.«

»Jemand wird es brauchen«, stimmte Harkness zu.

2

Der Kauf nahm drei Tage in Anspruch, und Charlie wurde dabei übers Ohr gehauen. Hargrave war es nicht, das wußte er. Der arme alte Hund war ein Opfer wie er; er ließ sich von Prudell herumschubsen und stand vor der einfachen Wahl, zu nehmen, was der ihm anbot, oder es bleibenzulassen. Also bekam Charlie für ein halbes Pfund Tabak eine flache Medizinflasche voll Whisky, weniger als die Hälfte dessen, was ihm zustand. Kaum hatte er davon gekostet, wußte er, daß das Zeug auch noch verwässert war – das heißt, er hoffte, daß es nur Wasser war, was man hineingeschüttet hatte. Aber dünn oder nicht, es war immer noch wundervoll. Ja, verflucht wundervoll, wie die Wärme des Schnapses sich durch seine Brust tastete und schließlich tief in seine Eingeweide drang, die willkommene Rückkehr eines uralten Freundes. Charlie wußte, daß es Wochen dauern würde, bis er wieder genug Tabak zusammengespart hätte, und so teilte er sich strenge Rationen zu: Er nahm einen Schluck am Morgen und einen am Nachmittag, und er behielt den Whisky im Mund, bis es anfing zu brennen; dann erst ließ er ihn langsam in die Kehle rinnen, und genießerisch verfolgte er den Weg, den der Alkohol nahm. Wundervoll.

Die Bibliotheksregale waren aus Metall. Sie waren mit Löchern ausgestattet, so daß sie sich beliebig zusammenbauen und verstellen ließen, ganz wie der Raum, in dem sie zu stehen hatten, es erforderte. Sie hatten einen ungefähr halbzolltiefen Rand, und wenn er kleine Bücher auswählte, konnte er seine Flasche darunter sicher verstecken, ohne daß die Bücher über die rechts und links stehenden Bände herausragten.

Die Gerüchte darüber, daß der russische Spion, der gegenwärtig vor Gericht stand, nach Wormwood Scrubs kommen würde, verbreiteten sich im ganzen Gefängnis und verstärkten den Druck, der auf Charlie ausgeübt wurde. Eines Morgens wurde er auf dem Rückweg vom Abort bei der Treppe in den Rücken gestoßen – er fand nie heraus, von wem –, und wenn er nicht darauf gefaßt gewesen wäre und geistesgegenwärtig nach dem Geländer gegriffen hätte, dann wäre er mindestens eine der Stahltreppen zu den unteren Ebenen hinuntergestürzt. Im Aufenthaltsraum, zu den festgesetzten Fernsehzeiten, fand sich nie ein Sitzplatz für ihn, und wenn er sich irgendwo hinstellte, drängten sich andere Gefangene so vor ihm zusammen, daß er den Bildschirm nicht sehen konnte. Einmal – und auch hier nur, weil er unablässig auf der Hut war – gelang es ihm mit knapper Not, die Hand wegzuziehen, als dem Teeautomaten ein Strahl siedendheißer Dampf entwich, und zweimal fand er eine Fliege oder eine Spinne in seinem Essen.

Hargrave setzte sich nicht mehr neben ihn. Charlie machte es ihm nicht zum Vorwurf. Kontakt hatten sie nur noch in der Bibliothek, und selbst da nur verstohlen, weil ein Wärter dabei war.

»Ich erleb's nicht zum erstenmal«, sagte Hargrave. Sie waren dabei, Bücher in die Regale zu räumen. Hargrave stand in der nächsten Reihe, so daß die Bücher ihn verdeckten; Charlie hörte nur die flüsternde Stimme.

»Wie lange dauert so was?«

»Keine Ahnung.«

»Ich hab' die Schnauze voll.«

»Ist ja der Sinn der Sache.«

»Was kann ich tun?«

»Nichts.«

»Irgendwann wird mir was passieren.«

Der unsichtbare Gesprächspartner schwieg für einen Moment. »Kann sein, daß es dann aufhört.«

»Du meinst, ich soll zulassen, daß mir was passiert? Du hast sie wohl nicht mehr alle!«

Als das Schweigen zu lange dauerte, sagte Charlie: »Entschuldige.«

Endlich antwortete Hargrave. »Es liegt an deiner Haltung, Charlie – du scheißt auf jeden. Du behandelst die Beamten wie Idioten, und du hast dich keiner einzigen Gruppe hier im Gefängnis angeschlossen. So was gefällt niemandem. Du mußt dich anpassen.«

»Ich passe mich aber nicht an.«

»Dir wird was passieren«, wiederholte Hargrave mit Bestimmtheit. »Du bist lange genug drin, um das zu wissen. Bis jetzt hast du Glück gehabt. Oder du warst clever. Oder was weiß ich. Aber auf die Dauer geht das nicht gut. Draußen kannst du den Schlauberger spielen, denn wenn der Tag zu Ende ist, kannst du immer nach Hause gehen, sicher und allein. Aber im Knast kannst du nirgendwohin. Du bist hier. Immer.«

Vor jedem Beobachter geschützt, verzog Charlie das Gesicht zu einer Grimasse. Wieso hatten die Schweine ihr Versprechen nicht gehalten? Was war mit der verfluchten Abmachung? Er spähte am Regal entlang zu der sorgfältig ausgerichteten Buchreihe, unter der sich sein kostbarer Schnaps verbarg. Viel war nicht mehr übrig – weniger als ein Drittel. Er brauchte mehr.

»Laß dich verprügeln, Charlie.«

»Am Arsch.«

»So lange sie dir nicht eine Lektion erteilen, die alle Ebenen in diesem Block mitkriegen, so lange ist Hickley eine Fotze. Du kannst einen Gefängniswärter nicht aussehen lassen wie eine Fotze, Charlie – nicht mal, wenn er eine ist.«

An diesem Abend nahm Charlie die Flasche mit in die Zelle. Als er sicher war, daß ihn niemand beobachtete, nahm er sie unter dem Vorwand, noch ein paar Bücher einstellen zu müssen, aus ihrem Versteck und schob sie in seinen Hosenbund, wo sie sich an die Haut seines Rückens schmiegte. Das Gummi der Unterhose hielt sie fest; die Hose saß so schlecht, daß keine auffällige Beule entstand, und die Jackc reichte ebenfalls weit genug herunter.

In der Bibliothek gab es Klebstreifen für einfache Reparaturen an zerrissenen Büchern. Charlie nahm etwas davon mit in die Zelle. Der Boden seines Nachttopfes war ein wenig aufgewölbt, so daß darunter ein Hohlraum entstand; Charlie legte die Flasche dort hinein und sicherte sie mit dem Klebstreifen.

Beim Abendessen saß er allein am Tisch, geschnitten von allen anderen, und in der Freistunde sparte er sich den Gang zum Fernsehraum, wo er Gegenstand größerer Belustigung gewesen wäre als alles, was auf dem Bildschirm zu sehen war. Statt dessen blieb er in der Zelle und wartete, bis abgeschlossen wurde. Er hockte auf seiner Pritsche, den Rücken gegen die Wand gelehnt, die Füße auf dem Rand der Matratze, das Kinn auf den Knien. Der Nachttopf war der Gegenstand seiner Konzentration. Er saß in der Falle, wie Hargrave gesagt hatte; die Situation hier war in keiner Hinsicht vergleichbar mit dem, was er draußen kannte, so erfahren er auch sein mochte. Brenzlige Situationen – sicherlich, und ein paarmal auch richtige Katastrophen; aber er hatte immer Bewegungsspielraum gehabt, Platz zum Manövrieren: Er hatte immer, wenn er nicht gewinnen konnte, irgendwohin fliehen können. Es hatte ihn nie gestört, wenn die Chancen gegen ihn standen, denn er hatte sich immer einen Ausweg ausdenken können, hinaus aus der Gefahr. Aber genau das war es: Er konnte nicht hinaus. Er war nicht draußen. Und er würde nicht hinauskommen, zwölf Jahre, acht Monate, eine Woche und einen Tag lang nicht. Er war drinnen, eingesperrt, gefangen wie ein Tier im Zirkus, und wie ein Tier im Zirkus hatte er es mit uniformierten Männern zu tun, die ihn mit Stöckchen und Peitschen hin und her lenkten, bis er knurrte und nach ihnen schlug. Nur waren die Führungsstöcke und Peitschen im Zirkus nicht dazu da, den Tieren weh zu tun.

Wie lange dauerte es denn noch, um Himmesl willen, bis die Tür abgeschlossen wurde und er sich seine Flasche holen konnte? Die Galerien und Treppen draußen waren von summender Geschäftigkeit erfüllt, ein Ameisenbau von Menschen. Oder sollte man sagen, von Untermenschen?

Charlie sah, daß immer wieder Leute draußen vorbeigingen und hereinstarrten. Er reagierte nicht darauf. Wie immer kamen die Geräusche zuerst, und es war nicht das Schrillen der letzten Glocke, sondern das Schlagen von Metall gegen Metall, und anfangs hätte man nicht gemerkt, daß es das Geräusch von Türen war, die geschlossen und gesichert wurden, doch dann wurde es klarer und deutlicher, und man konnte das solide metallische Dröhnen identifizieren, das Knirschen von Zahnstangen, die in Zahnräder griffen, als die Schlüssel im Schloß gedreht wurden. Charlie wandte den Blick nicht von dem Nachttopfversteck. Er schluckte mit trockener Kehle und fuhr mit der Zungenspitze prüfend über die Lippen. Nicht mehr lange jetzt. Es war nicht genug, um sich zu besaufen; es war nicht mal genug, um zu vergessen. Es war nur die einzige Richtung, in die er laufen konnte. Das Geräusch war jetzt ganz nah, solide und endgültig – wie wenn Korken in Flaschenhälse getrieben wurden.

Hickley stand in der Tür, und hinter ihm Butterworth. Und dann sah Charlie noch zwei Wärter, und er wußte, daß noch nicht Schließzeit war.

»Zellendurchsuchung«, verkündete Hickley.

Reingefallen! dachte Charlie. Scheiße!

Er stand auf. »Sonst nirgendwo?« erkundigte er sich.

»Anderswo interessiert uns nicht. Nur hier«, antwortete Butterworth, und als fürchte er, Charlie habe ihn nicht verstanden, wiederholte er: »Zellendurchsuchung.« Er winkte mit dem Kopf. »Raus.«

Gehorsam trat Charlie hinaus auf die Galerie und blieb zwischen den beiden wartenden Wärtern stehen. Er stand mit dem Rücken zum Geländer und starrte in seine Zelle. Hickley und Butterworth waren gut; sie arbeiteten im Team, stießen auf der Suche nach losem Mörtel oder lockeren Steinen gegen das Mauerwerk, zogen mit erfahrenen Händen das Bett ab, drückten auf Matratze und Kopfkissen, um zu fühlen, ob dort etwas verborgen war, kippten dann das hölzerne Mobiliar um und untersuchten die Unterseiten von Schubladen und Gehäusen. Sie kannten jedes Versteck. Den Topf rührten sie bis zum Schluß nicht an – absichtlich, dessen war Charlie sicher. Schließlich drehte Hickley ihn um: Der zuversichtliche Zauberer, der wußte, daß das Kaninchen an seinem Platz sein würde.

»Was ist denn das?«

»Weiß ich nicht.«

»Noch nie gesehen?«

»Nein.«

»Vielleicht ist es ’ne Urinprobe«, meinte Butterworth.

»Er steht aber nicht auf der Krankenliste«, erwiderte Hickley, den geplanten Witz plump absolvierend.

Hickley zog den Korken heraus und tat, als schnuppere er an der Flasche. »Whisky!« sagte er im Tonfall eines Mannes, der eine wichtige Entdeckung gemacht hat. Er kam zur Tür und sah zu Charlie heraus. »Was tust du mit Alkohol in deiner Zelle?«

»Ist nicht meiner«, erwiderte Charlie stur.

»Red’ keinen Quatsch.«

»Ich weiß nichts davon.«

»Dafür gehst du zum Direktor«, verkündete Hickley. »Jetzt hast du Ärger. Und zwar ’ne Menge.«

Arschloch, dachte Charlie.

Der Direktor hieß Armitrage. Er hatte ein rosarotes Gesicht, einen üppigen weißen Haarschopf, unordentliche Kleider und die zerstreute, geistesabwesende Haltung eines Akademikers. Die Art, wie er sich den Gefangenen gegenüber benahm, verstärkte diesen Eindruck noch: Er betrachtete sie, wie ein hoffnungsvoller Schulmeister seine unbotmäßigen Schüler betrachtet – ein wenig ratlos und erfüllt von einer unbestimmten Enttäuschung darüber, daß sie das in sie gesetzte Vertrauen zurückweisen, gleichzeitig aber unbeirrbar in der Erwartung, daß sie sich eines Tages bessern und die Welt zu einem makellosen Ort machen werden.

»Sie haben gehört, was Chief Officer Hickley und Mr. Butterworth gesagt haben?«

»Jawohl, Sir.«

»Und Sie behaupten beharrlich, nicht das geringste darüber zu wissen?«

»Jawohl, Sir.«

Der Direktor sah die beiden Wärter erwartungsvoll an.

»Bei der Zellendurchsuchung vor einer Woche war nichts da, Sir«, erklärte Hickley fest. Er stand in Habachtstellung. »Er ist alleiniger Insasse, auf Ihre Anordnung hin.«

Armitrage wandte sich wieder an Charlie. »Das ist eine schwerwiegende Angelegenheit.«

Charlie schwieg.

»Ich frage Sie noch einmal: Was hat eine mit einem Quantum Whisky gefüllte Flasche in Ihrer Zelle verloren?«

»Ich weiß es nicht, Sir. Ich habe sie noch nie gesehen.« Charlie entging es nicht, wie stramm Hickley und Butterworth dastanden. Armitrage war ein Mann, der niemanden ohne unumstößlichen Beweis verurteilen würde, und indem Charlie hartnäckig behauptete, von nichts zu wissen, versagte er ihm diesen absoluten Beweis. Auf der Galerie würde er damit alles noch schlimmer machen, aber das war ihm scheißegal: Viel schlimmer, als es schon war, konnte es ohnehin nicht mehr werden. Zwölf Jahre, acht Monate, eine Woche und einen Tag. Gütiger Gott!

»Ich bin nicht überzeugt«, gab Armitrage bekannt.

Weder so rum noch so rum, vermutete Charlie. »Ich weiß nichts darüber, Sir«, wiederholte er.

Armitrage seufzte, und sein Blick wanderte ziellos über seinen Schreibtisch. Das Büro befand sich im höchsten Block des Gefängnisses, und die Fenster hier waren nicht vergittert. Charlie sah die stacheldrahtgekrönten Mauern und dahinter White City. Da waren ein paar Hochhäuser – vermutlich das Television Centre, und dahinter Bäume. Shepherds Bush direkt vor ihm, überlegte Charlie: Notting Hill also links. Da draußen waren Leute, ganz normale Leute, die sich Sorgen machten über Schulden und Hypotheken, über schwangere Freundinnen und über Chefs, die etwas gegen sie hatten, und die sich einbildeten, daß es nichts Schlimmeres geben könne, was immer ihnen zustieße. Glückspilze.

»Was ist mit Fingerabdrücken, Mr. Hickley?«

»Da waren keine.« Der Beamte stand jetzt noch strammer.

Weil ihr es zu eilig hattet, dachte Charlie. Wenn sie gewartet hätten, dann hätten sie ihn voll erwischt, nur fünf Minuten nach dem Schließen. Daß er die Flasche nach dem Festkleben abgewischt hatte, war instinktiv geschehen. Seinen Instinkt hatte er noch nicht verloren.

»Einen endgültigen Beweis gibt es wohl nicht?« fragte der Direktor sanft.

»Er hat es versteckt, Sir«, antwortete Hickley verzweifelt. »Es ist ein Vergehen, Alkohol zu verstecken.«

»Das stimmt«, pflichtete Armitrage ihm bei. Er wandte sich wieder an Charlie. »Für vierzehn Tage werden Ihnen sämtliche Vergünstigungen gesperrt«, erklärte er. »Keine Freistunde, kein Tabak, kein Arbeitslohn, sowie Zellenarrest nach dem Abendessen.« Der Direktor schwieg für einen Augenblick. Dann fuhr er fort: »Ihre Beschäftigung in der Gefängnisbücherei ist ein Privileg. Diesmal werde ich es Ihnen nicht entziehen. Wenn Sie noch einmal gegen eine Vorschrift verstoßen, werde ich es tun.« Die eigene Strenge schien den Mann verlegen zu machen.

Charlie entschied, daß er gewonnen hatte. Abgesehen vom Tabak und dem Arbeitslohn büßte er nichts ein, was er nicht schon verloren hatte. Er arbeitete weiter in der Bücherei, und darauf kam es an. Charlie wußte, daß sie versuchten, ihn in eine der Gefängniswerkstätten zu bekommen, wo es zuviel Lärm und zuviele Leute gab. Sie würden es wieder versuchen.

»Vergessen Sie nicht, was ich gesagt habe«, warnte der Direktor.

»Nein, Sir.«

Militärisch marschierte Charlie zwischen Hickley und Butterworth aus dem Büro des Direktors, durch das Vorzimmer und dann durch die Korridore, die in die Gefängnistrakte führten. Er glaubte nicht, daß sie es riskieren würden, offen etwas gegen ihn zu unternehmen, aber er achtete dennoch angespannt auf die kleinste Bewegung zur

Rechten und zur Linken. Niemand sprach ein Wort. Ohne Zwischenfall erreichte er seine Zelle und schlüpfte hastig hinein, bevor sie ihn in der Tür in die Zange nehmen konnten. Hickley grinste hämisch über seine offensichtliche Angst.

»Du hast allen Grund, dich zu fürchten«, sagte er. »Ich werde dich kriegen, und zwar gründlich. Ich hab' was gegen Klugscheißer auf meiner Galerie. Ich mag sie überhaupt nicht.«

Charlie wußte, daß es ernst war.

Die Einschränkungen sollten eine Strafe sein, aber tatsächlich empfand Charlie sie als Erleichterung. Da er nicht rauchte, war der Tabak für ihn nur ein Zahlungsmittel, und dieser Verlust, sowie der seines Einkommens, war zu verschmerzen. Die Freistunde hatte er längst aufgegeben, und für seine Füße, die im Kerker der Gefängnisstiefel beständige Qualen litten, war der tägliche Hofgang eher eine Marter als eine Übung; weit lieber spazierte er auf Socken in seiner Zelle auf und ab. In seiner Zelle war er sicher, geschützt. Er wußte, daß dies ein institutionalisiertes Verhalten war; es war eine Haltung der Angst, vor Hickley und Butterworth und Prudell und der Himmel wußte, vor wem noch. Na und? Er war ja auch institutionalisiert. Und er hatte Angst. Eine Scheißangst sogar. Schlimmer als je zuvor. Und was es so schlimm machte, war das Wissen, daß er nur zwei Wochen lang sicher sein würde.

Die Entscheidung des Direktors bedeutete, daß er täglich von seiner Zelle zur Bücherei und wieder zurück eskortiert wurde und daß der verantwortliche Wärter ihn nicht aus den Augen lassen durfte. Gehorsam befolgte Charlie jede Vorschrift, und so gab es auch keine Gelegenheit für ein Gespräch zwischen ihm und Hargrave. Trotz der Schwierigkeiten dankte der alte Mann ihm am ersten Tag, weil er nicht umgefallen war und verraten hatte, daß er den Schnaps gekauft hatte. Dies geschah beim Einräumen, denn das war die beste Zeit.

»Du bist ein guter Junge, Charlie.«

»Mit dieser Meinung stehst du aber ziemlich allein da.«

»Da macht ein Witz die Runde.«

»Worüber?«

»Über den Schnaps. Prudell hat ihn verdünnt, weißt du.«

»Ich weiß.«

»Willst du wissen, womit?«

»Nein«, erwiderte Charlie fest, und mühsam schluckte er.

»Er ist ein Schwein.«

»Ein richtiges Schwein«, stimmte Charlie zu. Ihm war übel.

»Ich wollte dein Freund sein, Charlie.«

»Ich verstehe.«

»Es tut mir leid.«

»Das ist schon in Ordnung«, sagte Charlie. »Du sollst nichts riskieren.«

»Du aber auch nicht.«

»Ich werd's versuchen.«

»Gib dir Mühe«, sagte Hargrave leise. »Ich hab' so etwas im Knast schon mit anderen Leuten erlebt. Irgendwann drehen sie durch.«

Es war am fünften Tag seiner Strafzeit, als er sie draußen auf der Galerie herankommen hörte, eine Stunde, nachdem sie ihn in die Zelle gesperrt hatten. Es war noch nicht ganz dunkel; das graue Licht des Abends erfüllte die Zelle. Die Deckenlampe brannte, aber das schien nicht viel zu nützen. Charlie wich vor der Tür zurück und kauerte sich auf seine Pritsche; er wußte intuitiv, wo die Schritte haltmachen würden. Er täuschte sich nicht.

Es war weder Hickley noch Butterworth. Charlie glaubte, einen der Bullen vom Empfang zu erkennen, aber sicher war er nicht. Zwischen den beiden stand ein verhältnismäßig junger Mann, jünger als Charlie jedenfalls, aufrecht noch und mit forderndem Blick. Sein Haarschnitt war von draußen, und er hatte die unbequeme Haltung eines Gefängnisneulings, den man unversehens seiner Kleider beraubt und in die blaugraue Uniform gesteckt hatte, die es nur in Einheitsgrößen gab.

Im Zelleneingang rümpfte er die Nase. »Du lieber Gott!« sagte er. »Was um alles in der Welt ist denn das!« Sein Tonfall klang übertrieben, er dehnte Vokale und Konsonanten; es war eine Stimme, die Vorschullehrern, Tutoren und Universitätsdozenten geantwortet hatte und die Oberkellnern und Hotelportiers Respekt abnötigte.

»Zuhause«, sagte Charlie. »Einen besseren Ort gibt es nicht.«

Die britische Botschaft in der Union der Sozialistischen Sowjetrepubliken steht am Ufer der Moskwa, dem Kreml beinahe direkt gegenüber. Man hat einen freien Blick von hüben nach drüben, und es geht die Legende, daß Stalin während seiner manischen, despotischen Regentschaft Schlaganfälle zu bekommen pflegte, wenn er aus dem Fenster schaute und den Union Jack sah, der so nah und so trotzig im Wind flatterte.

Die Kommunikationszentrale der britischen Botschaft ist ein sonderbarer Raum, tief unten im Keller, ein ganzes Stück unter der Erde; bevor Spezialisten aus London eingeflogen wurden, um die Kammer abzuschotten, war die Feuchtigkeit vom nahen Fluß durch die Wände gesickert und hatte sie fleckig werden lassen. Der Umgebung entsprechend, waren die Verfärbungen eisenrot, nicht etwa schimmelgrün.

Das Mauerwerk, das die Londoner eingezogen haben, ist noch da. In seinem Inneren hat man buchstäblich einen neuen Raum gebaut, der an der Decke, den Seiten und unter dem Boden von einzelnen Stahlstreben getragen wird, so daß er aussieht wie ein Modell für den Physikunterricht. Eine mittelalterlich anmutende Zugbrücke verbindet diese schwebende Kammer mit den Räumen davor; sie wird – wie in einem mittelalterlichen Schloß – von innen hochgezogen, so daß die Kammer völlig isoliert schwebt, wenn man von den Stahlträgern einmal absieht, und diese werden wöchentlich von Elektronikexperten überprüft, damit sichergestellt ist, daß keinerlei Lauschgeräte installiert worden sind, mit denen der geheime, diplomatische Funkverkehr abgehört werden könnte, der von dieser Kammer ausgeht.

Fortschritt ist zumeist ein Synonym für Verbesserung. Beim Senden von Signalen – das heißt, beim geheimen Funkverkehr – ist das nicht so. Einen Mikrowellensender zu belauschen, ist kinderleicht, vor allem, wenn eine Botschaft so nah bei der mißtrauischen Zentrale einer mißtrauischen Regierung liegt.

Sechs Wochen, nachdem man angefangen hatte, die chiffrierten Funksprüche nach London zu senden, wurden sie abgehört, völlig klar, wenn auch unverstanden. Die Abhörer saßen in Moskau, Dserschinski-Platz 2.

Das ist das Hauptquartier des KGB.

3

Der Mann erschauerte, als die Zelltentür sich fest hinter ihm schloß. Er drehte sich um und starrte sie an. Charlie wußte, daß er das gleiche getan hatte; jeder tat es beim erstenmal. Nach einigen Augenblicken trat der Mann weiter in die Zelle. Seine Habseligkeiten trug er in einem zusammengerollten Handtuch bei sich. Er ertrank fast in seiner Jacke; Charlie fand, er sehe aus wie ein Schiffbrüchiger, der sich auf eine Insel von Riesen hatte retten können. Der Neue schien zu merken, welchen Eindruck Charlie hatte. Er blickte an sich herunter, als sei es das erstemal, und zupfte mit den Fingerspitzen verächtlich an dem rauhen Stoff herum. Er legte seine Handtuchrolle auf die leere Pritsche und starrte umher; sein Blick wanderte über Tisch, Stuhl und Wandregal, verharrte einen Moment lang auf Charlie und dann sehr viel länger auf dem schmalen Lichtviereck des einzigen Fensters. Charlie wartete; er sah, wie die Schultern abrupt heruntersanken.

»Himmel«, sagte der Mann mit hohler Stimme.

»Man gewöhnt sich dran.«

Der Mann schrak zusammen, als habe er vergessen, daß Charlie zugegen war. Er drehte sich um, sah Charlie an und sagte: »Sampson. Edwin Sampson.«

Er streckte die Hand aus. Die instinktive Höflichkeit der Privatschule, dachte Charlie. Er berührte die dargebotene Hand einen winzigen Augenblick lang und machte sich nicht die Mühe, aufzustehen. Sampson nahm die Unhöflichkeit mit einem Stirnrunzeln zur Kenntnis.

»Ich weiß, wer Sie sind«, sagte Sampson. »Man hat es mir gesagt.«

»Und ich habe von Ihnen gelesen«, antwortete Charlie. »Zumindest vom Anfang Ihres Prozesses.«

»Dreißig Jahre!« sagte Sampson. »Soviel habe ich bekommen. Dreißig Jahre.« Wieder schaute er zum Fenster.

»Sie müssen eine Menge Schaden angerichtet haben.«

»Das klingt nach Kritik.«

»Es sollte nicht nach irgend etwas klingen.«

»Sie haben verflucht keinen Grund, sich das Maul zu zerreißen; es gibt in der ganzen Abteilung keine Sektion, die nicht weiß, was Sie getan haben«, erklärte Sampson bösartig. »Wenn Sie nicht vor der Aufhebung der Strafmaßgrenze für Verrat davongekommen wären, dann würden Sie jetzt auch dreißig Jahre sitzen – höchstwahrscheinlich jedenfalls.«

»Ich habe Sie nicht kritisiert«, wiederholte Charlie müde.

»Alle haben gesagt, daß Sie ein verdammter Flegel seien – das heißt, diejenigen, die sich an Sie erinnern konnten.«

Sampson fluchte trotzig wie ein kleiner Junge, als versuche er, seinen Gesprächspartner zu schockieren. Charlie ließ sich rücklings auf seine Pritsche sinken und verschränkte die Hände hinter dem Kopf. Er hatte wichtigere Probleme als die Sorge um einen rotznäsigen kleinen Hosenscheißer, der sein Land verhökert hatte. Charlie hatte das nicht getan; niemand außer ihm konnte diesen Unterschied je begreifen, nicht einmal der verdammte Richter, dem das alles so geduldig erklärt worden war, aber es war die Wahrheit: Charlie war kein Verräter.

»Was soll ich jetzt tun?« fragte Sampson. Die Frage hatte etwas Weinerliches an sich.

»Warum machen Sie nicht Ihr Bett?« schlug Charlie vor und deutete mit einem Kopfnicken auf die gefalteten Decken. »Jetzt ist Freistunde, aber am ersten Abend kriegt man sie nicht.«

»Freistunde?«

»Hier gibt's ein Fernsehzimmer. Da können Sie auch Schach spielen, oder Dame oder so was.«

»Und warum sind Sie eingeschlossen?« wollte der junge Mann wissen.

Clever, dachte Charlie. »Ich habe Zellenarrest ... als Strafe.«

»Wofür?«

Charlie seufzte. »Im Gefängnis fragt man niemanden, weshalb er sitzt, und man fragt auch nicht, weshalb er bestraft wird. Man fragt niemanden nach seiner Herkunft oder nach seiner Familie. Genaugenommen fragt man überhaupt nichts. Das hier ist ein Knast, Söhnchen, keine Privatschule.«

»Das hat man sich auch über Sie erzählt: Sie seien ein umgekehrter Snob.«

»Ist mir scheißegal, was man sich über mich erzählt«, sagte Charlie. Das alles war Vergangenheit, viel zu lange schon.

»Ist es schlimm? Hier drin, meine ich.« Die Nervosität in Sampsons Frage war nicht zu überhören.

Charlie drehte wieder den Kopf, um den Mann anzusehen. »Anfangs wird es Ihnen rauh vorkommen«, sagte er. »Besser gesagt, Sie werden es ganz entsetzlich finden. Aber Sie werden sich zurechtfinden, werden sich Gefängnismanieren aneignen. Halten Sie den Kopf unten, bis Sie die Regeln kennen.« Charlie legte eine Pause ein. »Und ich meine nicht die offiziellen, die gedruckt vorliegen.« Schade nur, dachte Charlie, daß er selber nicht praktizierte, was er predigte.

Sampson hatte Charlie den Rücken zugewandt und versuchte, die Decken in ordnungsgemäßer Form auf der Pritsche zu verteilen, aber es gelang ihm nicht. Charlie hatte geglaubt, die Burschen in den feinen Privatschulen müßten dort ihre Betten selber machen – oder hatten sie immer noch Füchse, die das für sie taten? Bei der Zelleninspektion würde Sampson jedenfalls eine Zigarre kassieren. Nach einigen Augenblicken drehte Sampson sich um und hockte sich auf seine Pritsche. Vorgebeugt sah er Charlie an.

»Ich will, daß Sie es wissen«, verkündete er.

»Daß ich was weiß?«

»Was ich getan habe.«

»Interessiert mich nicht.«

»Es ist aber wichtig«, beharrte Sampson. »Acht Jahre habe ich für sie operiert. Ich war in Beirut stationiert, und so konnte ich alle britischen Nahostaktivitäten beobachten. Dann war ich als Verbindungsagent in Washington. Hab' dort ein paar gute Freunde gewonnen, nicht bloß beim CIA, sondern auch beim FBI. Konnte massenweise Personaldaten und biographisches Material nach Moskau leiten; Sie wissen ja, wie gern die so was haben, für ihre Persönlichkeitslisten. Zwei Jahre lang war ich dann bei der europäischen Planungsgruppe mit Zugang zum NATO-Stab. Ich schätze, das war meine produktivste Zeit –«

»Ich sagte, ich will's nicht wissen«, unterbrach Charlie, ohne den Mann anzusehen. Sampson war ein Schuft, wenn er das alles getan hatte. Selbst seine Verhaftung dürfte sich für Moskau günstig ausgewirkt haben: Die Enthülllungen dessen, was Sampson verraten hatte, würden sowohl die USA als auch die NATO in der Zusammenarbeit mit dem britischen Nachrichtendienst lange Zeit von heftigem Argwohn erfüllt sein lassen. Außerdem würden zahllose Personal- und Organisationsveränderungen notwendig sein.

»Ich habe einen Rang im russischen Dienst«, erzählte Sampson. »Ich bin Major.« Es klang stolz, wie er das sagte. »Ich habe sie gewarnt; es kann sein, daß es zu einer Katastrophe kommt.«

»Gut für Sie«, sagte Charlie; es interessierte ihn nicht, was der Mann damit meinte. Schuft, dachte er noch einmal.

»Sie verstehen nicht, weshalb das wichtig ist, oder?« fragte Sampson ungeduldig.

»Doch«, erwiderte Charlie nicht weniger ungeduldig. »Um Ihretwillen hoffe ich, man wird Sie nicht enttäuschen.«

»Das wird man nicht«, erwiderte Sampson zuversichtlich. »Der große Unterschied zwischen dem russischen Geheimdienst und allen anderen besteht darin, daß die ihre Leute niemals im Gefängnis verrotten lassen. Sie arrangieren immer einen Austausch. Das werden sie auch für mich tun, bestimmt – nach allem, was ich für sie getan habe.« Er sprang auf, erfüllt von neuem Mut. »Ich werde keine dreißig Jahre hier verbringen«, erklärte er. »Ein Jahr vielleicht, allenfalls zwei. Mehr nicht.« Mit ruckartigen Bewegungen war er zwischen den Pritschen auf und ab gegangen, aber dann fiel ihm etwas ein, und er blieb stehen. »Wie lange sind Sie schon hier?«

Charlie zögerte. Daß er die Tage zählte, brauchte der Mann nicht zu wissen. »Fast anderhalb Jahre«, sagte er.

»Oh.« Sampsons zuversichtliche Aufregung verflog.

»Nehmen Sie das nicht als Kriterium«, sagte Charlie. »Moskau sieht Sie anders als mich. Ich gehöre nicht zu deren Leuten.« Das war das Unlogischste an der ganzen Geschichte: Die Leute, für die er angeblich gearbeitet hatte, *wußten*, daß er kein Verräter war, und deshalb war er ihnen keinen Pfifferling wert.

»Das stimmt nicht«, meinte Sampson, mehr um sich selber zu beruhigen, als um Charlie zu trösten.

»Doch«, erwiderte Charlie. »Bilden Sie sich keine Schwachheiten ein. Sie und ich haben nichts miteinander gemeinsam.«

»Was soll dieses streitsüchtige Scheiß-Gerede?« fragte Sampson in plötzlicher, unerwarteter aufbrausender Wut.

Scheiß – sein schlimmstes Wort, dachte Charlie. »Weiß auch nicht. Überkommt mich eben so«, meinte er.

»Wir sitzen zusammen hier drin«, sagte Sampson, und dabei wurde er immer wütender. »Ob Ihnen das gefällt oder nicht – es ist eine Tatsache. Was ich bisher von Ihnen gesehen habe, gefällt mir nicht. Ich finde Sie schmuddelig, und Sie riechen schlecht, und Sie geben sich alle Mühe, unfreundlich zu sein. Und all die Geschichten, die ich über Ihre dumme soziale Einstellung gehört habe, scheinen ja auch zu stimmen. Wenn ich die Wahl hätte, würde ich Sie nicht mal mit einer langen, desinfizierten Stange berühren. Aber ich kann es mir nicht aussuchen. Ich muß hier leben, zweieinhalb Schritte von Ihnen entfernt, und ich hoffe zu Gott, daß es so schnell wie möglich vorbei ist. Aber ich lebe trotzdem hier mit Ihnen. Ich kenne den ganzen Quatsch: Sie hätten getan, was Sie getan haben, weil der Direktor ein abgekartetes Spiel mit Ihnen getrieben haben soll, um Sie zu opfern, und daß Sie immer noch loyal wären. Aber das ist alles Blödsinn, an den Sie sich klammern, wie ein Kind sich an seine Schmusedecke klammert. Sie wissen so gut wie ich, daß der russische Weg der beste ist. Ich weiß, was mit mir geschehen wird. Ich brauche Sie nur zu ertragen, bis meine Entlassung arrangiert wird. Also, was sagen Sie? Werden wir Freunde sein? Oder Idioten?«

»Lecken Sie mich am Arsch.« Charlie drehte sich entschlossen zur Wand und kehrte dem Mann den Rücken zu.

Hinter sich hörte er Sampson lachen. Es war eine passende Reaktion, befand Charlie. Er benahm sich wie ein Pinsel.

»Tschechow«, identifizierte Wilson.

»Ja«, meinte Harkness zustimmend. »Aus den *Drei Schwestern*.«

Der britische Direktor betrachtete die erwählte Identifikationsbotschaft. »›Ich glaube, wenn ich in Moskau lebte‹«, zitierte er, »›würde es mich nicht kümmern, wie das Wetter ist.‹«

»Die vorhergehenden Zeilen enthalten die Antwort«, sagte Harkness. »›Man merkt nicht, ob es Winter oder Sommer ist, wenn man glücklich ist.‹«

»Gut«, befand Wilson. »Unschuldig genug.«

»Kennen Sie Tschechows anderes Stück? *Die Möwe*?« erkundigte sich Harkness.

Wilson schüttelte den Kopf.

»Es gibt zwei Figuren darin: Medwedenko und Mascha«, erinnerte sein Vertreter ihn. »Es gibt eine Szene, in der Medwedenko Mascha fragt: ›Wieso trägst du immer nur Schwarz?‹ Und Mascha antworte: ›Ich trauere um mein Leben. Ich bin unglücklich.‹«

»Das wird vielleicht passen«, meinte Wilson zustimmend.

4

Es war ein Grundsatz aus den Anfangstagen seiner Ausbildung, immer objektiv zu bleiben, ganz gleich, welchen Streß oder Druck er ausgesetzt war, denn die Fähigkeit, alles objektiv gegeneinander abzuwägen, war von entscheidender Bedeutung für das absolut Notwendige: Für das Überleben.

Innerhalb eines Monats nach Sampsons Eintreffen war Charlie mit dieser langgeübten Objektivität zu dem Schluß gekommen, daß der Mann verflixt gut darin war, die Welt in die Richtung rotieren zu lassen, die er für die richtige erklärte. Besser als verflixt gut – er war praktisch ein gottverdammtes Genie darin.

Natürlich gehörte es sich so nicht, nicht nach der inoffiziellen Gefängnistradition. Die Knastregeln diktierten, daß der kleinste gemeinsame Nenner der herrschende Faktor zu sein habe: Alles und jeder war auf niedrigstes Niveau zu bringen. Alles aber, was sich dem entgegensetzte – wie Charlie –, war eine besorgniserregende Herausforderung an das System, etwas, das angegriffen und niedergekämpft werden mußte.

Nur bei Sampson war es nicht so.

Charlie beobachtete, wie Sampson schwanengleich umherschwebte; in seiner Haltung lag jene angeborene Überlegenheit des Höheren Schülers, und jeder Scheißer – dieselben Scheißer, die ihm das Leben schwermachten, weil er anders war – schien bereitwillig, ja begierig zur Stelle zu sein, um dem Mann die entsprechende Achtung zu erweisen.

Hickley, der meinte, daß man Spione erschießen müsse, zeigte Sampson gegenüber ein Benehmen, das Charlie praktisch als Respekt empfand, und Butterworth, pflichtbewußt wie immer, tat das gleiche. Während Charlie seine Stiefel schnüren und startbereit an der Zellentür stehen mußte, um sich unter Drängeln und Stoßen in die Ausgießkolonne einzureihen, durfte Sampson sich stets Zeit lassen, und stets fand sich in der gelassen wartenden Prozession – »Wir sind soweit, wenn Sie es sind« – ein Platz für ihn.

Mit der in Internat und Universität erworbenen Fachkundigkeit im Erkennen des Schlafsaalführers hatte Sampson ohne weiteres Prudell als den Boß der Galerie identifiziert. Sampson war nicht schwul, und Prudell wußte das, aber sie entwickelten dennoch eine Beziehung zueinander, eine verständnisvolle Übereinkunft, die in keinerlei Widerspruch zu Sampsons angeborener Überlegenheit oder zu Prudells unangezweifelter Herrschaftsposition stand – jene Art von gegenseitiger Verläßlichkeit, die auch das Verhältnis zwischen dem Besitzer des Herrenhauses und seinem treuen Butler prägt.

Sampson hatte immer ein gutes Stück Fleisch in der Schüssel – im Gegensatz zu Charlie, der stets die miesesten Schmierklumpen bekam –, sein Gemüse war heiß, und jederzeit fand sich ein Platz für ihn, wo immer er sitzen wollte, ebenso wie im Freizeitraum ständig ein Platz vor dem Fernsehgerät für ihn frei war – dort, wo die Plätze für Prudell und seinen derzeitigen Freund sowie für die übrigen Galeriechefs reserviert waren, nicht dort, wo Charlie immer hingeschoben und -gedrängt wurde, falls er sich überhaupt noch die Mühe machte, hinzugehen, nämlich hinten, mindestens an der Wand. Wenn ihm das – wegen der Rückendeckung – nicht ohnehin ganz recht gewesen wäre, hätte er gewiß keinen anderen Platz finden können.

Sampsons Sträflingsjacke wurde in der Gefängnisschneiderei maßgerecht umgeändert, und schon im zweiten Monat bekam er einen der besseren Jobs auf der Krankenstation; dort war es zwar nicht so behaglich wie in der Bibliothek, aber entschieden besser als in den Werkstätten, wo sie Postsäcke, Straßenschilder und Autonummern anfertigten.

Die Feindseligkeit zwischen ihnen in der Zelle, die am ersten Tag begonnen hatte, nahm immer mehr zu; sie wurde so offensichtlich, daß Hickley und Butterworth sie bemerkten und auf der ganzen Galerie davon erzählten. Sampsons Position wurde dadurch noch besser, denn es bedeutete eine weitere Möglichkeit, Charlie zu schikanieren.

Charlie sah die Wölbung unter Sampsons Jacke, als der Mann die Zelle betrat; er versuchte nur symbolisch, sie zu verbergen. Kaum war er drinnen, zog er die Flasche aus dem Hosenbund und stellte sie ganz offen zwischen sie beide auf den Tisch. Es war Whisky, *Single Malt*, in einer richtigen Flasche, und der Verschluß war noch versiegelt.

»Es ist doch Whisky, nicht wahr?« meinte Sampson.
»Sieht so aus«, bestätigte Charlie.
»Das meine ich nicht«, sagte Sampson. »Whisky ist Ihr Lieblingsdrink, nicht wahr?«
Charlie starrte den Mann mißtrauisch an. »Wer sagt das?«
»Prudell«, erwiderte Sampson. »Er hat mir erzählt, daß Sie deshalb Arrest bekommen haben. Weil Sie Whisky in der Zelle hatten.«
»Und?«
Sampsons Gesicht straffte sich für einen Moment – aber nur für einen Moment. Das Lächeln, das danach kam, war herablassend. »Und da dachte ich, Sie würden vielleicht gern einen trinken.«
»Warum?« wollte Charlie wissen.
»Warum nicht?«
»Weil es vielleicht ein Trick ist, darum nicht. Weil ich inzwischen seit sechs Wochen Hafteinschränkung habe und weil die Schweine es nicht geschafft haben, mich bei irgendeinem Verstoß zu erwischen. Aber wenn sie mich noch einmal schnappen, weil ich Whisky in der Tasse habe, dann wird der Direktor mir nicht mehr zugutehalten, daß man sich geirrt haben könnte.«
»Damit wäre ich aber ein Verräter«, stellte Sampson fest.
»Haben Sie deswegen nicht dreißig Jahre gekriegt?«
»Ich versuche, Abgründe zu überbrücken, Charlie. Wie ich schon am ersten Tag versucht habe, Abgründe zu überbrücken.«
»Wieso?«
»Weil es verflucht noch mal dämlich wäre, es nicht zu tun«, entgegnete Sampson. »Okay – draußen würden Sie und ich nicht wissen, daß der andere existiert. Würden es wahrscheinlich nicht einmal wissen wollen. Aber wir sind nicht draußen. Wir sind in einer kleinen Schachtel von vier mal vier Metern, und wir werden gezwungen sein, sehr lange miteinander zu leben. Warum wollen wir der Realität nicht ins Auge sehen? Ich kann Sie ebensowenig leiden wie Sie mich, aber ich bin bereit, mir ein bißchen Mühe zu geben, um das Leben hier wenigstens halbwegs erträglich zu machen.«
Der Mann hatte natürlich recht; Charlie wußte das, objektiv wie immer. Wie Hargrave recht gehabt hatte. Sie waren nicht draußen, und sie hatten keine Wahl. Er konnte hier nicht mit seinen eigenen, individuellen Rechtsvorstellungen zu Gericht sitzen und den Mann verachten, weil er ein Verräter war, ebensowenig wie er Hargrave verachten konnte, weil er ein Mörder war, oder Prudell, weil er ein bösartiger, homosexueller Ganove war, der alte Damen niederschlug und ihnen die Handtasche klaute. Das Problem war nur: Sampson war

genau die Sorte von schleimigen, selbstbewußten Scheißern, die ihm immer auf die Nerven gingen. »Sie waren wohl bisher ziemlich erfolgreich darin, sich der Realität anzupassen, wie?«

Sampson weigerte sich, auf die unablässigen Herausforderungen zu reagieren, und behielt eben deshalb weiter die Oberhand. »So ist es«, gab er zurück. »Damals, am ersten Tag, sagten Sie mir, man müsse sich anpassen, sich konform verhalten. Und Sie sagten, ich würde es entsetzlich finden. Sie hatten recht – es ist ganz beschissen. Es ist die beschissenste Situation, in der ich je gewesen bin, und weil das so ist, habe ich mich angepaßt und so schnell ich konnte, gelernt, mich konform zu verhalten, um es mir so erträglich wie möglich zu machen. Ich habe mit den Leuten, auf die es ankommt, meinen Frieden, ich habe mich mit ihnen arrangiert. Niemand macht mir Schwierigkeiten, Charlie, weil ich niemandem Schwierigkeiten mache. Ich demonstriere keine dumme Insolenz gegenüber kleinen Männern wie Hickley und Butterworth, denn genau das würde es an einem Ort wie diesem sein: dumm. Und ich erkenne an, daß Leute wie Prudell die Herren ihres Territoriums sind, genau wie mein Vater anerkannte, daß unser Jagdhüter das Rebhuhnmoor besser kannte als er.«

Sampson erbrach das Metallsiegel am Flaschenverschluß, goß Whisky in seinen Becher und hielt Charlie die Flasche einladend entgegen. Der starrte sie an und hoffte, daß ihm das Verlangen nicht allzu deutlich im Gesicht geschrieben stand. Er machte keine Anstalten, die Flasche anzunehmen.

»Was haben Sie eigentlich an sich, Charlie?« Sampson stellte die Flasche wieder auf den Tisch. »Stolz? Arroganz? Woher nehmen Sie den Glauben, Sie könnten gegen die ganze Welt kämpfen und dabei gewinnen?«

»Ich hab's immer getan«, erwiderte Charlie gleichgültig.

Sampson lachte ihm ins Gesicht. »Ach ja?« höhnte er, und mit einer Armbewegung umfaßte er die klaustrophobieerregende Zelle. »Ach ja? Das nennen Sie gewinnen? Vielleicht waren Sie mal gut, Charlie. Ich weiß, Sie waren mal gut. Vorträge über Ihr Expertentum habe ich öfter gehört, als ich mich erinnern kann. Aber das haben Sie verloren. Es ist mir egal, ob Sie sich selber für einen Verräter oder für irgend etwas anderes halten. Es ist unwichtig. Okay, vielleicht hat man Sie über den Leisten gezogen. So was kommt vor in der Branche. In unserer Branche. Vielleicht haben Sie denen auch eine Lektion erteilt, das kommt nicht so oft vor in unserer Branche. Aber am Ende haben sie gewonnen, Charlie. Das Establishment gewinnt immer. Darum nennt man es Establishment.«

»Blödsinn«, sagte Charlie; etwas Besseres fiel ihm nicht ein, so sehr er sich auch bemühte.

»Das ist kein Blödsinn. Es ist die Realität. Das gehört zu den Dingen, die man sich immer über Sie erzählte – daß Sie ein Realist seien, der sich besser anpassen, schneller manövrieren könne als irgend jemand anders. Wo ist der Realismus geblieben?«

Wieder hatte er recht, gab Charlie bei sich zu, ohne es zu wollen. Er wußte es, und jeder andere wußte es auch, also wieso zum Teufel brachte er es nicht über sich, diese Einsicht zu akzeptieren? Weil es Nachgeben bedeutete! mahnte er sich verzweifelt. Er kannte alle Gefängnisregeln – die geschriebenen und die ungeschriebenen –, er kannte alle Tricks, alle Haken, Ösen und Abkürzungen: Wie die Objektivität war auch dies eine Notwendigkeit, wenn man überleben wollte. Er konnte seine Rolle hier spielen – wenn sie ihn nur ließen! –, aber wenn es aufhörte, eine Rolle zu sein, wenn es zu besinnungslosem Gehorsam und dumpfer Konformität wurde und aufhörte, eine Tat zu sein, dann bedeutete dies, daß er aufgegeben hatte. »Das werde ich auf meine Art regeln«, sagte er, immer noch gleichgültig.

»Jesus!« Sampson klang immer noch höhnisch. »Ich dachte, Sie wären gut! Ich dachte es wirklich. Ich habe mir all die Geschichten angehört, und irgendwie waren Sie für mich zu einer Legende geworden, und als ich erfuhr, daß ich hierher kommen würde und daß Sie hier seien, da *wollte* ich Sie tatsächlich kennenlernen! Aber Sie sind nicht clever und nicht smart – nicht mehr! Sie spulen diesen routinemäßigen Stuß ab und weigern sich, sich institutionalisieren zu lassen, aber das ist längst geschehen! Sie sind genauso geworden wie diese graugesichtigen, schlurfenden Zombies, die sich schon nicht mehr erinnern können, wie lange sie hier sind. Wissen Sie, was das Gefängnis Sie gemacht hat, Charlie Muffin? Es hat Sie scheißdumm gemacht!«

Er fluchte inzwischen besser; das unanständige Wort kam ihm leicht und natürlich über die Lippen, gar nicht mehr gezwungen, dachte Charlie. »Wenn Sie gern einen kleinen Freund haben möchten, dann ziehen Sie doch zu Prudell«, schlug er vor. »Sie haben genug Schlag bei den Bullen, um sich verlegen zu lassen.« Er beendete die direkte Konfrontation; in seiner gewohnten Ausweichhaltung legte er sich auf seine Pritsche und verschränkte die Hände hinter dem Kopf. Er starrte auf das Karomuster des Fensters und hoffte, die Bewegung möge so aussehen, wie sie gedacht war: Als nonchalante Zurückweisung einer langweiligen Zumutung.

»Zwölf Jahre, vier Monate und vier Tage«, sagte Sampson auf der anderen Pritsche. »Drei Tage, wenn man heute abrechnet, aber es ist ja noch nicht vorüber.«

Charlie schluckte; er weigerte sich, darauf zu reagieren.

»Ich weiß alles über den Kalender«, sagte Sampson. »Ich kenne die planmäßige Routine, die Sie sich zu etablieren bemühen. Ich weiß, wie Sie jeden einzelnen Tag zählen. Ich habe gesehen, wie Sie es tun, wenn Sie glauben, ich bemerke es nicht. Die Ausbilder wären stolz auf Sie, wenn sie wüßten, wie gut Sie sich an alles erinnern.«

Noch immer reagierte Charlie nicht.

»Ich werde noch einen trinken«, erklärte Sampson. »Sind Sie sicher, daß Sie nicht auch einen wollen?«

»Leck mich am Arsch«, sagte Charlie, und ein Gefühl der Hilflosigkeit erfaßte ihn. Das Gefühl wurde schlimmer, als ihm bewußt wurde, daß er den letzten großen Streit mit denselben Worten beendet hatte.

Eine Woche war vergangen, als Hickley in die Bücherei kam, eine Viertelstunde vor dem Schließen. Ein Regal versperrte Charlie den Blick auf die Tür; er hörte leise Stimmen und eine halbherzige, nervöse Warnung von Hargrave, aber er begriff nicht, was los war, bis der Gefängniswärter am Ende des Regals in dem büchergesäumten Gang erschien.

»Gemütlich hier«, sagte Hickley.

»Kann ich Ihnen helfen, Mr. Hickley?« fragte Charlie wachsam. Er hatte nichts getan; sie konnten ihn also auch nicht bestrafen. Es sei denn, sie hätten sich einen Vorwand ausgedacht.

»Ich glaube nicht, daß du mir helfen kannst«, sagte der Beamte. »Ich glaube nicht, daß du überhaupt jemandem helfen kannst, Muffin. Du kannst nicht mal dir selber helfen.«

Charlie vermied es, den Mann direkt anzusehen, damit man ihm nicht etwa unausgesprochene Aufsässigkeit vorwerfen könnte. Antworten konnte er darauf nichts, also war es auch keine Insubordination, wenn er schwieg.

»Gemütlich«, wiederholte Hickley. »Gefällt's dir hier, Muffin?«

»Ja, vielen Dank, Mr. Hickley«, erwiderte Charlie. Die erzwungene Höflichkeit saß wie ein saurer Klumpen in seiner Kehle, den er nicht herunterschlucken konnte.

»Schade«, meinte der Wärter mit bleifüßig plumpem Sarkasmus. »Furchtbar schade.«

Auch darauf gab es nichts zu sagen, begriff Charlie. Und im selben

Moment begriff er noch etwas anderes. Schweine, dachte er. Absolute Schweine.

»Wird Zeit, daß wir dich versetzen«, sagte Hickley. »Es ist eine schlechte Praxis, jemanden allzu lange denselben Job tun zu lassen. Kann sogar gefährlich werden. Und du bist ja nicht hierhergekommen, weil du eine Erholungskur brauchtest, nicht wahr, Muffin? Du bist hergekommen, weil du ein beschissener kleiner Spion bist, den man bestrafen muß. Du weißt, was wir im Krieg mit Spionen gemacht haben, Muffin?«

»Ja, Mr. Hickley«, antwärtet Charlie.

»Erzähl mir, was wir im Krieg mit Spionen gemacht haben.«

»Sie erschossen.«

»Sie erschossen, was?« kam es blitzschnell zurück.

»Sie erschossen, Mr. Hickley«, sagte Charlie.

»Sollte man immer noch tun«, meinte der Wärter. »Findest du nicht auch, daß man Spione immer noch erschießen sollte, Muffin?«

Einschließlich Sampson? dachte Charlie. Laut sagte er: »Ja, Mr. Hickley.«

»In der Nummernschilderwerkstatt ist genau die richtige Stelle für dich frei«, sagte Hickley. »Morgen fängst du da an.«

Die gefährlichste Werkstatt von allen, dachte Charlie: Es gab dort einen kleinen Schmiedeofen und eine Stanzpresse und Hämmer und Feilen und ätzende Lösungen, die zum Spritzen und Bemalen verwendet wurden. Hundert verschiedene Möglichkeiten, ihn anzugreifen und zu verletzen.

Hickley wandte sich an den regungslos verharrenden Hargrave, doch nur, um weiter Häme über Charlie auszugießen. »Wenn wir ihn wegnehmen, wird doch dadurch hoffentlich nicht die Bibliotheksverwaltung lahmgelegt, oder?«

»Nein, Mr. Hickley«, antwortete der Gefängnisbibliothekar.

»Mit dem neuen Mann wirst du dich gut verstehen«, versprach Hickley. Er sah Hargrave an, aber als er weiterredete, wandte er sich wieder Charlie zu, um den Augenblick voll auskosten zu können. »Jeder verträgt sich gut mit ihm«, sagte er. »Sampson ist ein guter Mann. Er weiß, wie der Laden zu laufen hat.«

»Schwein!« brüllte Charlie dreißig Minuten später; er stand in der gemeinsamen Zelle vor Sampsons Pritsche.

Der andere grinste von seiner Matratze zu ihm auf; Charlies Wut schien ihn nicht weiter zu berühren. »Ich habe das nicht arrangiert.«

»Dreckiger Lügner!«

»Ein staatlich geprüfter Krankenpfleger wurde wegen grob unsittlichen Verhaltens verurteilt; es lag nahe, ihn in der Krankenstation zu beschäftigen. Also mußte ich versetzt werden.«

»Ich könnte dir weh tun.« Charlie beherrschte sich nur mühsam. »Ich könnte dir den Arsch bis zum Nacken aufreißen und dir solche Schmerzen zufügen, daß du dir wünschst, nie geboren zu sein.«

Stirnrunzelnd blickte Sampson auf Charlies wulstig-schlaffe Gestalt, und dann schaute er an sich selbst hinunter. Man sah nie, daß Sampson richtige, körperliche Übungen trieb, aber seine Gestalt war straff und schlank, sein Körper von harten Muskeln bepackt. Charlie fragte sich, ob er seine Drohung tatsächlich würde wahrmachen können.

»Vielleicht könntest du das, aber dann wiederum – vielleicht könntest du es auch nicht.« Sampson reckte sich herausfordernd und setzte sich ungedeckt einem möglichen Angriff aus. »Ich habe ein paar Freunde hier. Freunde, die es vielleicht für richtig halten, die Rechnung zu begleichen, wenn mir etwas passiert. Hast du daran mal gedacht?«

Geschlagen ließ Charlie sich auf seine eigene Pritsche fallen. »Schwein«, sagte er leer.

»Das tun viele institutionalisierte Gefangene«, sagte Sampson. »Mit sich selber reden, meine ich.«

General Walery Kalenin war ein Karriereoffizier im Geheimdienst, ein Mann, der – wenngleich zum Glück in den Anfangsjahren aus sicherer Distanz zu Georgien – zum sowjetischen System gestoßen war, als der Dienst noch NKWD hieß und von Lawrentij Pawlowitsch Berija geführt wurde; die Kombination hervorragender Fähigkeiten mit einem untrüglichen politischen Bewußtsein hatte ihn schließlich zum Vorsitzenden dessen werden lassen, was heute unter der Bezeichnung *Komitet Gossudarstwennoi Besopasnosti* bekannt ist – des KGB. Kalenin war ein Mann, der seine Arbeit wie auch die Macht und die Privilegien, die ihm daraus erwuchsen, genoß, und mehr als jeder andere Vorsitzende vor ihm beschäftigte er sich persönlich mit der Leitung und den Unternehmungen der Myriaden von Abteilungen des Dienstes. Kalenin, dessen hingebungsvoller Einsatz für den Dienst eine Ehe und selbst beiläufige, flüchtige Affären, jedes Hobby mit Ausnahme der Beschäftigung mit der Geschichte des Panzerkrieges und auch die Pflege eines großen Freundeskreises unmöglich machte, war sich sehr wohl der Tatsache bewußt, daß sein Widerwillen gegen alles Delegierende sich als Fehler auslegen ließe. Aber es war ein Fehler, den er – trotz einiger halbherziger Versuche – nicht zu korrigieren vermochte. Er hielt die Zügel in der Hand, und er brauchte das sichere Gefühl, alles unter Kontrolle zu haben.

Dies war der Grund dafür, daß der Lauschangriff auf die britische Botschaft ihm schon so frühzeitig zur Kenntnis gekommen war, statt von einem subalternen Beamten gefiltert und kanalisiert zu werden, der womöglich gewartet hätte, bis die Kryptologen den Code geknackt hätten, ehe er ihm Bericht erstattet hätte. Vielleicht, sann Kalenin, wäre es sogar der bessere Weg gewesen, denn im Augenblick hatte er nichts als einen unverständlichen Salat, von dem er nur wußte, daß es sich um eine chiffrierte Nachricht handelte, die folglich ganz offensichtlich wichtig war; aber er hatte nicht den kleinsten Hinweis darauf, was dahintersteckte oder welche Gefahren es repräsentierte.

Kalenin stand am Fenster seines spartanischen Büros und starrte hinunter auf das Denkmal des Geheimdienstbegründers unten auf dem Dserschinski-Platz. Zuerst, vor Monaten schon, die Warnung, daß ein Spion den Dienst infiltriert habe. Und jetzt dies – ein neuer Code, der bisher allen Dechiffrierungsversuchen getrotzt hatte. Aber Kalenin bedurfte nicht erst der Dechiffrierung, um zu wissen, daß es die vorherigen Erkenntnisse bestätigte.

Er trat an seinen Schreibtisch und griff zum Telefon. In scharfem, forderndem Ton führte er ein Gespräch mit der Dechiffrierungsabteilung; er gab keine neuen Anweisungen, die über diejenigen, die er schon erteilt hatte, hinausgingen. Der Anruf diente lediglich dem Zweck, sie wissen zu lassen, daß die Funksprüche die persönliche Aufmerksamkeit des Vorsitzenden erregt hatten und deshalb wichtig waren.

»Ich glaube nicht, daß dieser Mann überhaupt ein Mensch ist«, behauptete der Leiter der Analyseabteilung, ein Mathematiker names Malik, protestierend. »Ich glaube, er wurde irgendwo in einem verfluchten Laboratorium von einem Team von Technikern und Wissenschaftlern konstruiert.«

»Dann haben die aber einen Fehler begangen«, bemerkte sein Assistent, ohne von dem Funkspruch aufzublicken, den sie erfolglos zu entschlüsseln versuchten. »Sie haben seinen Motor überzüchtet.«

5

Sie beeilten sich nicht. Das brauchten sie nicht. Sie wußten so gut wie Charlie, daß sie mit ihm spielen konnten, solange sie dazu Lust hatten – eine kollektive Katze und eine gefangene Maus. Eine Maus, sinnierte Charlie verbittert, die nicht einmal ein Loch hatte, in das sie schlüpfen konnte.

Die Werkstatt, in der die Nummernschilder angefertigt wurden, war eine heiße, nach Chemikalien stinkende, von metallischem Geklapper erfüllte Höhle. Ihr Grundriß war L-förmig; an einem Ende befand sich der Schmiedeofen, der die Hitze verströmte und das Metall hämmerbar machte. Von hier aus wurden die Werkstücke auf ein Fließband gespien, das rechts und links von Stanzen gesäumt war, bis es den Knick des L erreichte, wo die Stücke eingesprüht wurden. Hierauf folgte der letzte Arbeitsgang: Das Einbrennen der Farbe in einer kleinen Reihe von Brennöfen, die fast so viel Hitze verbreiteten wie der Schmiedeofen am anderen Ende. Und jeder Schritt des Arbeitsprozesses, jede Nische der Werkstatt, bot Gelegenheit für potentielle Überfälle, wie Charlie mit professionellem Blick erkannte. Er klammerte sich an diesen Professionalismus, bemühte sich verzweifelt, sich an jeden Trick, jedes Signal zu erinnern, und er versuchte, einen Arbeitsplatz im äußeren Bereich um das Fließband zu ergattern, wo er die Wand im Rücken hatte, und nicht im Mittelgang, wo immer Leute hinter ihm sein würden. Hastig suchte er die gefährlichsten Punkte in einem Raum voller Gefahren zu identifizieren. Der Schmiedeofen war der offensichtlichste. Er war gasbeheizt, und die Schutztüren wurden dauernd zur Temperaturüberprüfung geöffnet und geschlossen; häufig würde man hier gelegenheit finden, ihn von hinten zu stoßen, und seine stützend ausgestreckte Hand würde dann geradewegs ins Feuer fahren. Direkt hinter dem Ofen war es nicht besser. Die Tafeln kamen glühend heraus, weich und bereit für das Einprägen der Nummern, heiß genug, um einem die Haut herunterzureißen, wenn sie mit einem ungeschützten Körperteil in Kontakt gerieten. Der Entgratungsbereich war der sicherste, entschied Charlie. Hier waren die Schilder so kalt, daß man sie anfassen konnte, und die Stanze, deren zermalmende Wucht ihm die Hand vom Arm trennen könnte, wenn man sie unversehens darunterstieße, war auch weit genug entfernt. Im Entgratungsbereich waren zwei Gruppen von Männern, eine an jeder Seite des Fließbandes, damit beschäftigt, mit groben Feilen die überstehenden Kanten und Grate, die von der Stanze herrührten, abzuhobeln und die schlecht gestanzten Platten auszusondern und an das Rückkehrband zu hängen, damit sie noch einmal verarbeitet werden konnten. Weiter hinten wuchs Charlies Furcht wieder. Hier wurden die Schilder gespritzt – zuerst grundiert, dann lackiert. Männer in Schutzkleidung mit Helmen und Filtermasken hantierten mit Spritzgeräten, die nur einer winzigen Drehung bedurften, um statt des zu besprühenden Nummernschildes mit einem ätzenden Farbstrahl seine Augen zu treffen. Und die Furcht blieb bei den Brennöfen, wo die Gefahr, in die Flammen gestoßen zu werden, noch größer war als beim Schmiedeofen, weil sie vorn und hinten offen waren, damit die Schilder in ununterbrochener, langsam gleitender Prozession durch das Feuer wandern konnten.

Sie beeilten sich nicht, aber sie spielten mit ihm. Am ersten Tag, als Charlie die Aufgabe hatte, das gefährliche heiße Metall für die Stanze auszurichten, und sich darauf konzentrierte, sich nicht zu verbrennen und nicht mit der Hand in die Stanze zu geraten, täuschte einer der Feilenden, ein Mann, den Charlie nicht kannte, einen Fehler vor; sein Raspel flog über die Kante eines Schildes hinaus, schürfte über Charlies Handrücken und riß ihm die Haut in Fetzen. Und am Ende der Woche, als Charlie bei den Brennöfen postiert war, lief einer der Ventilatoren, die so gestellt sein sollten, daß sie die heiße Luft von den Werkbänken wegblies, plötzlich umgekehrt und trieb ihm einen sengenden Heißluftschwall entgegen. Die Anlage war offensichtlich vorbereitet, der Zeitpunkt angepaßt, denn als es geschah, stand nur Charlie in dem glühenden Windstoß, während alle anderen just in diesem Moment wunderbarerweise abseits standen.

Charlie protestierte nicht, und er beschwerte sich auch nicht bei den Bullen – weder über den Feilenangriff noch über die Heißluft –, denn er wußte, daß sie genau darauf aus waren und er es sich damit nur noch schwerer machen würde. Außerdem war er verdammt sicher, daß die Bullen genau wußten, was hier vor sich ging, und deshalb wäre eine Beschwerde ohnehin nur Zeitverschwendung gewesen. Charlie versuchte, sich die Nervosität nicht anmerken zu lassen, denn diese Befriedigung gönnte er ihnen nicht; anfangs gelang es ihm auch, aber weder seine ganze Willenskraft noch sonst etwas half ihm, das Zucken zu stoppen, das sich gegen Ende der zweiten Woche an seinem linken Augenwinkel bemerkbar machte, und etwa um dieselbe Zeit wurde das Zittern in seinen Händen wirklich schlimm – so schlimm, daß er eines Abends tatsächlich seinen Tee verschüttete. Prudell sah, wie es passierte, und lachte, und alle, die mit Prudell am Tisch saßen lachten mit ihm. Butterworth hatte an diesem Abend Speisesaalaufsicht, und er brüllte ihn an, er solle gefälligst die Pfütze aufwischen, und da wußten die anderen im Saal es auch.

Es geschah dann in der dritten Woche, und zwar in dem Bereich, den Charlie als sichersten eingestuft hatte: In der Entgratung. Er war dankbar gewesen, daß man ihn hierhergestellt hatte, sogar außen, so daß er die Wand hinter sich hatte. Seine einzige Sorge war, daß die Feilen noch einmal benutzt werden könnten, wie es am ersten Tag geschehen war, und das war sein Fehler, denn dadurch hatte er die Gefahr, die von dem über den Köpfen verlaufenden Rückkehrband ausging, nicht richtig mit einkalkuliert. Das Band verlief hier in einer Schleife; es bildete ein kreisendes Endlossystem, auf dem die ausgesonderten Schilder zurücktransportiert werden konnten, ohne daß sie den gesamten Werkstattbereich durchfahren mußten. In Abständen von etwa einem Meter befanden sich Klammern an diesem Förderband, federnde Mäuler, in die man die fehlerhaften Schilder klemmen konnte, und zwar immer mehrere auf einmal. In dem Greifer, den direkt über Charlies Arbeitsplatz plötzlich die Kraft verließ, steckten sechs Stück – eine gezielt ausprobierte Überlastung, die genau dort zum Versagen des Systems führte, wo es geplant war. Trotz des niemals verebbenden Lärms in der Werkstatt hörte Charlie, wie die Platten sich lösten; er hörte das Schnappen, als die jäh entlastenden Klemmbacken hart zusammenschlugen. Er hörte sogar einen Warnruf – zu spät, als daß er etwas genützt hätte, aber immerhin war es ein Warnruf, denn wegen des beabsichtigten Unfalls würde es später eine Untersuchung geben, um die Verantwortlichkeit zu ermitteln. Die Verletzung war nicht so schwer, wie sie es sich gewünscht hätten. Sie wäre es gewesen, wenn Charlie langsamer reagiert hätte; das ganze Bündel wäre senkrecht auf ihn herabgestürzt und hätte ihm vielleicht den Schädel gebrochen. Sein professioneller Instinkt ließ ihn zurückspringen, als er die Klammer über sich zusammenschnappen hörte, weil dieser Laut anders war als alle, die er hier kannte, und wäre er um eine Idee schneller gewesen – um einen Sekundenbruchteil nur –, hätten die Schilder ihn gänzlich verfehlt. Aber sie verfehlten ihn nicht – nicht ganz. Die Platten waren mit Draht zusammengeschnürt, um das zerschmetternde Gewicht zu bündeln, und sie trafen als eine solide Masse auf seinen linken Unterarm. Er fühlte, wie der Knochen brach; das knackende Geräusch schien sich ins Mark zu bohren. Aber er schrie nur einmal, beim ersten Schmerz, noch immer entschlossen, ihnen sowenig wie möglich zu gönnen.

Auch die Haut war aufgerissen, denn das Metall war scharfkantig, und obwohl die Fleischwunde beinahe augenblicklich gereinigt wurde, bildete sich eine Infektion – der Arzt vermutete, es liege an der mit Farbe und Sprühlösung gesättigten Luft –; Charlie mußte deshalb vorläufig in der Krankenstation bleiben. Wieder in Sicherheit, dachte er, wie im Zellenarrest bei Sampsons Ankunft. Das Bewußtsein dieser Sicherheit erfüllte ihn mit einer Erleichterung, die beinahe körperlich spürbar war. Die Muskeln seines Körpers schmerzten von der Anspannung, in der er sie gehalten hatte, und jetzt, als er sich entspannte, fühlte er diesen Schmerz fast so unbehaglich wie den in seinem Arm, der von lokaler Betäubung gedämpft wurde. Hatte Hargrave recht? Jetzt, da es geschehen war, da er seine Strafe empfangen hatte – würde es jetzt besser werden? Er hoffte vor Gott, daß es so sein möge. Er wußte – allzeit objektiv –, daß er so nicht weitermachen konnte, wie er es in den letzten drei Wochen getan hatte. Er wollte fortfahren, ihnen zu trotzen. Ihnen und dem System. Himmel, er wollte es so sehr! Aber wie Hargrave gesagt hatte und wie Sampson gesagt hatte – es würde nicht gehen. Es konnte nicht gehen. Er mußte sich anpassen. Nicht konform verhalten, nicht nachgeben. Nur anpassen. Nur realistisch sein. Ob es stimmte, was Sampson gesagt hatte – daß er in der Abteilung immer noch den Ruf hatte, ein großer Realist zu sein? Er wollte es gern glauben. Es wäre gut, wenn man sich in der Abteilung an ihn erinnerte. Wenn man ihn bewunderte. Abrupt unterbrach Charlie seine Träumerei. Falls es Bewunderung für ihn gegeben hatte, dann würden sie es ihm jetzt übelnehmen, nach dem, was er getan hatte.

Miller, der staatlich geprüfte Krankenpfleger, sprach Charlie am ersten Abend nach dem Abendessen an. Er war ein nervös lächelnder Mann, dessen Haut schuppig abblätterte; Charlie fand, daß er zwar aussah wie jemand, der zu Unsittlichkeit fähig war, aber daß sie besonders grob ausfiele, konnte er sich nicht denken.

»Sampson sagt, es tut ihm leid, daß du verletzt worden bist.«

»Sag ihm, ich bedanke mich«, antwortete Charlie.

»Willst du was für deinen Arm? Ich könnte dir eine Schmerztablette geben.«

»Es geht schon.«

»Sampson schickt dir das hier.« Der Mann streckte ihm die Hand entgegen, die Handfläche abwärts gewandt; dabei stellte er sich so, daß der Arzt und der wachhabende Beamte in seiner Kabine davon nichts sehen konnten. Charlie hielt seine Hand unter die des Pflegers und betrachtete das kleine Fläschchen.

»Das ist Whisky«, erläuterte Miller.

Wieder eine Medizinflasche, dachte Charlie. Ob das Zeug wieder verwässert war, wie beim letztenmal? »Sag ihm auch dafür danke«, erwiderte er.

»Er sagt, du sollst ihn wissen lassen, wenn du noch was anderes brauchst.«

»Sag ihm, das hier genügt. Ich bin ihm dankbar.«

Charlie wartete noch lange, nachdem das Licht gelöscht worden war; die Flasche hatte er im Kopfkissenbezug versteckt, und seine

Finger lagen auf der harten Kante. Wieder eine Falle, wie er es schon früher befürchtet hatte? Oder war es die Brücke, die Sampson schon einmal hatte schlagen wollen? Anpassen, erinnerte sich Charlie; er hatte beschlossen, sich anzupassen. Schließlich war es auch eine Möglichkeit, herauszufinden, ob der Druck noch bestand. Es war nicht schwer, seine Bewegungen so zu verbergen, daß sie von der Wärterkabine aus nicht zu beobachten waren. Charlie zog das Fläschchen aus seinem Versteck, schraubte den Deckel ab und trank. Der Whisky war nicht verdünnt. Es war ein weicher Malt und, obwohl die Flasche so klein aussah, eine ganze Menge davon. Charlie trank alles. Wenn es eine Falle war, konnte es ihm schnuppe sein – es sollte sich dann wenigstens lohnen, hineinzugehen.

Aber es war keine Falle. Es gab keine Durchsuchung, keine Entdeckung, und zwei Abende später brachte Miller Nachschub, und auch damit wurde Charlie nicht erwischt.

Als Charlie aus der Krankenstation entlassen wurde, trug er den Arm noch im Verband, und infolgedessen konnte er nicht wieder in der Schilderwerkstatt anfangen. Er rechnete damit, in die Küche versetzt zu werden, aber statt dessen führte man ihn wieder in die Bibliothek zurück – wenn auch zu einem befristeten Einsatz: Der Bestand wurde erneuert, und sie brauchten dort jemanden, der sich mit dem System auskannte. Am ersten Tag ging Charlie von der Krankenstation direkt in die Bücherei, und erst am Abend kehrte er in seine Zelle zurück, wo er sich getraute, offen mit Sampson zu reden.

»War nett, das mit dem Whisky«, sagte er. »Danke.«

»Freut mich, daß du ihn diesmal trinken konntest«, meinte Sampson.

Charlie zögerte, bevor er tatsächlich einlenkte; es fiel ihm schwer. Sampson war immer noch ein rotznäsiger kleiner Schnösel, der ihm gegen den Strich ging. Schließlich sagte er: »Es hat wohl wenig Sinn, hier einen Dauerkrieg zu führen.«

In Sampsons Lächeln lag kein offensichtlicher Triumph, und Charlie war froh darüber. »Es hat überhaupt keinen Sinn«, stimmte Sampson zu.

Charlie ließ sich auf seiner Pritsche nieder und blickte in der winzigen Zelle umher. »Hab' ganz vergessen wie eng es hier ist. In der Krankenstation ist viel mehr Platz.«

»Fällt dir nichts auf?« wollte Sampson wissen.

Doch, Charlie sah es, noch während der Mann redete; er stand auf und trat an den kleinen Tisch, um das Radio aus der Nähe zu betrachten. »Wie zum Teufel kommst du denn daran?«

»Hab's beantragt«, erwiderte Sampson schlicht. Er trat neben Charlie und deutete auf einen zusammengerollten Antennendraht. »Den kann ich ans Zellenfenster hängen. Der Empfang ist Spitzenklasse.«

»Damit ist das Leben sehr viel angenehmer«, meinte Charlie.

Sampson lächelte wieder und antwortete: »Du wirst staunen.«

Als Alexej Berenkow aus britischer Gefangenschaft nach Moskau repatriiert wurde, wußte er, daß man ihn *in absentia* zum General befördert hatte, eine Anerkennung für seine lebenslange Spionagetätigkeit im Westen. Er rechnete mit einer Datscha in Sotschi und vielleicht mit einer Sinekure als Lehrer an einer der Geheimdienstschulen. Anfangs fragte er sich, ob die statt dessen erfolgte Abordnung zur Planungsabteilung des KGB, die der Zentrale am Dserschinski-Platz selbst angeschlossen war, ein Resultat des privaten Protektionismus sein mochte, ein sichtbares Zeichen der Freundschaft zwischen ihm und Kalenin. Es gab offenbar Leute, die es so empfanden, und zweifellos war die Beziehung zwischen ihm und dem Vorsitzenden ein wichtiger Faktor, aber Berenkow wußte, daß er den Posten nicht bekommen hätte, wenn Kalenin ihm nicht zugetraut hätte, die Funktion eines Abteilungsdirektors – als einer seiner offiziellen Vertreter – auszufüllen; Kalenin war zu gerissen, als daß er irgend etwas getan hätte, was ihm persönlich Schaden hätte zufügen können. Und Berenkow war pragmatisch genug, um zu wissen, daß er dem Mann keine Schwierigkeiten bereitet hatte. Das Gegenteil war der Fall. Seit Berenkows Ernennung war nicht ein einziger wichtiger Fehler unterlaufen, aber es waren zwei eindrucksvolle Erfolge erzielt worden, einer in Tokio, einer im Iran.

Berenkow war froh, wieder daheim zu sein. Er vermißte die relativ große Freiheit im Westen – sein Selbstvertrauen war groß genug, daß er darüber offen redete und diskutierte –, und das Leben des *bon viveur*, das er unter seiner Tarnung als Weinimporteur hatte führen können, fehlte ihm. Aber in Moskau hatte er eine Frau, die er liebte und von der er zu lange getrennt gewesen war, und einen Sohn, den er anbetete. Und insgeheim – ein Geheimnis, das er niemandem anvertraute, nicht einmal Walentina und ganz gewiß nicht Kalenin, so freundschaftlich sie auch miteinander verbunden sein mochten – wußte Berenkow, daß seine Nerven nach der langen Zeit im Westen, die er in unablässiger Verstellung verbracht hatte, andauernd in Erwartung der Verhaftung, zu der es schließlich auch gekommen war, arg in Mitleidenschaft gezogen worden waren. Das aber würde nun niemand erfahren. Jetzt konnte er das ganze ungewohnte, heimische Leben genießen, das er auch tat, und mit Vergnügen auf seinem unerwarteten, wichtigen Posten arbeiten, was er ebenfalls tat, und er hielt sich für einen vom Glück gesegneten Mann – erfüllt, zufrieden und in Sicherheit.

Kalenin rief ihn – offiziell, nicht gesellschaftlich – zu sich, bevor die Kryptologen den Code geknackt hatten; er brauchte Berenkows Erfahrung aus England, eine Erfahrung, die im Ministerium niemand sonst besaß. Der Vorsitzende zeigte Berenkow die sinnlosen Funksprüche, die sie abgefangen hatten, aber weil sie sinnlos waren, warf Berenkow nur einen kurzen Blick darauf und schob sie dann auf dem Schreibtisch seines Freundes beiseite.

»Es ist kein Code, den wir kennen?« fragte er.

Kalenin schüttelte den Kopf. »Und es ist ein besonders schwieriger. Im Augenblick widersetzt er sich sogar der Computeranalyse.«

»Dann ist es etwas Wichtiges«, befand Berenkow, und damit bestätigte er die Meinung, zu der Kalenin bereits gelangt war.

»Wie gut sind die Briten?« wollte Kalenin wissen.

Berenkow zuckte die Achseln. »Vergessen Sie nicht, daß ich schon lange nicht mehr da bin«, erinnerte er Kalenin. »Ich war fast zwei Jahre im Gefängnis und bin schon seit zwei Jahren hier. Am Ende meiner Zeit war Cuthbertson Direktor. Ein Dummkopf, der als solcher bloßgestellt wurde.«

»Sein Nachfolger ist Sir Alistair Wilson«, erklärte Kalenin.

Berenkow schüttelte den Kopf. »Ich weiß nichts über ihn«, sagte er. »Ich hatte immer das Gefühl, daß Cuthbertson und sein Haufen eine Verirrung darstellten, einen Fehler, der in jedem Dienst gelegentlich unterläuft, weil er unvermeidlich ist. Bei aller angeblichen Professionalität des CIA – vor dem britischen Geheimdienst habe ich eigentlich immer größeren Respekt gehabt.«

Kalenin blätterte durch die abgefangenen Funksprüche. »Zwanzig«, stellte er fest.

»Wichtig«, wiederholte Berenkow. »Da ist jemand hier in Moskau, ein Spion, von dem wir nichts wissen, und er verschiebt eine enorme Menge von Informationen, denen die Briten höchste Bedeutung und Priorität beimessen.«

»Wo ist er?« fragte Kalenin unumwunden.

»Wir werden den Code natürlich knacken«, meinte Berenkow. »Irgendwann.«

»Natürlich«, pflichtete Kalenin bei.

»Und dann müssen wir rückwärts arbeiten«, fuhr Berenkow, der unübertreffliche Profi, fort. »Wenn wir wissen, was diese Botschaften enthalten, werden wir damit nur einen Hinweis auf den Umfang des entstandenen Schadens haben. Die Quelle wird sich dabei – wenn wir nicht sehr viel Glück haben – nicht so schnell offenbaren, und das ist es, was wir brauchen: eine Möglichkeit, diesen Nachrichtenfluß schnell zu stoppen.«

»Wir haben niemanden im britischen Geheimdienst – nicht mehr, oder?«

»Es war Sampson, der uns gewarnt hat«, erinnerte Berenkow. »Er äußerte den Verdacht, es sei jemand eingedrungen. Ich war ohnehin dabei, seine Entlassung zu arrangieren. Jetzt ist es noch wichtiger. Wenn wir eine Transkription haben, kann er uns vielleicht die Richtung weisen.«

»Holen Sie ihn heraus, so schnell es geht«, befahl Kalenin. Er machte eine Pause. »Und machen Sie es so, daß es den Briten peinlich ist.«

6

Der Druck hörte auf. Nicht unverzüglich, denn die feindseligen Bullen, wie Hickley und Butterworth, waren anfangs argwöhnisch, und Prudell und die anderen Galeriechefs waren ebenfalls unsicher ob Charlies erfolgreicher Anpassung. Charlie selbst fiel es auch nicht leicht, zumindest am Anfang nicht. Nicht einmal später. Es war schwierig, sich nicht durch wortlose Aufsässigkeit anmerken zu lassen, was für Arschlöcher einige der Bullen in seinen Augen waren. Und es war ebenso schwierig, Prudell und die übrigen Tyrannen nicht merken zu lassen, daß er immer noch keine Angst vor ihnen hatte. Die Anpassung war ein bewußter, gezwungener Akt, etwas, das er nicht vergessen durfte, nicht einen Augenblick lang, denn in diesem Augenblick würde seine wirkliche Haltung an die Oberfläche dringen, und sie würden seine Charade durchschauen. Aber die Erleichterung, die er empfand, war fabelhaft; sie tat ihm so gut, daß er sich auch ihrer ständig bewußt bleiben mußte, um zu verhindern, daß er in das institutionalisierte unterwürfige Akzeptanzverhalten abglitt.

Der Job in der Bibliothek war umfangreicher, als Charlie erwartet hatte, als er aus der Krankenstation gekommen war; es ging darum, den gesamten Buchbestand aus dem beengten Raum in einen größeren zu schaffen, der weiter unten am selben Gang lag. Obgleich Hargrave nominell noch immer der Bibliothekar war, ließ sich doch nicht übersehen, daß Sampson die Leitung übernommen hatte, und die Beziehungen, die Sampson zu den Gefängniswärtern, auch zu den niederträchtigen, unterhielt, ermöglichten ihnen, ihr Arbeitstempo selbst zu bestimmen, vorausgesetzt, daß Bücher zur Verfügung standen, und weil sie die Ausleihe weiterführten, was eigentlich nicht besonders schwierig war, konnte Sampson jeden Beamten, der sie wegen ihres Tempos zur Rede stellte, davon überzeugen, daß es eben nicht so schnell vorangehen könne, wenn die Bibliothek offen sei. Obwohl Charlie seine Anpassung unablässig und strikt praktizierte, war ihm bewußt, daß die veränderte Reaktion der anderen ihm gegenüber in gewissem Maße das Ergebnis seines veränderten Verhältnisses zu Sampson war. Dies aber war für ihn ebenso schwer zu ertragen wie alles andere. Es war vernünftig, daß sie sich miteinander vertrugen, aber der Gedanke, unter Sampsons Schutz und Schirm zu stehen, machte ihn stinksauer. Dennoch, er fand sich – und wenn sich ihm der Magen umdrehten – damit ab, denn etwas anderes blieb ihm nicht übrig. Das war die Hilflosigkeit, die man erfuhr, wenn man da war, wo er war, und tat, was er tat. Und das durfte er nie vergessen. Weil Sampson es ohnehin wußte, führte Charlie offen Buch über seine Haft; es war sein morgendliches Ritual, das stattfand, bevor der Tag begann, noch vor der Prozession zum Abort.

Sampsons Radio wurde sehr wichtig – so wichtig wie das regelmäßige Tagezählen. Es war eine positive, handfeste Verbindung zur Außenwelt, mit deren Hilfe Charlie das Gefühl hatte, nicht völlig von allem abgeschnitten und isoliert zu sein. Sampson war mit dem Gerät genauso großzügig wie mit seinem Whisky in der Krankenstation – auch dafür sorgte er übrigens immer noch, wenngleich Charlie seinen Anteil jetzt bezahlte –, und nur selten entschied er gegen Charlies Willen für eine bestimmte Sendung; an Nachrichtenmagazinen und Diskussionssendungen schien er ebenso eifrig interessiert zu sein wie Charlie, und wie sich zeigte, bevorzugten sie sogar die gleiche Art von Musik.

Die Verlegung der Bibliothek nahm sechs Wochen in Anspruch, denn Sampson hatte einen Weg gefunden, die Arbeit weiter in die Länge zu ziehen: Er hatte darauf bestanden, den gesamten Buchbestand neu zu registrieren. Aber nach sechs Wochen wurden auch die umgänglichsten unter den Beamten allmählich ungeduldig.

»Schon gehört, wohin du kommst?« fragte Sampson. Es war Donnerstag, und sie wußten, daß der folgende Tag für Charlie der letzte in der Bibliothek sein würde.

Charlie schüttelte den Kopf. »Vielleicht in die Verwaltung.« Bei der

Untersuchung hatte Charlie von einem nicht existierenden Schmerz in seinem gebrochenen Arm erzählt und behauptet, mit der Hand immer noch Greifprobleme zu haben; auf diese Weise hatte er sich ein Attest erschwindelt, das ihn von jeder Schwerarbeit befreite; so hoffte er, an der Arbeit in den Werkstätten vorbeizukommen, auch wenn es dort jetzt vermutlich nicht mehr gefährlich sein würde.

Sampson lag auf seiner Pritsche und blickte zur Decke. »Ich habe versucht, zu verhindern, daß du wieder herkommst, weißt du das?«

Charlie sah ihn stirnrunzelnd an. »Was?«

»Ich habe versucht, zu verhindern, daß du wieder herkommst«, wiederholte Sampson. »Nach deiner Entlassung von der Krankenstation.«

»Weshalb, zum Teufel?« fragte Charlie. Er spürte, wie sein Magen sich bei dem Gedanken an einen Zusammenbruch ihrer fragilen Beziehung plötzlich unsicher zusammenkrampfte, und die physische Reaktion ärgerte ihn, denn er erkannte, daß er trotz seiner Bemühungen, sich dessen, was geschah, stets bewußt zu bleiben, davon abhängig geworden war; er wollte nicht, daß es zu Ende ginge und alles wieder wäre wie früher.

Sampson antwortete nicht sofort. Statt dessen schwang er die Beine von seiner Pritsche, tastete unter dem Bettgestell, wo er seinen Whisky versteckt hielt, umher und goß in jeden der beiden Becher einen Schuß. »Wegen des Risikos«, erklärte er schließlich.

»Von welchem Risiko redest du?«

»Von meinem.«

»Das ist doch verrückt.«

»Verrückt warst du auch, bevor du auf die Krankenstation kamst«, stellte Sampson fest. »Jetzt bist du es nicht mehr.«

Charlie nippte an seinem Drink und behielt Sampson über den Rand des Bechers im Auge. »Verstehe ich immer noch nicht.«

Sampson wies mit dem Kopf zum Tisch und auf Charlies sorgfältig geführten Kalender. »Zwölf Jahre, drei Wochen und zwei Tage«, sagte er. »Glaubst du, du hältst noch zwölf Jahre, drei Wochen und zwei Tage hier drin aus, Charlie?«

Charlie nahm jetzt einen tieferen Zug aus seinem Becher; er hatte keine Lust, sich dieser Frage zu stellen. Auch ein Hinweis auf drohende Institutionalisierung, dachte er. »Ich weiß es nicht«, sagte er.

»Aber ich weiß es«, entgegnete Sampson. »Ich glaube, du wirst wahnsinnig werden. Vielleicht wirst du auch versuchen, dich umzubringen.«

Einen Selbstmordversuch konnte Charlie sich nicht vorstellen, denn so schlecht war es ihm noch nie ergangen. Aber sicher war er sich nicht. »Es gibt so was wie Bewährung«, meinte er.

Sampson winkte ab. »Nicht für Leute wie uns«, sagte er. »Nicht für Spione und Kinderschänder.«

»Worauf willst du hinaus?« fragte Charlie.

»Möchtest du raus?« fragte Sampson unverblümt. »Mit mir?«

»*raus*!«

Sampson deutete wieder auf den Tisch, diesmal zum Radio. »Du hast doch wohl nicht geglaubt, ich habe das Ding besorgt, um die Londoner Philharmoniker und *Letter from America* zu hören, oder?«

Charlie starrte das Radio an und wandte sich dann wieder Sampson zu.

»Es war von Anfang an arrangiert, für den Fall, daß man mich erwischen würde«, erklärte Sampson. »Ich wußte, daß ich ein Radio beantragen mußte; ich wußte, welche Langwellenfrequenz ich einzustellen hatte; ich wußte, wie ich die Botschaften erkennen würde, wenn sie erst anfingen, sie zu senden. Und sie haben angefangen. Das und einiges andere.«

Charlie verspürte ein taubes Kribbeln, eine Empfindung, die er manchmal draußen bei einer heftigen Sauferei erlebt hatte, wenn er etwas gefeiert oder sich entpsannt hatte. Aber jetzt war er nicht betrunken. Das hier war reine, überschwengliche Aufregung. Er mußte aufpassen, denn dies war das Wichtigste, was ihm in seinem ganzen Leben widerfahren war; er konnte sich nicht einen einzigen, nicht den kleinsten, nicht den winzigsten Fehler leisten.

»Deswegen mußte ich den Job in der Bibliothek bekommen«, fuhr Sampson fort. »Ich bekam die entsprechende Anweisung noch vor dem Radio, aus einer Kleinanzeige unter *Persönliches* im *Daily Telegraph*. Jeder dritte Dienstag im Monat ist mein Kontakttag – der Tag, an dem ich nachsehen muß, ob eine Nachricht für mich in der Zeitung steht. Ich wußte nicht, weshalb die Bücherei so wichtig war, zuerst jedenfalls nicht; aber jetzt weiß ich es. Darum hat man alles verlagert.«

»Warum?«

»Anweisung von draußen«, sagte Sampson. »Eine Erweiterung des Flügels. Das bedeutet: Gerüste, Leitern, Seile.«

»Woher weißt du das?«

»Aus dem Radio«, erklärte Sampson. »Es ist verblüffend, wie einfach es ist, sich über die Bauaufträge der öffentlichen Hand auf dem laufenden zu halten, wenn man nur weiß, wie man es anstellen soll. Und die sowjetische Botschaft weiß das. Die Bauarbeiten fangen in vierzehn Tagen an, und in ihrem Verlauf wird man tatsächlich die Gitter von den Fenstern nehmen...« Sampson grinste selbstzufrieden. »Unter anderem vom Fenster eines Raumes, den ich inzwischen wie meine Westentasche kenne, an einem Korridor, in dem ich eine gewohnte Erscheinung bin und in dem ich mich jederzeit aufhalten darf...« Und noch einmal nickte er zu dem Radio hinüber. »Man wird mir sagen, wenn die Gitter herausgenommen werden – wann ich mich auf den Weg machen soll. Draußen wird dann alles vorbereitet sein.«

»So ist George Blake rausgekommen«, entsann Charlie sich. Er starrte auf den schwarzen Empfänger, der mitten auf dem Tisch stand.

»So ist es!« rief Sampson triumphierend. »Er war zu zweiundvierzig Jahren verurteilt, und jetzt lebt er glücklich und zufrieden im Ruhestand in Moskau. Kannst du dir vorstellen, wie peinlich es wird, wenn das noch einmal passiert! Die Briten werden so blöd aussehen, daß kein Geheimdienst der Welt mehr im Traum daran denken wird, ihnen auch nur die Uhrzeit zu verraten.«

Sampson hatte recht, dachte Charlie: Die Peinlichkeit würde nicht zu überbieten sein. Das taube Gefühl stellte sich wieder ein; diesmal war es bange Erwartung.

»Deswegen habe ich versucht, dich aus der Zelle zu schaffen«, sagte Sampson. »Du warst eine Komplikation, die ich nicht gebrauchen konnte. Aber als ich anfing, meine Vorbereitungen zu treffen, erfuhr ich von Hickley, daß ich jemand anderen würde hereinnehmen müssen, wenn ich wollte, daß du verlegt würdest. Und das paßte mir noch weniger...« Sampson legte den Kopf schräg. »Du weißt, was ich da sage, nicht wahr?«

»Ja«, antwortete Charlie ruhig. »Ich weiß es.«

»Ich werde dich mitnehmen«, sagte Sampson. »Ich werde dich hier rausbringen und sicher nach Rußland geleiten –« Er lachte unvermittelt; er konnte seine Euphorie nicht länger unterdrücken. »Und da leben wir dann glücklich und zufrieden bis an unser seliges Ende.«

Nach draußen, dachte Charlie. O Gott – der bloße Gedanke, wieder draußen zu sein...

Sampson beugte sich auf seiner Pritsche nach vorn und verringerte den Abstand zwischen ihnen. »Aber eines muß dir klar sein«, sagte er warnend. »Ich nehme dich mit, weil ich keine andere Wahl habe. Und ich erzähle dir davon, weil mir auch da nichts anderes übrigbleibt. Und weil ich weiß, was es für dich bedeutet, hier drin zu sein, weil ich gesehen habe, wie du deinen Kalender abhakst – jeden gottverdammten Tag. Aber wenn du irgend etwas unternimmst, um die Sache zu vermasseln, irgend etwas, dann werde ich dich umbringen lassen.«

Charlie starrte ihn wortlos an.

»Ich könnte das tun, weißt du? Dich umbringen lassen, meine ich. Es wäre wirklich überhaupt kein Problem, bei den Kontakten, die ich drinnen wie draußen habe. Nichts, überhaupt nichts, wird mich daran hindern, von hier zu verschwinden. Verstehst du?«

»Ja«, sagte Charlie. »Ich verstehe.«

Ich komme raus! dachte er. Aber nicht auf deine Tour, du Schwein. Du bleibst im Knast, bis du schwarz wirst.

Am folgenden Tag wurde Charlie in den Verwaltungsblock versetzt, wo das Büro des Direktors lag und wo die Angestellten der Gefängnisleitung arbeiteten. Und am Dienstag erwischte der Wärter ihn dabei, wie er versuchte, einen Brieföffner in seinem Hosenbund hinauszuschmuggeln.

Die Rose in Sir Alistair Wilsons Knopfloch paßte zu denen, die in der Vase auf seinem Schreibtisch standen; das Zimmer war von ihrem Duft durchdrungen. Die Botschaften, die aus Moskau gesendet worden waren, hatte man einer Hauptakte beigefügt, angefangen bei der ersten und sortiert nach der Reihenfolge ihres Eingangs. Der Direktor des britischen Geheimdienstes fuhr mit dem Daumen über den Rand der Papiere. »Das ist eine verflixte Menge.«

»Hoffen wir, daß es nicht allzuviel ist«, meinte der stets vorsichtige Harkness.

»Sie haben den Baikonur-Code nicht geändert«, sagte Wilson; er sprach von der zuoberst liegenden Nachricht, die im Laufe der Nacht hereingekommen war.

»Das bedeutet, daß sie unseren noch nicht entziffert haben«, meinte sein Stellvertreter. Er schien überrascht zu sein, vielleicht auch enttäuscht.

»Es dauert länger, als ich erwartet hatte.«

»Wir müssen annehmen, daß sie die Sendungen inzwischen abhören«, sagte Harkness. »Es wird sie wahnsinnig machen, nicht zu wissen, was dahintersteckt.«

»Sie werden es nie ganz erfahren«, meinte Wilson.

»Das hoffen wir«, sagte der zurückhaltende Harkness. »Das ist schließlich erst der Anfang. Nichts weiter – erst der Anfang.«

»Immer noch unsicher wegen des Opfers?«

»Es wird ein verfluchtes Opfer sein, wenn es nicht klappt«, sagte Harkness.

»Es wird klappen«, entgegnete Wilson zuversichtlich. Er streckte die Hand aus und berührte seine geliebte Rosen. »Wissen Sie, wie die heißen?« fragte er.

»Wie denn?«

»›Sieben Schwestern‹«, verriet der Direktor. »Passend, finden Sie nicht auch?«

»Das Kennwort stammt aber aus den *Drei Schwestern*«, erinnerte Harkness.

»Immerhin«, sagte Wilson. »Immerhin.«

7

Charlie wußte, daß er ein furchtbares Risiko einging; es konnte sein, daß der Direktor das, was er sagen würde, als Unsinn abtun würde, und es konnte auch sein, daß Sampson etwas erfuhr, weil die Bullen untereinander tratschten. Aber eine andere Möglichkeit hatte er nicht; zumindest war ihm keine eingefallen, nachdem Sampson ihm verraten hatte, was er zu tun gedachte. Charlies Hosenbund war schweißnaß, und seine gehorsam auf dem Rücken gefalteten Hände waren feucht. Er konnte sich nicht erinnern, je so nervös gewesen zu sein, nicht einmal wenn es beim Auftrag so ausgesehen hatte, als werde alles in die Hosen gehen.

Armitrage blickte seufzend zu ihm auf – ein Mann, dessen unbeugsame Hoffnung wieder einmal enttäuscht worden war. »Das ist eine ernste Sache«, stellte er fest. »Sehr viel ernster als die letzte.«

»Es gibt einen Grund dafür, Sir«, antwortete Charlie.

Der Direktor nahm den Brieföffner von seinem Schreibtisch, wog ihn in der Hand und meinte: »Es kann nur einen naheliegenden Grund geben, wenn jemand versucht, ein Messer zu stehlen, Muffin.«

Es war an der Zeit auszupacken, begriff Charlie. Den einen der beiden Beamten, die ihn eskortierten – einen Mann namens Dailey –, kannte er, den anderen nicht. Was, wenn Sampson ihn auch kannte? Er schien ja alles und jeden zu kennen. Charlie hatte natürlich nicht die Absicht, Sampsons Namen zu nennen, denn dieser war sein Handelsobjekt. Aber es würde trotzdem eine Geschichte sein, mit der man vor den anderen Wärtern hervorragend würde prahlen können, wenn man sie mit angehört hätte. Und die anderen Wärter würden sie wiederholen, auch wenn es ein schwerwiegender Verstoß gegen die

Sicherheitsvorschriften war, auszuplaudern, was in diesen vier Wänden gesprochen wurde. Charlie wußte genug über die Sicherheitsvorschriften, um auch zu wissen, wie selten sie eingehalten wurden. »Als ich dieses Messer nahm«, sagte er, »wollte ich, daß man mich dabei beobachtete ... ich wollte, daß ein Disziplinarverfahren eröffnet wird.«

Wieder blickte Armitrage stirnrunzelnd zu ihm auf. »Was?«

»Ich wollte, daß man mich zu Ihnen bringt, Sir«, sagte Charlie.

»Er hat eindeutig versucht, das Messer einzustecken, Sir«, sagte Dailey beharrlich.

»Aber ich habe nicht versucht, es heimlich zu tun, oder?« versetzte Charlie. »Ich habe Sie dabei angesehen, um Gottes willen!« Die Vorschriften gestatteten nicht, daß er die Wärter befragte, und dieses Benehmen vor dem Direktor war ebenfalls nicht erlaubt. Aber die Vorschriften kümmerten ihn einen Dreck. Wichtig war nur eines: daß sie ihm schließlich glaubten oder daß sie, wenn sie ihm nicht restlos alles glaubten, wenigstens so sehr erschraken, daß sie angemessen reagierten.

Dailey wartete auf eine Ermahnung vom Direktor; als keine kam, sagte er: »Es war ein ungeschickter Versuch, es zu verbergen.«

»Absichtlich ungeschickt«, beharrte Charlie. Er schwieg einen Augenblick lang und fügte dann hinzu: »In diesem Gefängnis wird ein Ausbruch geplant, und zwar ein Ausbruch, der so peinlich sein wird, daß die Wellen, die er verursachen wird, ausreichen werden, Sie um Ihren Posten zu bringen. Mindestens wird man Ihren Rücktritt fordern, soviel ist gewiß.«

Wahrscheinlich war das zu dick aufgetragen, gestand Charlie sich ein. Aber irgendwie mußte er diesen dummen alten Scheißer in Bewegung bringen. Rechts und links von ihm traten Dailey und der Wärter, den er nicht kannte, von einem Fuß auf den anderen, und sie nahmen ihn tatsächlich ein wenig enger in die Mitte, als befürchteten sie, Charlie könne im nächsten Augenblick die Flucht ergreifen.

Die vage Zerstreutheit in Armitrages Gesicht verflog jäh. Mit angespannter Miene erhob er sich und starrte Charlie an. »Was sagen Sie da? Ich will alles darüber wissen. Alles.«

»Nein«, antwortete Charlie.

Der Gefängnisdirektor lief rot an. Seine Wut war offensichtlich. »Ich will alles darüber wissen«, wiederholte er. »Und Sie werden es mir erzählen.«

»Nein«, sagte Charlie. »Jetzt nicht. Ich werde es Ihnen erzählen, aber nur in Gegenwart von Sir Alistair Wilson.«

»Sir Alistair Wilson?«

»Der Direktor des Geheimdienstes.«

»Das ist doch lächerlich!« rief Armitrage.

»Sagen Sie ihm, es ist wichtig. Lebenswichtig.« Charlie war stur wie ein Bulldozer. Bei der ersten Abmachung hatten sie ihn vielleicht übers Ohr gehauen, aber ein zweites Mal würde ihm das nicht passieren. Diesmal gedachte Charlie, seine Freiheit zu bekommen.

»Ich habe nicht die Absicht, irgendeine außenstehende Person anzusprechen«, erklärte Armitrage. »Dies ist eine Angelegenheit der Haftanstalt, und ich selbst werde sie regeln. Und sie wird geregelt werden. Hier. Jetzt.«

Charlie starrte den Mann über den Schreibtisch hinweg an und schwieg.

»Ich warte«, sagte Armitrage.

»In Gegenwart des Direktors«, sagte Charlie. »Dann erzähle ich Ihnen alles.«

Armitrage sah die beiden Wärter neben Charlie an. »Irgendwelche Anzeichen von Unruhe – mehr als normal?« wollte er wissen. »Ein geplanter Ausbruch bringt meistens eine bestimmte Atmosphäre mit sich.«

»Nichts, Sir«, erwiderte Dailey.

»Ich sollte wohl besser den stellvertretenden Direktor hinzuziehen«, meinte Armitrage. »Und den Wachdienstleiter.«

Und die Geschichte würde die Runde machen, dachte Charlie verzweifelt. »Es gibt keinen konzertierten Plan«, sagte er. »Sie werden nichts entdecken, wenn Sie die Sicherheitsmaßnahmen verschärfen.«

Armitrage wandte sich an Dailey. »Bringen Sie ihn in Einzelhaft.«

In militärischem Ton bellte er den Befehl, kehrtzumachen und wegzutreten; Charlie wiederholte: »Ich werde nichts sagen, solange Sir Alistair Wilson nicht dabei ist. Wenn das Unternehmen gelingt, bringt Sie das in die peinlichste Situation Ihres Lebens.«

»Raus!« sagte Dailey und stieß ihn vorwärts.

Die Einzelhaftzelle war ein innen gelegener Raum ohne Fenster, kleiner als die Zelle, die er mit Sampson bewohnt hatte. Charlie setzte sich vornübergebeugt auf die Pritsche und stützte den Kopf auf die Hände. Schlecht, dachte er – wenn man berücksichtigte, wie sehr er sich bemüht hatte. Beschissen, genauer gesagt. Daß er beim Direktor gewesen war, würde sich im Gefängnis bereits herumgesprochen haben, weil die Vertrauensgefangenen, die in der Verwaltung arbeiteten, gesehen hatten, wie er hinein- und wieder hinausgeführt worden war. Sie würden auch wissen, daß er jetzt in Einzelhaft saß. Und der dämliche alte Schnarchsack würde eine Konferenz mit seinem Stellvertreter und dem Hauptbullen einberufen, weil er zu inkompetent war, ohne den Rat möglichst vieler Leute eine Entscheidung zu treffen. Scheiße! dachte Charlie. Er war einmal besser gewesen, aber das war lange her. Zu lange. Sampson würde ihn umbringen lassen, daran zweifelte Charlie nicht. Ganz bestimmt würde der Mann erfahren, daß er ihn verpfiffen hatte. Vermutlich würde er permanente Einzelhaft beantragen können. Es gab eine Vorschrift, die so etwas ermöglichte; meistens wurde sie von Schweinen beansprucht, die sich sexuell an kleinen Kindern vergangen hatten und vor den übrigen Gefangenen geschützt werden mußten. Da saßen sie dann in einer Enklave inmitten einer Enklave, in ständiger Angst, so wie er jetzt voller Angst war. In Einzelhaft wurde man wahnsinnig; Sampson hatte gesagt, er werde wahnsinnig werden. Was war denn besser: Wahnsinnig oder tot? Herrgott, was für eine beschissene Wahl!

Ohne Uhr und ohne ein Fenster, in dem er den Wechsel des Tageslichtes hätte verfolgen können, fiel es ihm schwer, die Zeit abzuschätzen, aber er vermutete, daß drei Stunden verstrichen waren, als jemand kam. Vielleicht hatte es auch länger gedauert, dachte er, als sie ihn durch den Verwaltungstrakt zurückführten, denn hier gab es Fenster, und er sah, daß es draußen schon dunkel war. Aber kam es wirklich darauf an? War es wichtig, ob draußen Tag oder Nacht war? War überhaupt noch irgend etwas wichtig?

Charlies Depression – seine Angst – war so abgrundtief, daß die aufschäumende Euphorie eine schier physische Reaktion war, als er das Büro des Direktors betrat und unter den Anwesenden auch den Mann entdeckte, der ihn damals auf der Anklagebank im Old Bailey mit ausdrucksloser Miene angestarrt hatte, während sein Urteil verkündet wurde. Charlie blieb stehen, so daß der Wärter, der ihm folgte, tatsächlich gegen ihn prallte. »Gott sei Dank«, sagte er; er sagte es laut, und es kümmerte ihn nicht, daß sie merkten, wie erleichtert er war.

Sir Alistair Wilson stand – weil es für ihn bequemer war, zu stehen, aber das wußte Charlie nicht – links neben dem Gefängnisdirektor am Fenster und stützte sich auf den Heizkörper. Rechts von Armitrage sah er dessen Stellvertreter, Collins, und neben diesem stand ehrerbietig der Oberwärter, dessen Name Dexter war. Einer von den miesen Typen.

Armitrage hatte ein Zugeständnis gemacht, als er Wilson hinzuzog; er wußte es, und jeder der Anwesenden wußte es. Er versuchte, diese

Schwäche zu überspielen, indem er augenblicklich die Leitung der Versammlung an sich riß und Charlie knapp zunickte, wie um ihm zu befehlen, stehenzubleiben. »Ich glaube nicht, daß Sie eine Vorstellung davon haben, was es bedeutet, diese Konferenz auf die Beine zu bringen«, begann er. »Nicht nur das Innenministerium, sondern darüber hinaus noch eine ganze Reihe anderer Behörden mußten hinzugezogen werden, und Sir Alistair hier...« Der Mann legte eine Pause ein und sah Sir Alistair an. »Sir Alistair hat ein hohes Maß an staatlichem Verantwortungsbewußtsein gezeigt, indem er sich so kurzfristig bereit fand, herzukommen. Seine Anwesenheit war die Bedingung, die Sie gestellt haben, Muffin. Ich habe diese Bedingung erfüllt. Wenn ich, nachdem ich gehört habe, was Sie zu sagen haben, zu dem Schluß komme, daß es sich bei dieser Episode um eine Ihrer Phantasie entsprungene Farce handelt – was ich befürchte –, dann werde ich Sie vor den jetzt anwesenden Behördenvertretern wegen heimlichen Waffenbesitzes zur Vorbereitung der Flucht aus der Haftanstalt unter Arrest stellen und bei der Strafverfolgungsbehörde einen Antrag auf Verlängerung Ihrer Haft stellen. Weiterhin werde ich Ihrer Akte einen Vermerk beifügen, und zwar des Inhalts, daß eine Aussetzung Ihrer Haftstrafe zur Bewährung nicht zu erwägen sei, solange dies nicht durch gesetzliche Vorschriften zwingend notwendig gemacht wird.«

Leck mich am Arsch, dachte Charlie. Er war am Ziel. Er hatte sein Schäfchen im Trockenen. Immer mit der Ruhe, mahnte er sich im selben Augenblick. Schon einmal hatte er geglaubt, eine Abmachung mit Wilson zu haben, und dieses Schwein hatte sich nicht daran gehalten.

»Alsdann«, sagte Armitrage, immer noch bemüht, energisch zu erscheinen. »Was gibt es?«

Charlie sah nicht ihn, sondern Wilson an. »Was ist mit unserer Abmachung?« fragte er herausfordernd.

»Mit was für einer Abmachung?«

Charlie ließ seinen Blick über die Anwesenden wandern. »Wollen Sie, daß ich hier darüber rede, einfach so?« erkundigte er sich.

»Was für eine Abmachung?« wiederholte Wilson.

»Ich hätte abhauen können in Italien«, erinnerte Charlie ihn. »Ich weiß, daß Sie mich gefunden hätten, aber ich hätte trotzdem abhauen können. Ich hab's nicht getan. Weil ich wußte, daß unser eigener Botschafter dort zu den Russen übergelaufen war, bin ich geblieben, und ich habe alles getan, was Sie von mir verlangten, so daß Sie die Geschichte nicht nur stoppen, sondern sogar umdrehen konnten und die Möglichkeit hatten, eine Menge Schaden anzurichten –«

»Das alles wurde in Ihrem Prozeß dargelegt«, unterbrach der Direktor.

»Quatsch!« widersprach Charlie. »Es wurde nicht dargelegt, wie Sie behaupten. Es wurde erwähnt, und das auch nur verdammt beiläufig. Aber die Abmachung lautete: Sie würden dafür sorgen, daß der Richter alles gut verstand. Man würde es berücksichtigen und mir nicht etwa die gottverdammte Höchststrafe aufbrummen. Und nach dem Urteil würden Sie dafür sorgen, daß ich wieder herauskäme...!« Charlies Wut wuchs, als er sich an all die Versprechungen erinnerte, die Wilson gemacht hatte. »Stimmt das etwa nicht?« Es kümmerte ihn nicht, daß seine Stimme lauter wurde. »*Stimmt* das etwa nicht?«

»Ich lasse nicht zu, daß Sir Alistair hier verhört wird!« schaltete Armitrage sich ein. »Und ebensowenig werde ich gestatten, daß dieses lächerliche Theater fortgesetzt wird!«

»Lassen Sie nur«, besänftigte Wilson den Direktor von hinten. Dann wandte er sich wieder an Charlie. »Der Richter wurde angesprochen. Ich konnte Ihnen nur versprechen, daß es Bemühungen geben würde. Ich konnte Ihnen nichts garantieren. Der Richter befand, daß das, was Sie in Italien getan haben, nur ein äußerst geringfügiger mildernder Umstand sei, verglichen mit dem Schaden, den Sie angerichtet haben. Daran konnte ich nichts ändern.«

»Und warum bin ich danach nicht herausgeholt worden?« beharrte Charlie.

Jetzt antwortete Armitrage. »Sir Alistair hat schon vor langer Zeit Kontakt sowohl mit dem Innenministerium als auch mit mir aufgenommen und sich darum bemüht, Ihre Strafe möglichst bald auf Bewährung auszusetzen«, erklärte er. »Wegen dieser früheren Kontakte war ich überhaupt nur in der Lage, ihn jetzt so schnell zu erreichen, und nur deshalb hat Sir Alistair so rasch reagiert.«

»Oh«, sagte Charlie. Einen Augenblick lang kam er sich vor wie ein Ballon, dem die Luft abgelassen wurde.

»Meine Möglichkeiten, das bestehende System zu umgehen, sind begrenzt«, sagte Wilson. »In sechs Monaten wird eine Anhörung stattfinden. Ich habe bereits darauf hingewiesen, daß ich eine Strafaussetzung unterstützen werde, wenn Sie einen entsprechenden Antrag stellen, aber Sie werden natürlich, selbst wenn diesem Antrag stattgegeben wird, die Mindeststrafe absitzen müssen.«

»Das wußte ich nicht«, sagte Charlie.

»Konnten Sie ja nicht«, sagte Wilson und fügte dann hinzu: »Sollten Sie auch nicht.«

»Was immer Sir Alistair zu tun gedachte, ich werde es blockieren, falls sich herausstellt, daß all dies Unsinn ist«, wiederholte Armitrage.

Er hatte nichts als ihr Wort – Wilsons Wort –, begriff Charlie, der langsam wieder zu sich kam. Es konnte alles erlogen sein. »Ich will eine neue Abmachung«, sagte er. »Ich will die absolute Garantie dafür, daß ich im Austausch für das, was ich Ihnen sage, rauskomme. Und zwar sofort. Bestehende Systeme, Rechtsvorschriften und Bewährungsausschüsse interessieren mich einen Dreck. Ich will nur raus.«

»Ich werde keinen Handel mit Ihnen schließen«, erwiderte Wilson ruhig und gelassen angesichts von Charlies schwankender Selbstbeherrschung. »Und schon gar nicht blind. Wenn das, was Sie mir zu erzählen haben, ernstzunehmen ist, werde ich dafür sorgen, daß der Bewährungsausschuß volle Kenntnis davon erhält.«

»Wie Sie es auch damals beim Richter getan haben!«

»Ich habe Ihnen schon einmal gesagt, ich konnte seine Reaktion nicht vorhersehen.«

»Und das können Sie beim Bewährungsausschuß auch nicht«, versetzte Charlie. Er war zu dem Schluß gekommen, daß er nichts zu verlieren hatte und daß er eine solche Gelegenheit nie wieder bekommen würde. »Ich will eine Abmachung«, beharrte er. »Andernfalls werden Sie sich alle miteinander gründlich zum Narren machen. Und das ist etwas, wofür ich garantieren kann.«

Armitrage drehte sich halb um, so daß er Wilson ansehen konnte. Er wies mit dem Finger auf etwas, das auf einem Aktenblatt stand. Die Akte lag auf dem Schreibtisch vor dem Gefängnisdirektor; Charlie hatte sie nicht bemerkt.

»Ich garantiere Ihnen, daß man Sie in den offenen Strafvollzug verlegen wird«, räumte der Direktor ein. »Weiterhin garantiere ich Ihnen, bei der Bewährungsberatung in sechs Monaten persönlich zu intervenieren, und ich weiß, daß der Leiter dieser Haftanstalt mich bei dieser Intervention unterstützen wird ...« Wilson zögerte. »Aber eines muß klar gesagt werden«, fuhr er fort. »Bisher habe ich nicht die leiseste Ahnung, wieso ich diesen weiten Weg auf mich genommen habe – abgesehen von meinem Interesse an Ihnen, dessen Sie sich bis heute ja nicht bewußt gewesen sind. Aber dieses Interesse läßt rapide nach. Wenn sich erweisen sollte, daß alles dies nichts als heiße Luft ist, geht die Hilfe, die ich Ihnen zu leisten gedenke, augenblicklich zu Ende. Dann können Sie hierbleiben und verrotten, wie es der Richter beschlossen hat.«

Charlie begriff, daß er in der Falle saß. Und die anderen wußten es auch. Mit einiger Verspätung ließ er sein objektives Urteilsvermögen zu Wort kommen, und er sah, daß er von Glück reden konnte, überhaupt so weit gekommen zu sein. Wilson hatte ihm ein Zugeständnis gemacht, indem er hier erschienen war. Vielleicht also war sein Interesse echt. Nach diesem Gefängnis würde der offene Strafvollzug der reinste Himmel sein. Und man würde seine Strafe zur Bewährung aussetzen – im Austausch für die Informationen, die er hatte.

»Also gut«, sagte Charlie einlenkend. Und dann erzählte er ihnen in allen Einzelheiten, was er wußte. Es verschaffte ihm flüchtige Befriedigung, als er sah, wie Dexter reagierte, einer der dumpfen Trottel, die von Sampson so tief beeindruckt gewesen waren.

Eine ganze Weile war es still, nachdem Charlie geendet hatte. Wilson sprach als erster. »Was für ein Glück«, stellte er fest. »Was für ein unglaubliches, unerwartetes Glück.«

Wilson übernahm das Kommando; anscheinend paßte es ihm nicht einmal, daß Armitrage im Raum blieb, und er fügte sich erst, nachdem er im Büro des stellvertretenden Anstaltsleiters ein paar Telefonate geführt hatte. Er befahl den Gefängniswärtern, die Charlie begleiteten, in einem Vorraum zu bleiben, wo niemand sie sehen würde, damit sich nicht im ganzen Gefängnis herumsprechen konnte, daß Charlie mit einem Fremden von außerhalb allein im Büro des Direktors sei. Bevor er sie hinausschickte, belehrte er sie wie auch den stellvertretenden Direktor und den Wachdienstleiter, daß sie als Regierungsbeamte an die Vorschriften zur Sicherung von Staatsgeheimnissen gebunden seien, und er fügte eine massive Warnung hinzu: Sollte irgend etwas von dem, was sie an diesem Abend im Büro gehört hätten, nach draußen sickern, werde er persönlich dafür sorgen, daß sie vor Gericht gestellt und zu einer Gefängnisstrafe verurteilt würden. Charlie fragte sich, woher der Direktor wußte, daß ein Gefängnisbulle vor nichts so große Angst hatte wie davor, selber ins Gefängnis zu müssen.

»Sie haben Ihre Loyalität unter Beweis gestellt«, sagte Wilson zu Charlie, als das Büro sich geleert hatte. »Schon nach Italien war ich davon überzeugt, und deshalb habe ich versucht, Ihnen zu helfen. Aber Ihre jetzige Aussage ist der absolute Beweis.«

»Wir haben also eine Abmachung?« fragte Charlie.

»Ja«, sagte Wilson. »Aber nicht so, wie Sie glauben.«

»Was zum Teufel –!« rief Charlie aufbrausend. Seine Wut kehrte zurück, aber Wilson hob die Hand, um ihn zu unterbrechen. »Ich werde Sie wieder einstellen«, sagte er. »Vielleicht nicht in den aktiven Dienst. Ich könnte mir denken, daß Sie davon die Nase voll haben. Oder es wird bald der Fall sein. Aber ich werde Sie in die Abteilung zurückholen und Ihnen Ihr Einkommen und Ihre Pensionsansprüche zurückgeben. Ihnen wieder eine weiße Weste verschaffen.«

Charlie stand da, den Kopf schräggelegt, und versuchte, seine Verblüffung zu verbergen. »Wofür?« fragte er ahnungsvoll. »Was muß ich dafür tun?«

Wilson antwortete nicht sofort. Statt dessen blickte er den immer noch am Schreibtisch sitzenden Gefängnisdirektor an. »Ich habe soeben Ihre Beamten gewarnt und sie darauf hingewiesen, daß alles, was Sie in diesem Raum gehört haben, als Staatsgeheimnis zu betrachten ist.«

Rote Flecken brannten auf Armitrages Wangen. »Ich habe es gehört«, sagte er gepreßt.

»Ich wiederhole diese Warnung noch einmal und nur für Sie. Sie bezieht sich auch auf das, was Sie jetzt hören werden.«

»Ich betrachte dies als Ungehörigkeit und als Beleidigung«, protestierte Armitrage. »Man muß mich nicht an meine Pflichten erinnern. Vielleicht muß man Ihnen einmal ins Gedächtnis rufen, daß die einzige Person, der Sie diese Warnung bislang nicht haben zukommen lassen, hier eine Gefängnisstrafe von vierzehn Jahren wegen Verrats abzusitzen hat.«

»Nein«, erwiderte Wilson. »Das braucht man mir nicht ins Gedächtnis zu rufen. Es ist eine verwickelte Geschichte, die zu wiederholen sich bei der Kürze der Zeit nicht empfiehlt; aber wie ich vorhin bereits festgestellt habe: Ich bin mir der Loyalität Charlie Muffins absolut und restlos sicher. Wenn ich es nicht wäre, würde ich nicht tun, was ich jetzt tun werde.«

»Was denn?« fragte Charlie und versuchte, sich zu zwingen, über Wilsons Angebot hinauszudenken. Wiedereingestellt! Mit einem behaglichen Job im Hauptquartier, wo die Zentralheizung einen warm hielt und wo man ein Dach über dem Kopf hatte, so daß der Regen einem nichts anhaben konnte. Er würde wieder eine Arbeit tun, die er besser beherrschte als jeder andere – nun, so gut wie die Besten jedenfalls – und die ihm höllisch gefehlt hatte, in jeder Minute eines jeden Tages eines jeden Jahres, unaufhörlich, seit er sie übers Ohr gehauen hatte, weil sie versucht hatten, ihn übers Ohr zu hauen. Die

Sache mußte einen Haken haben. Es mußte der allergrößte Haken in der Geschichte der Haken sein – irgendeine völlig unerfüllbare Forderung, die mit diesem völlig unglaublichen Angebot verbunden war.

»Ich möchte, daß Sie mitgehen«, sagte Wilson ruhig.

»Mitgehen?« wiederholte Charlie.

»Über die Mauer. Mit Sampson. Über die Mauer und nach Rußland.«

Charlie verschlug es die Sprache. Er klappte den Mund auf und wollte etwas sagen, aber seine Gedanken jagten so wirr umeinander, daß er keinen klaren Satz formulieren konnte, und so stand er vor seinem Direktor und bewegte den Unterkiefer auf und ab.

Der Gefängnisdirektor ergriff das Wort. »Glauben Sie etwa – erwarten Sie etwa – daß ich damit einverstanden bin?« Er war empört. »Denken Sie, ich werde es zulassen, daß zwei Männer, die wegen Verrats in meinem Gefängnis einsitzen, entfliehen? Sie sind wahnsinnig. Unbedingt wahnsinnig.«

Wilson deutete mit dem Kopf auf die Tür zum Büro des stellvertretenden Direktors, in dem er seine Telefongespräche geführt hatte. »Man wird Sie morgen ins Innenministerium beordern. Sie werden dort dem Außenminister begegnen – und dem Premierminister. Man wird Sie anweisen, bedingungslos zu kooperieren.«

»Moment mal«, brachte Charlie endlich hervor. »Äh ... bitte – einen Augenblick. Sie wollen, daß ich mit Sampson gehe, daß ich mit ihm ausbreche und nach Rußland verschwinde!«

Wilson drehte sich zu ihm um. »Wenn Sie es nicht tun, werde ich Sie noch heute abend verlegen lassen, und zwar in ein Hochsicherheitsgefängnis. Und dann werde ich persönlich dafür sorgen, daß Sie Ihre Haftstrafe bis auf den letzten Tag absitzen, ohne die geringste Chance darauf, daß man sie Ihnen zur Bewährung aussetzt. Darüber hinaus werde ich die Kunde verbreiten lassen, daß die Verlegung zu Ihrem Schutz erforderlich war, weil Sie einen Mitgefangenen verraten haben und dadurch einen Ausbruch vereitelt haben.«

»Lump!« schrie Charlie. Der allergrößte Haken in der Geschichte der Haken, dachte er.

»Ja«, pflichtete Wilson ihm sanftmütig bei. »Mir bleibt nichts anderes übrig. Der erreichbare Erfolg ist es wert, daß ich die größte Hinterhältigkeit und den stärksten Druck anwende, der mir zur Verfügung steht.«

»Und was ist der Erfolg?«

»Sie tun es?«

»Ich habe ja wohl kaum eine Wahl, oder?«

»Doch«, widersprach der Direktor.

Zwölf Jahre, zwei Wochen, drei Tage, erinnerte sich Charlie. »Keine annehmbare Wahl«, verbesserte er sich.

»Sie tun's also?«

»Ich werd's versuchen. Ob ich es kann, weiß ich erst, wenn ich gehört habe, worum es geht.«

Wilson lächelte; die Professionalität gefiel ihm. »Wir haben nur diese eine Gelegenheit für eine kurze Einweisung«, sagte er warnend. »Vergewissern Sie sich also, daß Sie alles genau verstanden haben. Vor ungefähr drei Monaten nahm jemand Kontakt mit der Botschaft in Moskau auf. Der Erste Sekretär holte seinen Mantel von der Garderobe im Bolschoi-Theater, und da steckte ein Brief in der Innentasche. Ohne Unterschrift. Mit dem Angebot, Informationen zu liefern. Und da war noch etwas dabei: Teile des Protokolls einer Politbüro-Sitzung, von der im Westen niemand auch nur geahnt hatte, daß sie stattgefunden hatte, und bei der es um die Normalisierung der Beziehungen zu China gegangen war. Später konnten wir über Peking in Erfahrung bringen, daß entsprechende Versuche tatsächlich unternommen worden waren.«

»Es ist also zuverlässiges Material?« fragte Charlie forschend. Himmel, es tat gut, wieder dabeizusein, wieder zu arbeiten.

»Immer«, antwortete Wilson. »Wir haben noch drei Mitteilungen über diese Sitzung bekommen, plus einiges Material aus dem Raumforschungszentrum in Baikonur. Wir haben Ernteertragszahlen, die durch Satellitenaufnahmen bestätigt wurden, ebenso wie Details über verbesserte SS-20-Siloanlagen in der Umgebung von Moskau.«

»Aber ich verstehe nicht, was ich dabei tun soll«, sagte Charlie.

»Wir kennen die Quelle nicht«, erklärte Wilson. »Der Brief, der im Bolschoi zugespielt wurde, nannte einen toten Briefkasten. Es war eine Telefonzelle in der Nähe der Metrostation Lenina. Dort wurde dann ein neuer Briefkasten benannt, und so ist es seither weitergegangen.«

»Blindekuh«, sagte Charlie. »Sehr vorsichtig.«

»In der letzten Nachricht stand, er wolle überlaufen – wer immer es ist. Asyl für ihn selbst – wir wissen zwar nicht, ob es sich um einen Mann handelt, aber wir nehmen es an – und für seine Familie«, erzählte Wilson. »Weiter hieß es, alles, was wir bisher bekommen hätten, diene dazu, seinen Wert zu beweisen. Unserer Auffassung nach liefert er die exaktesten Informationen, die wir in den letzten Jahren haben herausbekommen können, und das ist uns einiges wert. Schließlich behauptete er, das, was er mitbringen würde, wenn wir ihn herausholten, werde alles, was er uns bisher geliefert habe, bedeutungslos werden lassen.«

»Also helfen wir ihm raus«, stellte Charlie schlicht fest.

»Ich sagte ja, wir wissen nicht, wer es ist«, antwortete Wilson. »Und, wie Sie schon sagten, er ist sehr vorsichtig. Eine der furchterregendsten Informationen war die über Ausmaß und Intensität der Beobachtung, unter der unsere eigene Botschaft steht, und darüber, wie weit unsere Leute identifiziert sind. Er wird keinen direkten Kontakt aufnehmen, weil er befürchtet, dabei aufzufliegen. Wir müssen es tun, und zwar durch jemanden, den die Russen nicht kennen und nicht verdächtigen.«

»Durch mich?« fragte Charlie verständnislos.

»Durch Sie«, bestätigte Wilson.

»Aber wie denn, um Himmels willen?« rief Charlie. »Das ist doch unmöglich!«

Wilson schüttelte ablehnend den Kopf. »Man wird Sie freundlich aufnehmen, nach dem, was Sie getan haben«, sagte er. »Man wird Sie akzeptieren. Berenkow ist wieder da, wissen Sie. Nach unseren Informationen sitzt er direkt am Dserschinski-Platz. Vielleicht kommen Sie sogar bis zu ihm durch.«

»Und dann?«

»Die Instruktionen für die Kontaktaufnahme sind ganz unmißverständlich«, sagte Wilson. »Am Westeingang des Kaufhauses GUM, und zwar am dritten Donnerstag eines beliebigen Monats. Zur Identifikation sollen Sie einen Stadtführer und die *Prawda* bei sich tragen – die Zeitung soll ins Buch geklemmt sein, und Sie sollen das Ganze in der linken Hand halten. Er wird Sie nicht offen ansprechen. Nicht bevor er absolut sicher ist.«

»Und wie soll ich absolut sicher sein?«

»›Ich glaube, wenn ich in Moskau lebte, würde es mich nicht kümmern, wie das Wetter ist‹«, zitierte Wilson. »Das ist von Tschechow. »Ihre Antwort lautet: ›Man merkt nicht, ob es Winter oder Sommer ist, wenn man glücklich ist.‹«

»Berenkow hat immer Tschechow benutzt«, überlegte Charlie. »Er nahm seine Codes aus dem *Kirschgarten* und aus *Onkel Wanja*.«

»Ja«, sagte Wilson. »Wir haben das über Kurier aus dem Land schaffen lassen, zusammen mit dem Hinweis darauf, daß er überlaufen will. Auf diese Weise haben wir vermieden, daß sie es mithören.«

»Könnte es Berenkow sein?«

»Ich weiß es nicht.«

»Das ist praktisch unmöglich.«

»Aber nicht völlig«, entgegnete Wilson.

»Aber es muß ein Zeitlimit geben.«

»Sechs Monate«, schlug Wilson vor.

»Und dann?«

»Dann gehen Sie in die britische Botschaft und verlangen, repatriiert zu werden.«

»Und wenn es keinen Kontakt gegeben hat?«

»Dann würde ich vermuten, daß er aufgeflogen ist.«

»Da muß es doch noch mehr geben!« drängte Charlie verzweifelt.

»Wir glauben, es kommt aus der Zentrale.«

»Wieso?« fragte Charlie, begierig nach der kleinsten Information.

»Wegen der Bandbreite«, erklärte Wilson. »Politbüro-Sitzungen, Baikonur, Ernteziffern – das ist Material für die verschiedensten Abteilungen. Oder für das Haupquartier.«

»Aber auch da werden solche Dinge nicht auf den unteren Ebenen koordiniert«, gab Charlie zu bedenken.

Wilson lächelte wiederum beifällig. »Eben«, sagte er. »Ich glaube, es kommt vom Dserschinski-Platz selbst, und ich glaube, es kommt von einer hohen Ebene. Von einer sehr hohen Ebene.«

»Was ist, wenn ich den Kontakt herstelle«, wollte Charlie wissen. »Wie geht's dann weiter?«

»Sie stellen fest, was er will und wie er es will. Und Sie sind mit allem einverstanden. Die Gelegenheit ist zu gut, als daß wir sie verstreichen lassen dürften. Sagen Sie ihm, wir garantieren für seine Sicherheit, für ein Zuhause, die Schule für seine Kinder – falls er welche hat . . . was auch immer.«

Charlie sah sich im Büro um und blickte den Gefängnisdirektor an. »Und wenn ich erwischt werde?« fragte er.

»Sie sind schon erwischt worden, Charlie«, erinnerte Wilson ihn. »Lassen Sie es nicht noch einmal dazu kommen.«

»Es hat lange genug gedauert«, sagte Berenkow und betrachtete die transkribierten Funksprüche auf Kalenins Schreibtisch.

»Zu lange«, antwortete der Vorsitzende. »Sehen Sie es sich an.«

Eine Stunde lang studierte Berenkow schweigend das Material. Dann sagte er: »Es muß von hier drinnen stammen.«

»Zu diesem Schluß bin ich bereits gekommen«, antwortete Kalenin.

Wilson erdachte eine Tarngeschichte, denn es war zu erwarten, daß Sampson in der Nervosität vor dem Ausbruch mißtrauisch werden würde. Charlies Gefängnisakte – zu der die Gefangenen, die in der Verwaltung beschäftigt waren, vielleicht Zugang hatten – wurde durch einen Vermerk bereichert, demzufolge der Diebstahl des Messers nicht hatte bewiesen werden können, Charlie aber wegen Insubordination gegenüber den Justizbeamten und vornehmlich dem Direktor zu einer Woche Einzelhaft vergattert worden war. Die Isolation gab Charlie zudem Gelegenheit zu einer weiteren kurzen Besprechung. Wilson ließ sich von Charlie noch einmal detailliert wiedergeben, wie der Kontakt vor sich gehen sollte, um sicherzugehen, und brachte sogar ein Exemplar der *Drei Schwestern* mit, damit Charlie es lesen könne.

»Ich finde immer noch, daß Sie mich übervorteilen«, protestierte Charlie, als der Direktor sich zum Gehen wandte.

»Was würden Sie im umgekehrten Fall tun?« fragte Wilson herausfordernd.

»Das gleiche«, gab Charlie zu.

Wilson nickte. »Diese Gelegenheit schickt uns der Himmel«, stellte er fest. »Ich werde jedes Angebot und jedes Versprechen erfüllen, wenn es klappt.«

»Falls es klappt«, korrigierte Charlie.

»Alle behaupten, Sie seien gut, Charlie. Der beste«, erwiderte der Direktor.

Als Charlie am Ende der Woche in seine Zelle zurückkehrte, war ihm klar, daß dies ein Ruf war, dem er gerecht zu werden hatte. Sampsons Benehmen war von Ärger beherrscht, aber Charlie entdeckte auch eine gewisse Unsicherheit – eine Unsicherheit, die sich leicht in Mißtrauen verwandeln konnte, wie Wilson es befürchtet hatte.

»Was zum Teufel hast du dir dabei gedacht?« fragte Sampson erbost.

»Sie haben mir nichts bewiesen«, sagte Charlie abwehrend.

»Ich weiß, daß sie dir nichts bewiesen haben«, entgegnete Sampson mit einem ungeduldigen Seufzer. »Darum geht es nicht. Wieso mußt du die Aufmerksamkeit auf dich ziehen?«

»Ich dachte, ein Messer könnte ganz nützlich sein.« Charlie spielte den Verstockten. Sampson hatte sich also tatsächlich durch einen Vertrauenshäftling informieren lassen. Es war clever von Wilson gewesen, dies vorherzusehen.

»Du hast also wirklich versucht, ein Messer zu besorgen?«

Charlie grinste, als sei er froh über die Gelegenheit, sich selber zu beweisen. »Klar hab' ich das, verdammt!«

»Idiot!« zischte Sampson. »Dummer, vernagelter Idiot!« Mit bedrohlich leiser Stimme fuhr er fort: »Ich habe dich gewarnt. Ich habe dir gesagt, was passiert, wenn du die Flucht auf irgendeine Weise in Gefahr bringst. Und du hast sie in Gefahr gebracht. Okay, du bist damit durchgekommen, aber du bist immer noch ein dämliches Arschloch, weil du es überhaupt versucht hast. Von jetzt an wirst du genau das tun, was ich dir sage, und zwar wenn ich es sage und wie ich es sage. Hast du verstanden?«

Wenn das Ganze echt gewesen wäre, und wenn er das Messer gehabt hätte, dachte Charlie, dann hätte er es diesem hochnäsigen kleinen Scheißer jetzt mit großem Vergnügen in den Arsch gerammt. »Ja«, antwortete er demütig. »Ich habe verstanden. Es tut mir leid.«

»Gut!« sagte Sampson; er genoß seine Tyrannenherrschaft. »Von jetzt an wirst du also ein Bilderbuchhäftling sein. Von jetzt an tust du alles genau nach Vorschrift, und nicht einmal ein aufsässiger Gedanke wird dir in den dumpfen Schädel kommen. Ich will, daß kein einziger Bulle hier merkt, daß du existierst.«

»Aber ein Messer wäre doch nützlich gewesen«, wiederholte Charlie zaghaft.

»Falls wir Schutz brauchen sollten, werde ich darüber entscheiden«, erklärte Sampson. »Und ich werde dann auch dafür sorgen.«

Das bedeutete, daß irgendwie die Möglichkeit bestand, an Waffen zu kommen. Charlie wußte, daß er in diesem Punkt vorsichtig sein mußte – wie in allen anderen Punkten auch. »Hast du was gehört?« Er deutete mit dem Kopf auf das Radio.

Sampson nickte; sein Zorn verrauchte, als er eine Gelegenheit sah, mit seinem Lieblingsspielzeug zu prahlen. »Alles geregelt«, verkündete er. »Praktisch alles jedenfalls.«

»Und wie sieht's aus?« erkundigte Charlie sich. »Wann? Wie?«

Sampson grinste, als er Charlies drängendes Interesse sah. »Wie lautet die Informationsregel? Unsere Regel?« fragte er.

»Ich weiß nur, was ich wissen muß«, rezitierte Charlie.

»Gut zu wissen, daß du nicht alles vergessen hast, was du mal gelernt hast«, stellte Sampson fest. »Im Augenblick brauchst du nichts zu wissen.«

»Ich dachte, du traust mir.« Charlie wußte, daß er protestieren mußte.

»Ich habe nie davon gesprochen, daß ich dir traue«, widersprach Sampson. »Ich habe gesagt, ich bin froh darüber, daß du nach so langer Zeit endlich zur Vernunft kommst; ich weiß, daß du es nicht aushalten würdest, hier drin zu bleiben, und ich nehme dich mit, weil es keine Alternative gibt. Mir ist verflucht klar, daß du mich wegen deiner Abneigung sofort verpfeifen würdest, wenn ich versuchen wollte, ohne dich abzuhauen. Ich vertraue dir nicht – ich *kenne* dich.«

»Ich weiß, daß ich mit dem verdammten Messer riskiert habe, alles über den Haufen zu werfen. Es war ein Fehler«, bekannte Charlie. »Aber es besteht die Gefahr, daß ich einen noch größeren Fehler begehe, einen katastrophalen Fehler, wenn du mich völlig im dunkeln tappen läßt. Ein bißchen muß ich wenigstens wissen.«

»Ich werde dich schon nicht im dunkeln tappen lassen«, versprach Sampson. »Ich werde dir Bescheid sagen, vor jedem einzelnen Schritt.«

Jetzt hatte er es so weit getrieben, wie er konnte; Sampson würde aus professioneller Erfahrung erwarten, daß er es so weit triebe, und es würde ihn beunruhigen, wenn er es nicht getan hätte. Aber jetzt, wußte Charlie, war es an der Zeit, damit aufzuhören. »Herrgott, ich kann es gar nicht abwarten, aus diesem Scheißladen rauszukommen«, verkündete er.

»Es ist ja bald soweit. Dauert nicht mehr lange«, meinte Sampson.

Der Gang, der in den Verwaltungstrakt führte, wo er immer noch arbeitete, führte an der ehemaligen Bibliothek vorbei, und als Charlie am darauffolgenden Morgen auf diesem Weg zu seiner Arbeitsstelle ging, sah er draußen vor dem Fenster das teilweise errichtete Gerüst. Die Aussicht hier war begrenzt, und er warf nur einen flüchtigen Blick in die Richtung, denn er wollte nicht das Interesse eines Beamten auf sich lenken; dennoch hatte er den Eindruck, daß es sich um ein umfangreiches Gerüst handelte. Es lag nahe, zu erwarten, daß der Ausbruch nachts stattfinden sollte. Würde nicht leicht sein, all die Planken und Gestänge, im Dunkeln ... bestimmt nicht in diesen drückenden, verfluchten, engen Gefängnisstiefeln. Er rechnete nicht damit, daß es in Moskau Hush Puppies geben würde. Was würde es dort geben? fragte er sich. Probleme, vermutete er. Einen Haufen Probleme ... Aber da er keine Wahl hatte – in der Tat war die einzige Alternative eine handfeste Drohung –, hatte er sich mit allem einverstanden erklären müssen, was Wilson von ihm verlangt hatte. Die Tage der Einzelhaft hatten ihm indessen Gelegenheit gegeben, sich alles in Ruhe und Vernunft zu überlegen, und Charlie hatte begriffen, daß die Mission beinahe undurchführbar war. Schon früher hatte er zwar blinde Kontakte hergestellt – sogar mehrere –, aber dabei waren die Behörden nie in der Lage gewesen, ihn zu überwachen oder auch nur zu verdächtigen. Er war sich natürlich nicht sicher, aber er bezweifelte, daß sie ihn in Moskau umherspazieren lassen würden; er würde nicht gehen können, wohin er wollte, nicht tun, was er wollte – wenigstens nicht zuerst. Und er gedachte nicht, auch nur einen einzigen Tag über die verabredeten sechs Monate hinaus dazubleiben. Oder doch? Zurück in die Abteilung, hatte Wilson versprochen. Vergangene Übeltaten sollten vergessen sein, der Status quo wiederhergestellt werden. Würde schön sein, an einen Ort zurückzukehren, wo er anscheinend – nach dem, was alle erzählten – immer noch einen Namen und einen gewissen Ruf besaß, und das mit einem brandneuen Skalp am Gürtel. Das wäre wie die Rückkehr mit einem Empfehlungsschreiben, einem Zeugnis, in dem bestätigt wurde, daß er so gut war wie eh und je. Es würde zeigen, daß er auch mal gewinnen konnte. So betrachtete Charlie immer die Operationen, bei denen er erfolgreich gewesen war. Gewinnen. Ja, Charlie gewann gern.

Beim Frühstück hatte er gemerkt, daß zwei Häftlinge von seiner Galerie fehlten, aber er hatte sich nicht den Kopf darüber zerbrochen, denn dafür konnte es viele Gründe geben. Erst als er jetzt in den Verwaltungstrakt gelangte, in dem der eine der beiden ebenfalls arbeitete, und sah, daß er auch an seinem Arbeitsplatz nicht war, begann er, herumzufragen, und er erfuhr von der Krankheit, die auf seiner Galerie ausgebrochen war. Sie hatte, dem Tratsch zufolge, am zweiten Tage seiner Einzelhaft begonnen; es waren plötzliche Anfälle von krampfhaftem Erbrechen, und der Arzt hatte eine Lebensmittelvergiftung diagnostiziert. Fast ein Dutzend Männer – fünf allein auf Charlies Galerie – waren davon betroffen. Im Küchentrakt hatte eine Sauberkeitsinspektion stattgefunden, und vor seiner Entlassung aus der Einzelhaft waren die Aborträume desinfiziert worden. Er erwähnte dies alles Sampson gegenüber, denn in der geschlossenen Gesellschaft eines Gefängnisses ist alles, so unbedeutend es auch erscheinen mag, ein Gesprächsthema, und unbedeutend war dies ja wohl nicht. Aber als er davon redete, fiel ihm auf, wie Sampson grinste, und er verstand nicht, wieso der Mann so zuversichtlich war, daß sie beide von dieser Übelkeit verschont bleiben würden. Erst am Wochenende kamen sie noch einmal darauf zu sprechen, und diesmal war es Sampson, der davon anfing. Dabei grinste er wie beim erstenmal.

»Anscheinend kriegt der Doktor diese Lebensmittelvergiftung nicht in den Griff«, meinte er.

»Wir haben Glück gehabt«, sagte Charlie.

»Nein, haben wir nicht«, widersprach Sampson.

Wovon redete dieses selbstzufriedene Arschloch jetzt schon wieder? »Was meinst du damit?« erkundigte er sich.

»Weißt du, was ein Emetikum ist, Charlie?«

»Klar weiß ich das«, behauptete Charlie.

»Apomorphin ist ein Emetikum«, sagte Sampson.

Charlie war jetzt hellwach; ihm war klar, daß dies kein bedeutungsloses Geplauder war. »Woher hast du es?« fragte er.

Sampson kicherte. »Aus derselben Krankenstation, in der die armen Opfer behandelt werden! Ist das nicht klassisch?«

»Und wie kommst du dran?«

»Über Miller, den Päderasten, der dir den Schnaps gebracht hat, als dein Arm verletzt war. Ihm hab' ich natürlich auch welchen besorgt. Inzwischen ist er von mir abhängig, und ich kann verlangen, was ich will.«

»Und wie bringst du es ins Essen?«

»Die leichteste Sache von der Welt – in der Schlange bei der Essensausgabe.«

»Was ist der Zweck der Sache?«

»Der ist bereits erreicht«, erklärte Sampson. »Offiziell handelt es sich um eine Salmonellenverseuchung, die sie nicht unter Kontrolle bringen. An so was sind sie gewöhnt, und wenn es uns erwischt, ist das nur ein weiterer Hinweis auf ihre Unfähigkeit, den Verseuchungsherd zu lokalisieren.«

Der Korridor, der zu den ehemaligen, inzwischen leerstehenden Bibliotheksräumen führte, war mit der einen Etage höher gelegenen Krankenstation verbunden, begriff Charlie, und zwar ohne die schweren Stahltüren, welche die einzelnen Etagen im Haupttrakt voneinander trennten. »Wann?« fragte er.

»Heute abend«, sagte Sampson, die Rolle des Spielmeisters genießend.

»Was ist heute abend? Krank oder raus?« Charlie blieb hartnäckig.

Sampson zögerte. »Beides«, sagte er dann.

Charlie verspürte das Kribbeln der erwartungsvollen Erregung. Was, wenn er nun nicht mehr so gut wäre, wie er gewesen war? Es war schließlich alles lange her. Vier Jahre – eher fünf.

»Angst?« wollte Sampson wissen.

»Ja«, gab Charlie zu; es war nicht gefährlich, sich dazu zu bekennen.

»Es wird alles gutgehen«, versicherte Sampson ihm.

»Ich würde trotzdem gern mehr wissen«, beharrte Charlie.

Statt zu antworten, streckte Sampson ihm seine Hand entgegen.

Zwei kleine weiße Pillen lagen auf der Handfläche; sie waren unmarkiert.

»Beide?« fragte Charlie.

Sampson schüttelte den Kopf. »Nur eine. Und zwar jetzt, bevor sie abschließen. Ich will, daß uns im Abort schlecht wird, wo uns alle sehen können. Dann wird es offensichtlich sein, daß wir die neuesten Opfer sind.«

Das Brechmittel wirkte weit schneller, als Charlie erwartet hatte. Wenige Minuten, nachdem er das Medikament geschluckt hatte, übermannte ihn eine Woge der Übelkeit, und obwohl er – was offiziell gegen die Vorschriften verstieß – rannte, erreichte er doch nicht mehr rechtzeitig die Toilette. Er übergab sich auf den Fußboden und erst dann, seinen von heftigem Würgen geschüttelten Körper mühsam weiterschleppend, in das Becken. Durch die Geräusche seiner eigenen Übelkeit hörte er, wie Sampson sich am benachbarten Becken ebenfalls machtvoll erbrach.

Auf ihr Laufen hin hatten Rufe über die Galerie gehallt, die sie aufforderten, stehenzubleiben, aber sie hatten sich darum nicht gekümmert. Im nächsten Augenblick kamen ein paar Wärter in den Abort gestürmt, gleich darauf weitere, die offenbar einen Aufruhr befürchteten.

»Mein Gott«, sagte eine Stimme hinter Charlie. »Wann zum Teufel hört das nur wieder auf? Diese Scheiß-Ärzte!«

Die versammelten Wärter zerstreuten sich wieder; der Zustand der beiden Männer hatte sie davon überzeugt, daß keinerlei Gefahr drohte, aber Butterworth blieb im Eingang stehen und sah angewidert zu, wie Charlie und Sampson ächzten und stöhnten. Es dauerte geraume Zeit, bis die Krämpfe ein Ende nahmen, und auch dann wartete Butterworth noch ein Weilchen; er hatte keine Lust, mit zwei Männern zur Krankenstation zu marschieren, denen unterwegs plötzlich schlecht wurde und die ihm dann die Galerie versauten. Charlie klammerte sich an den Rand des Beckens. Es war ihm gleichgültig, wozu es eigentlich diente und daß er so dicht darüberhing; er fühlte sich erbärmlich. Sein ganzer Körper war glitschig von Schweiß, aber der Schweiß war eiskalt und machte ihn frösteln. Sein Kopf tat ihm weh, und er fühlte sich physisch ausgepumpt, was er ja auch war. Am schlimmsten schmerzten natürlich Rippen und Magen von den qualvollen Anstrengungen des Würgens.

»Jesus!« stöhnte er. »O Jesus!«

»Können wir gehen?« fragte Butterworth vorsichtig.

Charlie nickte, aber selbst diese Bewegung bereitete ihm Mühe.

»Ich brauche einen Arzt«, ächzte Sampson neben ihm; er spielte seine Rolle gut, aber das fiel ihm nicht schwer.

»Dann raus hier«, befahl Butterworth. Der Wärter trat zurück, als fürchte er, verunreinigt zu werden, als Charlie und Sampson auf wackligen Beinen den Abort verließen. Er winkte ihnen, voranzugehen, und sie wankten geradewegs den Gang entlang zur Krankenstation, wo der Arzt, der Charlies Arm gerichtet hatte, sich gar nicht erst die Mühe einer ordnungsgemäßen Untersuchung machte, sondern aus dem Zustand der beiden folgerte, daß sie offenbar an der gleichen mysteriösen Lebensmittelvergiftung litten wie die vorherigen Erkrankten.

»Dachte schon, das verdammte Ding sei auf dem Rückzug«, meinte er.

Charlie verstand die Bemerkung nicht, bis er sich entkleidet und ins Bett gelegt hatte; dann erst begriff er, daß er und Sampson die einzigen Patienten auf der Station waren. Sampson, das mußte man ihm lassen, organisierte alles ganz hervorragend.

Der Arzt gab ihnen beiden ein Medikament, stellte neben jedes Bett einen Eimer und forderte sie auf, verdammt vorsichtig zu sein, falls ihnen noch einmal übel werden würde, und nicht etwa Bettzeug oder Fußboden vollzukotzen. Sampson fühlte sich elend, aber nicht allzu sehr. Charlie lag dankbar in seinem Bett und fühlte, wie das Reißen langsam aufhörte. Am frühen Abend fühlte er sich wieder einigermaßen wohl. Bevor der Arzt Feierabend machte, gab er ihnen noch einmal eine Tablette, nahm Puls und Temperatur und sagte beim Hinausgehen: »Morgen geht's euch wieder gut. Wenn ihr Glück habt, seid ihr morgen früh schon wieder draußen.«

»Das wäre gut«, antwortete Sampson angestrengt.

Charlie sah, daß Miller die Nachtwache hatte. Der diensthabende Beamte war einer der freundlichen, ein fetter, leicht zufriedenzustellender Bulle namens Taylor. Er hatte zwei Kinder, auf die er sehr stolz war, und manchmal zeigte er den Gefangenen ihre Fotos. Direkt über dem kleinen Büro, in dem er saß, hing eine Wanduhr, und Sampson und Charlie lagen da und beobachteten, wie der Zeiger langsam vorrückte.

»Wann?« fragte Charlie, und seine Stimme war kaum mehr als ein leises Zischeln.

Sampson hob den Kopf vom Kissen, um sich zu vergewissern, daß Miller und der Wärter ihn nicht hören konnten, und flüsterte zurück: »Um zehn Uhr dreißig. Sie erwarten uns draußen um Mitternacht, aber ich weiß nicht, wie lange wir brauchen, um über das

Gerüst zu kommen. Wenn wir um halb eins nicht da sind, wird alles abgeblasen.«

Die erste Ungewißheit, dachte Charlie. Es würde noch eine Menge mehr geben. Er fühlte , wie die Spannung wuchs, als der kleine Zeiger der Uhr sich mit ungeheurer Trägheit der Zehn näherte – ein körperliches Gefühl, wie das reißende Würgen vorher. Als es zehn war, begann Sampson, sich stöhnend umherzuwälzen, um Millers Aufmerksamkeit auf sich zu ziehen. Der Pfleger setzte sich in Bewegung und wollte sein Büro verlassen, aber Sampson kam ihm zuvor. Mit scheinbarer Unbeholfenheit stand er auf und taumelte auf die Toilette zu – vornübergebeugt, als leide er an Magenkrämpfen. Als er an Charlies Bett vorbeikam, wisperte er: »Sobald ich den Bullen habe, geht es los.«

Taylor stand in der Bürotür, als Sampson herangewankt kam. »Armes Schwein«, meinte er, als Sampson ihn erreichte.

Sampson bog ab, als wolle er in den Waschraum, und streckte die Hand aus, um sich gegen den Türrahmen zu stützen. Taylor tat einen Schritt auf ihn zu, um ihm zu helfen, als Sampson angriff. Er rammte dem gänzlich arglosen Wärter das Knie hart zwischen die Beine, daß dem Mann in einem gepreßten Schmerzensschrei die Luft wegblieb. Charlie sprang aus dem Bett, wie Sampson es ihm gesagt hatte, und als er losrannte, sah er, wie Sampson, über den Mann gebeugt, mit Knien und Fäusten auf ihn einhieb. Als Charlie die Bürotür erreicht hatte, war Taylor schon bewußtlos. Blut strömte ihm aus Mund und Nase. Sampson trat noch immer auf den am Boden liegenden Körper ein, und Charlie drängte: »Okay, um Himmels willen. Das reicht. Der ist weg.«

»Und das soll er auch bleiben«, keuchte Sampson.

Charlie hatte den Eindruck, daß es dem Mann geradezu Spaß machte, Schmerzen zuzufügen.

Miller drängte sich mit dem Rücken an die Wand des Büros. Seine Augen waren starr vor Überraschung und Angst. »Was ist los?« rief er mit einer dünnen Kinderstimme. »Mein Gott, was ist denn los?«

Statt zu antworten, stürzte Sampson in das Büro, und mit unverminderter Bösartigkeit trat er barfüßig auf den Pfleger ein. Auch ihn traf er in den Unterleib, und mit einem unterdrückten Schrei des Schreckens und des Schmerzes ging der Mann zu Boden. Noch während er stürzte, schlug Sampson ihm hart auf den Hinterkopf und bearbeitete ihn dann mit den Knien, wie er zuvor den Wärter bearbeitet hatte. Miller lag bewußtlos am Boden. »Hör auf!« schrie Charlie. »Du bringst ihn um!«

Sampson blickte von dem Liegenden auf, und Charlie sah, daß er lächelte. »Wenn er tot ist, kann er nichts tun, um uns aufzuhalten, oder?«

»Er kann jetzt schon nichts mehr tun«, erwiderte Charlie. »Scheiß-Psychopath!«

»Feßle ihn an Händen und Füßen und stopf ihm einen Knebel in den Hals«, befahl Sampson und deutete auf den bewußtlosen Beamten.

Charlie bückte sich, zog Taylor den Gürtel aus der Hose und schlang ihn um seine Handgelenke. Der Atem des Mannes ging schnaubend; Charlie erinnerte sich, in der Ausbildung gelernt zu haben, daß dies ein Hinweis auf tiefe Bewußtlosigkeit war. Er vermutete, daß der Mann in Gefahr war, an seinem eigenen Blut zu ersticken, und so nutzte er die Gelegenheit des Fesselns, um ihn auf die Seite zu legen, damit so etwas nicht passieren konnte. Er fragte sich, wieviel Schaden er damit anrichtete, falls Taylor einen Schädelbruch davongetragen hatte.

»Beeil dich!« drängte Sampson hinter ihm.

Charlie nahm eine Mullbinde und fesselte dem Wärter damit die Beine. Er zögerte, den Mann zu knebeln, denn dadurch würden die Atemprobleme natürlich noch größer werden. Aber wenn er es nicht täte, würde Sampson es tun, das stand fest, und der würde weniger behutsam vorgehen. Charlie wickelte dem Wärter den Verband so vorsichtig wie möglich über den Mund; er war bemüht, es so anzustellen, daß Sampson den Knebel für fest genug halten würde, ihn in Wirklichkeit aber so locker zu lassen, daß Taylor noch Luft bekam.

»Nimm die Schlüssel!«, sagte Sampson.

Sie hingen an einer Sicherheitskette an Taylors Seite. Charlie löste den ganzen Bund und reichte ihn dem ungeduldigen Sampson, der schon an der Tür stand und gereizt mit der ausgestreckten Hand hin und her wedelte. Sampson studierte ihn kurz und versuchte dann, die Tür der Krankenstation aufzuschließen. Doch der erste Versuch scheiterte am falschen Schlüssel. Beim zweitenmal klappte es. Er schloß wieder ab und ließ den Schlüssel mitsamt der Kette im Schloß. Er warf einen kurzen Blick auf die Uhr; es war erst zehn Uhr fünfundzwanzig. »Okay. Ziehen wir uns an.«

In der Tür des Wachzimmers blieb Charlie stehen und warf einen reumütigen Blick auf die beiden bewußtlosen Männer. Dann lief er eilig hinter Sampson her. Der Kerl war ein Schweinehund, dachte Charlie. Wie er gesagt hatte: Ein Psychopath.

Sampson war vor ihm fertig; er stand in der Tür und wisperte: »Mach schon! Mach schon!« Als Charlie endlich kam, schloß er sie wieder auf, öffnete sie behutsam einen Spaltbreit und spähte hinaus. Dann nickte er zum Zeichen, daß die Luft rein sei, und trat in den Gang hinaus. Charlie folgte ihm auf den Fersen. Hier begann der Verwaltungstrakt, und Gefängniszellen gab es nicht. Die Nachtbeleuchtung verbreitete mattes grünes Licht. Die beiden Männer bewegten sich vorsichtig voran; alle paar Schritte blieben sie stehen und lauschten, ob sich irgendwo in der Nähe ein Wärter regte. Die längste Pause legten sie bei der Treppe zur unteren Ebene ein. Dort unten befanden sich die leeren Bibliotheksräume, und am anderen Ende begannen die Zellen. Falls ein Häftling an seiner Zellentür stände, würde er sie sehen können. Sampson imitierte mit den Händen schleichende Schrittbewegungen und ermahnte Charlie damit, sich lautlos zu bewegen. Dann machten sie sich langsam an den Abstieg. Am Fuße der Treppe blieben sie erneut stehen und drückten sich in den schützenden Schatten der Stufen. Aus den Zellen am anderen Ende wehte leises Gemurmel herüber. Von dort, wo sie standen, konnte Charlie nicht sehen, ob irgend jemand an seiner Zellentür lehnte, aber es war eine verbreitete Gewohnheit, dies zu tun, vor allem, wenn ein Häftling mit seinem Nachbarn Kontakt aufnehmen wollte.

Wieder ging Sampson voran; er schlich den Gang entlang nach links bis zur Bibliothekstür. Charlie hielt sich dicht hinter ihm, und mit angespannten Nerven wartete er darauf, daß jemand sie entdeckte und anfing zu schreien. Was würde passieren, wenn man sie jetzt erwischte? überlegte er. Wenn jetzt alles schiefginge, noch bevor es wirklich angefangen hätte, und Wilson seine Chance in den Wind schreiben könnte, würde er dann wohl vortreten und sich zu seiner Abmachung bekennen, nachdem ein Justizbeamter, weiß der Himmel, welche Verletzungen davongetragen hatte? Und ein zweiter Mann ebenso? Die Behörden taten so etwas nicht, wenn eine Sache in die Binsen ging. Sie verbarrikadierten sich und stritten alles ab. Jesus! dachte Charlie.

Aber sie erreichten die Tür unangefochten. Sampson umklammerte die Schlüsselkette mit der Linken, damit sie nicht klirren konnte, und versuchte, mit der Rechten den passenden Schlüssel ausfindig zu machen. Und wenn der Wärter jetzt gar keinen Bibliotheksschlüssel an seinem Bund hatte? Diese neue Befürchtung durchströmte Charlie siedendheiß. Taylor gehörte in diese Sektion; also würde er vermutlich auch einen Schlüssel haben. Andererseits – der Raum wurde derzeit nicht benutzt, und außerdem pflegte man womöglich die Anzahl der Schlüssel auf diejenigen, die für dienstliche Obliegenheiten erforderlich waren, zu beschränken. Charlie spähte angespannt nach vorn, und er fühlte, wie ihm der Schweiß in lästigen, juckenden Rinnsalen über den Rücken lief.

Beim fünften Versuch – es blieben nur noch zwei Schlüssel – sperrte Sampson die Tür auf. Charlie sah von hinten, wie seine Schultern in einem Augenblick jäher Erleichterung herabsackten, und er begriff, daß der andere ebensoviel Angst gehabt hatte wie er. Das Klicken des Schlosses schien durch den Gang zu hallen, und beide starrten sie in Richtung der bewohnten Zellen, um zu sehen, ob irgend jemand etwas gehört hatte. Nichts rührte sich. Vorsichtig und langsam, damit nichts knarrte, schob Sampson die Tür auf, gerade weit genug, daß sie beide hindurchschlüpfen konnten. Sampson ging zuerst hinein, Charlie folgte ihm, und Sampson schloß die Tür ebenso behutsam, wie er sie geöffnet hatte. Klickend schnappte das Schloß ein – wieder ein Geräusch, das laut durch das Gebäude zu hallen schien, und wieder strafften sie sich und lauschten. Wieder regte sich nichts.

Das Licht, das vom Gang und durch das Fenster hereinfiel, reichte aus, um ihnen den Weg durch den Raum zu beleuchten; außer den Skeletten der Regale, die wieder aufgefüllt werden sollten, wenn die äußeren Erweiterungsarbeiten abgeschlossen wären, befand sich hier sowieso nichts mehr. Charlie ging geradewegs zum Fenster. Im Näherkommen sah er, daß die Gitter tatsächlich abgenommen worden waren, aber seine Aufmerksamkeit galt Sampson, denn dieser ging nicht, wie er erwartet hatte, zum Fenster, sondern statt dessen mit gespreizten Beinen bei dem Regal an der hinteren Wand und starrte, wie um sich zu orientieren, nach oben. Charlie sah es und begriff sofort, was Sampson da tat. Der Mann schritt zwei separate Regalabschnitte ab und griff dann nach oben. Quer durch den Raum hörte Charlie das zufriedene Grunzen.

»Was ist es?« flüsterte Charlie, als Sampson zum Fenster kam.

Sampson hielt ihm die flache Hand entgegen, und Charlie fühlte, wie die Übelkeit, die von dem Brechmittel verursacht worden war, wieder erwachte. In Sampsons Hand lag ein kurzläufiger Revolver. Bei der schlechten Beleuchtung konnte Charlie ihn nicht mit Sicherheit identifizieren, aber er sah aus wie ein .38er, vielleicht ein Smith & Wesson.

»Woher, zum Teufel, hast du den?«

»Du kriegst alles, wenn du die richtigen Kontakte hast«, sagte Sampson. »Und ich habe mich hier nicht quergelegt, weißt du? Vor einem Monat habe ich von meiner Bank zweitausend Pfund auf Prudells Konto überweisen lassen. Prudells Schwester hat das Ding hereingebracht, in einem Radio, das aussah wie meins. Die Idioten haben keinen einzigen Blick ins Gehäuse geworfen. Haben nur an den Knöpfen gedreht und waren zufrieden, als es spielte. Dachten nicht daran, daß neben einem kleinen Transistor in einem großen Kasten immer noch Platz für andere Dinge ist.«

»Und wofür brauchst du ihn?«

»Frag nicht so blöd.«

»Wieso ist es denn nötig, Leute zu verletzen, verdammt?«

Sampsons Hand schloß sich um den Kolben der Waffe, und plötzlich schwebte die Mündung nur eine Handbreit vor Charlies Brust. »Ich habe dir gesagt, daß mich nichts aufhalten wird«, erklärte er. »Ich habe auch gesagt, ich werde dich umbringen, wenn du mir in die Quere kommst. Willst du mir in die Quere kommen?«

»Der Schuß würde jeden einzelnen Bullen innerhalb von dreißig Sekunden hier auftauchen lassen.«

»Aber das würdest du nicht mehr erleben.«

Der Hund war toll genug, es zu tun, dachte Charlie. »Nein«, sagte er. »Ich will dir nicht in die Quere kommen. Laß uns machen, daß wir hier rauskommen.«

Da die Gitter an den Fenstern fehlten, hatte man versucht, das Gebäude einigermaßen zu sichern, indem man Stacheldraht um das Gerüst gespannt hatte. Sampson übernahm wie gewohnt wieder die Führung, hockte sich auf das Fenstersims und drückte vorsichtig das Drahtgeflecht auseinander, um eine hinreichende Lücke zu schaffen. Aber als er schließlich hindurchschlüpfte, rissen die Stacheln trotzdem an seinen Kleidern, und auch Charlie verhedderte sich, als er sich nach ihm hindurchwinden wollte. Beim Losmachen bohrte er sich einen Stachel in die Hand, und der plötzliche Schmerz ließ ihn zusammenzucken. Er fühlte warmes, klebriges Blut auf der Hand, als er weiter durch den Draht und auf die Planken hinauskroch, die als Laufsteg zwischen den stählernen Gerüstleitern lagen. Sampson war dicht vor ihm. Ungeduldig kauerte er da; er sprach nicht, aus Angst, man könnte ihn hören, aber er machte seine gewohnten schnippenden, winkenden Handbewegungen. Aber trotz Sampsons Drängen konnten sie sich nicht schnell bewegen. Das Flutlicht im Hof war eingeschaltet, aber das Gerüst war mit Planen verhängt. Dadurch waren sie vor den Außenpatrouillen verborgen, aber es drang auch nicht der geringste Lichtschein auf ihren unebenen, schmalen Laufsteg. Hintereinander schlurften sie voran und benutzten das Metallgestänge als Halt und Führung. Ein ziemlich starker Wind wehte, und hin und wieder flatterte die Plane schnappend und knatternd auf. Charlie vermutete, daß es recht kalt sein müsse, aber die Nervosität ließ ihn so heftig schwitzen, daß er es kaum merkte. Bei jeder Nahtstelle war ein neuer Stacheldrahtverhau zu überwinden. Beim Bibliotheksfenster, wo sie zum erstenmal auf ein solches Hindernis gestoßen waren, hatten sie noch ein wenig Licht gehabt, aber jetzt war es stockfinster, und sie mußten sich wie in einem unbeleuchteten Tunnel vorantasten und weiterwinden. Charlie hörte, wie Sampson vor ihm plötzlich grunzte – anscheinend vor Schmerz. Er hoffte, der Kerl möge sich gestochen haben. Und hoffentlich tat es auch weh.

Nach ungefähr zweihundert Metern löste sich das Gerüst vom Hauptgebäude und knickte nach links zu einem niedrigeren Gebäude ab, wo die eigentlichen Erweiterungsarbeiten durchgeführt wurden; es wurden weitere Stockwerke errichtet, um zusätzliche Unterbringungsmöglichkeiten zu schaffen. Ohne den Schutz der benachbarten Wand war der Wind hier noch stärker und ließ die Leinwand heftiger flattern. Einmal hob sie sich für mehrere Sekunden, und Charlie sah die gelben Straßenlaternen von Shepherds Bush. Er hörte jetzt sogar den Verkehrslärm auf der Straße. Der Gedanke an die Freiheit – jede beliebige Art von Freiheit – ließ eine Welle der Erregung in ihm aufwallen, und er vergaß, was eben im Gefängnis passiert war und was in der nächsten Zukunft noch alles passieren konnte. Die Mauer war sehr nah, so nah, daß er die einzelnen Ziegel und die rückwärts gebogenen Metallstäbe erkennen konnte, die es schwierig machen würden, die Mauer zu überklettern, selbst wenn sie die Krone und die schwarzen Stränge der Flutlichtkabel erreichten. Im nächsten Moment – allzu schnell – schlug die Realität wieder über ihm zusammen. Aber Charlie wußte: Sosehr er Sampson auch haßte und verachtete, und sosehr er fürchtete, was immer ihn in Moskau – falls er je dort hinkäme – erwartete, die Freiheit von dem Leben, das er im Gefängnis kennengelernt hatte, war eine ganze Menge wert. Wieso zum Teufel hatte Sampson, dessen zusammengekniffener Arsch im plötzlich von draußen hereinstrahlenden Licht nur eine Handbreit vor seinem Gesicht hin und her wackelte, es für nötig gehalten, mit solcher Brutalität vorzugehen? Zu Charlies Zeiten hatte es im Geheimdienst regelmäßige Pflichtuntersuchungen gegeben, psychiatrische wie psychoanalytische, und zwar speziell zur Identifikation von Geisteskrankheiten der Art, wie er sie bei Sampson vermutete. Aber war es wirklich eine Geisteskrankheit? Der Kerl hatte eine Verabredung, einen Plan. Wenn er selbst dreißig Jahre vor sich hätte und die Chance, eine einzige, verzweifelte Chance, bekäme, zu fliehen – hätte er dann nicht auch alles menschenmögliche getan, um zu verhindern, daß jemand ihm diese Chance verdarb, selbst wenn das bedeutete, einen dicken Mann blutig zu prügeln, der immer versucht hatte, in einem beschissenen Job freundlich zu sein, und einen mit den Augen zuckenden Sexualkrüppel niederzuschlagen? Charlie mußte zugeben, daß er das nicht wußte. Er glaubte es nicht – weil er es nicht glauben wollte –, aber wahrheitsgemäß mußte er einräumen, daß er nicht wußte, ob er sich nicht möglicherweise genauso benommen hätte. Schon oft hatte er während seiner Zeit beim Geheimdienst Leute in eine Falle laufen lassen, entweder um selber davonzukommen, oder um eine für ihn vorteilhafte Situation zu schaffen, und auch wenn er nicht persönlich auf den Abzug gedrückt oder den Schlag geführt oder die Verhaftung, die zu Gott weiß wie vielen Jahren im Gefängnis führte, getätigt hatte, konnte er nicht leugnen, per Stellvertreter getan zu haben, was Sampson in der Krankenstation des Gefängnisses getan hatte. Vielleicht war der Kerl also kein Psychopath. Vielleicht – hätte er nur einen anderen Akzent, eine andere Herkunft, eine andere Erziehung – war Sampson etwas, wofür er sich selbst immer voller Stolz hielt: Ein Überlebenskünstler.

Das Gerüst endete abrupt, wie sie erwartet hatten, fünfzig Meter weit vor der Mauer – daß es bis an sie heranreichte, wäre allzu schön gewesen, um wahr zu sein. Das Ende war noch einmal mit einer Rolle Stacheldraht versperrt, und die Aufstiegsleiter war entfernt worden – auch eine Sicherheitsvorkehrung.

»Scheiße!« hörte Charlie den Mann vor sich ausrufen.

Charlie schob sich neben ihn und starrte über das Stacheldrahtbündel hinweg durch das offene Ende des Gerüsttunnels, hinter dem, jetzt noch näher, die Freiheit lag. »Kümmere dich nicht um den Draht«, sagte er. Er drückte die Plane vom Gerüst weg; sie gab weit genug nach, daß sie sich außen zwischen sie und das Gerüst schieben konnten. Sie schlangen Arme und Beine um die Stahlrohre des Gerüstes und hangelten sich im Schutz der Leinwand nach unten. Auf diesem Wege gelangten sie indessen nicht auf den Boden, denn das Ende des Gerüstes stand auf dem Flachdach eines der äußeren Anbauten. Da sie nicht wußten, was unter dem Dach verborgen war, und befürchteten, sich durch Geräusche zu verraten, überquerten sie das Dach ebenso vorsichtig und lautlos, wie sie vorher durch den Gang zur Bibliothek geschlichen waren.

Sie hatten Glück. Es war ein unerhörter Verstoß gegen die Sicherheitsvorschriften – einer, der, wie Charlie flüchtig dachte, bei der Untersuchung, die auf ihre Flucht zwangsläufig folgen würde, großes Aufsehen erregen würde –, aber da lagen Leitern, säuberlich übereinandergestapelt, vor der Dachbrüstung. Sie waren nicht einmal gesichert, weder durch eine Kette noch durch ein Vorhängeschloß. Offensichtlich, erkannte Charlie, hielten Arbeiter und Gefängnisleitung es für riskant, die Leitern im Hof zu lagern; das scheinbar unzugängliche Dach erschien ihnen sicherer, aber dies war ein Fehler, der berechtigte Kritik hervorrufen würde.

Auf Sampsons Handzeichen hin versuchten sie nicht sofort, die Leitern zu bewegen; statt dessen schlichen sie auf Zehenspitzen über das ganze Dach und suchten nach der günstigsten Stelle. Und wieder hatten sie Glück. Das Gebäude, auf dem sie standen, reichte fast bis zur Außenmauer; dazwischen lag nur noch ein schmaler Durchgang, über den sich eine mit Maschendraht überzogene Trägerkonstruktion spannte – wiederum, um jeden Fluchtversuch von unten nach oben zu verhindern, ohne daß man dabei bedacht hätte, welcher Vorteil sich dadurch für jemanden bot, der von oben kam. Ohne das Absperrgitter wäre eine Leiter nicht lang genug gewesen, um vom Boden bis zur Mauerkrone zu reichen. Aber wenn man leise und sorgfältig die längste aus dem ungesicherten Stapel aussuchte, dann vorsichtig auf die Stützkonstruktion trat – nicht etwa auf den Maschendraht – und einen der Träger als Aufstellbasis für die Leiter benutzte, dann reichte sie mühelos bis an die Mauerkante, und zwar bis dicht unter die zurückgebogenen Eisenstacheln. Die Leitersprossen boten einem dann Halt genug, um sich an diesen Stacheln, die eigentlich als Fluchthindernis gedacht waren, vorbeizumanövrieren. Und wenn man – wieder einmal – über ihnen war, boten die Eisendorne – anders als für den, der von unten kam – einen willkommenen Halt: Man konnte sich dann auf der Mauerkrone niederkauern und über die Kante in die unten vorbeiführende Nebenstraße hinunterspähen. Die Hofbeleuchtung brannte, und auch in mehreren der gegenüberstehenden Häusern war Licht zu sehen. Charlie vermutete, daß hier Gefängnispersonal wohnte. Die Straße selbst lag wie ausgestorben da.

»Wo ist der Wagen?« fragte Charlie drängend.

»Wir sind zu früh dran.«

»Die Leiter kriegen wir nie über die Eisenstacheln.« Charlie deutete nach hinten. »Wir riskieren, daß sie uns abrutscht und runterfällt, und dann wecken wir den ganzen Knast.«

»Wir müssen springen«, meinte Sampson zustimmend. »Wir hangeln uns so weit wie möglich runter, und dann lassen wir uns fallen.«

Charlie lugte über die Kante nach unten und konzentrierte sich auf die Entfernung bis zum Boden. »Ist aber verflucht tief«, stellte er fest.

»Hast du eine bessere Idee?«

Charlie überlegte einen Augenblick lang. »Nein«, sagte er dann. »Du zuerst.«
»Wieso ich?« protestierte Charlie.
»Wieso nicht?«
Vermutlich war es egal, dachte Charlie. Er krümmte sich, wälzte sich auf den Bauch und rutschte rückwärts über die Mauerkante, so daß erst seine Beine und nach und nach der Rest seines Körpers über den Rand ragten und dann hinunterbaumelten. Schließlich war der Augenblick gekommen, loszulassen und auf die unsichtbare Straße hinunterzufallen. Charlie klammerte sich fest; er hatte Angst. Doch dann löste sich sein Griff, und im selben Augenblick stieß er sich von der Mauer ab, um nicht an der rauhen Wand entlang hinunterzuschürfen. Er bemühte sich, locker zu bleiben, bereit, bei der leisesten Berührung mit dem Boden abzurollen, wie er es beim Überlebenstraining gelernt hatte. In den Kursen hatte er das nie richtig geschafft, und damals war er jünger und trainierter gewesen. Die Bodenberührung kam schneller als erwartet, und auch diesmal gelang es ihm nicht, sich sauber abrollen zu lassen; statt dessen kippte er zur Seite. Als er sich den Knöchel verrenkte, fühlte der Schmerz sich an, als ramme ihm jemand eine glühende Eisenstange von unten nach oben durchs Bein.
»Scheiße!« sagte Charlie, aber das linderte den Schmerz nicht.
Er richtete sich auf, lehnte sich an die Mauer und schaute hinauf zu Sampson. Nur dessen Silhouette war undeutlich zu erkennen, als er sich über den Rand schob, und Charlie fühlte mehr, wie er herunterfiel, als daß er es sah. Sampson landete, wie Charlie es geplant hatte, mit einer fließenden Seitenrolle – die klassische Fallschirmspringerlandung.
»Scheiße«, sagte Charlie noch einmal, enttäuscht diesmal.
»Was ist los?«
»Hab' mir den Knöchel verstaucht.«
»Werde mir nur nicht zur Last. Oder zu einem Hindernis«, warnte Sampson.
»Geh mir nicht auf den Wecker«, erwiderte Charlie. Er hatte nicht die Absicht, sich von dem Antagonismus zwischen ihnen stören zu lassen, wenn sie nach Moskau kämen, denn das wäre ebenso töricht wie unprofessionell gewesen. Aber wenn es überhaupt möglich wäre, beschloß er, würde er Sampson eine Lektion von der Art erteilen, wie alte Damen sie auf feines Tuch zu sticken und dann gerahmt übers Bett zu hängen pflegten – als klischeehafte Erinnerung.
Die Hauptstraße, an der das Haupttor und der Vorhof des Gefängnisses lagen, führte auf der rechten Seite vorbei. Sampson bewegte

sich in die entgegengesetzte Richtung, dicht an die Mauer gedrückt, um im Schutz ihres Schattens zu bleiben. Charlie folgte ihm, bemüht, sein Hinken soweit wie möglich zu verbergen, aber der Schmerz schoß bei jedem Schritt brennend durch sein Bein. Er fluchte noch einmal, aber im Geiste, nicht etwa laut, denn er wollte nicht, daß Sampson gewahr wurde, welche Schwierigkeiten er hatte. Bevor sie das Ende der Mauer, an der sie sich entlangdrückten, erreichten und sich der Rückfront des Gefängnisses näherten, begann eine Uhr in der Ferne zu schlagen. Sampson hielt inne und ließ auch Charlie stehenbleiben, während er zählte. Es war eine Uhr, die alle Viertelstunde schlug. Beide zählten bis drei, und Sampson stellte unnötigerweise fest: »Viertel vor zwölf.«

Charlie hielt den Fuß schwebend über dem Boden – wie ein lahmendes Tier – und versuchte, den Schmerz möglichst gering zu halten. »Wir können aber nicht eine Viertelstunde lang hier draußen rumstehen«, meinte er.

»Habe ich auch nicht vor«, erwiderte Sampson.

Kurz vor dem Ende der Mauer spurtete Sampson über die Straße hinweg zu den Wohnhäusern. Einen Augenblick lang verharrte er im schützenden Schatten einer struppigen Hecke. Dann huschte er gebückt in den Garten, zu dem sie gehörte. Charlie blieb dicht hinter ihm, und als er sich schließlich niederhockte, mußte er zugeben, daß das Versteck perfekt war. Das Haus, in dessen Garten sie kauerten, lag im Dunkeln, aber die Front des Nachbarhauses war beleuchtet, und wenn Charlie die Ohren spitzte, hörte er die Klänge einer Fernsehshow. Es konnte auch ein Radio sein, dachte er, aber er glaubte es nicht; es gab zu viele Unterbrechungen durch Applaus.

»Weißt du, was ich mir wünsche?« wisperte Sampson.

»Was denn?«

»Ich wünschte, dieser Garten gehörte Hickley, diesem Schwanz.«

Trotz allen anderen Meinungsunterschieden konnte Charlie hier nur aus ganzem Herzen zustimmen.

Die fünfzehn Minuten kamen ihnen sehr lang vor – so lang, daß Sampson einmal riskierte, sich ganz vorsichtig aufzurichten und über die Hecke zu spähen, weil er sich, genau wie Charlie, einbildete, sie könnten das Schlagen der Turmuhr überhört haben. Aber dann schlug die Uhr deutlich hörbar die volle Stunde, und Sampson befahl: »Steh auf.« Sie erhoben sich und schlichen hastig um das Haus herum nach vorn. Dabei blieben sie im Schutz der Hecke, aber im Vorgarten, wo sie den Wagen, der sie abholen sollte, unmöglich übersehen konnten.

Das Auto erschien, pünktlich auf die Minute: Eine unauffällige schwarze Limousine, die hinter dem Gefängnis auftauchte und um die Ecke bog, weder zu schnell noch zu langsam.

»Woher wissen wir, daß es der richtige ist?« tuschelte Charlie.

»Warte«, mahnte Sampson.

Der Wagen kam auf sie zu, und ungefähr fünfzig Schritt weit vor ihnen hielt er an. Der Fahrer stieg aus, ging nach vorn und trat gegen das Vorderrad auf der Beifahrerseite, wie um den Reifen zu überprüfen. Dann ging er zum Kofferraum, klappte ihn auf, starrte hinein und schloß ihn leise wieder.

»Das ist er«, sagte Sampson. »Es ist das Zeichen.«

Er stand auf und verließ das Versteck – vor Charlie, wie immer. Charlie humpelte hinter ihm her und versuchte, mit ihm Schritt zu halten. Sie waren dicht vor dem Wagen – Sampson hatte die Kühlerhaube bereits erreicht –, als die Gestalt um die Ecke bog. Eine Straßenlaterne stand dort, und in ihrem hellen Lichtschein erkannte Charlie den glockenförmigen Helm eines Polizisten.

Der Polizist kam die Straße herunter und zögerte plötzlich. Charlie begriff, daß sie im Licht der Scheinwerfer deutlich sichtbar waren, und daß in diesem Licht auch ihre Gefängnisuniformen zu sehen waren, Uniformen, die der Polizeibeamte augenblicklich erkennen würde.

»Was ist denn...« begann der Mann, und mit einer hektischen Bewegung fing er an, in seiner Tasche herumzuwühlen, um etwas herauszuziehen – einen Schlagstock oder eine Pfeife.

Sampson reagierte schneller. Er rannte über die Straße, geradewegs auf den Polizisten zu. Charlie sah, wie er den Arm hob, und begriff nicht gleich, was da geschah, und dann hörte er den gedämpften Knall eines Schusses – zu gedämpft, denn die Mündung des Revolvers wurde hart gegen den Körper des Polizisten gepreßt, so daß der Knall die Ohren der nächtlichen Fernsehzuschauer in den benachbarten Häusern nicht erreichte. Der Polizist taumelte rückwärts, die Arme überrascht nach vorn gestreckt, und dann knickten seine Beine ein, und er fiel hin und sackte in sich zusammen. Sampson kam nicht sofort zurück. Er blieb bei dem am Boden liegenden Körper stehen, und Charlie sah, wie er sich bückte, noch einmal den Arm ausstreckte – und dann hörte man einen zweiten dumpfen Knall. Charlie hatte die Wagentür erreicht und lehnte sich matt dagegen, als Sampson zurückgerannt kam.

»Ein Bulle«, sagte Charlie. »Du hast einen Bullen erschossen!«

»Du weißt doch, daß ich mich nicht aufhalten lasse«, entgegnete Sampson.

»Einen Bullen!« wiederholte Charlie.

Sampson hob den Arm und drückte die Revolvermündung gegen Charlies Brust, wie er es eben bei dem Polizisten getan hatte. »Du steigst jetzt in diesen gottverdammten Wagen!« befahl er.

Berenkow starrte auf die knappe Befreiungsmeldung, die der Fluchtwagen an die Botschaft gesendet und die von dort aus vor einer Stunde nach Moskau übermittelt worden war. Er versuchte, nachzudenken und das alles in einem Sumpf aus widerstreitenden Emotionen zu verdauen. Das war nicht einfach, denn immer wieder blockierte ein Name seine Gedanken, an den er oft – beinahe täglich – dachte, aber von dem er nicht erwartet hatte, daß er ihm beruflich noch einmal begegnen würde. Charlie Muffin. Ob der Mann sich im Laufe der Jahre verändert hatte? Vielleicht nicht – es waren ja nur vier, vielleicht fünf. Ein schlampiger, unordentlicher Mann mit ausgeleierten Anzugknopflöchern und verschlissenen Hemdkragen, mit ausgelatschten Schuhen an Füßen, die ihm ständig Beschwerden machten. Ein Mann von der Art, die man als komische Figur abtat; dies indessen war ein schrecklicher Fehler und der Grund, weshalb er sich so kleidete – wie ein Chamäleon, das seine Farben änderte und sich seiner Umgebung anpaßte, um nicht aufzufallen. Berenkow wußte, daß der russische Geheimdienst ihn als seinen besten Agenten betrachtete; deshalb hatte er die Position, die er heute hatte, nicht wegen Kalenins Freundschaft. Aber trotz seiner Talente und Erfahrung hatte Charlie Muffin ihn erwischt. Er hatte ihn auf brillante, professionelle Weise erwischt und mit dem gleichen Maß an Talenten und Erfahrung ausgeschlachtet, ohne die feindselige Dummheit der anderen, die sich für eine andere Sorte Mensch hielten, bloß weil sie auf der anderen Seite standen. Charlie hatte ihn als Profi bewundert, und er hatte Charlie als einen gleichwertigen – nein, besseren – Profi genauso bewundert. Nicht minder hatte er Charlies brillanten Vergeltungsakt gegen dessen eigenen Geheimdienst bewundert, nachdem die Leute dort beschlossen hatten, ihn fallenzulassen. Und er hatte dieses Unternehmen wegen seiner Brillanz bewundert, nicht weil er zu seinem Glück davon betroffen gewesen war – als der Gefangene, dessen Freilassung Kalenin gefordert hatte, nachdem das KGB Cuthbertson und Wilberforce in Wien hatte festnehmen können, eine Festnahme, zu der Charlie die beiden geführt hatte wie Lämmer, die man zur Schlachtbank bringt. Nur hatte man sie nicht geschlachtet, sondern als die inkompetenten, zu hoch beförderten Schwachköpfe bloßgestellt, die sie waren – inkompetent erstens, weil sie sich eingebildet hatten, auf Charlie verzichten zu können, und zweitens, weil sie in Wien in diese Falle getappt waren. Berenkow hatte sich in den langen Tagen des Nachdenkens oft gefragt, wie Charlie wohl die Haft ertragen mochte. Jetzt sah es so aus, als würde er ihn selbst danach fragen können, wenn er hier einträfe.

Wegen der speziellen Beziehung zwischen ihnen, und weil Kalenin ein dringendes Interesse an Sampsons Befreiung hatte, um ihn in der Suche nach dem internen Spion einsetzen zu können, wurde Berenkows Bitte um ein Gespräch mit dem Vorsitzenden unverzüglich erfüllt.

»Mit Sampson?« fragte Kalenin, als Berenkow ihm die Neuigkeit mitteilte.

»So steht es in der Nachricht«, antwortete Berenkow. »Sie ist sehr kurz – nur eine knappe Bestätigung der Flucht.«

»War das nicht so geplant?«

Berenkow schüttelte den Kopf. »Ich wußte natürlich, daß Charlie im selben Gefängnis wie Sampson einsaß, und es lag auch nahe, daß sie einander begegnen würden, ehe ich Sampson herausholen könnte. Ja, ich hatte die Absicht, Sampson eingehend nach ihm zu befragen, wenn er erst hier wäre. Ich mochte Charlie.«

»Ich mochte ihn auch«, sagte Kalenin, der Charlie persönlich kennengelernt und die Verhaftungsaktion in Österreich geleitet hatte. »Aber er ist kein Verräter. Er ist nicht wie Sampson und die anderen.«

»Ich weiß«, antwortete Berenkow. Die Zurückhaltung seines Vorgesetzten entging ihm nicht.

»Er tat mir leid, als sie ihn gefangengenommen hatten.«

»Mir tut jeder leid, der im Gefängnis ist«, sagte Berenkow. »Obwohl ich wußte, daß ich freikommen würde, wie auch Sampson wußte, daß er freikommen würde, gab es doch Zeiten, in denen ich so deprimiert war, daß ich an Selbstmord dachte . . .« Berenkow lächelte; das Geständnis machte ihn verlegen. »Es fällt schwer, das jetzt noch zu glauben.«

»Charlie wird es schwerfallen, sich hier anzupassen«, weissagte Kalenin.

»Nicht, wenn er sich ans Gefängnis hat anpassen können«, widersprach Berenkow.

»Wichtig ist Sampson«, beeilte Kalenin sich fortzufahren. »Wann erwarten wir die beiden?«

»In zwei Tagen höchstens in drei.«

»Ich habe die Botschaft hier völlig umstellt«, vertraute Kalenin ihm an. »Eine ganze Kompanie für jeden, der herauskommt.«

»Diese Botschaft hatten wir seit dem ersten Funkspruch im Netz, schon Wochen, bevor wir irgend etwas dechiffriert hatten«, antwortete Berenkow. »Inzwischen müßten wir über das Verfahren zur Kontaktaufnahme längst informiert sein.«

»Inzwischen müßte eine ganze Menge längst geschehen sein«, erwiderte Kalenin bitter.

9

Charlie drückte sich in die Ecke des Wagens, die am weitesten von Sampson entfernt war; er wollte physische Distanz zwischen sich und diesen Mann bringen und weiten Abstand halten, von allem, was er getan hatte und was mit ihm zu tun hatte. Charlie kam zu dem Schluß, daß er gelackmeiert war, und zwar in jeder Hinsicht. Eine schwierige, aber vielleicht doch durchführbare Operation, die in der relativen Ordnung des Direktorbüros ihren Anfang genommen hatte, würde sich als Rohrkrepierer erweisen, wenn sie jetzt geschnappt würden. Und sie würden geschnappt werden. Es war im Laufe seiner Zeit beim Geheimdienst schon vorgekommen, daß Charlie sich in der Peripherie eines Polizistenmordes befunden hatte, und er wußte, welche Wirkung so etwas auf die Polizei hatte. Innerhalb einer Stunde, nachdem sie das arme Schwein mit der eingeschlagenen Nase in der Krankenstation gefunden hätten, würde es in allen Polizeiwachen des Südens Alarm geben, und wieder eine Stunde danach würde das Land von Straßensperren und Polizisten übersät sein. Sie würden bewaffnet sein. Und bereit – ja willens –, auf die beiden flüchtigen Spione zu schießen, die jetzt auch noch Mörder waren. Polizistenmörder. Gelackmeiert, dachte Charlie. Wieder mal.

Verachtungsvoll sah er Sampson an; erst jetzt kam ihm zum Bewußtsein, daß zwischen Sampson und dem Mann vorn auf dem Beifahrersitz ein Streit ausgebrochen war. Es war ein massiger, stiernackiger Mann, der sich den Hals verrenkte, um die beiden anzusehen. Charlie war so tief in Gedanken versunken gewesen, daß er gar nicht gemerkt hatte, wie die beiden miteinander stritten und daß sie Russisch redeten, aber jetzt erkannte er die Sprache. Verstehen konnte er allerdings nichts. Vor langer Zeit hatte er einmal das eine oder andere aufschnappen können, aber das hier ging ihm zu schnell. Sampson schien ebenso fließend zu sprechen wie der Mann, dessen Muttersprache das Russische offenbar war. Aber es war auch nicht nötig, daß Charlie ein Wort verstand – auch nicht, als der Fahrer sich an den Tiraden beteiligte. Die fordernden Gebärden des Mannes auf dem Beifahrersitz waren beredt genug: Ein beharrlich gestikulierendes Verlangen, die Schußwaffe ausgehändigt zu bekommen, beantwortet durch Sampsons hartnäckiges Kopfschütteln. Schließlich beendete der Fahrer die Auseinandersetzung. Er fuhr an den Straßenrand, stellte den Motor ab, drehte sich um und brüllte auf Englisch: »Raus!«

Ein paar Augenblicke lang war es völlig still im Wagen. Dann sagte Charlie: »Um Gottes willen, gib ihm das Scheißding. Du hast damit schon genug Ärger angerichtet. Wir fordern sie ja heraus, uns festzunehmen, wenn das hier so weitergeht!«

Wenn er es schaffte, nach Rußland zu gelangen und zu bewerkstelligen, was Wilson verlangt hatte, würden sie die Abmachung vielleicht tatsächlich einhalten. Aber nicht, wenn sie jetzt festgenommen würden. Wenn, wenn, wenn, dachte Charlie. Jede einzelne Überlegung wurde von einem zweifelnden »wenn« beherrscht.

Zögernd, ja mitten in der Bewegung sogar einmal innehaltend, reichte Sampson dem Russen den Revolver. Im plötzlichen Licht einer Straßenlaterne sah Charlie, daß es in der Tat ein Smith & Wesson war. Sampson übergab die Waffe mit dem Kolben voran, so daß der Lauf auf ihn zielte, als der Russe sie in Empfang nahm.

»Warum knallst du das dämliche Arschloch nicht ab?« knurrte Charlie verbittert.

Als der Wagen wieder fuhr, fragte der Russe auf dem Beifahrersitz: »Warum die Waffe? Alles war schon schwierig genug, vorher.«

»Da mußt du den da fragen, nicht mich«, erwiderte Charlie. Er war froh, daß das Gespräch wieder auf englisch geführt wurde.

Sampson warf Charlie quer durch den Wagen einen verachtungsvollen Blick zu und sagte dann zu dem Russen: »Weil es nötig war. Und das weißt du verdammt genau. Wenn ich dem Polizisten nicht das Maul hätte stopfen können, wie ich es getan habe, dann hätte man uns gefaßt, und das wäre sehr peinlich für die Sowjetunion gewesen. Schlimmer noch – man hätte das Fahrzeug mit der Botschaft in Verbindung gebracht, und die Situation wäre um so peinlicher geworden. Ich wollte doch den verdammten Kerl nicht umbringen. Es war sein Pech, daß er sich am falschen Ort befand. Ich hatte überhaupt keine Wahl, und das wißt ihr alle ganz genau so gut, wie ich weiß, daß ihr vorhin geblufft habt, denn ihr hättet mich niemals aus dem Wagen geworfen.«

»Vielleicht war es gut für jeden von uns, daß es schließlich nicht darauf angekommen ist«, erwiderte der Russe, anscheinend unbeeindruckt durch Sampsons bombastische Rede.

Charlie kehrte dem lächerlichen Disput den Rücken zu. Durch das

Autofenster sah er einen Wegweiser nach Tower Hamlets. Sie fuhren also nach Osten, und er fragte sich, welches Ziel sie haben mochten. Die Londoner Straßen, an die er während der langen Tage und Nächte in der Zelle immer wieder gedacht hatte, lagen geisterhaft verlassen da, und die eigentliche City war wie immer noch ruhiger als der Rest der Hauptstadt. Einmal glaubte er, das Klagen einer Polizeisirene zu hören, und seine Muskeln spannten sich; aber der Klang verhallte, und schließlich vermutete er, daß er sich überhaupt geirrt hatte. Wie lange würde es wohl dauern, bis sie den Mann fänden, der da zusammengesackt neben der Gefängnismauer lag?

Er hörte, wie Sampson neben ihm fragte: »Wo sind die Kleider? Ihr habt doch sicher an Kleider gedacht?«

Der arrogante Lümmel versuchte sogar hier, das Kommando an sich zu reißen, erkannte Charlie. Der Mann auf dem Beifahrersitz reichte zwei Reisetaschen nach hinten.

»Ich zuerst«, verlangte Sampson, und er drehte und wand sich in der Enge der Fahrgastkabine. Nachdem er sich umgezogen und seine Gefängnisuniform in die Tasche gestopft hatte, wechselte auch Charlie die Kleider. Beim Anziehen stellte er fest, daß sie von ausgezeichneter Qualität waren, und er fand außerdem, daß kleine Gegenstände in den Taschen waren, wie man es hätte erwarten können, wenn es normal getragene Anzüge gewesen wären. Der Stoff, vermutete er, war graues Kammgarn, und das weiße Hemd war frisch gewaschen und gebügelt. Die Schuhe drückten, aber bei seinen Füßen war Charlie an dergleichen gewöhnt. Er zog sie, um es bequemer zu haben, nur halb an.

»Da«, sagte der Russe auf dem Vordersitz; es klang wie ein Befehl.

Gehorsam stoppte der Fahrer, und der andere vergrub die wieder gefüllten Reisetaschen in einer Mülltonne, die am Straßenrand stand. Dabei vergaß er nicht, den Deckel wieder sorgfältig auf die Tonne zu stülpen.

»Wir sind auf dem Heimweg von einem Dinner in London«, diktierte der Russe, als der Wagen sich wieder in Bewegung gesetzt hatte. »In eurer linken Jackentasche stecken die Abschnitte der Eintrittskarten. Und Tombola-Lose . . .« Er grinste nach hinten und hielt eine Kristallkaraffe in die Höhe, an der noch ein Losabschnitt baumelte. »Ich habe Glück gehabt.«

Sehr gut, fand Charlie, und gleichzeitig merkte er, daß sie im Begriff waren, London zu verlassen. Straßensperren, vor allem außerhalb der Hauptstadt, würden, falls es schon welche gäbe, hastig aufgestellt worden sein. Fotos würden ganz bestimmt noch nicht zur Verfügung stehen, nicht nach so kurzer Zeit. Es war eine Geschichte von der Sorte, die sie wahrscheinlich durch eine solche Sperre bringen würde, wenn es notwendig wäre. Das allgegenwärtige »wenn«, dachte er.

»Es ist ein Glück, daß wir die Abreisearrangements getroffen haben, für die wir uns entschieden hatten«, meinte der Mann auf dem Vordersitz. »Hoffen wir nur, daß sie noch praktikabel sind.« Und mit bedeutsamem Nachdruck fügte er, an Sampson gewandt, hinzu: »Und dieser Wagen läßt sich nicht mit der Botschaft in Zusammenhang bringen.«

Charlie hatte diesen überraschenden Widerspruch noch nicht verdaut, als der Mann sich an ihn wandte. »Sie heißen Muffin?«

Charlie nickte. »Ja.«

»Ich bin Lezow.«

Charlie nahm die Vorstellung stirnrunzelnd zur Kenntnis. Wenn der Mann nach London gehörte, wären Identitäten kein Gesprächsthema gewesen. Gleich darauf vertiefte sich sein Stirnrunzeln, und er ärgerte sich über sich selbst. Es hatte wirklich zu lange gedauert, bis er begriffen hatte, daß die Russen niemals riskieren würden, jemanden aus ihrer eigenen Botschaft mit einem solchen Auftrag zu betrauen. Mit neuerwachtem Interesse betrachtete er die beiden auf dem Vordersitz. *Spetnaz* nannte man sie, wie er sich jetzt erinnerte – eine Elitetruppe, streng geheime Kommandos innerhalb des KGB, vergleichbar, schätzte er, mit dem britischen SAS oder den amerikanischen *Special Forces*. Sampson mußte für Moskau sehr wichtig sein, wenn sie seinetwegen solche Umstände machten. Der Bursche saß entspannt und behaglich in der anderen Ecke, die Hand lässig in einem Haltegriff an der Tür gelegt, als lasse er sich tatsächlich von einem weltstädtischen Abendvergnügen nach Hause chauffieren.

Charlie wandte sich an Lezow. »Verlassen wir heute nacht noch das Land?«

»Selbstverständlich«, antwortete der Russe, als überrasche ihn diese Frage.

Draußen huschte ein Wegweiser nach Braintree vorüber. »Und Sie kommen mit?«

»Es gibt keinen Grund, länger zu bleiben«, erwiderte Lezow und bestätigte damit Charlies Vermutung, daß es sich um *Spetnaz* handelte.

Der Fahrer sagte etwas auf russisch, das Charlie nicht verstand, und Lezows Antwort hörte er nicht, aber aus der Art, wie dieser bei der Bemerkung des Fahrers durch Vorder- und Rückfenster spähte, schloß Charlie, daß es sich hier um einen Hinweis auf erfreuliches Nichtvorhandensein von Polizei gehandelt hatte.

»Danke«, sagte Charlie zu Lezow. »Für das alles hier.«

Der Russe zuckte die Achseln. »Wir hatten Befehle«, meinte er.

»Die ich veranlaßt habe«, erinnerte Sampson.

Leck mich am Arsch, dachte Charlie.

Sie riskierten es sogar, die Autobahn zu benutzen, als sie dort ankamen, und erst kurz vor ihrem Ende machte Lezow den Fahrer auf einen Richtungsweiser aufmerksam, und sie wechselten auf eine offenbar vorher ausgekundschaftete Route, die sie über kleine Nebenstraßen führte. Sie kamen durch zwei dunkle, schlafende Dörfer und dann durch eine größere Ortschaft, eine Kleinstadt schon, aber Charlie sah keinen Namen am Straßenrand. Sie parkten, wiederum einem offenbar vorbereiteten Plan folgend, in einem mehrstöckigen Parkhaus. Lezow drehte sich um, schwenkte seine Karaffe und meinte: »Anscheinend hält meine Glückssträhne an.« Dann verschwand sein Grinsen beinahe augenblicklich. »Der Wagen war eine Tarnung. Jetzt ist er es nicht mehr«, warnte er.

Widerwillig zwängte Charlie die Füße vollends in die Schuhe; dabei machte sein Knöchel sich bemerkbar. Aber zu einer Schwellung hatte seine tolpatschige Landung nicht geführt, und darüber war er froh, denn er wollte vor Sampson keine Schwäche zeigen. Vor den beiden anderen übrigens auch nicht.

Als sie auf die verlassene Straße hinaustraten und Lezow, der voranging, folgten, sah Charlie in der entgegengesetzten Richtung das vielsagende blaue Schild einer Polizeiwache. Sie wollten es ihnen wirklich zeigen, dachte Charlie.

Lezow und der Fahrer schienen sich hier gut auszukennen; sie schritten wachsam aus, ließen die Hauptstraße rasch hinter sich und bogen in kleine angrenzende Nebenstraßen ein. Der Geruch der See drang Charlie in die Nase, und er hörte das frühmorgendliche Kreischen der Möwen. Das erste Licht des neuen Tages zeigte sich zögernd am Horizont, als sie bei der Meeresbucht ankamen, und bald waren die schwarzgrauen Umrisse der Häuser zu erkennen. Charlie sah auch Boote. Ein richtiger Hafen war es indessen kaum – eher ein Parkplatz für Wochenendseeleute, die diesem Zeitvertreib nachhingen, ohne das eigentlich dafür nötige Geld zu haben. Charlie schätzte, daß die Boote, wenn er sie deutlicher hätte sehen können, ebenso heruntergekommen ausgesehen hätten wie der ganze Liegeplatz.

Ihr eigenes Boot lag am Ende eines kleinen Landungsstegs, isoliert von den anderen und mit einer Persenning bedeckt, die von den beiden Russen fachmännisch und lautlos abgeknöpft und verstaut wurde. Sie winkten Sampson und Charlie, in der engen Kajüte zu verschwinden. Dort roch es nach Feuchtigkeit und verschüttetem Öl, und als Lezow hinter den verhängten Luken das Licht einschaltete, sah Charlie, daß der weiße Innenanstrich überall von den Holzwänden blätterte.

Auf einer einzelnen Koje auf der Backbordseite stand wieder eine große Reisetasche. Lezow öffnete sie und warf den beiden schwere blaue Guernsey-Pullover zu. »Jetzt sind wir begeisterte Amateurseeleute, die in aller Frühe auslaufen. Aber ihr beiden bleibt unten, bis wir draußen sind.«

Charlie und Sampson tauschten ihre Jacketts gegen die Pullover aus und nahmen dann stumm in verschiedenen Ecken der Kabine Platz. Von oben hörte Charlie die gedämpften, vorsichtigen Geräusche der beiden anderen, die mit den Auslaufvorbereitungen beschäftigt waren. Offenbar hingen sie nur noch mit einem einzigen Tau am Landungssteg, denn als der Motor ansprang, überlaut in der Morgenstille, legten sie unverzüglich ab, ohne zu warten, bis er warmgelaufen war. Mit halber Kraft tuckerten sie durch die breite Flußmündung, aber der Klang ließ Charlie vermuten, daß der Motor im Gegensatz zum Rest des Bootes nicht alt oder eingerostet war. Bei voller Kraft würde er sich wahrscheinlich aus seiner Verankerung reißen.

»Haben sich also alle umsonst in die Hose geschissen«, stellte Sampson triumphierend fest. »Wir haben's geschafft.«

Charlie antwortete nicht.

Ungefähr eine halbe Stunde später veränderten sich die Bewegungen des Bootes, denn es hatte die Dünung der See erreicht. Der Motorlärm schwoll an, und Dieseldunst erfüllte die Kabine.

»Wie lange dauert es denn noch, bis wir an Deck können?« fragte Sampson ins Leere.

Charlie sah ihn an und erkannte, daß der Mann seekrank war. Er war entzückt. »Im Knast ist jetzt Ausgußzeit«, bemerkte er. »Wenn ich an diesen Pißgestank denke . . .«

»Halt die Klappe, um Gottes willen«, erwiderte Sampson.

Charlie gehorchte – nicht um Sampson zu schonen, sondern weil das Gefeixe sinnlos war; auch wenn dem Scheißkerl für den Rest seines Lebens übel würde, wäre das keine Vergeltung für das, was er getan hatte.

Eine weitere Stunde verging, bevor Lezow die Luke öffnete, und da würgte Sampson schon. Hastig flüchtete er sich an das Heck des Bootes und übergab sich ins Kielwasser. Einen Augenblick lang mußte Charlie daran denken, wie leicht es jetzt wäre, ihn bei den Beinen zu packen und über die Reling zu kippen. Aber die Versuchung verging, wie sie gekommen war. Es war kein Problem, zu drehen und ihn wieder an Bord zu ziehen. Sinnlos – genauso wie die Verstärkung seiner Übelkeit.

Es war inzwischen hell geworden, ein trüber, grauer Tag, und die Wolken hingen störrisch über dem Meer, als wollten sie die Nacht nicht ziehen lassen. Weit weg an Steuerbord sah Charlie eine Kette von Fischerbooten wie die Enten einem Hafen zustreben, und er überlegte, welcher Hafen es sein konnte. Er stand auf und trat ins Ruderhaus. Der Fahrer hatte seine Rolle behalten; er stand jetzt am Steuer. Lezow hatte eine Karte zwischen ihnen ausgebreitet und war dabei, am Funkgerät eine Frequenz zu justieren. Charlie sah, daß der Mann konzentriert auf eine schwere Armbanduhr blickte, und zu einem offenbar verabredeten Zeitpunkt drückte er auf den Sendeknopf des Radios. Es würde ein kurzer Funkstoß sein, wußte Charlie aus fachmännischer Erfahrung, eine volle Nachricht, die für einen zufällig Lauschenden auf elektronischem Wege zu einem sinnlosen *pip* komprimiert worden war, verständlich nur für den, der wußte, worauf er zu lauschen hatte.

»Wir haben Glück gehabt«, sagte Lezow; er meinte Charlie, blickte aber an ihm vorbei auf den immer noch kotzenden Sampson. »Ich schätze, es hat lange gedauert, bis sie die Leiche gefunden haben.«

»Er hätte nicht zu sterben brauchen«, beharrte Charlie.

Lezow sah ihn an und lächelte müde. »Ich weiß über Sie Bescheid, über Sie und Ihre Straßenerfahrung«, sagte er. »Und ich bin Ihrer Meinung. Es hätte gereicht, den Polizisten schlafenzulegen.« Wieder schaute er zu Sampson hinüber. »Er hat nie auf der Straße gearbeitet. Immer als Verbindungsagent, oder in der Verwaltung. Ein guter Agent für einen bestimmten Ort, aber schlecht, wenn man mit ihm in eine Falle gerät.«

Ein leiser Ruf kam vom Steuermann hinter ihnen, und als sie sich umdrehten, erblickte Charlie am Horizont die Umrisse eines Schiffes. Als sie näher kamen, erkannte er die merkwürdig geformte Radarblase und die steifstielige Antenne eines jener Boote, die von den Russen Trawler und vom Rest der Welt Spionageboote genannt werden. Lezow drückte noch einmal auf den Sendeknopf – zu Identifikation, vermutete Charlie – und drehte sich dann um, als Sampson mühsam beherrscht und mit fahlem Gesicht zu ihnen kam.

»Wie lange brauchen wir damit bis Rußland?« fragte er mit gepreßter Stimme.

»Murmansk«, sagte Lezow. »Zwei Tage.«

Sampson gab ein verzweifeltes Grunzen von sich.

Der Steuermann manövrierte das Motorboot an die Leeseite des größeren Schiffes. Sie tauschten lose Verbindungsleinen aus; das bedeutete, daß sie nach der Strickleiter, die man von dem Trawler herunterlassen würde, springen mußten. Charlie sprang als erster; es ging ganz leicht, und hoffnungsvoll sah er sich nach Sampson um. Im ersten Augenblick sah es so aus, als wolle der Mann den Sprung über den schmalen Kanal der wogenden See tatsächlich verweigern, aber dann sprang er doch, rutschte beim ersten Versuch ab und hing mit einer Hand über einen kurzen Augenblick zwischen den beiden Booten, bevor er noch einmal zugriff, eine Leitersprosse zu fassen bekam und sich hinaufziehen konnte. Zitternd stand er an der Reling; fast schien es, als sei er sich seiner Umgebung nicht mehr bewußt. Seeleute eilten geschäftig hin und her und absolvierten eine offensichtlich gut geplante Übung. Rufe wanderten von der Kommandobrücke über die Matrosen zu den beiden Russen auf dem Motorboot, und Charlie sah, wie Sprengladungen hinuntergereicht wurden. Es dauerte ein paar Minuten, sie anzubringen, und dann sprangen die beiden, die sie gerettet hatten, ebenfalls herüber und kletterten an Bord. Unverzüglich warfen sie die Leinen los, und der Trawler setzte sich in Bewegung. Als der Abstand auf etwa fünfzig Meter gewachsen war, sagte Lezow mit professionellem Stolz und ohne einen Blick auf seine Uhr: »Jetzt!« Haargenau im selben Augenblick hallte der dumpfe Schlag der Explosion herüber, die den Boden aus dem Kabinenkreuzer riß. Erschrocken hüpfte das Boot einmal auf und versank dann in Sekundenschnelle.

»Willkommen«, sagte eine Stimme hinter ihnen. Charlie drehte sich um und sah den Kapitän an. »Willkommen«, wiederholte der Mann, »in Ihrem neuen Leben.«

Du liebe Güte, dachte Charlie.

Die Ermordung des Polizisten bewirkte, daß dem Unternehmen der demütigende Propagandaerfolg versagt blieb, den man sich erhofft hatte, und Berenkow wußte es, wie er auch wußte, daß ihre persönliche Freundschaft Kalenin nicht daran hindern würde, den notwendigen und wohlverdienten Tadel anzubringen.

»Es tut mir leid«, sagte er aufrichtig. »Ich wußte nicht, daß sie bewaffnet sein würden.«

»Charlie Muffin?« fragte Kalenin.

Berenkow schüttelte den Kopf. »Lezow hat uns einen umfassenden

Bericht durchgegeben. Es war Sampson. Er ist in Panik geraten. Charlie gerät nie in Panik. Das weiß ich nur allzu gut.«

»Und wie geht es ihnen?«

»Lezow sagt, das Verhältnis zwischen den beiden sei gespannt.«

Kalenin deutete auf die Funksprüche der britischen Botschaft, die sie mitgeschnitten hatten. Seit der letzten Besprechung waren vier dazugekommen. »Sampson hatten wir schon eingeplant, bevor das hier anfing«, sagte er. »Er kann uns auch sonst helfen. Aber was ist mit Charlie? Kann er uns nützen?«

»In dieser Sache wohl nicht.« Berenkow wies mit dem Kopf auf die Funksprüche. »Vergessen Sie nicht, daß er drei Jahre lang auf der Flucht war. Er hat keinen Kontakt mehr. Aber wenn er will, kann er unseren Agenten, die für den Einsatz im Westen vorgesehen sind, in einem Monat mehr über das Geschäft – und über das Überleben – beibringen als unsere Ausbilder in einem ganzen Jahr.«

Kalenin zog die Mundwinkel herunter, sowohl wegen der unqualifizierten Bewunderung als auch wegen des Vorbehalts in Berenkows Äußerung. »Wenn er will!« wiederholte er.

»Ich galt als der beste, nicht wahr?« sagte Berenkow, und es klang nicht prahlerisch.

»Ja.« Kalenin nickte.

»Er hat mich gefaßt«, erinnerte Berenkow ihn. »Genauso, wie er die Idioten in seiner eigenen Abteilung gefaßt hat, die ihn für entbehrlich hielten.«

»Ich verstehe nicht, was Sie damit sagen wollen«, sagte der KGB-Vorsitzende ratlos.

»Charlie ist brillant«, erklärte Berenkow schlicht. »Und außerdem ist er der sperrigste Halunke, den man sich vorstellen kann.«

10

Nach der Verhaftung in Italien hatte man Charlie in Handschellen nach England gebracht, und bei jedem Gerichtstermin sowie bei der schließlichen Einweisung ins Gefängnis nach Wormwood Scrubs war er von mindestens zwei Wärtern eskortiert worden. Die Reise nach Moskau nun rief ein Gefühl von *Déjà vu* in ihm hervor – ein bewachter Transport zu einem Gefängnis anderer Art. Sampson war während der gesamten Reise nach Murmansk krank und kam kaum einmal aus seiner Kabine hervor – Charlie sah es mit Dankbarkeit –, aber er genas mit dramatischem Tempo, als sie an Land kamen. Beinahe augenblicklich fing er an, sich wie ein Heimkind auf dem ersten Ausflug zu benehmen; er benutzte seine Russischkenntnisse, wo immer sich Gelegenheit dazu bot, las ohne Sinn und Verstand vor, was auf Schildern und Plakaten stand, und gaffte aufgeregt Gebäude und Straßen an. Lezow und der andere Russe, der, wie sich herausstellte, Orlow hieß, begleitete sie bis Moskau, aber während der Seereise und vor allem, als sie das russische Festland erreicht hatten, ließen sie immer häufiger unverhüllte Langeweile und Interesselosigkeit erkennen – zwei Männer, die ihre Aufgabe erfüllt hatten und nun die verdrießliche Tätigkeit von Babysittern ausüben sollten.

Es war dunkel, als das Flugzeug aus Murmansk auf dem Scheremetjewo-Flughafen landete. Der Flughafen kam Charlie größer und heller erleuchtet vor als beim letztenmal, als er hier angekommen war – zehn Jahre zuvor, als Botschaftsmitarbeiter. Die Fahrt nach Moskau dauerte länger, als er es in Erinnerung hatte. Die Dunkelheit machte es schwierig, irgendwelche Landmarken zu erkennen. Einmal glaubte er, den Fluß zu erkennen, aber sicher war er nicht. Mit Sicherheit lokalisierte er indessen einen der roten Sterne, die über dem Kreml leuchteten, und daran erkannte er, daß man sie weit hinaus in die Vororte der Stadt brachte.

Orlow, der wie gewöhnlich am Steuer saß, hatte Schwierigkeiten, das Ziel zu finden; zweimal mußte er anhalten und nach dem Weg fragen. Es war ein Wohnkomplex, ein riesiger, anonymer Steinklotz, der einen ganzen Block auszufüllen schien und schwarz in den Nachthimmel hinaufragte. Nur wenige Fenster waren erleuchtet, und das ganze Gebäude machte den Eindruck von Verlassenheit. Charlie fand, daß es passend war.

Orlow machte sich nicht mehr die Mühe, auszusteigen; er überließ es Lezow, den letzten Teil ihres Auftrags durchzuführen. Der breitschultrige Russe führte sie in das Gebäude. Durch ein abblätterndes, muffig riechendes Treppenhaus gelangten sie zu einer Wohnung am hinteren Ende eines unbeleuchteten Korridors. Hinter den verschlossenen Türen, an denen sie vorübergingen, hörten sie das Scharren und Murmeln der Bewohner, einmal auch die lauteren Klänge eines Radios; eine Frau sang ein melancholisches slawisches Klagelied, und Charlie glaubte, genau zu wissen, was sie empfand. Der vorherrschende Geruch war der von Kohl.

Lezow betrat zielstrebig das Appartment, knipste das Licht an und deutete mit einer Ob's-euch-paßt-oder-nicht-Gebärde in die Runde.

»Ihr müßt hierbleiben«, sagte er. »Man wird Kontakt aufnehmen.«

»Zusammen?« protestierte Charlie sofort.

»Hierbleiben«, wiederholte Lezow. Er zeigte auf das Telefon. »Morgen.«

Charlie sah sich im Zimmer um. Es war spartanisch ausgestattet: Eine Couch und zwei Stühle, an der hinteren Wand ein Tisch und noch einmal zwei Stühle. Neben dem Tisch war eine Öffnung in der Wand, ohne Tür oder Vorhang; dahinter lag die Küche. Links begann ein kurzer Korridor. Charlie sah, wie Sampson, immer noch aufgeregt wie ein kleiner Junge, hineinging und das Bad sowie zwei separate Schlafzimmer entdeckte.

»Wiedersehen«, sagte Lezow, schon in der Tür.

»Nochmals danke«, sagte Charlie. Auf der Reise hatte er versucht, an den Mann heranzukommen. Er erkannte in ihm den vollblütigen Profi, aber wie jeder vollblütige Profi hatte Lezow sich nur zu den allernötigsten Gesprächen bereit gefunden. Charlie bedauerte das; er hielt Lezow für einen Mann, den er hätte mögen oder doch wenigstens verstehen können.

»Viel Glück«, sagte der Russe in einem allerletzten Zugeständnis.

»Auch dafür vielen Dank«, antwortete Charlie.

Sampson kam aus dem hinteren Schlafzimmer, als der Russe hinausging, und verkündete, wie erwartet wiederum als Beherrscher der Situation: »Ich nehme das hier. Du nimmst das andere.«

Charlie zuckte die Achseln. Er hatte keine Lust, sich deswegen zu streiten. Er hoffte nur inständig, daß sie nicht mehr lange würden zusammenbleiben müssen. »Woher kannst du eigentlich Russisch?« fragte er.

»Ich habe in Oxford moderne Sprachen studiert«, antwortete Sampson. »Ich habe ein Talent für so etwas. Und zuletzt war ich fast zwei Jahre lang die Nummer drei im russischen Büro.«

»Du hast in der russischen Sektion gearbeitet?« fragte Charlie. Es wunderte ihn, daß der Mann sich dessen nicht schon früher gebrüstet hatte, wie er es mit fast allem anderen getan hatte.

»Ich habe von hier aus den Befehl erhalten, mich dort einzuschleusen, als ich in Beirut stationiert war«, erklärte Sampson.

»Dann hatte Moskau also zwei Jahre lang freien Zugang zu allem, was wir über sie wußten oder dachten?« Was für ein Schweinehund! dachte Charlie.

»Und auch zu vielem von dem, was die NATO dachte. Und Washington. Ich habe dir doch gesagt, ich war wichtig. Nicht wahr?«

»Ja«, sagte Charlie gleichmütig. Er ging zu dem nackten Fenster und starrte hinaus. Auf der anderen Straßenseite stand ein ähnlich aussehender Appartmentblock, ebenso kärglich beleuchtet wie der, in dem sie sich befanden. Charlie fragte sich, ob es auch dort drüben nach ausgelaugtem Kohl roch. Sechs Monate, dachte er. Sechs Monate waren erträglich. Aber genügte diese Zeit, zu schaffen, was Wilson erwartete? Und galt die Abmachung überhaupt noch, nach dem Mord? Es gab natürlich noch eine Alternative, eine, die er absichtlich aus seinen Gedanken verdrängte. Was, wenn die Russen Verdacht schöpften? Mehr war gar nicht nötig – sie brauchten nur Verdacht zu schöpfen: Und wieder ein Gefängnis, falls sie ihn überhaupt am Leben ließen ... eine Haft ohne Ende diesmal. Verglichen mit den *Gulags* war Wormwood Scrubs ein Feriendorf in der Sonne. Charlie erschauerte; es war eine körperliche Reaktion auf diese Gedanken. Sampson sagte: »Es ist nicht kalt.«

»Nein«, sagte Charlie; er hatte nicht bemerkt, daß der andere herübergekommen war. Wenn ich in Moskau lebte, wäre mir das Wetter egal, dachte er.

»Das ist es nun, Charlie.« Sampsons Enthusiasmus war ungebrochen. »Wie der Kapitän sagte: Ein neues Leben.«

»Ja.« Charlie war nicht beeindruckt.

»Bist du nicht aufgeregt?«

»Nein.«

»Du wirst mitmachen müssen, weißt du«, stellte Sampson fest. »Genau wie im Knast.«

»Was?«

»Paß dich an. Hör auf, dich zu benehmen wie ein Idiot, und paß dich an.«

Er würde sich nicht benehmen wie ein Idiot, beschloß Charlie. Sampson hielt sich für den Gerissenen, den Experten; aber es würde sich zeigen, daß es anders war. So schwierig, so unmöglich es auch aussah – Charlie würde den unbekannten Überläufer finden, wer immer es sein mochte, er würde seine Flucht arrangieren, und er würde diesem arroganten, eingebildeten Klugscheißer – und Moskau und der Abteilung in London – demonstrieren, daß er immer noch war, was er immer gewesen war: Besser als jeder von ihnen.

»Du hast recht«, sagte er. »Ich benehme mich wie ein Idiot. Es wird ganz großartig werden, wenn ich mich erst dran gewöhnt habe.«

»So ist es besser«, fand Sampson, und dann legte er ihm tatsächlich den Arm um die Schultern.

Charlie gelang es, sich der Berührung nicht zu entziehen. Wenn Sampson so wichtig war, wie er behauptete – und wie es angesichts der Rettung den Anschein hatte –, dann war über ihn möglicherweise sogar an die Leute vom Dserschinski-Platz heranzukommen. Und

Abkürzungen konnte Charlie gut gebrauchen. Schließlich hatte er nur sechs Monate Zeit. »Wie lange werden sie uns wohl vernehmen?« fragte er.

»Mich länger als dich; du bist schon zu lange raus aus allem.«

Jesus! dachte Charlie. »Da hast du recht«, sagte er laut, und es gelang ihm tatsächlich, einen Unterton von Bewunderung in seine Stimme zu legen. »Du bist schließlich auch derjenige, dem die Rettungsaktion eigentlich gegolten hat.«

Natürlich war es Sampson, der ans Telefon ging, als es am nächsten Morgen schließlich klingelte. Nach einer erwartungsfrohen Begrüßung verflog seine Hochstimmung jedoch, verdrängt von ärgerlichem Stirnrunzeln und einer verständnislosen Miene, als er den Hörer auf die Gabel legte. »Du«, sagte er zu Charlie. »Sie schicken einen Wagen, um dich zuerst abzuholen. Ich soll warten.«

Befriedigung durchströmte Charlie wie ein wärmendes Getränk, und dieses Gefühl hielt an, als er dreißig Minuten später das Appartment verließ. Er blickte nicht nach oben, aber er hoffte, Sampson möge am Fenster stehen. Der stumme Chauffeur fuhr schnell; er benutzte die Mittelspur, die ausschließlich für Regierungsfahrzeuge reserviert war. Aber die Fahrt ging, wie Charlie erkannte, nicht zurück in die Stadtmitte, sondern noch weiter nach draußen, der Ringstraße zu. Das KGB verfügte über ausgedehnte Büros in den Vororten, erinnerte sich Charlie; aber das Hauptquartier, in das er gelangen mußte, lag am Dserschinski-Platz, und sie fuhren in die entgegengesetzte Richtung.

Es war ein großes, modernes Gebäude von beinahe amerikanischem Zuschnitt, und unmittelbar daneben verlief die Ringstraße. Von hinten sah er, daß der Fahrer ihr Kommen über Funk ankündigte, und als der Wagen – nicht vor dem Haupteingang, sondern an einer Seitentür – vorfuhr, wartete dort ein Mann auf sie. Der Mann war schmächtig und bebrillt; er trug einen Straßenanzug, keine Uniform. Er öffnete den Wagenschlag von außen und sagte auf englisch: »Sie sollen mit mir kommen.«

An einem Schreibtisch im Flur zückte der Begleiter einen Ausweis und führte Charlie dann, stumm wie der Fahrer, durch einen gebogenen Korridor zu einer Reihe von Aufzügen. Er drückte auf den Knopf für den sechsten Stock.

»Wenn ich in Moskau lebte, wäre mir das Wetter egal«, sagte Charlie zu ihm; schaden konnte es ja nicht.

Der Mann sah ihn ausdruckslos an und antwortete nicht. Als die Aufzugtür sich öffnete, trat er auf den Gang hinaus, und auch hier mußte er zweimal seinen Ausweis hervorziehen, um sie an zwei Kontrollen vorbeizuschleusen.

Die Tür, vor der er schließlich stehenblieb, war nicht gekennzeichnet, weder durch eine Nummer noch durch ein Namensschild. Er klopfte und öffnete die Tür sogleich, aber dann warf er erst einen Blick in den Raum dahinter, um sich zu vergewissern, daß er tatsächlich eintreten durfte, bevor er beiseite trat, um Charlie hineingehen zu lassen.

Charlie wollte eintreten, doch dann blieb er überrascht und abrupt stehen. Es war ein geräumiges Büro mit Blick auf die Ringstraße, die draußen verlief. Auf einem niedrigen Tisch stand eine Vase mit Blumen, und eine Wand war mit Bücherregalen bedeckt. Der Vernehmungsoffizier saß an einem aufgeräumten Schreibtisch und lächelte einladend. Es war eine Frau.

Die Flucht und der Mord riefen in England einen Aufschrei der Empörung hervor. Nach drei Tagen hartnäckiger Forderungen stimmte der Premierminister schließlich einem Untersuchungsausschuß zu. Es stellte sich heraus, daß der tote Polizist unverheiratet war, ein Constable auf Probe ohne Eltern, ohne Familie, ja selbst ohne enge Freundin, und so wandte sich die *Human interrest*-Berichterstattung der Zeitungen bald dem zusammgeschlagenen Gefängniswärter zu, der auf Drängen der Vereinigung der Justizbeamten, die einen besseren Schutz für ihre Mitglieder forderte, in seinem Krankenhausbett für die Fotografen posierte, umgeben von den besorgten Mienen seiner Familie. Wilson wurde zweimal zur Downing Street beordert, um den Premierminister vor der Fragestunde im Parlament persönlich zu informieren.

Harkness erwartete ihn, als der Direktor vom zweiten dieser Besuche zurückkehrte, und sogleich merkte er, daß er sonst von weltmännischer Gelassenheit erfüllte Mann zutiefst verärgert war.

»Hält es für eine Katastrophe«, sagte Wilson. »Für eine lächerliche Katastrophe.«

»Das haben wir erwartet«, erinnerte Harkness ihn.

»Ja, aber nicht eine öffentliche Reaktion dieses Ausmaßes«, erwiderte Wilson. Er setzte sich an seinen Schreibtisch und streckte das steife Bein von sich.

»Was ist mit dem Gefängnisdirektor?« fragte Harkness.

»Keine verbindliche Zusage, aber immerhin habe ich eine Aussetzung des Vollzuges erreichen können«, antwortete der Direktor. »Zumindest für die Dauer der Untersuchung. Aber die verdammte

Öffentlichkeit wird nicht ausgeschlossen, wie ich es wollte. Die Zeitungen würden das nicht mitmachen, sagte man mir.«

»Wer bestimmt in diesem Lande, die Regierung oder die Zeitungen?« fragte Harkness mit ungewohnter Bitterkeit.

»Das frage ich mich manchmal auch«, grollte Wilson.

»Glauben Sie, die Russen werden sie in Moskau vorführen? In der Vergangenheit haben sie das mit Überläufern getan.«

Der Direktor schürzte zweifelnd die Lippen. »Nach diesem Mord nicht«, meinte er. »Wenn sie einfach nur ausgebrochen wären, dann ja. Aber in diesem Fall würden sie Mörder paradieren lassen und zugeben, daß sie ihnen Unterschlupf gewähren. Nein, mit Pressekonferenzen rechne ich nicht.«

»Also werden wir den Sturm aussitzen und abwarten, was Charlie Muffin erreicht.«

»So ist es«, meinte der Direktor zustimmend. »Vorläufig hängt alles von Charlie Muffin ab.«

11

Etwa fünfunddreißig, schätzte Charlie – vielleicht auch jünger, aber das bezweifelte er. Schwarzes Haar, das schlicht und ohne Mätzchen lose bis auf ihre Schultern hing. Kein Make-up, das er erkennen konnte. Sommersprossen um die Nase, darüber eine praktische, nüchterne Brille mit schwerem Rahmen. Hübsche Zähne, beim Lächeln entblößt. Ein graues Kleid, streng geschnitten, aber keine Uniform. Da sie hinter dem Schreibtisch saß, konnte er nur die obere Hälfte sehen, aber das Kleid war ziemlich eng, und die obere Hälfte war durchaus sehenswert. Frauen – und Sex – hatte er im Gefängnis notwendigerweise strikt aus seinen Gedanken verbannen müssen, und seither hatte er kaum Zeit gehabt. Charlie kam zu dem Schluß, daß er das Zölibat der letzten paar Jahre nur zu gern mit ihr brechen würde. Doch dann fiel ihm ein, wo er war und was er hier tat – oder doch tun sollte –, und er begriff, daß die Gefängnisvorschriften immer noch gültig waren.

»Bitte«, sagte sie, immer noch lächelnd, und deutete mit einladend ausgestreckter Hand auf den Stuhl, der gleich neben ihrem sauberen, ordentlichen Schreibtisch stand. Er setzte sich und sie sagte: »Willkommen in Moskau.«

»Die Leute sagen hier ständig solche Sachen«, erwiderte Charlie. Ihre Stimme klang ziemlich dunkel, und sie sprach so gut wie akzentfrei Englisch. Er versuchte, es möglichst beiläufig aussehen zu lassen, als er den Blick durch ihr Büro wandern ließ, um zu sehen, wo Kameras und Tonbandmikrofone versteckt sein konnten. Einige davon würden hier zweifellos installiert sein, und der Stuhl, den sie ihm zugewiesen hatte, stand gewiß nicht zufällig, wo er stand. Aber es gab zu viele mögliche Verstecke, und er kam zu dem Schluß, daß es sinnlos war, sich weiter umzusehen.

»Dies ist nur eine Formalität, verstehen Sie?«

Lügnerin, dachte Charlie. »Ja, ich verstehe.«

Sie nahm einen Stift zur Hand, warf einen Blick in eine offen vor ihr liegende Akte und sagte: »Ich weiß nichts über Sie, abgesehen von Ihrem Namen.«

Schon wieder gelogen, dachte Charlie. Die KGB-Kartei war legendär – ein Computerarchiv, das weit detaillierter war als jedes System, das irgendein westlicher Geheimdienst besaß. Er würde seit Jahren darin erfaßt sein, und nach der Affäre mit dem britischen Direktor würde seine Akte dick von Vermerken sein. Und nach seiner Festnahme und Inhaftierung würde man auch nichts davon gelöscht haben. Aus der Moskauer Kartei wurde niemals etwas gelöscht. Die Frau mochte attraktiv sein, aber besonders gut war sie nicht. Sie hätte wissen müssen, daß er das sowjetische System kannte.

»Ich kenne nicht mal Ihren Namen, sagte er. Wenn sie ihn durch eine so unerfahrene Person verhören ließen, dann betrachteten sie ihn hier nicht als wichtige Figur. Infolgedessen würde das, was er tun sollte, verflucht schwierig werden. Es gefiel ihm nicht, daß man ihn als jemanden betrachtete, dessen Wichtigkeit in der Vergangenheit lag. Obacht! ermahnte er sich. Allmählich dachte er schon fast wie Sampson.

Die Frau runzelte bei dem plumpen Flirtversuch kurz die Stirn, doch dann lächelte sie wieder. »Fedowa«, sagte sie. »Natalia Nikandrowa Fedowa.«

»Nenne ich Sie Genossin oder Natalia?«

»Ich glaube, Sie nennen mich überhaupt nichts, sondern behalten statt dessen im Sinn, daß es sich hier um eine offizielle Besprechung handelt«, versetzte sie.

Charlie hatte den Eindruck, daß die Steifheit in ihrem Ton gezwungen klang. »Ist doch nur eine Formalität«, sagte er.

»Ich habe meine Akte zu vervollständigen.« Sie klopfte auf die Papiere auf ihrem Schreibtisch.

Wie er es sich schon gedacht hatte: Eine Verwaltungsangestellte. »Charles Edward Muffin«, sagte er. »Charlie für meine Freunde.

Geboren in Elstree, England. Mutter: Joan, Köchin. Vater unbekannt. Eintritt in den britischen Geheimdienst nach der Oberschule, in der Zeit des nachkriegsbedingten Nachwuchsmangels, als das Rekrutierungsverfahren unkompliziert war. Aktiver Außendienstagent bis vor fünf Jahren. Begriff, daß mein eigener Dienst mich als Lockvogel mißbrauchte, und zwar während einer Überraschungsoperation gegen Ihren General Berenkow, der viele Jahre lang in London eine aktive Zelle geleitet hatte und für dessen Verhaftung ich verantwortlich war. Also erteilte ich den Schweinen eine Lektion und ermöglichte es Ihren Leuten, den britischen Direktor – der überhaupt nie Direktor hätte werden dürfen – zu fassen und den Austausch gegen Berenkow zu arrangieren ...« Charlie brach ab; es wurde ihm bewußt, wie nachlässig er erzählte. Nach einer kurzen Pause fuhr er fort: »Das meiste – wenn nicht alles – dürfte in dem Ordner vor Ihnen stehen, denn ich weiß, was für Akten Sie hier haben, und schließlich hatte ich persönlich mit Berenkow zu tun, und auch mit Ihrem gegenwärtigen Vorsitzenden, General Kalenin.«

Natalia zeigte nicht die geringste Reaktion auf seine Ungeduld. »Wie ging es weiter?« fragte sie.

Dann habe ich vier elende Jahre auf der Flucht verbracht, und kein einziger Tag ist vergangen, an dem mir nicht klar gewesen wäre, was für ein gottverdammter Idiot ich war, dachte Charlie. »Anfangs blieb ich in England«, sagte er. »Ich wußte, daß sie mich jagen würden, und damit würden sie nicht rechnen. Ich blieb in den Seestädten, wo es immer viele Besucher und Touristen gibt; Fremde fallen da nicht auf. Dann reiste ich durch Europa, wieder durch all die Urlaubsorte, und nirgends blieb ich sehr lange ...«

»Was ist mit Ihrer Frau?« erkundigte Natalia sich.

Es dauerte ein paar Augenblicke, bis Charlie antwortete. Dies war der tiefste, bitterste Schmerz von allen. »Nach dem ersten Jahr wurde ich beinahe erwischt«, sagte er. »Eine gemeinsame Operation meines eigenen Dienstes und des CIA, denn deren Direktor hatte ich gleichfalls auf den Leim gehen lassen, und die Amerikaner wollten mir auch ans Leder. Ich konnte fliehen. Sie wurde getötet.« Geliebte Edith, dachte er. Vernachlässigt, betrogen und durch das, was er getan hatte, zu einem Flüchtlingsleben gezwungen, das ihr verhaßt gewesen war. Und nie ein Wort der Klage oder der Kritik. Warum zum Teufel hatte sie sterben müssen, bevor er begriff, wie sehr er sie geliebt hatte?

»Und dann?« drängte die Frau, über ihre Unterlagen gebeugt.

»Der britische Geheimdienst bestand traditionell aus Universitätsabgängern«, entsann sich Charlie. »Ich paßte da nie hin. Ein fabelhafter Mann hatte mich unter seine Fittiche genommen, einer der besten Direktoren, die es je gab. Er hatte einen Sohn, der Agent für Lloyds war. Der ließ mich für sich arbeiten – sie hatten nie bekannt werden lassen, was ich getan hatte, weil es zu peinlichen Situationen geführt hätte, und so wußte er nichts.«

»Sie arbeiteten für ihn, als man Sie erwischte?«

Charlie nickte. »In Italien«, fing er an; die Pause war winzig, und er glaubte nicht, daß sie sie bemerkt hatte, als er – anders als beabsichtigt – endete: »Vor zweieinhalb Jahren.« Ein Teil der ursprünglichen Vereinbarung – bei der er sich von Wilson verraten geglaubt hatte – war gewesen, bei dem Gerichtsverfahren, auch wenn es unter Ausschluß der Öffentlichkeit stattfand, nichts davon zu erwähnen, daß der britische Botschafter in Italien als sowjetischer Spion enttarnt worden war, weil Wilson daran gelegen gewesen war, die Kanäle offenzuhalten, damit er möglichst umfangreiche Falschinformationen nach Moskau fließen lassen könnte. Charlie erkannte, daß er diese bedeutungslose Unterredung mit der Frau geringgeschätzt hatte und deswegen nachlässig geworden war. Er hatte gedankenlos geantwortet. Gedankenlos! Das Wort hallte vorwurfsvoll durch seinen Kopf. Und dumm, und arrogant, und – was das schlimmste war – unprofessionell, weil er dieses Gespräch für bedeutungslos gehalten hatte. Sie hatte einen Fehler begangen, und er hätte beinahe nichts gemerkt. Natalia Nikandrowa Fedowa hatte behauptet, sie wisse nichts über ihn, und dann hatte sie die Frage nach Edith eingeschoben – von der sie doch nichts wissen konnte. Die Attitüde der Verwaltungsangestellten war also ein Trick, ein Trick, der genau die Wirkung gehabt hatte, die er hatte haben sollen: Ihn einzulullen, damit er nachlässig geworden wäre, wenn sie zum Kernpunkt der Unterredung kämen, zu der Frage nämlich, ob der Italienbotschafter enttarnt worden war oder nicht. Charlie dachte an den zusammengeprügelten Gefängniswärter und an den erschossenen Polizisten und vermutete, daß man Sampson in den sowjetischen Geheimdienst integrieren würde. Vielleicht war es ein verschlungener Weg, zu dem Mann zurückzugelangen – das KGB, dem Sampson zweifellos eingegliedert werden würde, in die Irre zu führen –, aber im Augenblick war es die einzige Möglichkeit, die er hatte. Er mußte sorgfältig darauf achten, sein Benehmen beizubehalten.

»Was mußten Sie für Willoughbys Sohn tun?«

Wieder ein Fehler, dachte Charlie. Er hatte den Namen des Direktors nicht genannt, für den er jahrelang gearbeitet und den er schließlich zu seinem Idol erhoben hatte. »Er war Versicherungsagent, das sagte ich doch. Manchmal kam ihm ein Entschädigungsanspruch verdächtig vor. Dann mußte ich die Sache untersuchen.«

»Und was war in Italien verdächtig?«

»Da ging es um einen großen Juwelenraub. Betroffen war die Gattin des britischen Botschafters«, antwortete Charlie, und er lümmelte sich auf seinem Stuhl, um die nachlässige Haltung auch physisch überzeugend zu vermitteln, nicht zuletzt den verborgenen Kameras. »Gleichzeitig war die Versicherungspolice gewaltig aufgestockt worden, und das alles sah ein bißchen zweifelhaft aus. Manchmal sind die Leute überversichert, und wenn sie dann knapp bei Kasse sind, kommt ihnen ganz zufällig irgend etwas abhanden.«

Sie lächelte ihn über den Schreibtisch hinweg entwaffnend an. »Und das tun sogar britische Botschafter?«

»Sogar britische Botschafter«, antwortete Charlie, bemüht, seinen Anfangsflirt wiederaufzunehmen.

»Und? War es?«

»War es was?« Er wußte was sie meinte, aber er mußte den Schein wahren.

»Verdächtig. Der Raub.«

Charlie zuckte die Achseln. »Hatte ja nie Gelegenheit, das herauszufinden. Der Nachrichtendienstoffizier der britischen Botschaft war mal mit mir in einer Abteilung gewesen. Er erkannte mich und schlug Alarm. Und ich wurde geschnappt.«

Die Basislektion in jedem Verhörkursus, den Charlie je absolviert – und in zahllosen Aktualisierungssitzungen während seiner Einsätze aufgefrischt – hatte, besagte, daß ein guter Lügner so wenig Lügen wie möglich erzählte, um die Chance, ertappt zuwerden, möglichst gering zu halten. Er hatte über Italien so unbestimmt und nachlässig geredet wie über alles andere, und er wußte nur zu gut, daß sie ihn mit dem, was er bis jetzt gesagt hatte, nicht fassen konnten.

»Waren die USA an Ihrer Gefangennahme beteiligt?« fragte Natalia. Sie versuchte es von der anderen Seite. »Sie sagten, sie hätten es früher einmal versucht, bei der Operation, in deren Verlauf Edith getötet wurde.«

Charlie wußte, daß er Ediths Namen nicht erwähnt hatte. Wieder ein Ausrutscher. »Nein«, antwortete er. »Nur die Briten.«

»Aber es war eine große Operation?«

Der Botschafter würde Moskau gewarnt haben. Er würde das Einfallen der Agenten und die Gefahr, die ihm persönlich dabei drohte, gemeldet haben, vermutete Charlie. »Ich habe Schimpf und

Schande über den britischen und den amerikanischen Direktor gebracht«, sagte er. »Und einmal war ich ihnen schon entkommen. Beim zweitenmal wollten sie kein Risiko mehr eingehen. Sie überschwemmten die ganze Gegend mit ihren Leuten.« Er machte eine Pause von haargenau der richtigen Länge und fügte dann hinzu: »Und sie haben mich erwischt; das steht mal fest.«

»Warum haben Sie Ihr Land verraten?« fragte sie unvermittelt.

»Ich habe mein Land nicht verraten«, erwiderte Charlie instinktiv. Noch einmal aus einer anderen Richtung – er war überrascht, und jetzt war ihm klar, daß sie längst nicht so unerfahren war, wie er zuerst geglaubt hatte. Und mit dieser Erkenntnis dämmerte ihm noch eine zweite. Man tat ihn nicht als unbedeutend ab. Das freute ihn.

»Aber natürlich haben Sie das getan«, sagte sie. »Sie haben zwei Geheimdienstchefs der Verhaftung ausgesetzt und die Repatriierung eines Russen ermöglicht, der in Ihrem Land als Spion inhaftiert worden war.«

»Das war eine persönliche Angelegenheit«, beharrte Charlie. »Ich habe Ihnen gesagt, die hatten vor, mich über den Leisten zu ziehen. Also habe ich sie über den Leisten gezogen.«

»Woher nahmen Sie das Recht, die Entscheidung Ihrer Vorgesetzten in Frage zu stellen?«

»Aus der Tatsache, daß es mein Leben war, worüber sie entschieden hatten«, erwiderte Charlie heftig.

»Wem gilt denn Ihre oberste Loyalität?«

»Mir«, antwortete Charlie, ohne zu zögern. »Meine oberste Loyalität gilt immer mir.« Diese Art des Philosophierens war riskant, aber Charlie war jetzt auf der Hut; er merkte wohl, wie sie durch ständiges Ändern der Richtung versuchte, ihn aus dem Gleichgewicht zu bringen.

»Es muß doch oft vorgekommen sein, daß sie als aktiver Außendienstagent an Operationen beteiligt waren, bei denen Sie in Lebensgefahr gerieten?«

»Nein«, sagte Charlie, das Argument zurückweisend. »Bei allen anderen Operationen gab es ein akzeptables Risiko – eines, das ich kannte und begriff. In diesem Fall aber hatten sie eine aktive, definitive Entscheidung getroffen, nämlich, mich zu opfern. Und das war nicht akzeptabel.«

»Für Sie nicht?«

»Für mich nicht.« Charlie glaubte die Taktik zu kennen: Sie stichelte und reizte ihn, bis er seine Geduld verlöre. *Niemals aus der Haut fahren* – auch das war eine Grundregel für Verhöre.

»Viele Leute würden diese Haltung als arrogant betrachten«, meinte die Frau. Nach einer Pause fügte sie hinzu: »Und das ist sie auch.«

»Viele andere Leute würden darin einen Überlebensinstinkt sehen«, widersprach Charlie. »Und das ist es auch.« Er tat verärgert; er hob die Stimme ein wenig und fragte sich insgeheim, wohin sie die Vernehmung wohl führen würde.

»Das Gericht, das Sie verurteilte, dachte aber anders.«

Zurück nach Italien, begriff Charlie. Äußerst clever. Laut sagte er: »Etwas anderes erwartete ich nicht.«

Sie wartete ein paar Augenblicke lang, daß er weiterredete. Als er stumm blieb, sagte sie: »Haben Sie nicht versucht, dem Gericht Ihren Standpunkt begreiflich zu machen?«

Das Verfahren war geheim gewesen; er glaubte nicht, daß sie eine Möglichkeit gehabt hatten, sich Einblick in die Beweisaufnahmeakten zu verschaffen. »Selbstverständlich habe ich das getan«, gab er zur Antwort. »Aber die wollten ja nicht hören. Hatten sich ihr Urteil schon gebildet, bevor das Verfahren überhaupt anfing!«

»Aber sie konnten ihre Rache nicht genießen, nicht wahr?« meinte sie. »Das Verfahren fand unter Ausschluß der Öffentlichkeit statt.«

Wieder nicht schlecht, dachte Charlie bewundernd. »Das ist in solchen Fällen nach unserem Gesetz üblich«, erklärte er. »Ich sagte ja schon, es wäre wirklich zu peinlich gewesen, wenn die Ergreifung des eigenen Geheimdienstschefs in allen Einzelheiten bekanntgeworden wäre.«

»Was ist denn bekanntgeworden?«

»Nicht viel«, sagte Charlie, und er hoffte, daß es abschätzig genug geklungen hatte. »Sie erweckten den Anschein, ich sei ein sowjetischer Daueragent gewesen, was ich nicht war und auch nie gewesen war; sie behaupteten, der Zweck meiner nachrichtendienstlichen Tätigkeit sei ausschließlich der gewesen, dem Direktor eines Tages eine Falle stellen zu können. Aber das stimmte auch nicht.«

»Stimmte nicht und hatte nie gestimmt«, echote Natalia.

»Das wissen Sie doch«, sagte Charlie; er wartete ihren nächsten Schachzug ab.

»Warum sind Sie dann jetzt nach Moskau gekommen?«

Charlie lachte. Es war ein echtes Lachen. »Ich hatte doch wohl keine Wahl, oder? Sampson saß in derselben gottverdammten Zelle wie ich!«

»Ist das alles?«

»Nein, das ist nicht alles. Ich bin hergekommen, weil ich es in diesem verfluchten Gefängnis nicht einen einzigen Tag länger ausgehalten hätte.« Auch das war die unverfälschte Wahrheit.

»Aber Sie betrachten sich nicht als einen Anhänger der kommunistischen Weltanschauung?«

Vorsicht, dachte Charlie. Nicht mehr Lügen als unbedingt nötig, ermahnte er sich. »Nein«, bekannte er ehrlich. »Ich betrachte mich nicht als einen Anhänger Ihrer Weltanschauung.«

»Warum sollten wir Ihnen dann Asyl gewähren?« fragte sie mit Nachdruck und starrte ihn an. »Bei Ihrer Flucht wurden Menschen verletzt, und einer wurde getötet. Warum sollten wir Ihnen Zuflucht gewähren und uns damit selber in Verlegenheit bringen?«

»Ich habe niemanden verletzt. Oder getötet«, sagte Charlie.

»Sonst noch etwas, das Sie sich nicht vorzuwerfen haben?« fragte sie höhnisch.

Fast hätte sie gewonnen. Charlie fühlte brennenden Ärger in sich aufsteigen, und beinahe hätte er sich davon überwältigen lassen, doch er bezwang sich. »Sampson ist ein Verrückter«, sagte er.

»Und was ist, wenn er Ihnen das gleiche attestiert?«

»Ihre eigenen Leute haben gesehen, wie er den Polizisten erschoß«, parierte Charlie. »Fragen Sie die.«

»Sie mögen ihn wohl nicht?«

»Mögen!« Charlie lachte. »Ich verachte ihn. Er ist ein Verräter, und er ist gefährlich. Nicht als Verräter. Als Mensch. Ich glaube, es bereitet ihm Vergnügen, anderen Schmerzen zuzufügen.«

»Wie sah man ihn in Ihrem Geheimdienst?«

Ein neuer Pfad, erkannte Charlie. Inzwischen hatte er sich in die Vernehmung eingewöhnt; nicht mehr sichere Überheblichkeit erfüllte ihn, sondern die Zuversicht, ihre Fallen voraussehen zu können. »Das weiß ich nicht«, sagte er.

»Waren Sie nicht gleichzeitig dabei?«

»Nein.«

»Sie gehörten nicht einmal zur selben Abteilung?«

»Nein.«

»Und Sie betrachteten sich selbst nicht als Verräter?«

Worauf wollte sie jetzt hinaus? »Nein«, wiederholte Charlie.

»Wenn Sie in derselben Abteilung gewesen wären, wenn Sie mit seinen Fähigkeiten vertraut wären – würden Sie es mir sagen? Oder würden Sie das für Verrat halten?«

»Meine liebe Natalia«, sagte Charlie, absichtlich in herablassendem Ton. Er sah einen leichten Ausweg vor sich. »Wenn ich auch nur das geringste über Edwin Sampson wüßte, würde ich es Ihnen sagen.«

»Und was wissen Sie über ihn?«

Sie ließ sich durch sein Benehmen nicht reizen, ebensowenig wie er sich durch ihres aus der Fassung bringen ließ, das wußte Charlie. »Über seine Arbeit für den Dienst weiß ich nichts«, sagte er. »Über seinen Verrat weiß ich nur das, was in der Zeitung gestanden hat und was jeder andere auch weiß. Im Gefängnis war er äußerst gerissen. Ist jedem, der etwas zu sagen hatte, in den Arsch gekrochen und hat sich das Vertrauen des Personals erschlichen; dadurch hat er überhaupt nur fliehen können. Und dabei hat es ihm Spaß gemacht, möglichst oft körperlichen Schaden zuzufügen, wie ich schon sagte.«

»Wie Sie auch schon deutlich machten, daß Sie ihn nicht mögen«, ergänzte Natalia. »Würden Sie ihm vertrauen – professionell gesehen?«

»Nein«, antwortete Charlie sofort. »Sampsons erste Sorge würde ihm selbst gelten, nicht der Operation.«

»War das nicht auch Ihre Einstellung, als Sie Ihren Direktor ans Messer lieferten?« schoß sie zurück. »Und ist sie es nicht noch immer?«

Scheiße, dachte Charlie. »Keine Operation, an der ich beteiligt war, ist je schiefgegangen«, sagte er. »Ich habe immer gewonnen.«

»Lag das an Ihrer Loyalität dem Service gegenüber?« fragte sie wissend. »Oder war es eine Frage des persönlichen Stolzes?«

Noch mal Scheiße, dachte er. »Die beiden ergänzen sich großartig«, sagte er.

»Werden Sie mit uns kooperieren?« fragte die Russin. »Werden Sie sich kooperativ einer umfassenden Vernehmung unterziehen und alle Fragen beantworten, die wir Ihnen stellen?«

Der Knackpunkt, entschied Charlie. Er würde nachgeben müssen, wenn er wenigstens eine winzige Chance haben wollte, zu erreichen, was Wilson erwartete. Aber sofortige Zustimmung paßte nicht zu der Rolle, die er heute morgen übernommen hatte. Er versuchte, die einmal etablierte Haltung zu bewahren, und sagte: »Ich weiß nicht.«

Natalia Fedowa klappte den Aktenordner schroff zu und starrte ihn über den Schreibtisch hinweg an. »Wir sprechen uns noch«, sagte sie. Jetzt lächelte sie nicht mehr.

Eine derartige Vernehmung hätte den Vorsitzenden normalerweise nicht beschäftigt, aber Kalenin mit seinem Interesse fürs Detail war kein normaler Vorsitzender, und außerdem drängte es ihn, die notwendigen Verhöre so rasch wie möglich über die Bühne zu bringen, damit er Sampson an den Bemühungen beteiligen könnte, den Spion zu enttarnen, der über die britische Botschaft operierte. Deshalb sah er sich an diesem Abend die Videoaufzeichnung von Charlies Vernehmung an. Berenkow war dabei, denn er leitete Natalias Division, und er hatte mit dem Engländer seine persönlichen Erfahrungen gemacht. Sie sahen sich die Aufzeichnung einmal von Anfang bis Ende an, ohne Unterbrechung oder Diskussion. Beim zweiten Durchlauf stoppten sie das Band an allen möglicherweise wichtigen Punkten. Der Dialog der Vernehmung lag zudem schriftlich vor, und sie studierten auch das Transkript. So kam es, daß mehrere Stunden vergingen, bevor sie schließlich zu reden begannen.

»Nun?« sagte Kalenin.

Berenkow machte zweifelnd eine wiegende Bewegung mit der Hand. »Da ist nicht viel, was wir nicht schon wissen. Genaugenommen gar nichts.«

»Ich bin Charlie persönlich nur ein paarmal begegnet. Sie kennen ihn besser. Was meinen Sie?«

»Er hätte die Vernehmung besser geführt«, stellte Berenkow aufrichtig fest.

»Ich fand ihn schlampig«, erwiderte Kalenin. »Nachlässig und schlampig.«

»Kann sein«, meinte Berenkow; er war nicht recht überzeugt.

»Es war ihm völlig gleichgültig, was er da antwortete«, hielt der Vorsitzende ihm entgegen.

Statt zu antworten, ließ Berenkow das Band zurücklaufen und spielte die Stelle ab, an der Charlie die winzige Pause eingelegt hatte, als Natalia die Rede auf seine Verhaftung in Italien gebracht hatte. »An dieser Stelle hat er sich besonnen«, behauptete Berenkow. »Und von da an war er sehr viel aufmerksamer.«

»Sind Sie sicher?«

»Nein, sicher bin ich nicht«, gab Berenkow zu. »Aber ich bin schon einmal hereingefallen, weil ich Charlie Muffin unterschätzt hatte, erinnern Sie sich?«

»Aber er ist nicht wichtig«, befand Kalenin. »Sampson ist wichtig.«

»Charlie könnte uns in vieler Hinsicht immer noch nützlich sein«, widersprach Berenkow hartnäckig. »Ich finde, man sollte sie zusammen in dieser Wohnung lassen. Die ist verdrahtet; ich könnte mir denken, daß es interessant wird.«

»Was sollen wir denn herausfinden?«

»Ich weiß es nicht – noch nicht«, räumte Berenkow ein. »Wichtig ist, möglichst schnell den Mann zu finden, der für die Briten spioniert, das weiß ich. Aber ich finde nicht, daß wir dabei querfeldein vorgehen sollten.«

»Ich habe nicht die Absicht, querfeldein vorzugehen«, erwiderte Kalenin steif. »Ich denke lediglich, es wäre besser gewesen, wir hätten mit Sampsons Vernehmung angefangen.«

Berenkow nahm das als Bemerkung, nicht als Kritik. »Wir müßten eine Menge Veränderungen vornehmen, falls die Briten den Botschafter in Italien enttarnt haben sollten. Und es war wichtig, uns zu vergewissern, daß Sampson stabil ist. Wir wissen von unseren eigenen Leuten, wie er bei der Konfrontation mit dem Polizisten reagiert hat.«

»Was hat denn Sampsons Stabilität mit all dem zu tun?« wollte Kalenin wissen. »Vielleicht ist er in Panik geraten. Das wäre verständlich. Vielleicht macht es ihm auch Spaß, anderen Schmerz zuzufügen. Aber ich wüßte nicht, wieso das eine oder andere seine Brauchbarkeit für uns beeinträchtigen sollte.«

»Überall zeigt sich ein begieriger Drang, zu gefallen, uns zu beeindrucken«, gab Berenkow zu bedenken. »Wer immer da Kontakt mit den Briten aufgenommen hat, wir wollen ihn haben. Wir wollen uns nicht in die Irre führen lassen, weil jemand alles sagt, was ihm gerade in den Sinn kommt, nur weil er glaubt, daß wir es gern hören möchten.«

Kalenin deutete auf den dunklen Bildschirm im Sichtungsraum. »Da war nicht ein einziger Hinweis darauf, daß Sampson so etwas tut.« Kalenin schwieg einen Augenblick lang. »Nein«, fügte er hinzu, »nach Ihren Bewertungen heißt die Person, die so etwas tun könnte, Charlie Muffin.«

Berenkow schüttelte den Kopf. »Charlie Muffin wird mich nicht noch einmal an der Nase herumführen«, erklärte er.

»Er hat Ihre Repatriierung möglich gemacht«, erinnerte Kalenin ihn.

»Weil es für seine Zwecke nützlich war, nicht meinetwegen«, erwiderte Berenkow und deutete jetzt auch auf den Bildschirm vor ihnen. »›Meine oberste Loyalität gilt immer mir‹«, zitierte er.

»Wollen Sie ihn wiedersehen?« fragte Kalenin.

»Sehr gern«, gab Berenkow zu. »Wirklich sehr gern.«

Nicht schlecht, urteilte Charlie, als er die Vernehmung noch einmal überdachte. Aber auch nicht gut. Ein törichter Anfang, von dem er sich hastig hatte erholen müssen, und ob das bemerkt worden war, würde er nie erfahren. Am Ende hatte sie ihn dann in eine Ecke gedrängt. Aber das waren nebensächliche Ungewißheiten. Viel wichtiger – und daran dachte er erst jetzt, weil eine solche Eile geherrscht hatte – war die Möglichkeit, daß Sampson von seiner damals noch unentdeckten Position in London her wußte, wie Wilson den Botschafter in Italien benutzt hatte. Würden sich dabei Spuren seiner eigenen Beteiligung finden lassen? Der britische Direktor hatte persönlich mitgewirkt, um die Angelegenheit in den obersten Rängen zu halten, aber Charlie nahm an, daß es in der Zentrale dennoch Gespräche gegeben haben mußte. Gespräche und auch offizielle Unterlagen. Sampson, erinnerte er sich, war die Nummer drei in der sowjetischen Abteilung gewesen. Wenn es Unterlagen gegeben hatte – mochten sie noch so geringfügig gewesen sein –, würde Sampson sie auf diesem Posten gelesen haben. Wenn er sie aber gelesen hatte, dachte Charlie, seinen inneren Monolog weiterführend, dann hatte er Moskau informiert. Und weshalb hatten sie sich dann die Mühe gemacht, ihn so eingehend zu befragen? Vielleicht war es ein anderer Test gewesen, als er dachte. Vielleicht hatte er die ganze verdammte Sache falsch interpretiert, und sie hatten nur feststellen wollen, ob er kooperierte oder ob er log. Wenn das der Fall war, dann hatte er schlechter abgeschnitten, als er geglaubt hatte. Schlechter, aber nicht so schlecht, daß der Schaden nicht zu beheben wäre. Er hatte gesagt, er wisse nicht, ob er kooperieren wolle, und wenn sie ihm später vorwerfen sollten, in der italienischen Angelegenheit die Unwahrheit gesagt zu haben, dann würde er überzeugend dagegenhalten, er habe nicht gelogen, sondern sei in der ersten Vernehmung nur unentschlossen gewesen, wie weit er sich einlassen sollte. Konnte er das überzeugend vortragen? Er würde es wissen, wenn er es versuchte. Er merkte, daß er wieder mitten in dem vertrauten Labyrinth stand. Es war kaum vorstellbar, daß es ihm nur einen Monat zuvor – fünf Wochen höchstens waren seither vergangen – tatsächlich gefehlt haben sollte.

Als Charlie die gemeinsame Wohnung betrat, erwartete Sampson ihn aufgeregt in der Tür. Charlie begriff plötzlich, daß es eine Möglichkeit gab, einige seiner Schritte zurückzuverfolgen, falls er in die Falle gegangen war.

»Was ist passiert?« fragte Sampson sofort.

»Eine Vernehmung, nichts weiter«, antwortete Charlie und begab sich in das große Zimmer.

»Was soll das heißen – nichts weiter! Was ist denn passiert? Ein Komitee? Oder nur ein einzelner Mann? Und was wollten sie?« Wütend deutete er mit dem Daumen auf das Telefon. »Den ganzen Tag lang sitze ich hier in diesem verdammten Schuhkarton, und nichts passiert, nichts, überhaupt nichts!«

»Du erzählst doch dauernd, wie wichtig du bist«, meinte Charlie. »Vielleicht brauchen sie Zeit, um sich vorzubereiten.«

»Hör schon auf«, erwiderte Sampson, und trotz seiner Wut klang seine Stimme ruhig. »Ich will wissen, wie es war.«

Es war ganz gut gegangen, entschied Charlie. »Nur eine Person«, erzählte er. »Eine Frau, in meinem Fall. Natalia Fedowa. Behauptete, nichts über mich zu wissen, aber daß mußte eine Lüge sein. Du weißt so gut wie ich, was für Unterlagen die hier haben. Ist dann auf ziemlich allgemeine Weise alles durchgegangen – angefangen damit, daß ich ihnen den Direktor geliefert habe. Und schließlich fragte sie mich, ob ich kooperieren würde.«

»Und da hast du natürlich ja gesagt«, fiel Sampson ein.

»Nein«, antwortete Charlie.

»Nein!«

»Kommt schließlich darauf an, was sie von mir wollen.«

»Nein, kommt es nicht, und das weißt du«, widersprach Sampson. »Mein Gott, wann wirst du es endlich lernen?«

»Ich werde nicht alles verraten. Ich bin nicht wie du.«

»Du hast doch gar keine Wahl!«

Das war nicht die Antwort, die er wollte, dachte Charlie. »Vielleicht hast du keine«, sagte er. »Du hängst drin.«

»Über mich wurde gesprochen?«

Schon besser, dachte Charlie. »Ja«, sagte er.

»Was? Wann?«

Ausgezeichnet, fand Charlie. Er antwortete auf die zweite Frage. »Gleich nachdem sie mich nach meiner Ergreifung in Italien ausgefragt hatten. Aber darüber weißt du natürlich Bescheid.«

»Worüber?« fragte Sampson voller Ungeduld.

»Über meine Verhaftung in Italien. Du warst doch damals in London.«

Sampson schüttelte den Kopf. »In Beirut«, sagte er. »Ich kam erst mehrere Monate später zurück. Das Gerichtsverfahren war noch nicht abgeschlossen, aber du warst wieder zuhause.«

Der Kerl konnte es also nicht wissen! In Sicherheit, dachte Charlie.

Es war einfacher gewesen, als er erwartet hatte. Aber er durfte jetzt keine später erkennbare Pause einflechten, und so sagte er: »Na, sie fragte mich, ob ich aus dem Service irgend etwas über dich wisse. Was für ein Typ du seist. Sogar, ob ich dich leiden könne.«

»Und was hast du gesagt?«

»Daß ich dir nie begegnet bin, als ich in der Abteilung arbeitete. Daß ich dich für ein Stück Scheiße halte, und daß ich dich nicht leiden kann.«

»Schwein!« explodierte Sampson.

»Glaubst du, Referenzen von mir sind wichtig für dich?«

»Meinetwegen verrottest du jetzt nicht im Knast.«

»Deinetwegen ist ein Bulle tot, und ein Gefängniswärter hat wahrscheinlich einen Hirnschaden.«

»Wirst du das nie mehr vergessen?«

»Nein«, antwortete Charlie schlicht.

»Du bist eine Fotze.«

»Einer von uns beiden ist eine, ja.« Hatte er jetzt alles gesagt? fragte Charlie sich. Es mußte jetzt sein. »Du wirst natürlich kooperieren, wie?« sagte er. »Sobald sie sich danach fragen?«

Sampson runzelte die Stirn; die Frage überaschte ihn. »Dies ist der Augenblick, für den ich gearbeitet, auf den ich gewartet habe – zehn Jahre lang. Ich verstehe einfach nicht, warum man mich so behandelt.«

»Das ist doch nur der erste Tag, um Gottes willen«, meinte Charlie beruhigend. Dabei kam es ihm schon viel länger vor.

»Ich verdiene das nicht«, protestierte Sampson weinerlich. »Nach allem, was ich getan und riskiert habe – ich verdiene nicht, daß man mich ignoriert, nicht mal am ersten Tag.«

»Vielleicht bist du ja doch nicht so wichtig, wie du glaubst«, höhnte Charlie.

»Werden wir ja sehen«, erwiderte Sampson. Er lachte bösartig und fügte hinzu: »Und weißt du, was ich tun werde, sobald ich in einer einigermaßen einflußreichen Position bin?«

»Was denn?« fragte Charlie.

»Ich werde dir den Arsch aufreißen«, versprach sein Landsmann. »Ich werde tun, was ich kann, um dir das Leben hier zu vermiesen. Am Ende wirst du dir wünschen, du wärest im Knast geblieben.«

Kann gar nicht passieren, du Arschloch, dachte Charlie. »Leck mich doch am Arsch«, sagte er.

Die Durchsuchung nahm Charlie sehr viel später vor, als er sicher war, daß Sampson schlief, und unter dem Vorwand, sich in der Küche Wasser zum Trinken zu holen. Eine Wanze hing in der Deckenlampe im Hauptzimmer, beinahe senkrecht über der Stelle, an der sie miteinander gestritten hatten. Die zweite steckte in der Türklinke der Badezimmertür. Es würden noch mehr da sein, schätzte Charlie. Aber die beiden genügten: Die Transkripte würden das bestätigen, was die Frau aus ihm herausgeholt hatte. Er wußte, von einem Agenten mit seiner Erfahrung erwartete man, daß er nach Wanzen suchte und welche fand. Aber es würde vielleicht nicht allzu offensichtlich werden, wenn er schon heute abend so erfolgreich wäre. Morgen wäre es immer noch früh genug dazu. Schließlich hatte er zwei Jahre im Gefängnis gesessen; damit wäre erklärt, weshalb er nicht früher an eine gründliche Durchsuchung gedacht hatte. Er war eben eingerostet.

Wilson stapfte ungeduldig im Büro auf und ab, und hin und wieder tastete er an seinem steifen Bein hinunter. Der Schmerz nahm jedesmal zu, wenn er beruflich unter Druck stand.

»Das ist die verdammte Warterei«, sagte er. »Man wartet und wartet und hat keine Ahnung, was passieren wird.«

»So war es immer«, erinnerte ihn der beherrschtere Harkness. »Aber vergessen Sie nicht: Die anderen warten auch, und sie werden unruhiger sein als wir.«

Endlich setzte Wilson sich hin. »Und wenn es klappt, wird es das alles wert gewesen sein«, erklärte er mit bemühter Nüchternheit. »Das Resultat wird spektakulär sein.«

»Spektakulär«, pflichtete Harkness, der sonst eigentlich nicht zu Übertreibungen neigte, ihm bei.

13

Es war eine Standardmethode bei Verhören, von denen zwei Personen betroffen waren, sich erst den einen, dann – bevor der erste erledigt ist – den zweiten vorzunehmen, um die Betreffenden gezielt aus dem Gleichgewicht zu bringen. Sampson reagierte aufgekratzt, als er am folgenden Tag gerufen wurde; sein kindlicher Enthusiasmus kehrte zurück. Er saß auf der Vorderkante des Rücksitzes, als der Wagen durch die Außenbezirke von Moskau fuhr. Zum erstenmal konnte er einen ausgiebigen Blick auf die Vororte der Hauptstadt werfen, und immer wieder befragte er den Fahrer nach Gebäuden und Denkmälern, an denen sie vorbeikamen, ohne jedoch ein einziges Mal eine Antwort zu erhalten. Respektvoll nahm er auf dem Stuhl Platz, den Natalia Fedowa ihm anwies, und beugte sich in Erwartung ihrer Fragen aufmerksam vor. Seine Antworten gab er forsch und knapp – ein hoffnungsvoller Bewerber für eine neue Stelle. Er präsentierte ein umfassendes Resümee seiner Karriere im britischen Nachrichtendienst, angefangen mit seinem Studienbeginn an der Universität, und sorgfältig zählte er die Namen der Beamten und Agenten auf, mit denen er beruflich Kontakt gehabt hatte; den einen oder anderen buchstabierte er sogar, wenn sie unsicher innehielt. Er lieferte einen detaillierten Hintergrund zu allen Informationen, die er seit seiner Anwerbung durch den sowjetischen Dienst übermittelt hatte, erfüllte das karge Gerippe alter, kryptischer Mitteilungen mit Leben und rief ihr in Erinnerung, daß er in einer seiner letzten Nachrichten vor der potentiellen Existenz eines Spions in Moskau gewarnt hatte.

»Haben Sie den gefunden?« wollte er wissen.

»Ich stelle hier die Fragen«, fuhr die Frau ihn jäh an. Dann, wie um ihre Rolle als Fragenstellerin zu bekräftigen, wiederholte sie die Frage, die sie einen Tag zuvor bereits an Charlie gerichtet hatte: Ob er bereit sei, zu kooperieren. »Aber selbstverständlich«, antwortete Sampson sofort. »Das habe ich doch all die Jahre hindurch getan, und ich will es weiter tun.«

»Warum?« fragte die Frau.

»Ich verstehe Sie nicht«, antwortete Sampson entrüstet.

»Warum wollen Sie unsere Weltanschauung übernehmen?«

Sampson lächelte. »Weil es die richtige ist. Ich bin nicht naiv genug, um zu glauben, das kommunistische System sei frei von Fehlern. Oder frei von Mißbrauch. Aber ich bin der Meinung, weit größere Fehler finden sich in der sogenannten westlichen Demokratie, denn diese ist nichts dergleichen. Labourpartei, sozialistische Bewegungen – sie haben es versucht und sind gescheitert. Großbritannien wird von althergebrachten kapitalistischen Interessen beherrscht. Der Kapitalismus hat jede vernünftige Reform, die von Mitterand in Frankreich erwogen wurde, vernichtet. Geld, Profit und Erfolg für die Erfolgreichen – so lautet das Credo in den USA, dessen CIA die faschistischen Rechtsregimes in Lateinamerika stützt und manipuliert und jeden aufkeimenden Liberalismus zertrampelt. Und dann Afrika – der CIA hat Mobutu in Zaire an die Macht gebracht und zehn Jahre lang gestützt. Und was ist geschehen? Er ist durch Korruption zum Milliardär geworden – der sein Geld in der sicheren Schweiz aufbewahrt –, während sein Land eines der ärmsten und am meisten unterdrückten auf dem Kontinent ist...« Sampson verstummte atemlos, ehe er endete: »Der sogenannte Kapitalismus bringt keine Freiheit für die Menschen. Er macht die Reichen reicher und unterdrückt die Armen –«

»Mir scheint, Sie sind zornig«, unterbrach die Frau sanft.

»Ja, ich bin zornig«, stimmte Sampson zu. »Darum habe ich mich vor Jahren bereit gefunden, für Sie zu arbeiten. Und darum biete ich Ihnen jetzt wieder meine Dienste an.«

»Wozu sind Sie denn bereit?«

»Zu allem.« Sampsons Antwort kam augenblicklich.

»Ohne Fragen zu stellen?«

»Ohne Fragen zu stellen.«

»Warum haben Sie den anderen mitgebracht?«

»Muffin?«

»Ja.«

»Mir blieb nichts anderes übrig. Wir saßen in derselben Zelle. Ich hätte eine Situation herbeiführen können, in der er verlegt worden wäre – ich hatte damit sogar schon angefangen –, aber dann erfuhr ich, daß jemand anders seinen Platz einnehmen würde. Das aber wäre dann nicht jemand gewesen, der bereit gewesen wäre, sein restliches Leben hier zu verbringen. Und wohl auch nicht jemand, den Sie hereingelassen hätten.«

»Hätte Muffin versucht, Ihre Flucht zu verhindern? Hätte er vielleicht Alarm geschlagen?«

»Wer weiß, was er alles getan hätte«, meinte Sampson verachtungsvoll. »Ich glaube, die meiste Zeit aber weiß er selber nicht, was er eigentlich tut.«

»Nach dem, was Muffin erzählt, sind Sie nicht aus der Zelle geflohen, sondern aus der Krankenstation. Muffin hätte also gar nicht dabeisein müssen.«

»Zweifeln Sie etwa an meinen Worten?« fragte Sampson empört.

»Ja«, sagte Natalia offen.

»Dann sehen Sie sich doch Ihre Unterlagen an – die Kontakte, die sie mit mir hatten, während ich im Gefängnis saß. Erst gegen Ende kam der Vorschlag mit dem Apomorphin. Anfangs dachte ich doch, ich müsse aus der Zelle fliehen. Und das hätte ich nicht tun können, ohne daß Charlie Muffin Wind bekommen hätte.«

»Warum haben Sie ihn nicht umgebracht, wie den Polizisten?«

Sampson beugte sich noch weiter vor, um zu bekräftigen, was er sagen wollte. »Ich hatte überhaupt nicht vor, irgend jemanden umzubringen. Ich wollte nicht mehr Schaden anrichten, als unbedingt nötig war. Und wie ich schon sagte, ich erwartete, aus der Zelle fliehen zu müssen. Es finden regelmäßige Zellenüberprüfungen statt, alle paar Stunden. Da hätte man ihn entdeckt.«

»Hätte man den Gefängniswärter, den Sie niedergeschlagen haben, nicht auch entdecken können?«

Sampson grinste, denn ihre Argumentation kam ihm entgegen. »Die Krankenstation wird nachts nicht überprüft. Deshalb bestand das Risiko einer Entdeckung nicht.«

»Aber im Falle des Polizisten bestand es.«

»Ich mußte an Ort und Stelle eine Entscheidung treffen. Ich wußte nicht, ob die Leute, die Sie mir geschickt hatten, nicht beim ersten Anzeichen einer Gefahr davonfahren würden. Ich wußte nicht, ob ich den Mann würde ausschalten können, bevor er Alarm schlüge. Oder ob ich ihn überhaupt würde überwältigen können.« Sampson machte eine Pause. »Wenn ich dadurch ein Problem geschaffen habe, dann tut es mir leid. Im Augenblick des Geschehens schien es mir die einzige, die richtige Möglichkeit zu sein.«

»Macht es Ihnen Spaß, zu töten? Menschen zu verletzen?«

»Hat dieser Schweinehund das behauptet?«

»Macht es Ihnen Spaß, Menschen zu verletzen?«

»Nein.«

»Sie haben eben gesagt, Sie seien zu allem bereit.«

»Ja«, erinnerte Sampson sich wachsam.

»Wenn ich Ihnen auftrüge, jemanden zu töten – würden Sie es tun?«

Es dauerte ein paar Augenblicke, bis Sampson antwortete. Schließlich sagte er: »Ich würde gegen den Befehl Einspruch erheben.«

»Warum?«

»Ich bin nicht zum Töten ausgebildet. Ich bin kein Killer.«

»Ist das Ihr Einwand – Ihre mangelhafte Ausbildung? Moralische Einwände hätten Sie nicht?«

Wieder zögerte der Mann lange. Schließlich sagte er: »Wenn ich von der Notwendigkeit der Tat angemessen überzeugt bin – nein, dann habe ich keine moralischen Einwände.

»Was halten Sie von Charlie Muffin?« fragte sie in einem ihrer gewohnten Richtungswechsel.

Sampson verzog verächtlich die Mundwinkel. »Von dem kann man nichts mehr halten«, sagte er.

»Wie soll ich das verstehen?«

»Wahrscheinlich war er mal gut«, erklärte Sampson. »Dieser Ruf haftete ihm in der Abteilung jedenfalls an, trotz allem, was er getan hatte. Vielleicht war es sogar widerwillige Bewunderung. Aber darüber ist er hinaus. Er ist ein Mann mittleren Alters, hat keine Kondition mehr, klammert sich wie ein Ertrinkender an irgendeine lächerliche Farce, indem er ständig behauptet, kein Verräter zu sein.«

»Und? Ist er einer?«

»Weiß ich nicht.« Sampson zuckte nachlässig die Achseln. »Er hat den britischen und den amerikanischen Geheimdienstchef ans Messer geliefert. Also war er wahrscheinlich einer. Andererseits war es anscheinend eine persönliche Angelegenheit, keine ideologische begründete ...« Sampson zögerte. »Eigentlich halte ich das nicht für wichtig. Ich halte ihn nicht für wichtig.«

»Was ist er dann?«

»Er ist ein War-einmal«, urteilte Sampson.

Die Konferenz, die an diesem Abend zwischen Berenkow und Kalenin stattfand, dauerte nicht so lange, denn Sampsons Überzeugung lag auf der Hand. Gleichwohl war es später als sonst, als Berenkow in den exklusiv bewachten Wohnkomplex der Kreml-Hierarchie am Kutusowski-Prospekt zurückkehrte. Walentina erwartete ihn wie immer beglückt wie eine junge Ehefrau, obwohl sie schon seit zwanzig Jahren verheiratet waren, denn im Grunde *waren* sie jungverheiratet. Nicht einmal sechs Monate nach der Hochzeit war er auf seinen illegalen Posten im Westen versetzt worden – Zeit genug, um Georgij zu zeugen, aber nicht genug, um zu wissen, wie es war, Vater zu sein. Oder Ehemann. Die Tarnung eines Weinimportgeschäftes in London – mehr als fünfzehn Jahre lang eines der besten in der Hauptstadt – hatte ihm Einkaufsreisen in die Weingebiete Europas ermöglicht, wo sie einander kurz hatten begegnen können, aber entsprechend waren ihnen diese Begegnungen vorgekommen: Urlaubsromanzen, von denen beide wußten, daß sie bald vorüber sein würden. Die ganze Zeit über war jeder dem anderen treu geblieben, trotz – in Berenkows Fall – der zahlreichen Gelegenheiten und zahlreichen Versuchungen, die sich einem *bon viveur* in London boten. Die drei Jahre in Moskau seit seiner Repatriierung – drei privilegierte, ja ausschweifende Jahre in den Quartieren der Kreml-Elite, mit Einkaufsmöglichkeiten in konzessionierten Geschäften und mit einer Villa in Sotschi, wann immer ihnen der Sinn danach stand – waren für sie beide die glücklichsten in einem seltsamen, irrealen Leben gewesen. Der einzige Makel in diesem Glück waren die Schwierigkeiten, die es Berenkow bereitet hatte, seinen Sohn kennenzulernen; es waren keine Schwierigkeiten, die aus Abneigung oder jugendlicher Aufsässigkeit herrührten – der Junge wußte genug über das, was sein Vater getan hatte, um die beharrliche Überzeugung seiner Mutter, Berenkow verdiene die Auszeichnung als Held der Sowjetunion, zu akzeptieren. Es waren die Schwierigkeiten, die zwei Fremde haben, wenn sie zu Vater und Sohn werden sollen.

Walentina küßte und umarmte ihn, und er umarmte sie, und dann führte sie ihn in die Wohnung und goß ihm einen Scotch ein, wie sie ihn über die Konzessionsläden erwerben konnten – pur, ohne Wasser oder Eis, auf die westliche Art, die er sie gelehrt hatte.

»Das Abendessen ist gleich fertig«, sagte sie.

»Keine Hast.«

»Georgij ist zum Schlittschuhlaufen.«

»Was ist mit den Prüfungen?« fragte Berenkow. Es waren die Vorprüfungen vor dem eigentlichen Examen, und wenn der Junge die erforderlichen Noten erreichte, gehörte er in den Kandidatenkreis für den Auslandsaustausch; die Möglichkeit, Georgij könnte in den Westen gehen – in jene amorphe Weltgegend, die ihr so viele Jahre hindurch den Gatten geraubt hatte –, führte immer häufiger zu Meinungsverschiedenheiten zwischen Walentina und Berenkow.

»Er glaubt, es war ganz gut«, antwortete sie. »Vorerst erfährt er es aber nicht.«

»Wie gut?« fragte Berenkow hartnäckig.

»Er war unter den ersten fünf«, erwiderte Walentina unglücklich. Sie war eine zierliche Frau, fast wie ein kleiner Vogel, adrett, präzis – ein Bild des Gegensatzes zu Berenkows ausladend lässigen Massen.

»Er könnte sich also qualifizieren?«

»Ja«, sagte sie. »Er könnte sich qualifizieren.«

»Es würde ihm nützen, wenn er beispielsweise nach Amerika gehen könnte, um seine Ausbildung zu beenden.« Berenkow war sich ihres vertrauten Zögerns wohl bewußt. »Viele unserer jungen Leute tun das.«

»Ich habe schon einen Menschen, den ich liebe, zu lange an den Westen verloren«, sagte sie. »Ich will nicht noch einen verlieren.«

»Es würde ja nicht lange dauern. Höchstens zwei Jahre.«

»Immer noch zu lange.« Sie blieb störrisch.

»Etwas, womit ich nie gerechnet hätte, ist geschehen«, erzählte Berenkow, um von der üblichen Auseinandersetzung abzulenken.

Abwartend sah sie zu ihm auf. Er hielt ihr das Glas entgegen, und gehorsam schenkte sie ihm nach; dabei fand er Gelegenheit, zu entscheiden, was er über Charlie Muffin erzählen wollte und was nicht. Er hätte ihr natürlich überhaupt nichts erzählen dürfen, aber

Berenkow hielt sich nie einfach an die Vorschriften. Als er ihr über Charlies Ankunft in Moskau berichtet hatte, fragte sie: »Werde ich ihn kennenlernen? Wird er vielleicht herkommen?«

»Ich weiß nicht«, sagte Berenkow. »Es kann sein.«

»Er hat dich mir zurückgegeben«, sagte Walentina schlicht. »Ich würde ihm so gern danken.«

»Es kann sein«, wiederholte Berenkow, ließ sich den Whisky über die Zunge rinnen und wünschte sich, es wäre der *Single Malt*, den er in London so sehr genossen hatte.

»Alexej?«

»Was?«

»Fehlt es dir?«

»Fehlt mir was?«

»Das Leben im Westen«, sagte seine Frau besorgt. »Die Art, wie du da gelebt hast.«

Berenkow schaute den Whisky an, über den er nachgesonnen hatte. »Ja«, sagte er ehrlich; Ehrlichkeit war eine der Grundvereinbarungen in ihrer Beziehung. »Es gibt vieles, was ich dabei vermisse...« Er sah sie an und lächelte. »Aber das Leben in Moskau hat vieles an sich, was mir noch lieber ist. Und das Wichtigste davon bist du.«

Sie erwiderte sein Lächeln nicht. Ihr Gesicht blieb ernst. »Du würdest es nicht wieder tun, oder?« fragte sie. »Du würdest nicht wieder fortgehen und mich allein lassen?«

»Nie wieder«, versicherte Berenkow ihr; er sah, wie bekümmert sie war. »Solange wir leben, werden wir zusammenbleiben.«

Am anderen Ende von Moskau war Charlie Muffin eben dabei, seine Durchsuchung des Appartments zu beenden, bevor Sampson zurückkehren konnte. Er entdeckte sechs Lauschgeräte. Eine Bande von neugierigen Schnüfflern, dachte er.

14

Natalia trug ein streng geschnittenes schwarzes Kostüm und eine weiße, am Hals offene Bluse. Anscheinend hatte sie mit ihrem Haar heute einen größeren Aufwand getrieben: Sie hatte es nach hinten zu einem straffen Knoten gebunden. Charlie kam zu dem Schluß, daß es ihr gut stand. Die Klamotten auch. Entschieden niedliche Titten. Ein Begrüßungslächeln gab es diesmal nicht, und die Gebärde, mit der sie auf den sorgfältig positionierten Stuhl deutete, war knapp.

»Wir werden heute sehr viel mehr über Einzelheiten sprechen«, sagte sie, und es klang wie ein Befehl.

Ein neuer Ansatz, dachte Charlie: Heute war Aggressionstag, und sie würde ihn auf seinen Platz verweisen. Wie er sich selbst benehmen würde, hatte er bereits entschieden. Es würde zum Zusammenstoß kommen. Er beugte sich vor, so daß er die Kante ihres Schreibtisches erreichen konnte, und reihte die Wanzen dort auf, die er im Appartment gefunden hatte. Dabei rezitierte er: »Kaiser, König, Küster, Pastor, Edelmann, Bettelmann...«

Natalia schürzte die Lippen in einem Ausdruck angespannter Irritation.

Charlie grinste sie an. »Das ist ein Spiel, das wir in England mit Kinder spielen. Man zählt dabei Obstkerne aus. Angeblich kann man damit die Zukunft weissagen.«

»Sie haben es aber nicht zu Ende gebracht«, erinnerte sie ihn. »Es fehlt noch der ›Klüngelmajor‹. Was glauben Sie, welche Rolle Sie in Zukunft spielen werden?«

»Da bin ich nicht sicher – noch nicht«, sagte Charlie. Es war nicht genau festzustellen, ob er sie aus dem Gleichgewicht gebracht hatte, was seine Absicht gewesen war.

»Nein«, erwiderte Natalia spitz. »Da bin ich auch nicht sicher.«

Charlie erkannte, daß sie zurückschoß, aber ihre Erwiderung, fand er, war zu plump ausgefallen. Er nickte zu der Reihe der Lauschsender hinüber und fragte: »Wie viele hat Sampson Ihnen schon gebracht?«

»Vielleicht war er vertrauensvoller als Sie. Vielleicht liegt ihm auch nichts an Kinderspielen.«

»Wenn er vertrauensvoller als ich ist, dann ist er dumm, nicht wahr?«

»Soll mich das etwa beeindrucken?« Natalia versuchte, verächtlich zu klingen.

»Jawohl«, sagte Charlie. Er würde aufpassen müssen, damit er nicht allzu selbstsicher wirkte. Das war er nämlich nicht.

»Sie scheinen das alles nicht sehr ernst zu nehmen«, stellte sie fest.

»Glauben Sie mir, ich nehme es ernst«, versicherte Charlie. »Zum erstenmal wird mir jetzt allmählich klar, was es bedeutet, nicht mehr im Gefängnis zu sitzen.«

Ihr Gesicht entspannte sich, und er sah, daß sie seine Antwort akzeptierte. »Ist das alles, was Ihnen klar wird?«

Es lief bestens, fand Charlie. »Nein«, antwortete er.

Diesmal lächelte sie tatsächlich. »Also werden Sie kooperieren?«

»Nein«, sagte Charlie wieder. »Ich werde mir alle Ihre Fragen anhören, und ich werde alle beantworten, die ich glaube beantworten zu können.« Es würde, das wußte er, ein Fehler sein, ihnen mehr zuzugestehen.

Natalias Miene verhärtete sich. »Das ist keine Kooperation.«

»Woher wollen Sie das wissen, solange Sie es nicht ausprobiert haben?« Charlie fragte sich, welchen Rang sie beim Geheimdienst haben mochte.

Sie machte Anstalten, weiter zu argumentieren, doch dann schien sie es sich anders zu überlegen und widmete sich wieder ihrer Akte. »Also gut«, sagte sie. »Probieren wir's. Fangen Sie ganz vorn an, bei Ihrem Eintritt in den Dienst. Erzählen Sie mir von den Prüfungen, die Sie abgelegt, und von den Tests, denen Sie sich unterzogen haben. Erzählen Sie mir von den Abteilungen, in denen Sie gearbeitet haben, von den Orten, an denen Sie gearbeitet haben, von den Leuten, mit denen Sie gearbeitet haben. Erzählen Sie mir von Ihren Beförderungen und Ihren Degradierungen ...« Sie hob den Kopf und blickte ihn abwartend an.

»Das alles!« sagte Charlie, und er versuchte, es spöttisch klingen zu lassen.

»Das alles«, wiederholte sie, ohne auf seinen Spott einzugehen. »Es wäre ein Anfang.«

Charlies Reaktion stand fest. Er wußte, er würde sie beeindrucken müssen, sie und jeden anderen, der mit der Auswertung der Vernehmungen befaßt war, und das bedeutete, sie davon zu überzeugen, daß sie, obwohl er sich bemüht hatte, seine Integrität wenigstens teilweise zu bewahren, am Ende doch alles von ihm bekommen hätten, was sie wollten. Und tatsächlich konnte er ihnen eine Menge Dinge erzählen, die nichts und niemanden in Gefahr bringen würden. Von Anfang an, hatte sie gesagt. Das war ein Kinderspiel, denn die Ausbildungsanlage in Hertfordshire, in der er gewesen war, existierte nicht mehr. Charlie war über die Maßen vorsichtig; er ging ausgiebig ins Detail bei allem, was nicht länger wichtig war, und vermied es bei allem, was es noch war. Ein paar seiner früheren Einsätze waren so überholt wie das Ausbildungszentrum in Hertfordshire, und er zögerte nicht, von ihnen zu erzählen. In jener Periode hatte er sich den Ruf erworben, der ihm seitdem anhing, und er genoß es tatsächlich, davon zu erzählen; dabei erkannte er, daß ihm daran gelegen war, Natalia auf andere Weise zu beeindrucken als diejenigen, die außer ihr die unvermeidlichen Transkripte und Tonbänder studieren würden; er wollte, daß sie ihn bewunderte. Er verspürte eine flüchtige Faszination, ja Belustigung. Schließlich war sie die erste Frau seit langem, mit der er Kontakt hatte;

also war es vermutlich eine natürliche Reaktion. Wie sie wohl reagieren würde, wenn sie wüßte, was er dachte? Ob sie verheiratet war? Einen Ring trug sie nicht, aber das besagte nicht viel. Charlie versuchte, die störenden Überlegungen beiseite zu drängen, und beeilte sich, in seinem Bericht fortzufahren, stets darauf bedacht, sie mit beiläufigen Details zu überfluten. Das Hauptquartier des MI-6 befand sich nicht mehr in Mayfair, und so zögerte er nicht, ausführlich darüber zu reden und Etagengrundrisse und Büroeinteilung zu beschreiben. Er hatte auch keine Bedenken, die Direktoren aufzuzählen, unter denen er gearbeitet hatte. Mit Ausnahme von Cuthbertson – bei dem es gleichgültig war, weil sie wußten, was er ihm angetan hatte – war keiner der Direktoren, die Charlie gekannt hatte, mehr am Leben, und auch wenn ihre Identität angeblich auch nach Pensionierung und Tod ein Geheimnis war, wußte Charlie nur zu gut, daß das KGB hier über umfassende Informationen verfügte. Cuthbertson wiederum führte ihn zu Berenkow, und Charlie erzählte in allen Einzelheiten von dieser Operation, denn er wußte, daß sie Berenkow nach dessen Rückkehr noch eingehender vernommen haben würden und er deshalb nichts verriet, was sie nicht längst schon wußten. Die Frau ließ ihn sein Tempo selbst bestimmen; sie unterbrach ihn nur sehr selten zur Klärung bestimmter Punkte und nie, um etwas zu erfahren, über das Charlie nicht sprechen wollte. Da sie seinen Bericht nicht unterbrechen wollte, ließ Natalia gegen Mittag Kaffee und belegte Brote bringen; Charlie sah, mit welcher Ehrerbietung sie behandelt wurde, und fragte sich erneut, was für einen Rang sie innehaben mochte. Es war schon spät, als sie endlich fertig waren. Draußen war es dunkel geworden, und Lichterketten glitzerten an der Ringautobahn. Charlie hatte Gliederschmerzen von der Anstrengung und Anspannung des Tages. Es war wichtig gewesen, sie mit Kleinkram zu bombardieren – damit sie alle glaubten, sie hätten etwas aus ihm herausgeholt –, aber er hatte jetzt so lange geredet, daß er nicht mehr genau wußte, was er da alles gesagt hatte. Das aber war gefährlich, denn wenn sie nun nicht völlig überzeugt waren – oder wenn eine Frage auftauchen sollte, an die sie heute nicht gedacht hatte –, dann würden sie ihm bei einem neuerlichen Verhör leicht auf die Schliche kommen können. Er würde verdammt wachsam sein müssen. Aber das war schließlich nichts Neues für ihn.

»Wie lange noch?« fragte er.

»Wie lange noch was?«

»Solche Sitzungen wie heute.«

»Bis wir überzeugt sind«, sagte sie.

»Überzeugt wovon?« Charlie wußte es, aber er wollte sehen, wie weit sie sich hervorwagen würde.

»Davon, daß Sie für uns von Nutzen sein können.«

»Vielen Dank für diese Offenheit.« Charlie gab sich Mühe, beleidigt zu klingen.

»Ist es nicht das, was wir zwischen uns zu schaffen versuchen?« meinte sie. »Offenheit?«

»Ja«, sagte Charlie zustimmend.

»Heute war es schon besser«, urteilte Natalia. »Viel besser.«

Versuchte sie, ihn in Sicherheit zu wiegen? Charlie überlegte sich, daß die Frage völlig naheliegend und natürlich erscheinen würde, und erkundigte sich: »Was geschieht, wenn Sie schließlich überzeugt sind? Was wird man dann von mir verlangen?«

»Das habe ich nicht zu entscheiden«, antwortete Natalia. »Ich entscheide nicht einmal, wann wir überzeugt sind.«

Reichten sechs Monate aus, um zu bewerkstelligen, was man ihm aufgetragen hatte? Vermutlich, dachte er, würde er jederzeit länger bleiben können, falls er eine Erfolgschance sähe und sicher wäre, daß niemand ihn verdächtigte. Aber wie sollte er Wilson davon in Kenntnis setzen, um zu verhindern, daß der Mann in Panik geriet? Er konnte es nicht, begriff Charlie. Wenn er sich einmal über die Schwelle der Botschaft begeben hätte, würde er nicht wieder herauskommen können. Also mußte er etwas in der Hand haben, wenn er hineingehen wollte. Und wenn er über die vereinbarten sechs Monate hinaus draußen bliebe, würde Wilsons Reaktion zum Risiko werden. Diese Möglichkeit hätten sie vorhersehen müssen, so überstürzt die Vorbereitungen auch vonstatten gegangen waren. Noch ein »wenn« in der immer länger werdenden Reihe. »Macht es Ihnen Spaß?« fragte er.

Sie blickte stirnrunzelnd auf. »Was denn?«

»Was Sie hier tun.«

Sie zögerte, und Charlie war sicher, daß sie beinahe errötet wäre – eine merkwürdige Reaktion. »Ja«, antwortete sie, »es macht mir großen Spaß. Es ist eine Herausforderung für mich.«

»Leute zu überführen?«

»Wenn sie überführt werden müssen, jawohl. Gibt es etwas, dessen wir Sie überführen können, Charlie Muffin?«

Charlie erwiderte ihren Blick, ohne mit der Wimper zu zucken. »Bei mir nicht, Herzchen«, erwiderte er. »Was Sie hier sehen, sollen Sie bekommen.«

»Das hoffe ich«, sagte sie.

Charlie fragte sich, was sie damit gemeint haben mochte.

»Ich finde nicht, daß wir noch länger warten sollten«, beharrte Kalenin. »Ich glaube nicht, daß wir es uns leisten können, länger zu warten. Sampson hat uns sogar gewarnt: Er hat es in der Vernehmung erwähnt.«

»Fedowa?« fragte Berenkow.

Der KGB-Vorsitzende schüttelte den Kopf. »Ich will, daß Sie es übernehmen.«

Berenkow nahm die Anweisung ohne Widerspruch entgegen; halb und halb hatte er ohnehin damit gerechnet. »Normales Verfahren?«

Der andere schüttelte noch einmal den Kopf. »Ich will, daß die Sache erledigt wird, und ich will, daß sie rasch erledigt wird.«

»Sampson war sehr entgegenkommend und offen«, meinte Berenkow. »Wenn er mehr wüßte, denke ich, hätte er damit herausgerückt.«

»Deshalb mache ich mir ja Sorgen«, sagte Kalenin. »Ich denke es auch.«

15

Berenkow beschloß, nicht am Dserschinski-Platz mit Sampson zusammenzutreffen. Dies war die Zentrale, und der Mann wußte das; Berenkow hatte sich alle Bänder angehört – nicht nur die von der Vernehmung, sondern auch die aus der Abteilung –, und Sampsons Arroganz war ihm nicht entgangen. Aber Arroganz konnte er bei dem Mann nicht gebrauchen. Auch wenn er Kalenin gegenüber diese Einstellung kritisch kommentiert hatte, lag ihm daran, daß Sampson erpicht darauf war, sich zu beweisen, wie er es bei den Gesprächen mit Genossin Fedowa gewesen war. Deshalb entschied sich Berenkow für denselben Ort, für das Gebäude an der Ringstraße, und er beschloß, sogar ein Büro im selben Stockwerk zu benutzen. Unschlüssig überlegte er, ob er eine Uniform anziehen sollte, doch schließlich verwarf er den Gedanken.

Sampson betrat das Büro so eifrig, wie Berenkow ihn von den Videoaufzeichnungen her in Erinnerung hatte. Sein hoffnungsvolles Lächeln verstärkte sich noch, als er sah, daß der Befrager gewechselt hatte und daß er jetzt einem Mann gegenüberstand. Berenkow vermutete, daß Sampson diese Unterredung deshalb für wichtiger halten würde, und sie war es ja auch, wie er einräumen mußte.

Berenkow machte keine Anstalten, sich vorzustellen; er war entschlossen, Sampson in der Position des Untergebenen zu belassen.

Behutsam nahm er die Vernehmung auf, als sei dieses Gespräch nichts als eine Fortführung der früheren Befragungen; er kehrte sogar noch einmal zu einigen Dingen zurück, die mit der Frau bereits besprochen worden waren, als bedürften diese Punkte einer besonderen Klärung. Es war ein lohnender Test. Sampson antwortete so bereitwillig wie vorher, und seine Antworten wichen nicht von den zuerst gegebenen ab – eine wichtige Erkenntnis. Eine ganze Stunde verging, bevor Berenkow sich dem eigentlichen Zweck dieses Gesprächs näherte.

»Wie lange haben Sie im sowjetischen Büro gearbeitet?« fragte er plötzlich.

»Ungefähr sechzehn Monate lang.«

»Genauer«, fragte Berenkow hartnäckig.

»Sechzehn Monate und zwei Wochen.«

»Als Assistent?«

Sampson nickte. »Da war ein Abteilungsleiter, und zwei von uns. Der andere Assistent war mir vorgesetzt.«

»Heißt das, daß er auch umfassenderen Zugang zu den Informationen hatte?«

Sampson schüttelte den Kopf. »Unsere Zugangsberechtigung war gleich.«

»Ich weiß, was eine Zugangsberechtigung ist, und ich weiß, wie sich die Dinge in der praktischen Arbeit tatsächlich gestalten.« Berenko ließ nicht locker. »Hatten Sie Zugang zu allen Bereichen, mit denen der andere Assistent sich zu beschäftigen hatte?«

»Jeder von uns hat seine eigenen Fälle bearbeitet, seine eigenen Leute. Aber Zugang zu seinen Sachen hatte ich. Das habe ich in meinen Berichten auch deutlich zum Ausdruck gebracht. Ich habe Wert darauf gelegt, immer zu sehen, was er tat.«

»Was ist mit dem Abteilungsleiter?«

»Offiziell war seine Zugangsberechtigung umfassender als unsere. Anders konnte es ja auch nicht sein, aber auch in diesem Fall habe ich mir verschafft, was ich konnte.«

»Nicht alles?«

Sampson zögerte, und Berenkow wußte, daß der Mann sich fragte, wie weit er in der Darstellung seiner Leistung gehen dürfte. »Natürlich nicht«, antwortete er schließlich. »Es war ja der Versuch, mir Informationen zu verschaffen, zu denen ich eigentlich keinen Zugang hatte, was mich schließlich in Verdacht brachte.«

Berenkow war froh, daß der Mann nicht versucht hatte, töricht zu prahlen. »Nennen Sie mir einen Prozentsatz«, verlangte er. »Zu wieviel Material hatten Sie Zugang? Wieviel war es, von dessen Existenz Sie zumindest wußten?«

Nach einer neuerlichen Pause sagte Sampson: »Achtzig Prozent.«

Auch das war nicht geprahlt, entschied Berenkow. Diese Vernehmung würde nicht das erbringen, was Kalenin wollte, dachte er. »Hatten Sie Zugang zum Telegrammverkehr zwischen London und der Botschaft in Moskau?«

»Größtenteils«, erwiderte Sampson. »Es hängt natürlich davon ab, wie weit er vom Absender als geheim eingestuft worden war.«

Berenkow sah den Kernpunkt und stürzte sich darauf. »Sie kennen alle Klassifikationen?«

»Ich weiß nicht«, antwortete Sampson, und Berenkow begriff, daß der Mann rückhaltlos ehrlich war, und er war froh darüber. »Ich kenne viele.«

Berenkow schob ihm ein Blatt Papier entgegen und forderte ihn auf: »Zeigen Sie mir ein paar. Angefangen mit der höchsten, die Sie kennen, und dann immer weiter abwärts.«

Sampson starrte ihn an, und seine Verwunderung war offenkundig. »Hat das einen besonderen Sinn?« erkundigte er sich.

»Dies ist eine Vernehmung«, sagte Berenkow. »Alles hat einen Sinn.«

Sampson war nicht überzeugt, und er verbarg es nicht. »Wenn ich wüßte, wozu es dienen soll, könnte ich Ihnen vielleicht besser behilflich sein.«

»Nur die Klassifikationen«, beharrte Berenkow. Sampson machte einen guten Eindruck auf ihn: Er war sicher, daß der Mann die Wahrheit sagte und sogar seine Tendenz zu Übertreibungen im Zaum hielt. Aber das hier war zu wichtig, als daß er sich hätte gestatten dürfen, nachzulassen.

Allzu viele waren es nicht, und Sampson war nach wenigen Minuten fertig. Er reichte die Liste zurück und erklärte: »Es ist eine alphabetische Progression. Nach meiner Enttarnung haben sie es vermutlich geändert, aber das macht nichts, weil die alphabetische Kennzeichnung ohnehin nur Datumsbedeutung hat. Ich wurde im Juni gefaßt, also im sechsten Monat des Jahres. Die Codierung hatte in diesem Jahr mit A für Januar angefangen. Der Juni – der sechste Monat – wurde mit dem sechsten Buchstaben bezeichnet – mit F. Darauf folgen die wichtigen Indikatoren in der ersten Buchstabengruppe der Sendung. HD war für Wilson selbst – H für Haupt, D für Direktor: Haupt-Direktor. Die verschiedenen Abteilungsdirektoren haben jeweils eine Kennzeichnung für sich. Hier zum Beispiel heißt die

Abteilung S – die sowjetische. Da stände dann also ein Buchstabe für den Monat, dann S und dann D; damit ginge die Nachricht an den Direktor des sowjetischen Büros. Ich könnte Ihnen ein Beispiel abfassen, wenn Sie wollen.«

Berenkow schüttelte den Kopf; weitere Erläuterungen benötigte er nicht. Um Sampson zu zeigen, daß er ihn gut verstanden hatte, sagte er: »Wenn also im Februar des Jahres, in dem Sie gefaßt wurden, eine Nachricht aus Moskau mit dem Kennzeichen B – für den zweiten Monat –, H für Haupt und D für Direktor geschickt worden wäre, dann hätte der Empfänger Wilson geheißen?«

»Ja«, antwortete Sampson. »Aber jetzt nicht mehr. Sie werden alles geändert haben, weil ich übergewechselt bin. Es liegt auf der Hand, daß ich es Ihnen erzähle.«

Vor Sampsons Enttarnung hatte es zehn Nachrichten gegeben, und alle waren an den Direktor persönlich adressiert gewesen. Für die Kryptologen würde es kein Problem sein, durch Querverbindungen zu den Veränderungen, die nach Sampsons Verhaftung eingetreten waren, den neuen Adressierungscode der Briten zu entschlüsseln. Nicht, daß Berenkow dies für notwendig gehalten hätte. »Erzählen Sie mir von Wilson«, sagte er.

Sampson dachte nach und legte sich seine Antwort zurecht. »Ein Sonderling, der sich in den einzelnen Abteilungen nicht oft sehen ließ. Hatte ein steifes Bein, von irgendeinem Unfall. War früher Berufsoffizier, aber das wissen Sie aus der Eintragung im *Who's Who?* oder in *Burke's Peerage*. Stellt sich den ganzen Laden mit Rosen voll. Züchtet die Dinger. Witwer. Absoluter Profi, und viele der Oldtimer bewundern ihn ...« Der Mann fing an zu lächeln. »Tatsächlich habe ich munkeln hören, daß er nach meiner Enttarnung den Fall gar nicht erst vor Gericht bringen wollte. Ihm wäre eine direktere Art der Eliminierung ohne öffentliches Aufsehen lieber gewesen.«

»Und sein persönliches Engagement?« drängte Berenkow; er wollte jetzt zur Sache kommen. »Wenn Wilson eine Angelegenheit für hinreichend wichtig hielt, betätigte er sich dann persönlich? Leitete er eine Operation auch selbst?«

»O ja«, antwortete Sampson sofort. »Ein Ex-Offizier, das sagte ich ja. Baxter – mein Abteilungschef – stöhnte ständig, weil er seine Nase auf Leitungsebene in sämtliche Angelegenheiten steckte.«

Berenkow lehnte sich für ein paar Augenblicke unsicher zurück. So rasch wie möglich erledigen, hatte Kalenin gesagt: Zumindest war er jetzt persönlich zufriedener mit Sampson, als er es zu Beginn der Vernehmung gewesen war. Er langte neben sich, in die Aktentasche, die unsichtbar hinter dem klobigen Schreibtisch am Boden stand. Es war gleichgültig, um welche Nachricht es sich handelte, aber er warf trotzdem einen Blick darauf; inzwischen war ihm der Code gänzlich vertraut, und er konnte ihn lesen wie einen kyrillischen Text. Es war eine Mitteilung über einen Silobau in Baikonur, eine Schutzkonstruktion für die SS-20. Diese Informationen hatten auf höchster Geheimhaltungsstufe gestanden, und sie waren sicher gewesen, daß nichts davon in den Westen würde durchsickern können. Er schob Sampson das Blatt zu – wie vorher das Papier – und fragte: »Was steht hier?«

Sampson runzelte die Stirn; es war nicht zu übersehen, daß er sich konzentrierte und daß er Erfolg haben wollte. »C«, sagte er sofort. »Es wurde also im März gesendet, vor meiner Enttarnung. HD – also ist Wilson der Empfänger...« Er verstummte und fuhr dann ratlos fort: »Den Rest kann ich nicht lesen; es ist ein Code, den ich nicht kenne. Das gilt auch für den eigentlichen Text. Sieht aus wie von einem Zufallsgenerator. Weiß der Himmel, wie Sie den knacken sollen.«

Der Himmel hatte es nicht gewußt, erinnerte sich Berenkow; es war ein Team von zwanzig Mathematikern gewesen, die mit eigenen Computern rund um die Uhr gearbeitet hatten. Sie hatten viereinhalb Monate gebraucht, und der Code war immer noch unvollständig entschlüsselt. »Was wissen Sie über Baikonur?« fragte er.

Sampson zuckte die Achseln. »Ein sowjetisches Raumforschungszentrum, wie Houston oder Canaveral in den USA. Warum?«

»Sie haben im März, drei Monate vor Ihrer Enttarnung – keine Mitteilungen über Baikonur zu Gesicht bekommen?«

Der Engländer senkte den Blick auf die bedeutungslose Aneinanderreihung von Buchstaben und Zahlen und sah dann wieder Berenkow an. »Sie kennen alles, was ich im März gesehen habe«, sagte er langsam. »Ich habe es Ihnen mitgeteilt. Im März stand ich noch nicht unter Verdacht.«

»Es ging keine Information über Baikonur durch das sowjetische Büro?« fragte Berenkow stur.

»Ich hatte recht mit dem Spion!« rief Sampson in einem späten, aufgeregten Geistesblitz. »Ich hatte Sie vor einem Spion gewarnt. Aber Sie haben ihn nicht erwischt!«

Dies, so fand Berenkow, war nun kaum die Erleuchtung des Jahrhunderts, nach der Art und Weise, wie er die Vernehmung geführt hatte. Aber immer noch recht scharfsinnig. »Ein Spion, der zu einer Zeit arbeitete, als Sie für uns noch tätig sein konnten.«

»Ich hab's Ihnen gesagt«, erklärte Sampson ungeduldig, und nachdenklich fügte er hinzu: »Ich wußte, daß Wilson und Harkness etwas im Schilde führten. Ich wußte es.«

»Sie hatten persönlich die Leitung?« fragte Berenkow.

»Ganz bestimmt«, versicherte Sampson. »Sonst hätte ich Bescheid gewußt.« Er wedelte mit dem Blatt, auf dem die unverständliche Codemitteilung stand, hin und her. »Baikonur?« fragte er.

»Ja.«

»Also haben Sie den Code geknackt?«

»Zum Teil«, gab Berenkow zu, und da er fand, daß der Mann die Anerkennung verdiene, fuhr er fort: »Und es war ein Computercode, wenn auch nicht von einem Zufallsgenerator. Was wir nicht verstehen, ist die Adressatenzeile.«

»Da werde ich Ihnen helfen können«, meinte Sampson zuversichtlich. »Wenn Sie mir die Transkripte zur Verfügung stellen, werde ich eingrenzen können, für welche Etagen sie bestimmt waren. Vielleicht kann ich sogar feststellen, wer hier in Moskau der Absender war.«

Berenkow erkannte, daß Kalenin recht gehabt hatte, als er auf beschleunigtes Tempo drängte. Er selbst hatte unrecht gehabt, als er zur Vorsicht mahnte. Er fragte sich, ob Kalenin es auch so sehen würde, wenn er Videoaufzeichnungen und Transkripte von dieser Vernehmung zu Gesicht bekäme. Zu Sampson sagte er: »Genau das ist es, was wir wollen. Sie sollen uns helfen, den Absender zu finden.«

»Unter bestimmten Bedingungen«, erklärte Sampson mit unverminderter Zuversicht.«

»Bedingungen?« Berenkow war überrascht.

»Ich bin ehrlich, das wissen Sie. Sie hatten niemals Grund, an mir zu zweifeln. Und wenn Sie jetzt an mir zweifelten, würden wir dieses Gespräch nicht führen. Ich werde tun, was ich kann, um Ihnen bei diesen Funksprüchen zu helfen. Aber dafür will ich diesen gräßlichen Charlie Muffin vom Halse haben. Ich will in eine anständige Wohnung ziehen. Und ich will anständig behandelt werden, als Kollege, nicht wie ein zweifelhafter Verdächtiger.«

Er hatte mit Kalenin über das Zusammenleben der beiden geredet, erinnerte Berenkow sich. »In Ordnung«, sagte er.

»Sofort?« drängte Sampson; er war ein Mann, der den Augenblick seiner eigenen Macht erkannte und entschlossen war, ihn zu nutzen.

»Sofort«, versprach Berenkow.

»Dazu bin ich schließlich hergekommen«, sagte Sampson. »Um Ihnen zu helfen.«

»Wir haben ihn noch nicht erwischt«, sagte Berenkow.

»Wir kriegen ihn«, meinte Sampson zuversichtlich.

Hoffentlich, dachte Berenkow. Jetzt, da er mit beiden Männern eine gewisse Zeit verbracht hatte, konnte er leicht nachvollziehen, daß jemand wie Charlie mühelos Sampsons gesamte Empfindsamkeit hatte beleidigen können. Für jemanden wie Sampson war Charlie vom Teufel.

Es besteht eine enge Zusammenarbeit zwischen der Abhörzentrale, welche die Briten in Cheltenham – unter der offiziellen Bezeichnung »Staatliche Kommunikationszentrale« – betreiben, und der Nationalen Sicherheitsbehörde der USA, kurz ANSA, in Fort Meade. Mit leichten, durch geographische Gegebenheiten diktierten Abweichungen teilen sich die beiden Lauschstationen und ihre eindrucksvoll ausgestatteten Unterstationen die ganze Welt, und zwar so effektiv, daß sie zuversichtlich glauben, mindestens neunzig Prozent des gesamten Funkverkehrs in der Sowjetunion und im Ostblock, abhören und – sobald sie den Code entschlüsselt haben – transkribieren zu können.

Es war ein ironischer Zufall – angesichts der Nachricht, die Berenkow willkürlich ausgewählt hatte, um sie Sampson zu zeigen –, daß die Codeänderung von Baikonur zuerst entdeckt wurde, und zwar von den Amerikanern, die damit nichts anzufangen wußten. Sir Alistair hingegen wußte, was es bedeutete, gleich nachdem der Verbindungsoffizier in Cheltenham ihm die Nachricht hatte zukommen lassen, weil der britische Direktor darum gebeten hatte, in einem solchen Fall umgehend informiert zu werden. Innerhalb von vierundzwanzig Stunden sah er seine Schlußfolgerungen bestätigt, denn die Codes der Mikrowellensender in sowjetischen Botschaften und bei ihren See-, Land- und Luftstreitkräften wurden ebenfalls geändert.

»Haben länger gebraucht, den Code zu entschlüsseln, als ich dachte«, meinte Wilson.

»Aber jetzt haben sie ihn«, sagte Harkness. »Es überrascht mich, daß sie glauben, die Informationen könnten von einer simplen Lauschstation gesammelt werden. Aber es bedeutet, daß sie die Funksprüche, die wir erhalten, lesen und daß sie jede Vorsichtsmaßnahme treffen, die ihnen einfällt – sogar die Veränderung ihrer eigenen Codes.«

»Herrgott, die werden sich eben Sorgen machen«, meinte Wilson; es war eine gewohnte Reaktion.

»Das tue ich auch«, gab Harkness zu.

16

Sampson drohte vor Aufregung und Selbstzufriedenheit zu platzen und stolzierte regelrecht durch die Wohnung; Charlie fühlte sich an die stolzen Tauben erinnert, die in Whitehall und am Trafalgar Square zu paradieren pflegten. Wie lange war es her, seit er die stolzen Tauben gesehen hatte, in Whitehall und am Trafalgar Square? Eine Million Jahre? Zwei Millionen?

»Ich hab' dir ja gesagt, wie wichtig ich denen bin, nicht wahr?«

»Ja«, sagte Charlie. Wovon redete dieser lächerliche Scheißer jetzt wieder?

»Ich nehme an, du bist wieder von der Frau vernommen worden?«

»Du etwa nicht?«

Sampson grinste selbstgefällig. »Bin jetzt drüber hinaus.«

Er stolziert und kräht, dachte Charlie. Wie ein Hahn auf dem Mist. »Wer war es denn?«

»Er hat sich nicht vorgestellt«, sagte Sampson. »Aber ganz offensichtlich ein Mann von Bedeutung.«

»Ein Mann?«

»Selbstverständlich ein Mann«, erwiderte Sampson gereizt. »Und zwar ein wichtiger. Und ein hoher Offizier dazu.«

»Woher weißt du das, wenn er sich nicht vorgestellt hat?«

»Die Leute in dem Gebäude haben sich praktisch in die Hosen geschissen.«

Charlies äußere Haltung hatte sich nicht verändert, aber er war jetzt ganz Ohr. »Wie sah er denn aus?« lockte er behutsam.

»Ein großer Mann. Massig«, erzählte Sampson. »Versteht zu leben, dem Aussehen nach zu urteilen.«

Dies war eine seiner ersten Einschätzungen von Berenkow gewesen, ganz am Anfang, lange bevor der Mann verdächtig geworden war – ja, noch bevor sie seinen Namen kannten, entsann sich Charlie. Und Berenkow war wieder hier; Wilson hatte ausdrücklich darauf hingewiesen, als sie im Büro des Gefängnisdirektors über alles gesprochen hatten. *Vielleicht kommen Sie sogar bis zu ihm durch*, hatte der Direktor gesagt. Aber es konnte doch nicht Berenkow gewesen sein! Wilson hatte auf einen solchen Kontakt gehofft, weil sie schon früher miteinander zu tun gehabt hatten. Aber Sampson war nie dabeigewesen. Dann fiel Charlie etwas anderes ein. Das Sowjetische Büro. Vorsicht, dachte er. Nicht zu hastig. Sampson war die Nummer drei im russischen Büro gewesen. Aber so wichtig doch nicht – nicht so bald. Nicht wenige Tage nach der Ankunft. Es sei denn, es wäre zur Panik gekommen und sie hätten alle üblichen Verfahrensregeln außer acht gelassen. Aber was konnte eine so große Panik hervorrufen? Die Antwort lag auf der Hand, doch Charlie wollte den Fakten nicht ins Auge sehen – was, wie er erkannte, töricht war, und so tat er es doch. Wenn die Russen hier einen Spion vermuteten, würden sie die Verfahrensregeln beiseite wischen, und der Unbekannte hatte sich als Spion erwiesen, der so wichtig war wie Wilson. Für jemanden dieses Ranges würden sie das ganze verdammte Regelbuch neu schreiben. Aber das alles waren natürlich nur Indizien, keine Beweise, versuchte Charlie sich klarzumachen. »Versteht zu leben?« wiederholte er, als habe er nicht verstanden.

»Hat ein blühendes Gesicht und so weiter«, erklärte Sampson mit neuerlicher Ungeduld.

Berenkow hatte ein blühendes Gesicht gehabt – das heißt, bis er ins Gefängnis gekommen war. Da war er dann so fahl geworden wie alle anderen. Charlie zögerte; er wußte nicht recht, wie er fortfahren sollte. Mit Sampsons Eitelkeit, entschied er. »Ob ich ihn wohl auch zu sehen kriege?« fragte er.

Sampson lachte abschätzig, als belustige ihn diese Vorstellung. »Du! Wieso solltest du ihn zu sehen kriegen?«

»Nur so ein Gedanke.« Charlie reizte ihn ganz behutsam.

»Ich hab's dir doch schon einmal gesagt«, dozierte Sampson. »Der Mann ist wichtig.«

»Aber er hat dich doch nur vernommen, oder?«

Sampson lachte wieder. »Nein, Charlie, das war keine Vernehmung mehr. Ich werde akzeptiert, voll und ganz – das bedeutet es ...« Er hielt die gewölbte Hand wie eine Schüssel vor sich. »Mittendrin«, sagte er. »Ich sitze mittendrin.«

Charlie fragte sich, ob er bei seiner Durchsuchung wohl sämtliche Wanzen gefunden hatte. Wenn nicht, dann würden die Leute, die jetzt zuhörten, über Sampsons prahlerische Indiskretion stinksauer sein. Aber der Bursche war noch nicht indiskret genug. »Blödsinn«, höhnte er in offener Herausforderung. »Aus welchem Grund sollten sie dich akzeptieren?«

Ein Ausdruck von Wachsamkeit huschte über Sampsons Gesicht. Scheiße, dachte Charlie.

»Da gibt es Gründe genug, das kannst du mir glauben«, sagte Sampson.

»Zum Beispiel?« Charlie hatte keine andere Wahl.

Wieder lachte der andere verächtlich. »Erwartest du, daß ich dir das erzähle?«

»Warum denn nicht?«

»Stell dich nicht dämlicher an, als du bist.«

Er war dämlich gewesen, begriff Charlie, vorwurfsvoll gegen sich selbst: Er hatte zu rasch zu heftig gedrängt. Aber immer noch hielt er Sampsons Eitelkeit für seine größte Schwäche, und so sagte er: »Ich glaube dir kein Wort. Ich glaube, du redest einen Haufen Scheiß.«

Es klappte nicht. Er entlockte Sampson nur ein höhnisches Lachen. »Einen Haufen Scheiß, he?« Sampson deutete in dem häßlichen Appartment umher. »Gefällt's dir hier?«

Charlie runzelte die Stirn; ihm war nicht klar, wohin dieses Gespräch führen sollte. »Nein«, sagte er. »Es gefällt mir nicht. Ich finde, hier stinkt's. Buchstäblich.«

»Mir gefällt es auch nicht«, meinte Sampson. »Und deshalb bleibe ich nicht. Ich ziehe um – woandershin, wo es nicht nach Küche riecht...« Er machte eine Pause, der besseren Wirkung wegen. »Und weg von dir. Es hat lange genug gedauert, vielleicht zu lange, aber jetzt werde ich dich endlich los, du abgehalfterter, schmieriger, rückwärtsschauender kleiner Snob. Ich habe ihnen gesagt, daß ich das will, und deshalb ziehe ich jetzt aus. Ist das auch ein Haufen Scheiß?«

Wenn Sampson ihnen ein solches Zugeständnis hatte aus den Rippen leiern können – und es gab keinen Grund, weshalb er lügen sollte, denn eine Lüge wäre augenblicklich ans Licht gekommen –, dann war das, was er hier tun sollte, wirklich wichtig. Dann konnte es nur um den Überläufer gehen, den er in Wilsons Auftrag finden sollte! Sampsons erst so kurze Zeit zurückliegende Tätigkeit im sowjetischen Büro ließ kaum einen anderen Schluß zu. Konnte der Schweinehund genug wissen, um den Spion – wer immer es war – vor ihm zu enttarnen? Stets objektiv, ersah Charlie aus einer simplen chronologischen Betrachtung, daß Sampson ihm überlegen sein mußte: Er brauchte nur zu berücksichtigen, wie lange er im Vergleich zu Sampson schon nicht mehr bei der Abteilung gearbeitet hatte. Wenn seine Annahme zutraf – und um absolut sicher zu sein, brauchte er noch mehr Informationen –, dann bedeutete dies, daß er und Sampson gegeneinander arbeiten würden. Das aber, fand Charlie, würde ihm Spaß machen. Er hatte große Lust, dieser schnöseligen kleinen Rotznase eine Lektion zu erteilen, und der ideale Weg dazu war es, dem Kerl einen Überläufer, den er suchen sollte, unter der Nase wegzuschnappen. Doch beinahe augenblicklich sah er auch, was alles dagegen sprach. Die chronologische Betrachtung kam ihm wieder in den Sinn. Und nicht nur die Chronologie. Da war auch die offizielle Rückendeckung durch die Sowjets, und die Mittel, die ihm zu Gebote standen. Der Lumpenhund hatte sämtliche Vorteile auf seiner Seite. Und mehr noch. Scheißkerl, verdammter, dachte Charlie. »Nein«, sagte er. »Das ist kein Haufen Scheiß. Das kommt mir eher vor wie eine zweiseitige Abmachung, bei der ich genauso profitiere wie du. Den Kohlgestank kann ich aushalten.«

»Geh zum Teufel, Charlie«, sagte der andere. »Geh zum Teufel und bleib da.«

»Leck mich am Arsch«, erwiderte Charlie.

Kalenin lauschte geduldig, während Berenkow ihm die Vereinbarungen, die er mit dem Engländer getroffen hatte, darlegte. Sein Gesicht zeigte keinerlei Reaktion, und so war es unmöglich, festzustellen, ob der KGB-Vorsitzende befriedigt war oder nicht. Schließlich stellte er fest: »Es sieht so aus, als hätten Sie Ihre Meinung über diesen Mann geändert?«

»Unbedingt«, gab Berenkow sogleich zu. »Er war völlig ehrlich – hat nicht ein einziges Mal versucht, zu übertreiben und mich zu beeindrucken. Ich finde, wir sollten ihn einsetzen, und zwar umfassend einsetzen.«

»Aber Sie haben ihn doch gar nicht beteiligt!« protestierte Kalenin und hieb mit der Faust in die flache Hand – eine ungewohnte Demonstration seiner Emotionen.

»So sieht es freilich aus«, bestätigte Berenkow. »Aber ich glaube, wenn wir ihm alles zur Verfügung stellen, könnte er durchaus in der Lage sein, zu einer intelligenten Einschätzung zu gelangen ... mindestens hinsichtlich desjenigen, der für die Sendung der Funksprüche verantwortlich ist. Bis jetzt haben wir überhaupt noch nichts.«

»Sie brauchen mich nicht daran zu erinnern, was wir nicht haben«, versetzte Kalenin. Er konnte sich kaum erinnern, sich während seiner Karriere als Vorsitzender – oder auch vorher – schon einmal so machtlos gefühlt zu haben. Es war ein Gefühl, das über bloße Machtlosigkeit hinausging und eine Unsicherheit berührte, die er nicht zu definieren wußte.

»Dann ist es ganz gewiß einen Versuch wert«, beharrte Berenkow.

»Ja«, stimmte Kalenin zu. »Einen Versuch ist es wert ...« Er zögerte und sagte dann: »Wenn wir Sampson alles zur Verfügung stellen – und ich akzeptiere, daß wir es müssen, wenn unsere Bemühungen überhaupt einen Sinn haben sollen –, dann werden wir ihn zu einem Mann machen, der sehr viel weiß, nicht wahr?« Wieder legte er eine Pause ein. »Viele würden vielleicht sagen, daß er dann zuviel weiß.«

»Ich habe nicht den geringsten Zweifel an seiner Person«, wiederholte Berenkow.

»Aber es ist ungewöhnlich, einen Überläufer derart massiv einzusetzen.«

»Die Umstände sind ungewöhnlich«, erinnerte Berenkow. »Und wir werden ihn völlig unter Kontrolle haben, zu jeder Zeit.«

»Ja«, pflichtete Kalenin ihm bei, und seine Zweifel waren immer noch unverkennbar. »Wir haben keine Alternative.«

»Da ist noch etwas«, sagte Berenkow.

Der KGB-Vorsitzende sah ihn über den Schreibtisch hinweg abwartend an.

»Haben Sie offizielle Einwände dagegen, daß ich Charlie sehe?«

»Sie wollen ihn offiziell sehen?« fragte Kalenin.

»Nein«, antwortete Berenkow, ohne zu zögern. »Aber ich habe ihm nie danken können für das, was damals geschehen ist.«

»Sie sagten doch, es sei zu seinem Vorteil gewesen, nicht zu Ihrem«, erinnerte Kalenin.

»Ich war derjenige, der gewonnen hat«, antwortete Berenkow. »Charlie hat verloren.«

Kalenin schwieg ein paar Augenblicke lang. Dann sagte er: »Nein, ich sehe keinen Grund, weshalb Sie ihn nicht sehen sollten ...« Er lächelte plötzlich. »Ich hätte nichts dagegen, ihn selbst einmal wiederzusehen. Ich mochte ihn.«

17

Sampsons Verlegung war eher ein Sprung als ein Umzug. Sein neues Appartment lag unmittelbar abseits der Puschkinskaja Ulitza, eine kleinere, aber weit modernere und besser ausgestattete Wohnung als die, in der er mit Charlie gehaust hatte. Hier roch es nicht, hier gab es keine störenden Nachbarn: Ein besonderes Haus für besondere Leute. Die Möbel waren modern – großenteils aus Finnland, wie er entdeckte, als er sie umdrehte und nach dem Herkunftsland suchte –, und die Tapeten waren makellos, was darauf schließen ließ, daß vor seinem Einzug alles repariert worden war. In der Küche standen ein moderner Kühlschrank und ein Herd – die Geräte in der alten Wohnung waren antiquiert und kaum noch funktionsfähig gewesen –, und im Wohnraum gab es einen Müllschlucker und ein Fernsehgerät, auch dies Dinge, die in dem vorigen Appartment nicht zur Verfügung gestanden hatten. Sampson musterte alles mit zufriedenem Lächeln.

Ein besonderes Haus für besondere Leute, dachte er noch einmal. Sie hatten sogar an Alkohol gedacht: Der unvermeidliche Wodka, importierter Whisky, Gin. Und seine anfängliche Zufriedenheit wuchs von Tag zu Tag. Sie teilten ihm einen Wagen zu – einen Lada, verhältnismäßig klein, aber immerhin ein Wagen –, und noch bevor die erste Woche zu Ende war, teilte man ihm mit, daß er ein Gehalt von viertausend Rubel im Monat beziehen würde, ein Einkommen, das er, auch ohne Vergleichsmöglichkeiten zu haben, für hoch hielt. Nach bestimmten Maßstäben außergewöhnlich hoch. Noch höher, wenn man es mit dem Privileg des Zugangs zu den Konzessionsgeschäften verrechnete. Kein Tag verging, ohne daß Sampson sich an die akzeptierte und berechtigte Veränderung seiner eigenen Bedeutung erinnert fühlen konnte, aber die deutlichste Erinnerung war die Auswahl seines Arbeitsplatzes: Dserschinski-Platz selbst. Es gab einen praktischen Grund für diese Auswahl – Kalenin saß hier, Berenkow saß hier, und die eigens auserwählten Kryptologen saßen ebenfalls hier –, aber für Sampson war der Zugang zur Zentrale des KGB der entschiedenste – und dramatischste – Beweis für die Bedeutung dessen, was man von ihm erwartete. Er reagierte entsprechend und verhielt sich angemessen; er nahm die Beförderung entgegen, ohne übertrieben selbstsicher zu werden.

Alles wurde ihm zur Verfügung gestellt: Die rohen, ursprünglich unverständlichen Transkripte der aufgefangenen Funksprüche und die einzelnen Schritte der Dechiffrierung, denen er entnehmen konnte, daß seine erste, im Gespräch mit Berenkow geäußerte Einschätzung, daß es sich nämlich hier um das Produkt eines Zufallsgenerators handle, nicht zutreffend gewesen war. Der Code stammte zwar von einem Computer. Aber er war nicht beliebig. Es gab eine mathematische Alternative mit einer eingebauten Alternative. Beim Nachrichtendienst nannte man so etwas einen Kräuselcode. Die Basis, in diesem Falle London, wählte einen bestimmten Nenner aus, und aus ihm entsprangen Buchstaben, die Zahlen zugeordnet wurden. Die Anzahl der Buchstaben aus Zahlen kräuselte sich – sozusagen – zweimal: Einmal beim Ursprung der Originalbotschaft, und dann mit dem Faktor zwei auf das Vierfache – zwei mal zwei – der übermittelten Botschaft. Eine weitere Vorsichtsmaßnahme, die die Briten getroffen hatten – eine Maßnahme, die die endgültige Übersetzung um einen Monat hinausgezögert hatte, obgleich sie im Rückblick offensichtlich erschien – war gewesen, die aus Moskau abgesandte Mitteilung beim Empfang noch einmal mit dem Faktor zwei zu multiplizieren, damit sie verständlich wurde.

Sampsons Einflußsteigerung endete nicht mit der Wohnungszuteilung oder mit dem Einlaß in die Zentrale am Dserschinski-Platz. Es gab Büropersonal, Sekretärinnen und zwei Adjutanten, die er völlig mit Beschlag belegte, und er bestellte sich Staffeleien und Graphik-Charts und brachte Tage damit zu, seine eigenen Charts und Labyrinthe zu entwerfen; dabei machte er sich den Vorteil zunutze, den die Kryptologen und ihre Computer nicht besaßen und nicht besitzen konnten: seine Kenntnis der Gebräuche und Arbeitsschemata der Briten, vor allem derer im sowjetischen Büro.

Die Russen hatten alles hinzugezogen, was ihre Technologie zu bieten hatte, und sie hatten damit einen Heuhaufen zerlegt, Halm um Halm. Und sie hatten keine Stecknadel gefunden, sondern eine Stricknadel, ohne zu wissen, was für ein Muster ihnen diese Nadel stricken würde. Um die Metapher weiter in Verwirrung zu bringen: Sampson erkannte, daß er die Funktion hatte, das Muster weiter aufzuribbeln und das fertige Design umzukehren. Metapher war tatsächlich der Ausdruck, den Sampson bei seinen inzwischen regelmäßigen Zusammenkünften mit Berenkow – dessen Identität ihm inzwischen, ein weiteres Zugeständnis an seine Wichtigkeit, bekannt war – und als unablässiges Eingeständnis seiner Schwierigkeiten benutzte.

»Es gibt hier jemanden, hier im Hauptquartier, der Zugang zu jeder einzelnen Abteilung hat«, sagte Sampson. »Das geht durch das ganze Gebäude.«

»Das ist uns bereits bekannt«, antwortete Berenkow enttäuscht. Er hatte sich völlig hinter den Mann gestellt, ja beinahe für ihn garantiert. Er hatte mehr als das erwartet. Und er hatte es früher erwartet.

»Sie bestehen darauf, daß ich rückwärts arbeite. Daß ich die Quelle finde«, sagte der Engländer. »Wieso können Sie das nicht selbst? Die Zahl der Leute, die einen so ausgedehnten Bewegungsspielraum haben, kann doch nicht unbegrenzt groß sein? Sie muß zwangsläufig begrenzt sein.«

Darauf war Berenkow auch schon gekommen. Letzten Endes ging es um sechs Leute und deren unmittelbare Mitarbeiter. Maximal zwölf Personen. Dreizehn, wenn man Kalenin mitrechnete. Und man mußte ihn mitrechnen, so undenkbar das auch erscheinen mochte. Berenkow hatte Kalenin persönlich überwachen lassen – und dabei von seinen Leuten erfahren, daß er selber überwacht wurde. Kalenin, vermutete er. Er war nicht beleidigt. Lange würde es nicht dauern, sah Berenkow, bis die Ungewißheit tückisch werden und das Zentrum der Organisation von innen heraus untergraben würde.

»Wie lange wird es noch dauern?« fragte er fordernd, und er ließ es absichtlich ungeduldig klingen.

»Ich weiß es nicht«, sagte Sampson. »Ich habe alles – vielleicht zuviel –, aber ich komme nicht darüber hinaus. Eines nämlich fehlt mir: Der Schlüssel, den sie in London benutzen.«

»Den haben wir«, beharrte Berenkow. »Unsere Mathematiker haben die Vielfachen und die Progressionen berechnet.«

Sampson war auf den Disput vorbereitet, denn es war nicht der erste. Er blätterte vier der Rohmitteilungen und ihre Transkriptionen um und fragte: »Okay, was fehlt?«

Berenkow seufzte; auch er war vorbereitet. »Die komplette Personenkette.«

»Richtig!« rief Sampson triumphierend. »Wir können die Nachricht lesen, aber wir kommen über den Adressaten, Sir Alistair Wilson, nicht hinaus. Warum kommen Ihre Kryptologen da nicht weiter?«

»Weil es ein anderer Code ist«, antwortete Berenkow in einem weiteren Zugeständnis.

»Und den soll ich einfach so knacken – ohne Computer und sogar ohne mathematische Ausbildung!«

»Sie haben doch dort gearbeitet!« kläffte Berenkow zurück. »Menschen machen Codes, nicht die Computer – die setzen sie nur in die Praxis um. Was für einen Code würde Wilson denn entwickeln, wenn es um absolut geheime, persönliche Nachrichten ginge, die nur er – und vielleicht noch eine Handvoll Vertrauter – in die Hände bekäme?«

Sampson lächelte in einem Augenblick jähen, hoffnungsvollen Verstehens. »Einen, der riecht«, sagte er.

Berenkow starrte ihn verständnislos an.

»Und sie sind beliebt in Großbritannien«, fügte Sampson hinzu.

Für Charlie Muffin war es, als wäre die Zeit stehengeblieben, als existierte er in einer Art Kapsel, und das beinahe buchstäblich, denn abgesehen von den Vernehmungen bei Natalia verbrachte er seine Zeit eingepfercht in seinem miefigen Appartment, und es war kaum anders als in dem Gefängnis, in dem er vorher gewesen war. Am zweiten Abend nach Sampsons Auszug hatte er versucht auszugehen, aber vor der Haustür war ihm ein Zivilpolizist entgegengetreten, der ihm mitgeteilt hatte – auf englisch, also war der Mann seinetwegen hier –, daß es ihm nicht erlaubt wäre, das Haus zu verlassen. Da er sonst zu niemandem Zugang hatte, beschwerte er sich darüber bei Natalia, doch sie schien sein Protest nicht zu beeindrucken, ja nicht einmal zu interessieren. Also erteilte er ihnen allen eine Lektion – und bewies sich selber gleichzeitig, daß er es immer noch konnte –: Er schlüpfte zum Hinterausgang hinaus und blieb zwei Stunden weg. Ziellos wanderte er durch die Straßen – zu spät fiel ihm ein, daß er nicht einen einzigen Rubel in der Tasche hatte –, und dann präsentierte er sich am Vordereingang des Hauses, durch den man ihn nicht hatte gehen lassen wollen; er tat es so, daß sowohl der Hausmeister als auch der Zivilpolizist ihn sahen. Dadurch war der eine gezwungen, über den anderen Meldung zu machen. Als er am nächsten Morgen mit Natalia zusammentraf, wußte er, daß sie es beide getan hatten. Sie versuchte in ihrer üblichen Vernehmungsmethode, sich der Angelegenheiten auf verschlungenen Umwegen zu nähern, aber Charlie hatte sich inzwischen vollends daran gewöhnt, und so konnte er ihr immer wieder ausweichen, bis sie ihn schließlich geradeheraus fragen mußte und er sie angrinste wie wenige Tage zuvor, als er ihr die Wanzen auf den Tisch gelegt hatte, und sagte: »Ich war spionieren!«

Sie seufzte, aber es klang nicht unfreundlich. »Wissen Sie was?«

»Was denn?«

»Ich muß meine Empfehlungen über Sie abfassen. Ich muß alle unsere Gespräche, die Vernehmungen auswerten und dann meine Empfehlungen hinsichtlich dessen abgeben, was Sie uns bringen könnten, falls Sie hierbleiben sollten.«

Charlie war froh über ihre Ungeduld, denn er war selber nicht weniger ungeduldig. Er war überzeugt, daß er sich hinsichtlich des Grundes für Sampsons plötzlichen Auszug nicht geirrt hatte, auch wenn das alles nur Vermutungen sein konnten. Inzwischen waren dreieinhalb Wochen vergangen, und wenn man die Zeit mitrechnete, die sie gebraucht hatten, um nach Moskau zu gelangen, bedeutete dies, daß einer seiner sechs Monate bereits verstrichen war, ohne daß er auch nur die beschissenste Kleinigkeit zustande gebracht hatte, abgesehen davon, daß er die harte Fassade eines sehr attraktiven Mädchens mit großen Titten ein wenig aufgebrochen hatte – daß ihm wenigstens das gelungen war, dessen war er sicher. Aber dazu war er nicht hier. »Ich habe kein Geld«, sagte er, um ihren Ärger zu vergrößern.

Natalia runzelte die Stirn; auch sie hatte sich inzwischen an seine Sprunghaftigkeit gewöhnt. »Na und?«

»Und deshalb kann ich Sie nicht zum Essen ausführen. Wieso laden Sie mich nicht ein?« Es klappte besser als erwartet.

Sie verbarg ihren Ärger nicht – was sie bei seinen bisherigen Provokationen meistens getan hatte –, als sie sagte: »Wieso empfehle ich nicht, man möge Sie nach England abschieben, da Sie für uns nicht von Nutzen sein können?«

»Ist das mit Sampson geschehen?« wollte Charlie wissen.

Ihr Gesicht erstarrte in einem beinahe schmerzerfüllten Ausdruck. »Was mit Sampson geschehen ist, geht Sie überhaupt nichts an.«

»Doch, wenn er zurückgeschickt worden ist.« Charlie war noch nicht bereit, aufzugeben. »Ich möchte nur wissen, ob Sie das Schwein abgeschoben haben.«

»Nein«, antwortete sie verdrossen. »Man hat ihn gebrauchen können.«

»Besser als mich?« fragte Charlie sofort, um den Schwung zu nutzen.

»Ja.« Sie erholte sich schnell wieder. »Viel besser als Sie.«

»'n großer Fehler«, behauptete Charlie.

»Beweisen Sie's«, erwiderte sie, wie sie es sollte.

»Geben Sie mir Gelegenheit«, erwiderte er plangemäß.

Als er an diesem Abend in seinem einsamen, dumpf riechenden Appartment saß, in dem niemals etwas passierte, klingelte das Telefon. Es war ein so ungewohntes Ereignis, daß Charlie den Apparat verblüfft anstarrte und den Hörer erst von der Gabel riß, als ihm dämmerte, daß der Anrufer wieder auflegen könnte.

»Charlie?«

»Ja.«

»Alexej«, sagte die Stimme. »Alexej Berenkow.«

Gott sei Dank, dachte Charlie.

18

Nachdem sie beschlossen hatten, sich zu sehen, gab es Schwierigkeiten mit dem Treffpunkt. Berenkow wußte, daß es unangebracht, ja verboten sein würde, Charlie zum Dserschinski-Platz kommen zu lassen, und Charlie zögerte – ohne für dieses Gefühl einen vernünftigen Grund zu haben; schließlich hatte er die Entscheidung nicht zu treffen –, den Russen hier im Küchenmief zu empfangen. Schließlich faßte Berenkow einen Entschluß, und Charlie erwiderte, er würde mit Vergnügen in die Wohnung des Russen kommen und seine Familie kennenlernen. Bisher kannte Charlie – abgesehen von jenem rebellischen Spaziergang – ausschließlich die Wohnung, die telefonisch verabredeten Abholtermine und Natalia Fedowas Büro an der Ringautobahn, und als er an diesem Abend das Appartmenthaus verließ, ohne daß irgendwo ein Bewacher zu sehen war, hatte er das Gefühl, wiederum auszubrechen. Der Fahrer war so stumm wie anscheinend alle anderen, aber zumindest zollte er ihm so viel Respekt, ihm die Wagentür aufzuhalten. Es war ein großes Auto, ein Zil, geradezu üppig für sowjetische Maßstäbe, ein Regierungsfahrzeug. Der Fahrer benutzte die für solche Wagen reservierte Mittelspur, genau wie der Mann, der ihn zu den Vernehmungen fuhr, aber Berenkows Zil schien hierher zu gehören, während Charlie bei dem Vernehmungstransporter immer das Gefühl hatte, daß er sich unbefugt in diese Spur mogelte. Auch ihre Route verlief anders; sie führte sie zurück ins Stadtzentrum. Sogar die Straßenbeleuchtung war hier heller, und Charlie sah die Illumination rings um den Kreml und den Roten Platz. Ihr Ziel glaubte er zu kennen, und als sie in die Wohnanlage am Kutusowski-Prospekt einbogen, wußte er, daß er sich nicht geirrt hatte: Dies war die Regierungsenklave. Also war Berenkow im Triumph heimgekehrt, er wurde immer noch geachtet, und er arbeitete in einer bedeutenderen Position als zuvor. Charlie versuchte, seine Aufregung zu bezähmen. Schon bevor sie einander begegneten, hatte er die Bestätigung dafür, daß Berenkow am Dserschinski-Platz saß; Wilson war da nicht so sicher gewesen, an jenem Abend im Büro des Gefängnisdirektors. *Vielleicht kommen Sie sogar bis zu ihm durch.* Und er hatte es geschafft. Plötzlich sah alles gut aus – besser, als er je zu hoffen gewagt hatte. Es war noch zu früh, die Hühner zu zählen, denn die Eier waren noch ungelegt und erst recht ungebrütet, aber wenigstens konnte er schon mal einen Blick in den Hühnerstall werfen.

Sie unterzogen sich den üblichen Sicherheitskontrollen, und während sie sich durch die Anlage bewegten, starrte Charlie an den exklusiven Blocks in die Höhe und fragte sich, welches Politbüro-Mitglied hinter welchem der erleuchteten Fenster wohnen mochte. Er stellte eine weitere Vermutung an, und auch diese erwies sich als richtig: Es roch hier nicht nach Kohl.

Berenkow stand in der Lobby seines Blocks, um ihn durch die letzte Kontrolle zu lotsen. Ein paar Augenblicke lang standen die beiden Männer an entgegengesetzten Enden des Foyers einander gegenüber, und einer betrachtete den anderen in stummer Erinnerung. Berenkow, der stets der überschwenglichere gewesen war, brach schließlich das Schweigen. Mit ausgebreiteten Armen durchquerte er die Halle und dröhnte: »Charlie! Charlie ... wie schön, Sie zu sehen!«

Charlie ließ sich umarmen; er war sich der Aufmerksamkeit des Fahrers und der Wachen wohl bewußt. Berenkow roch, wie Charlie es von ihren ersten Begegnungen her – bevor er sein Material zusammengetragen und den Russen festgenommen hatte – in Erinnerung hatte: Nach teurem Eau de Cologne und teuren Zigarren. »Gleichfalls, Alexej«, antwortete er aufrichtig. »Ich freue mich, Sie zu sehen.«

Einer der Sicherheitsbeamten in einer Kabine rief etwas, das Charlie nicht verstand, aber er deutete dabei auf ein Buch: Offenbar war eine formelle Eintragung notwendig. Aber Berenkow winkte gleichgültig ab; wie immer war er nicht bereit, sich konform zu verhalten. Statt dessen führte er Charlie zu den Aufzügen. »Bürokraten!« sagte er. »Die Welt ist voll von Bürokraten.«

Im Aufzug standen sie einander gegenüber, und wieder musterte einer den anderen. Berenkow schüttelte den Kopf. »Sie sehen nicht gut aus, Charlie. Sie haben schon besser ausgesehen.«

»Mir ging's auch schon besser«, gestand Charlie. »Aber Sie sehen gut aus.« Und es stimmte; der Russe war viel fetter, als Charlie ihn – auch vor der Verhaftung – in Erinnerung hatte; er wirkte sogar physisch größer. Und ein blühendes Gesicht hatte er auch – Charlie erinnerte sich an Sampsons Beschreibung: *Versteht zu leben, dem Aussehen nach zu urteilen*. Berenkow sah in der Tat aus, wie jemand, der zu leben verstand. Aber das hatte er auch immer getan.

»Es geht auch alles ziemlich gut«, sagte der Russe, als der Lift anhielt.

Achter Stock, sah Charlie. Er fragte sich, ob zwischen der Höhe der Etage und der Geltung des Bewohners ein Zusammenhang bestand. Wenn ja, dann galt Berenkow viel.

Walentina und Georgij warteten nervös und unsicher im Wohnzimmer. Berenkows physische Präsenz erfüllte sie mit ebensoviel – vielleicht mit mehr – Ehrfurcht wie die Begegnung mit jemandem aus dem Westen. Charlie hatte keinen Grund zu Vorurteilen gehabt, aber er war dennoch überrascht von Walentinas adrettem, zierlichem Erscheinungsbild; bei Berenkow hatte er eine Frau erwartet, die ihm in ihren Ausmaßen etwas entgegenzusetzen hatte, wie ein Schlachtschiff dem anderen. Georgij war ungefähr so groß wie sein Vater, aber nicht so massig und auch sehr viel dunkler in Haut und Haar. Ihre Begrüßung fiel zögernd und schüchtern aus; der Junge und seine Mutter beugten sich Berenkows lärmender Führung. Charlie bedauerte, daß er weder Geld noch Gelegenheit gehabt hatte, Walentina ein kleines Geschenk mitzubringen. Im Knast hatte es ein blühenderes Geschäftsleben gegeben als hier, dachte er flüchtig. Berenkow ließ Whisky in Gläser gluckern und entschuldigte sich für die minderwertige Qualität. Charlie trank dankbar und erklärte, der Whisky sei wundervoll, was er auch war. Walentina stellte Knabbereien auf den Tisch, kleine Schälchen mit Räucherfisch, Nüssen und Oliven, und Georgij saß wachsam lauschend da; mit großer Überwindung brachte der Junge hervor: »Wie lange sind Sie schon in Moskau?«

»Noch nicht lange. Erst drei oder vier Wochen«, sagte Charlie. Berenkow hatte es ihnen vermutlich nicht erzählt, nicht alles jedenfalls.

»Wie lange gedenken Sie zu bleiben?«

Anscheinend hatte er dem Jungen überhaupt nichts erzählt. »Lange«, antwortete Charlie leichthin. Er hatte keine Schwierigkeiten; das alles war rein geschäftlich, es war das Geschäft, das sie betrieben und in dem sie beide Experten waren. Berenkow würde es verstehen, später.

»Mein Vater war lange im Westen.«

Charlie grinste mit einem Seitenblick auf Berenkow, der zufrieden dasaß und zuhörte, wie der Junge sein Konversationsenglisch übte. »Das weiß ich schon«, sagte Charlie. »Und er war dort sehr erfolgreich.«

»Sie waren eng befreundet mit meinem Vater?«

Charlie grinste wieder; er merkte, daß Berenkow ihn jetzt aufmerksam betrachtete. »Dein Vater und ich hatten den gleichen Job, aber wir waren Konkurrenten«, sagte Charlie. »Wir hatten jedoch immer großen Respekt voreinander.«

Berenkow lachte beifällig und echote: »Eine ganze Menge Respekt, jawohl.«

Zwei Wände des Zimmers waren von Büchern bedeckt, genau wie in der Wohnung am Eaton Square, in der Berenkow in London gelebt hatte. Die Parole für die Person, mit der er Kontakt aufnehmen sollte, stammte von Tschechow, und Berenkow hatte Tschechow für seine Londoner Codes benutzt. Der Spion war jemand in der Zentrale, hatte Wilson gesagt. Berenkow saß in der Zentrale. So groß die Wahrscheinlichkeit auch sein mochte, Charlie wußte, daß er nichts unternehmen durfte. Es war möglich, daß er sich irrte, und Berenkow war gewieft genug, eine Annäherung dieser Art zu bemerken.

»Ich bin sehr froh, daß ich Ihnen danken kann«, sagte Walentina. Wie zu erwarten gewesen war, hatte sie eine zarte Stimme. »Ich hatte immer das Gefühl, Sie haben es möglich gemacht, daß Alexej nach Hause kommen konnte.«

»Wahrscheinlich habe ich das getan«, meinte Charlie. Kein Zweifel, sie wußte mehr als der Junge.

»Vielleicht wird Georgij sich für ein Austauschstudium qualifizieren«, erzählte Berenkow, und sein Stolz war unübersehbar.

»England?« erkundigte Charlie sich neugierig.

»Möglicherweise«, sagte der Junge. »Oder Amerika.«

»Es wird eine nützliche Erfahrung für ihn sein«, behauptete Berenkow.

Konnte es wirklich so einfach sein? dachte Charlie. Die Blicke, die zwischen Berenkow und seiner Frau gewechselt wurden, entgingen ihm nicht. Er sah Georgij an. »Möchtest du denn gehen?«

»Ich will tun, was mein Vater für das beste hält«, antwortete der Junge pflichtbewußt.

Berenkow bestand noch zweimal darauf, nachzuschenken, bevor sie aßen. Die Mühe, die Walentina sich mit dem Essen gemacht hatte, war offensichtlich, und Charlie lobte den Borschtsch und auch den Kalbsbraten – er sah wohl, daß die Familie ungewöhnliche Einkaufsmöglichkeiten haben mußte, um alles, was hier auf dem Tisch stand, erwerben zu können: Ein weiterer Hinweis auf Berenkows Bedeutung –, und über sein Weinglas hinweg lächelte er den Russen an. »Französisch?«

»Ein kleiner Luxus, den ich mir gestatte«, räumte Berenkow ein. »Ich habe es immer bedauert, daß ich Ihnen nie etwas über Wein beibringen konnte, Charlie . . .« Berenkow verstummte; anscheinend überlegte er. Schließlich meinte er: »Ich schätze, es war die einzige Sache, von der ich mehr verstand als Sie.«

»Vielleicht finden wir jetzt Zeit«, sagte Charlie.

»Vielleicht.«

Nach dem Essen entschuldigte Georgij sich und zog sich auf sein Zimmer zurück, um zu lernen. Walentia räumte überaus umständlich den Tisch ab und überließ die beiden derweil sich selbst. Berenkow bot Brandy an – auch französisch –, und Charlie nahm an. Die offerierte Zigarre, eine importierte Havanna, lehnte er ab. Berenkow vollzog genüßlich das Ritual des Befeuchtens und Abschneidens, bevor er die Zigarre in einer Wolke von blauem Rauch anzündete. »Das ist der größte Vorteil, wenn man Kuba zum gehorsamen Satelliten hat.«

»Sie haben eine nette Familie, Alexej«, meinte Charlie lockend. »Es ist sicher schön, wieder daheim zu sein?«

»Ja«, antwortete Berenkow versonnen. »Es ist schön.« Er lächelte Charlie an. »Ich hätte nie erwartet, Sie einmal hier in Moskau bewirten zu können, Charlie.«

»Ich habe auch nie damit gerechnet, einmal hier bewirtet zu

werden.« Wieso rückte Berenkow nicht mit Tschechows unschuldiger Bemerkung über das Wetter heraus?

»Ich hatte auch noch keine Gelegenheit, Ihnen zu danken«, stellte Berenkow fest. Er hob seinen Cognacschwenker. »Ich habe diesen Toast schon einmal ausgebracht, als Sie nicht dabei waren; aber jetzt, da Sie hier sind, tue ich es noch einmal. Danke, daß Sie meine Repatriierung ermöglicht haben!«

»Ich bin froh, daß wenigstens einer etwas davon gehabt hat«, sagte Charlie.

»War es schlimm?«

»Ich hätte es nie getan, wenn ich gewußt hätte, wie schlimm es werden würde«, bekannte Charlie. Wenn Berenkow daran dachte, von hier zu verschwinden, dann würde, begriff Charlie, das, was er hier redete, ihn eher entmutigen; andererseits bot es eine Gelegenheit zur Identifikation, wenn der Russe es akzeptierte. Und er erzählte, detaillierter, als er es bei den Vernehmungen durch Natalia für nötig gehalten hatte, denn er wußte, daß Berenkow ihn verstehen würde. Er erzählte, wie er sich in Europa herumgetrieben hatte, erzählte von der Flucht mit Edith, erzählte, wie er bei jedem Schatten zusammengezuckt war, erzählte, wie man sie verfolgt und schließlich entdeckt hatte und wie Edith gestorben war, er erzählte von der Einsamkeit und von seiner Trinkerei danach, die nur durch gelegentliche Aufträge von Willoughbys Sohn unterbrochen worden waren.

»Wissen Sie noch, was Sie zu mir sagten, als ich Sie im Gefängnis vernahm?« fragte er Berenkow.

Der Russe runzelte die Stirn und schüttelte den Kopf.

»Wie froh Sie schließlich gewesen seien, weil ich Sie erwischt hatte? Daß Sie schon befürchtet hätten, nicht mehr lange weitermachen zu können?«

»Daran erinnere ich mich«, sagte Berenkow. Er hatte es vergessen, bis jetzt, er hatte nicht mehr gewußt, daß er es irgend jemandem gegenüber zugegeben hatte: Charlie war offenbar ein besserer, gerissener Vernehmungsspezialist gewesen, als er in Erinnerung hatte.

»Genauso empfand ich in Italien«, sagte Charlie. »Ich wäre weiter geflohen, wenn ich Gelegenheit gehabt hätte, aber ich war wirklich müde. Ich weiß noch, als sie mich schließlich hatten, empfand ich nichts als Erleichterung.«

»Dieses Gefühl kenne ich«, sagte Berenkow in vertraulicher Offenheit.

»Und dann das Gefängnis«, fuhr Charlie fort. »Gott, wie ich das Gefängnis gehaßt habe!«

»Davon habe ich Ihnen erzählt«, erinnerte Berenkow ihn. »Als ich dort war. Ich habe Sie davor gewarnt, sich je erwischen zu lassen.«

»Ich weiß«, entsann sich Charlie, und freimütig setzte er hinzu: »Ich nehme an, es ist etwas anderes, wenn man formell ein Überläufer ist. Da hat man Schutz. Sicherheit.«

Berenkow lächelte, aber er sagte nichts.

Walentina kam mit Kaffee aus der Küche. Sie stellte die Kanne zwischen ihnen ab und zog sich, als sie merkte, wie ernsthaft die beiden redeten, wieder zurück.

»Es verblüfft mich immer noch, daß Sie hergekommen sind, Charlie«, sagte Berenkow.

»Sie haben mir gesagt, im Gefängnis würde ich wahnsinnig werden – oder etwas Ähnliches«, sagte Charlie, immer noch in Erinnerungen versunken. »Sie hatten recht. Es wäre passiert. Ich stand verdammt nah davor.«

»Trotzdem überrascht es mich, daß Sie nach Moskau gekommen sind«, beharrte Berenkow.

»Aber jetzt bin ich hier«, erwiderte Charlie mit sichtlich gezwungener Fröhlichkeit.

»Und?«

»Heute abend gefällt es mir zum erstenmal«, gab Charlie zu. »Das Appartment stinkt – buchstäblich –, aber ich habe mich damit abgefunden, daß ich vermutlich nichts Besseres erwarten kann. Daß die Vernehmungen notwendig sind, akzeptiere ich ebenfalls – sie gehören einfach zum normalen Verfahren. Aber allmählich wiederholen sie sich. Zumindest kann ich mich vermutlich glücklich schätzen, dieses Arschloch Sampson endlich los zu sein.«

»Er ist ein sehr cleveres Arschloch, Charlie.«

»Das sind Arschlöcher oft.« Er konnte kaum hoffen, daß Berenkow ihm einen Hinweis darauf geben würde, was der Kerl hier zu tun hatte, aber sein Instinkt hielt ihn an, es wenigstens zu versuchen – daher die abwertende Bemerkung.

»Was werden Sie tun, Charlie?« Berenkow ging lässig über den Köder hinweg.

Es wäre auch zu schön gewesen, dachte Charlie – beinahe war es ja beleidigend gewesen. »Sagen Sie's mir«, antwortete er. »Was werde ich tun dürfen?«

»Es könnte da etwas geben«, meinte Berenkow. »Etwas, das vielleicht nicht zu einem Konflikt führt.«

Der Mann hatte also die Vernehmungsprotokolle studiert, und er wußte, daß er sich am ersten Tag Natalia gegenüber geweigert hatte, zu kooperieren. Charlie stellte sein Brandyglas behutsam auf den Tisch zwischen ihnen; er wußte, daß diese Geste nicht übermäßig demonstrativ war. War dies die Kontaktaufnahme, auf die er wartete, oder war es ein Stellenangebot? »Und das wäre?« fragte er.

»Ich möchte keine Versprechungen machen, die ich nicht erfüllen kann«, erwiderte Berenkow ausweichend. »Ich wollte Sie wiedersehen und mit Ihnen reden. Ich wollte einen Eindruck dessen bekommen, was Sie empfinden. Ich muß mit anderen Leuten sprechen, bevor ich mich weiter äußeren kann.«

»Werden Sie es tun?« drängte Charlie. Er war sich Berenkows nicht sicher, aber er wußte, daß er die Verbindung aufrechterhalten mußte.

Berenkow zögerte; anscheinend dachte er über die Frage nach. Schließlich sagte er: »Ja. Wohlgemerkt, das ist keine Zusage; es kann sein, daß andere Leute ablehnen.«

»Ich verstehe«, sagte Charlie. »Ich würde mich freuen. Ich habe keine Lust, zu atrophieren, wie ich im Gefängnis atrophiert bin.«

»Ich schulde Ihnen einen Gefallen, Charlie«, sagte Berenkow. »Einen großen Gefallen.«

Georgij kam aus seinem Zimmer, um gute Nacht zu sagen. Charlie wünschte ihm Glück für seine Prüfungen, in denen er sich für das Austauschprogramm qualifizieren würde. Dann blickte er über den Tisch, auf dem der französische Wein stand, nahm dankend noch einen Brandy von seinem freundlichen Gastgeber entgegen und beschloß, es weiter zu probieren. »Wenn Georgij seine Prüfungen besteht, wann wird er dann gehen?« fragte er Berenkow.

»Irgendwann in diesem Jahr«, antwortete Berenkow und zündete seine Zigarre wieder an. »In ungefähr neun Monaten, schätze ich. Vielleicht früher.«

Wilson hatte gesagt, der mysteriöse Informant wolle seine ganze Familie außer Landes bringen lassen. Wenn Georgij im Rahmen des Austauschprogramms bereits im Westen wäre, bliebe nur noch Walentina. Charlie blickte sich in der geräumigen Wohnung um und betrachtete noch einmal die Bücher. Er begriff, daß er hier ein heikles Spiel zu spielen hatte – ein heikleres vermutlich, als er in seinem ganzen Leben je gespielt hatte. Wenn er auch nur den kleinsten, den allerwinzigsten Fehler beginge – oder einen so monströsen Irrtum wie etwa den, fälschlich zu glauben, es wäre Berenkow, der in den Westen zurückwollte, wo er so lange gelebt hatte –, dann würde der Russe dies sofort merken. Und als in der Wolle gefärbter Profi, der er war, würde Berenkow ihn höchstpersönlich in den Gulag begleiten, und zwar so schnell, daß sie eine Brandspur hinterlassen würden. Charlie dachte an den Blick, der vor einer Weile zwischen Berenkow und seiner Frau hin und her gegangen war, und fragte: »Was würde Walentina sagen, wenn er ginge?«

»Ihnen entgeht immer noch nicht sehr viel, wie Charlie?«

»Das ist ganz automatisch, genau wie bei Ihnen.«

»Für Walentina ist der Westen eine Art Monstrum, das die Menschen verschlingt, die sie liebt.«

»Und was ist er für Sie?« Eine riskante Frage.

»Ich hatte eine tolle Zeit dort«, gestand Berenkow wehmütig. »Schließlich machte es mich nervös. Und es war immer völlig unwirklich, ohne Walentina. Und ohne Georgij. Aber es war gut. Verdammt gut.«

Vorsichtig, dachte Charlie. Er würde sehr, sehr vorsichtig sein müssen.

»Wie immer es weitergehen mag – was den Job betrifft, meine ich –, wir müssen uns öfter wiedersehen«, sagte Berenkow.

»Das würde mir gefallen«, antwortete Charlie.

Panzer hatten bei der Ardennenoffensive in vorderster Front gestanden, in jenem letzten deutschen Versuch während des Zweiten Weltkrieges, die alliierte Front im Westen zu durchbrechen, Antwerpen zu besetzen und den Nachschub für die britischen und amerikanischen Truppen, die im Begriff waren, in Deutschland einzumarschieren, zu blockieren; diese Schlacht wurde von Kalenin häufig nachgestellt. Er hatte maßstabgetreue Pappmaché-Modelle des Geländes herstellen lassen, auf denen Städte wie Charleville, Sedan und Revin markiert waren, und er hatte ebenso maßstabgerechte Panzertruppen. Kalenin bewunderte von Rundstedts Strategie – wie er die Fahrzeuge über ein Terrain gebracht hatte, das für sie angeblich unüberwindlich gewesen war –, und Montgomerys Erfolg schrieb er mehr dem Glück als einer klugen Taktik zu. Eine andere Stunde, ein anderer Tag, ein anderer Mann, der in eine andere Richtung schaute – und das Ergebnis hätte ein völlig anderes sein können, dachte er. Um seine Theorie auf die Probe zu stellen, verschob er die von Montgomery befehligten amerikanischen Panzer um nur fünfzig Kilometer von der Stelle, an der sie sich tatsächlich befunden hatten – dabei benutzte er Reims als Markierungspunkt –, und von Rundstedts Angriff verlegte er um zwanzig Stunden vor. Eine völlig andere Sache, dachte er noch einmal. Schaute er jetzt in die richtige Richtung auf der Suche nach einem Verräter, der den Briten ein Fenster öffnete, durch welches sie geradewegs in sein eigenes Hauptquartier spähen konnten? Kalenin ließ sämtliche Stabschefs, sowie deren unmittelbare Untergebene vierundzwanzig Stunden am Tag beobachten, und die Berichte wurden ihm direkt zugeleitet, selbst hierher, des Nachts. Das gleiche galt für die Beobachtungsberichte von der britischen Botschaft. Aber sie entdeckten nichts, nicht einmal das kaum hörbare Kreischen einer unsichtbaren Panzerkette, die sich unvermutet heranwälzte. Das Gefühl der Machtlosigkeit – und das kaum faßbare Gefühl der Unsicherheit, das darüber hinausreichte – wurde schlimmer mit jedem Tag, der verging. Wann, oh, wann würde er erkennen können, wo der Durchbruch stattfand? Kalenin formierte seine Panzer neu und brachte sie wieder in die überlieferten Aufmarschstellungen und Divisionen. In den Ardennen, gegen Ende des Jahres 1944, war es nicht notwendig gewesen, aber es war immer möglich, einen Angriff zu orten, indem man ihn herausforderte, erinnerte sich Kalenin: Auch dies war eine Strategie, die von Rundstedt bei einer früheren Gelegenheit erfolgreich angewandt hatte.

Der KGB-Vorsitzende richtete sich von seinem Kriegsspieltisch auf und ging hinüber zu dem Schreibtisch, auf dem der neueste Stapel wertloser Beobachtungsberichte lag, gleich neben der Hauptliste mit den Namen der Verdächtigen. Er würde einen Angriff herausfordern müssen, entschied Kalenin, und dabei starrte er auf die zwölf Namen. Jedem von ihnen – und zwar jedem für sich – würde er ganz spezielles und angeblich hochwichtiges Material anvertrauen. Den Code der Nachrichten hatte sie schließlich entschlüsselt. Wenn sie diesen Funkspruch auffingen, hätten sie auch die Quelle. Es ärgerte Kalenin, daß er nicht schon früher auf diese List gekommen war. Feldherrn, die zu lange brauchten, um sich Strategien einfallen zu lassen, verloren meistens ihre Schlachten. Und manchmal verloren sie auch den Krieg.

19

Zwar gibt es eine Menge natürlicher Varianten, aber die Botaniker kennen zweihundertfünfzig exakt unterscheidbare Arten von Rosen – eine Zahl, die sich mühelos durch zwei teilen läßt. Sampson ließ die Mathematiker kommen, die den Nachrichtencode dechiffriert hatten, und erklärte ihnen, wonach er suchte; er empfahl ihnen die Richtung des Kräusel-Codes, die sie schon einmal erfolgreich eingeschlagen hatten, und dann mußte er eine aufreizende Woche lang warten, weil sich in keinem sowjetischen Buch die notwendigen vollständigen

Listen fanden. Auch als Bücher aus dem Westen beschafft wurden, gab es immer noch Abweichungen, die querverglichen werden mußten, und die anfängliche Reaktion der Männer, die es gewohnt waren, innerhalb der konformierenden Starrheit geordneter Zahlensysteme zu arbeiten, war die von Skeptikern, die einen zweifellos geistesgestörten Romantiker bei seinen Verirrungen beobachteten. Die Liste, die schließlich in den Rechner gegeben wurde, begann mit der hybriden *Agnes* und endete mit *Zephirine Drouhin*, die offiziell als rankende Kletterrose gilt. Die Fehlschläge der ersten Woche bestätigten den Männern der praktischen Wissenschaft, daß sie es mit einem Irren zu tun hatten. Sampson indessen bestand auf weiteren Quervergleichen und entdeckte dabei zum Beispiel, daß man die hybride Teerose *Michele Meilland* ausgelassen hatte, weil der Programmierer die *Floribunde Michele* für dieselbe Rose gehalten hatte; zudem ließ er, statt einer allgemeinen Beschreibung, die Spezies *Spinossima* vollständig auflisten und einspeichern. Die Einstellung der Mathematiker – Männer schließlich, die ordnende Muster erkannten, wenn sie welche sahen – änderte sich, als sie sahen, daß hier etwas Gestalt annahm, und gegen Ende der zweiten Woche konnte Sampson Berenkow melden, daß er die bislang unentzifferbare Identitätszeile vermutlich dechiffriert habe. Von dieser ersten Meldung an verbrachte Berenkow seine gesamte Zeit bei Sampson, und er sah zu, wie die Identität von Absender und Funker der geheimen Botschaften nach und nach aus dem Morast auftauchten. Als der Name des Absenders vollständig war, breitete sich regelrechte Euphorie aus: Der Mann hieß Wainwright, und Berenkow wußte sofort, um wen es sich handelte, denn das gesamte Personal der britischen Botschaft war den Sowjets bekannt. Wainwright war der designierte Erste Sekretär, den Sampson schon bei der Vernehmung durch Natalia Fedowa als den hiesigen britischen Nachrichtenchef identifiziert hatte. Der Moskauer Resident des Secret Service.

Um zehn Uhr an diesem Vormittag hatte Sampson das Identitäts-Logo jedes einzelnen Funkspruchs entschlüsselt. Am Mittag fand die Planungskonferenz mit Kalenin statt. Um vier hatte man Wainwright bei der Rückkehr von einem späten Mittagessen verhaftet, und zwar in Höhe des Tropinin-Museums, als er gemächlich zur Botschaft zurückschlenderte. Um sechs war der britische Diplomat im Gefängnis. Das Lubjanka hätte sich gewiß besser geeignet, da es unmittelbar an das KGB-Hauptquartier am Dserschinski-Platz angrenzte, aber unter Jagoda und Berija war es als Schlachthaus berüchtigt gewesen, und so hatte man in den Jahren danach die zum Hof hinaus gelegenen Zellen und Folterkammern an der Rückseite in winzige Büroräume umgewandelt, um dort die wachsende Geheimdienstorganisation unterzubringen. In der Überzeugung, daß Wainwright unverzüglich in Angst und Schrecken versetzt werden müsse – und da er wußte, daß die Angelegenheit schnell geregelt werden mußte, weil den unvermeidlichen britischen Protesten offiziell nur schwer zu begegnen sein würde, wenn sie erst begonnen hätten; zudem drängte es ihn immer mehr, möglichst rasch gegen den Verräter in den eigenen Reihen vorgehen zu können –, ließ Kalenin den Briten statt dessen nach Lefortowo bringen, ein modernes Gefängnis, das gleichwohl immer noch recht günstig im Zentrum der Hauptstadt gelegen war und im Zusammenhang mit den Dissidenten der Nachkriegszeit über einen gleichermaßen üblen, aber aktuelleren Leumund verfügte.

Moskau hatte der Schwanengesang in Cecil Wainwrights Karriere als Nachrichtendienstoffizier sein sollen. Sein Abschlußgehalt hier garantierte ihm eine inflationsgekoppelte Pension von jährlich fünfzehntausend Pfund; er war zu dem Schluß gekommen, daß er damit in dem bereits erworbenen und bezahlten Bungalow am Stadtrand von Bognor ein behagliches Leben würde führen können: Die Dunkelkammer war bereits installiert und voll eingerichtet für das Hobby der Fotografie, dem er sich zu widmen gedachte. Wainwright war ein präziser Mann mit schütterem Haar, dessen Liebe zum Detail ihn zu einem effizienten Faktensammler machte und zudem dazu führte, daß er stets über gespitzte Bleistifte und vollgetankte Federhalter verfügte, mit denen er diese Details notieren konnte. Seine Laufbahn hatte beim Nachrichtendienst der britischen Armee in Deutschland begonnen; infolgedessen hatte er die Bestialitäten von Bergen-Belsen und Dachau gesehen, und bei den Vorbereitungsarbeiten zum Nürnberger Kriegsverbrecher-Prozeß hatte er in Gesprächen mit den verstümmelten, verkrüppelten Überlebenden von den Folterkünsten der Gestapo erfahren.

Wainwright war ein tapferer Mann, denn er war ein Feigling, der sich Mühe gab, keiner zu sein. Das, was er in Deutschland gesehen und gehört hatte, hatte ihn mit Grauen erfüllt, und die Gerüchte aus Rußland – lange vor seiner Stationierung dort –, denen zufolge die gleichen Dinge unter Stalin und seinen Nachfolgern an der Tagesordnung waren, hatten ihn ebenfalls in Angst und Schrecken versetzt: In Angst und Schrecken, weil Wainwright wußte, daß er der Folter, sollte er ihr jemals ausgesetzt sein, niemals würde widerstehen können. Im vollen Bewußtsein dieser Angst, die er als Feigheit betrachtete, hatte er jeden Gedanken an eine Versetzung aus dem Geheimdienst in eine

Behörde, in der die Möglichkeit, herausfinden – und, schlimmer noch, zeigen – zu müssen, wie viel Angst er hatte, sich nicht ergeben würde, entschieden zurückgewiesen.

Drei Jahre lebte er jetzt in Moskau, und sechs Monate waren es noch bis zu seinem Ruhestand, den er in Bognor verbringen wollte, und während er von seinem sorgfältig geführten Kalender die Tage und Wochen abstrich, war die Überzeugung in ihm gewachsen, daß dies eine persönliche Prüfung wäre, der er sich niemals würde unterziehen, ein Eingeständnis, daß er niemals jemandem würde machen müssen.

Er quiekte tatsächlich angstvoll auf, als der Wagen an der Nordseite des Museums neben ihm hielt, und in den ersten Sekunden, nachdem er auf den Rücksitz gestoßen und von einem Schwarm Männer niedergedrückt worden war, erkannte er, daß er nicht davongekommen und daß es doch noch geschehen war – das Grauenvollste von allem.

Er erkannte Lefortowo, als sie durch das Tor fuhren, und Wainwright mußte die Hinterbacken einkneifen und die Beine zusammenpressen, um einen augenblicklichen, überaus peinlichen Zusammenbruch seiner Kontrollsysteme zu verhindern. Er wußte, er würde sich besudeln – er hatte es immer gewußt –, wenn die Schmerzen anfingen, aber er war entschlossen, es so lange wie möglich hinauszuschieben, wie er sich auch all die Jahre hindurch geweigert hatte, sich zu drücken.

Es gibt ein Verfahren des Verhörs – eine Methode, möglichst rasch möglichst viel herauszubekommen –, und es beginnt damit, daß die eigene Angst gegen das Opfer eingesetzt wird. Wainwrights piepsend vorgetragene Forderungen nach einer Erklärung oder nach einer Verbindung mit der britischen Botschaft wurden ignoriert. Man sperrte ihn in eine fensterlose Kammer mit einem winzigen Metallgitter in der Stahltür, ohne Toilette, ausgestattet mit einem kistenähnlichen Tisch und zwei Stühlen unter einer grellen Deckenlampe. Das hoffnungslose Gefühl der Verlassenheit, das Wainwright erfüllte, wurde noch verstärkt durch das Abbild seiner Einsamkeit in dem großen Spiegel an der Wand gegenüber der Tür, in dem er sich, ganz gleich, wo er sich niederzulassen versuchte, unablässig sah und hinter dem – es war ein Einwegspiegel – Kalenin und Berenkow saßen und darauf warteten, daß das Verhör begann.

Sie sahen zu, wie Wainwright sich hinsetzte, aufstand, sich wieder setzte, wieder aufstand, geradewegs auf den Spiegel zukam und starr hineinblickte, als bezweifle er, daß hier alles mit rechten Dingen zuginge, und schließlich eingehend sein Gesicht studierte und nach Anzeichen der Anspannung absuchte. Er ging mit eng zusammengepreßten Beinen; sein Unbehagen war unübersehbar, und zweimal tastete er tatsächlich in die ungefähre Richtung seiner Blase, als könne er den Drang unterdrücken, wenn er sich dort festhielte. Einmal, anscheinend um sich selbst zu beruhigen, durchwühlte er eingehend seine Taschen; er untersuchte Dinge, die ihm längst vertraut sein mußten, und steckte sie dann Stück für Stück wieder sorgfältig in die Taschen, aus denen er sie hervorgeholt hatte. Er setzte sich hin, stand auf, setzte sich wieder. Der Harndrang schien immer mächtiger zu werden.

»Ich hätte mir damals fast in die Hose gemacht«, erinnerte sich Berenkow. »Komische Reaktion. Passiert fast immer.«

»Und? Haben Sie?« erkundigte sich Kalenin.

»Nein, ich habe mich gerade noch beherrschen können.«

»Der hier wird es vermutlich nicht können«, urteilte Kalenin. »Es dürfte sich nicht allzu lange hinziehen.«

»Es überrascht mich, daß die Briten ihn überhaupt auf diesem Posten gelassen haben«, meinte Berenkow.

»Wer weiß, wie jemand reagieren wird, solange er noch nicht verhaftet worden ist?«

»Es wird Zeit, daß wir ein bißchen Glück haben«, meinte Berenkow.

»Sampson hat gut gearbeitet«, erinnerte Kalenin ihn.

»Ich hatte mich geirrt«, sagte Berenkow. »Es war richtig, ihn einzusetzen; ich hätte von Anfang an damit einverstanden sein sollen.«

Das Verhör nahm seinen genau festgelegten Fortgang. Der Vernehmungsbeamte – er hieß Koblow, aber das sollte Wainwright nie erfahren – platzte jäh in die Zelle herein, ein ungeduldiger Mann, der es eilig hatte. Er ging an dem britischen Diplomaten vorbei, ohne ihn eines genaueren Blicks zu würdigen, nickte nur knapp und befahl: »Setzen.«

Wainwright unternahm einen heldenmütigen Versuch. Er straffte sich, bemüht, die Haltung entrüsteter Wichtigkeit einzunehmen und erklärte: »Mein Name ist Cecil Wainwright. Ich bin bei Ihrer Regierung akkreditiert als Erster Sekretär der Botschaft Ihrer britannischen Majestät Königin Elizabeth. Ich stehe unter dem vollen Schutz des Protokolls der Wiener Konvention. Ich verlange eine umfassende Erklärung für Ihr Verhalten und wünsche eine unverzügliche Verbindung mit der britischen Botschaft.«

»Hinsetzen«, wiederholte Koblow.

»Ich sagte, ich verlange eine Erklärung«, beharrte Wainwright, immer noch starr und aufrecht.

»Hinsetzen!« brüllte Koblow.

Wainwright gehorchte.

Aus einer Aktentasche zog Koblow eine absichtlich mit Papier gemästete Akte. Ein neues Stadium des Verhörs begann: Man vermittelt den Eindruck, alles zu wissen, so daß die Befragung zu einer bloßen Formalität wird, mit der lediglich Bekanntes bestätigt wird. Ohne auch nur aufzublicken, diktierte er: »Sie heißen Cecil Roy Wainwright. Ihre akkreditierte Position als Erster Sekretär der Botschaft ist eine Tarnung für Ihre eigentliche Funktion als aktiver Agent im Einsatz gegen die freien Interessen der Union der Sozialistischen Sowjetrepubliken. Tatsächlich sind Sie Resident des MI-6. Während Ihres gesamten Aufenthaltes in Moskau haben Sie Ihre Funktion als Spion ausgeübt ...« Der Russe blätterte um; noch immer gab er sich ungeduldig. Er nahm die fünfzehn Funksprüche mit Wainwrights Namen auf; sie waren vollständig in englischer Sprache getippt, und beigefügt waren die Dechiffrierungen, die von den Mathematiker-Kryptologen und von Sampson durchgeführt worden waren. Koblow reichte Wainwright das erste Blatt und erklärte: »Dies wurde am sechsten Mai von der britischen Botschaft ausgestrahlt. Es handelt sich um eine als geheim klassifizierte Information über das regierende Politbüro der Union der Sozialistischen Sowjetrepubliken ...« Koblow gab ihm den zweiten Funkspruch. »Dies wurde am achtzehnten Mai gesendet: Weitere Informationen über Meinungsstrukturen der Sowjetregierung hinsichtlich der Haltung der Sowjetregierung gegenüber der Aggressionspolitik der NATO in Europa ...« Koblow setzte seine Attacke fort und blätterte ihm die Mitteilungen einzeln hin wie ein Spieler mit gezinkten Karten, und chronologisch konfrontierte er Wainwright mit den Funksprüchen, die er gesendet hatte.

Der britische Diplomat saß starr, beinahe in Habachtstellung, vor ihm, die Knie fest zusammengepreßt. Von ihrem Platz aus konnten Kalenin und Berenkow sehen, wie ihm der Schweiß in feinen Tröpfchen auf Oberlippe und Stirn trat. Eine der kleinen Perlen löste sich, schlängelte sich in einem feinen Rinnsal über die Wange und mündete in einem Delta an seinem Kinn. Hastig, als glaube er, der Befrager könne es nicht sehen, wischte Wainwright sich mit der Hand über das Gesicht.

»Physischen Druck wird man nicht ausüben müssen«, meinte Berenkow.

»Das wäre auch problematisch«, sagte Kalenin. »Wir werden ihn laufenlassen müssen.«

»Wann?«

»Erst, wenn ich völlig zufriedengestellt bin«, erklärte Kalenin entschlossen. »Die Wiener Konvention und jede andere Konvention interessiert mich einen Dreck. Hier ist ein Leck, das gestopft werden muß.«

Ob Kalenin das Politbüro offiziell informiert hatte? Seit Chruschtschow kontrollierten sie dort schließlich alles. Ihrer Freundschaft zum Trotz, entschied Berenkow, konnte er ihn nicht offen danach fragen. Aber er glaubte nicht, daß er selbst an Kalenins Stelle es getan hätte, solange er nicht wußte, wie das Loch zu stopfen sei. Er beneidete seinen Freund nicht.

Auf der anderen Seite des Spiegels beendete Koblow seine Aufzählung. Wainwright hatte, immer häufiger blinzelnd, zugeschaut, wie ein Beweisstück auf das andere gelegt wurde, bis schließlich ein ganzer Stapel davon vor ihm lag, aber er machte keine Anstalten, der Einladung des Russen zu folgen und sich die Papiere anzusehen. Koblow wartete ab, und als Wainwright sich nicht rührte, beugte er sich vor, nahm die Blätter an sich, schob sie zurecht und heftete sie wieder in seinen Ordner. »Nun?« fragte er.

»Als akkreditierter Diplomat in Ihrem Lande verlange ich, mit meiner Botschaft verbunden zu werden«, forderte Wainwright. Seine Stimme klang schwach und zittrig.

Koblow beugte sich über den kleinen Tisch. »Sie sind kein Diplomat«, sagte er. »Sie sind ein Spion, und als solchen werden wir Sie behandeln. Sie werden ein volles Geständnis ablegen und alle meine Fragen beantworten.«

»Das werde ich nicht tun.« Wainwright wehrte sich mit dem Mut der Verzweiflung. »Ich weise Ihre Anschuldigungen zurück und verlange, auf freien Fuß gesetzt zu werden.«

»Idiot!« brüllte Koblow in plötzlicher Wut; es kam so unerwartet, daß Wainwright zusammenfuhr. »Ich wollte Ihnen helfen!« Schroff stand Koblow auf, raffte seine Akte zusammen und marschierte so eilig aus der Zelle, wie er hereingekommen war. Er schlug die Tür lautstark hinter sich zu, und Wainwright war wieder allein.

Ein paar Augenblicke lang regte der Brite sich nicht, sondern blieb steif auf seinem Stuhl sitzen. Dann sackte er zusammen, als sei die unsichtbare Stütze, die ihn aufrecht gehalten hatte, plötzlich weggerissen worden. Seine Zähne gruben sich in die Unterlippe, und hinter dem Spiegel hörten Kalenin und Berenkow das erste Wimmern der

Verzweiflung. Wainwright stand auf, sah zu der Tür, durch die Koblow hinausgegangen war, und blickte sich dann mit sichtbar wachsender Ratlosigkeit in der Zelle um. Als er den Schrei hörte, schrak er – wie er es sollte – zusammen, als habe man ihm einen Stromstoß durch den Körper gejagt. Es war eine Tonbandaufnahme, aber das konnte er nicht wissen: Eine authentische Aufnahme jedoch, aus einer Folterkammer, die animalischen, besinnungslosen Laute eines menschlichen Wesens, dem alles entrissen worden war – der Verstand, die Gestalt, die Würde, fast die Existenz. Die qualvollen Laute ertönten weiter: Unverständliches Stammeln, und auch andere Geräusche – das beherrschte Gemurmel von Männern, und dann ein Scharren und Schleifen, das anschwoll und wieder leiser wurde, so daß der akustische Eindruck entstand, man habe das Opfer direkt vor Wainwrights Zelle geschleppt.

Wainwrights Blasenschließmuskel versagte. Ein dunkler, wachsender Fleck färbte seine Hose; er blickte an sich herunter, und die beobachtenden Russen hörten, wie er aufstöhnte. »O nein...« Und gleich anschließend begann er, mit sich selbst zu reden. »Ich wußte, daß es passieren würde. Ich wußte es die ganze Zeit...« Er ließ sich wieder auf den Stuhl fallen, die Beine weit gespreizt, denn jetzt war diese Haltung bequemer.

Die Folteraufnahmen waren unter psychologischer Aufsicht hergestellt worden. Die Geräusche endeten nicht sogleich. Sie schienen ein allmählich nachlassendes Stöhnen, die Schreie wurden zu Schluchzern und dann zu sinnlosem, hilflosem Weinen.

Wainwright saß einigermaßen aufrecht da, aber sein Kopf baumelte vor der Brust, als betrachte er den nassen Fleck in seinem Schoß, und die Hände waren lose, wie zum Gebet, zusammengelegt. Obwohl die Lauschanlage äußerst hellhörig war, mußten Kalenin und Berenkow zunächst die Ohren spitzen, um zu verstehen, was er sagte. Aber mühsam konnten sie die Worte identifizieren – es war ein Mantra, an das er sich noch immer verzweifelt klammerte. »... akkreditiert als Erster Sekretär der Botschaft Ihrer Britannischen Majestät, Königin Elizabeth... unter dem Schutz der Wiener Konvention... Akkreditiert als Erster Sekretär der Botschaft Ihrer Britannischen Majestät, Königin Elizabeth...«

Kalenin streckte den Finger zu dem Schaltpult vor ihm aus und drückte auf den Knopf, der Koblow wieder in die Zelle beordern würde. Diesmal trat der Russe anders auf – auch dies eine Fortführung der Vernehmungstechnik –; er gab sich nicht mehr knapp und schroff, sondern weniger hastig, und er zeigte mehr Mitgefühl.

»Sie werden gleich hier sein.« Auch seine Stimme klang sanfter. »Vielleicht eine Viertelstunde noch ... Es tut mir leid. Meine Art und Weise ist das nicht.«

»Nein!« sagte Wainwright flehentlich.

»Tut mir leid«, wiederholte Koblow. »Ich entscheide das nicht.«

»Bitte nicht.«

»Die sind ungeduldig.«

»Ich will es Ihnen erzählen. Ich will es Ihnen jetzt erzählen!«

Da der Raum rundum verdrahtet war, standen sie draußen schon bereit. Das Geräusch an der Tür war kein Klopfen, sondern der dumpfe Handflächenhieb eines Arbeiters, der sich auskannte und der Einlaß verlangte, damit er hier die Arbeit tun könne, die er immer tat. Wainwright schrumpfte bei diesem Schlag zusammen. Der nasse Fleck vergrößerte sich. Er streckte die Hand nach Koblow aus und bat noch einmal: »Bitte nicht. Bitte!«

Koblow schien über sein Flehen nachzudenken und brüllte dann auf russisch: »Wartet! Moment noch!« Von draußen kam eine gutturale Erwiderung, ein knurrender, ungeduldiger Protest, und Koblow brüllte noch einmal: »Ich habe gesagt, wartet! Laßt mir noch einen Moment!« Dann lächelte er Wainwright offen an und meinte: »Sie werden sich beeilen müssen.«

»Was denn?« fragte Wainwright tonlos. »Sagen Sie mir, was Sie wissen wollen.«

»Alles«, sagte Koblow drängend. »Erzählen Sie mir alles, von Anfang an.«

Und Wainwright gehorchte. Er begann mit der ersten Kontaktaufnahme, als er in der Tasche seines Mantels in der Garderobe des Bolschoi-Theaters den Zettel gefunden hatte, und er erzählte von der Information, die dabei gewesen war und die sie auf das Niveau des verfügbaren Materials aufmerksam gemacht hatte. Er sprach von den darauf folgenden Übermittlungen und beschrieb, wie jede neue Information genauso verblüffend und bedeutungsvoll wie die vorige gewesen war. Er schilderte, wie aufgeregt und begierig London reagiert hatte. Er berichtete von der Einführung des Spezialcodes und von der Entscheidung, die Leitung der Übermittlungen, nachdem er selbst das Material fünfzehnmal abgeholt hatte, an einen anderen, ebenfalls hier stationierten Mann, Brian Richardson, zu übertragen, weil London entschlossen gewesen sei, sich diese Quelle nicht dadurch nehmen zu lassen, daß man ihn entdeckte.

»Und da hatte ich dann nichts mehr damit zu tun«, sagte Wainwright. »Das ist zweieinhalb Monate her.«

Koblow zeigte keine Eile und wich auch nicht von den Verfahrensregeln ab, obgleich die Angelegenheit, wie ihm wohlbekannt war, drängte. Er führte Wainwright wieder zum Anfang zurück, zum Bolschoi, und ließ ihn die Lücken ausfüllen, die Wainwright in seiner angstvollen Hast offengelassen hatte; er vergewisserte sich, daß Zeit und Ort der Übergabe ihm stets diktiert und nie von ihm selbst bestimmt worden waren. Er nahm die Transkripte noch einmal aus der Akte und ging sie nacheinander durch, besprach sie Stück für Stück in der Reihenfolge ihrer Übermittlung und kam schließlich zum eigentlichen Grund für Wainwrights Verhaftung und Vernehmung: Zur Identität des Informanten. Und selbst dies tat Koblow über einen Umweg.

»Was war sein Codename? Wie nannten Sie ihn?«

»Rose«, sagte Wainwright, und hinter dem Spiegel grinste Berenkow schief und schüttelte den Kopf.

»Immer Rose? Der Code änderte sich nie?«

»Vielleicht, als Richardson übernahm. Ich würde erwarten, daß er unter neuer Leitung geändert wurde. Das ist eigentlich üblich.«

»Wie lautet sein richtiger Name?« Koblow stellte die Kernfrage ruhig, beinahe beiläufig und uninteressiert, um den Eindruck aufrechtzuerhalten, daß er hier ohnehin nichts weiter tue, als Dinge zu bestätigen, die ihm längst bekannt waren.

»Das weiß ich nicht«, antwortete Wainwright sofort.

Berenkow merkte, daß Kalenin sich neben ihm straffte.

Koblow, der Verhörprofi, zeigte keine Reaktion. »Die Person, die den Kontakt im Bolschoi aufnahm, und dann noch vierzehnmal«, erläuterte er, als habe er den Eindruck, Wainwright habe seine Frage nicht recht verstanden. »Wer war das? Wie war sein Name?«

Wainwright sah den Russen verwundert an. »Aber ich dachte, ich hätte das deutlich gemacht«, sagte er. »Ein Zusammentreffen, ein offener Kontakt, hat niemals stattgefunden. Es war ein blinder Kontakt im Bolschoi, und daran hat sich nie etwas geändert. Bei jeder Materialübernahme erfuhren wir, wie die nächste organisierte sein würde. Er – falls es ein Er ist – hieß immer nur ›Rose‹.«

»Es war ein Fehler, ihn festzunehmen«, sagte Kalenin abwesend. »Wir wußten, daß der andere schon weg war. Wir hätten Wainwright laufenlassen sollen.«

In der Vernehmungszelle arbeitete Koblow ungerührt weiter, und seine äußere Haltung zeigte nichts von seiner inneren Frustration. Es war ihm bewußt, daß er buchstäblich unter den Augen des Vorsitzenden selbst saß, und er wollte, daß diese Vernehmung mit einem

Triumph endete. »Als Sie die Leitung abgaben, übernahm Richardson?«

»Ja«, bestätigte Wainwright.

»Aber Sie sind der nachrichtendienstliche Leiter hier – der Resident?«

»Ja.«

»Sie waren also Richardsons Vorgesetzter?«

Wainwright schüttelte den Kopf. »Das habe ich Ihnen doch schon erzählt«, sagte er. »Als London begriff, was wir da in der Hand hatten, wurden einige der normalen Verfahrensgrundsätze außer Kraft gesetzt. Richardson arbeitete völlig unabhängig, und er übernahm die Codechiffren. Die ganze Operation ›Rose‹. Ich hatte die ausdrückliche Anweisung, mich nicht damit zu befassen, damit ich nichts darüber wissen konnte.«

»Aber Sie müssen doch miteinander gesprochen haben«, beharrte Koblow, immer noch sanft. »Zunächst einmal war es ja Ihre Operation gewesen. Und es war eine spektakuläre Sache, nach der Reaktion aus London zu urteilen. Darüber müssen Sie doch mit Richardson gesprochen haben.«

Wainwright lächelte; es war eine ganz ungewohnte Reaktion bei diesem Mann. »Nicht über das folgende Material. Dazu hatte ich keinerlei Zugang. Und es gab auch nichts zu reden. Die Kontakte waren weiterhin blind.«

»Sie haben also doch darüber gesprochen!« entgegnete Koblow blitzschnell.

»Na ja, ich habe ihn gefragt, ob er Rose begegnet sei«, räumte Wainwright ein. »Ich hatte eine solche Operation noch nie mitgemacht, und Richardson auch nicht.«

»Und?« drängte Koblow.

»Richardson sagte, bei ihm sei es genauso wie bei mir: Er habe Rose nie zu Gesicht bekommen.«

»Und Sie haben ihm geglaubt?«

Wainwright zögerte. »Ich hatte keinen Grund, ihm nicht zu glauben.«

»Aber man hatte Ihnen die Leitung aus der Hand genommen«, erinnerte Koblow ihn. »Man hatte Sie von dem Geschehen ausgeschlossen. Richardson hätte Sie doch sicher belogen, wenn man es ihm befohlen hätte, oder?«

»O ja«, antwortete Wainwright unverzüglich. »Aber diesen Eindruck hatte ich nicht. Ich glaube, ich hätte es gemerkt.«

»Richardson wurde von hier abgezogen«, stellte Koblow fest.

»Ja.«

»Wer ist der neue Leiter der Operation? Richardson hat die Leitung von Ihnen übernommen. Wer ist Richardsons Nachfolger?«

»Ich glaube, niemand.«

»Das können Sie nicht glauben«, erwiderte Koblow, den Druck leicht verstärkend, als er merkte, daß der Brite sich zu entspannen begann. »Sie sind immer noch der Resident. Sie würden es wissen.«

»Ich weiß von niemandem, der die Leitung übernommen hat.«

»Wollen Sie damit sagen, daß die Operation Rose beendet ist?« fragte Koblow.

»Nein«, antwortete Wainwright.

»Sondern?«

»Wir haben über die Mitteilungen nicht gesprochen, wie ich schon sagte«, erklärte Wainwright. »Aber die Schnelligkeit, mit der sich alles abspielte, und der Eindruck, den Richardson auf mich machte – obwohl er eigentlich nichts sagte –, schienen mir darauf hinzudeuten, daß er zurückbeordert wurde, um ein Überwechseln zu arrangieren.«

Im Beobachterraum sagte Kalenin: »Wenn das passierte, dann wäre es eine Katastrophe, die alle anderen in den Schatten stellt.«

»Ein Überwechseln?« wiederholte Koblow.

»In den Westen«, erklärte Wainwright unnötigerweise. »Bei einem meiner letzten Gespräche mit Richardson sagte er: ›Ich frage mich, wie lange Rose noch weitermachen kann.‹ Mir kam es merkwürdig vor, daß er das sagte.«

»Das waren seine genauen Worte? ›Ich frage mich, wie lange Rose noch weitermachen kann‹?«

»Genau weiß ich das nicht mehr«, antwortete Wainwright. »Aber sinngemäß war es das.«

»Wir hätten den verfluchten Kerl nicht offen verhaften sollen«, schimpfte Kalenin. »Wir hätten ihn in die Falle gehen lassen, ihn umdrehen sollen; dann hätte er uns erzählen können, wenn die Operation unter neue Leitung gestellt wird.«

»Wenn seine Schlußfolgerungen zutreffen, wird es keine neue Leitung geben«, sagte Berenkow. »Dann wird es einen Überläufer geben.«

»Das geht nicht einfach so«, widersprach Kalenin. »Ein Wechsel muß arrangiert werden, und jemand muß das tun. Und dieser Jemand wird die Botschaft sein. Es war ein katastrophaler Fehler, Wainwright von der Straße weg zu verhaften.«

»Es tut mir leid«, sagte Berenkow entschuldigend. »Unter den gegebenen Umständen schien es das einzig Richtige zu sein.«

»Es ist meine Schuld genauso wie Ihre«, erwiderte Kalenin. »Ich habe diese Entscheidung gebilligt, bevor sie durchgeführt wurde.«

Obgleich er an ihrer Freundschaft zweifelte, fragte Berenkow sich doch, ob Kalenin seinen Anteil der Schuld auch in einer Politbüro-Untersuchung auf sich nehmen würde. Und wie die Dinge lagen, erschien eine Politbüro-Untersuchung immer wahrscheinlicher.

Aber es wurde noch schlimmer.

Entschlossen, Wainwright bis aufs Skelett zu entblättern – für den Fall, daß er ein leidenschaftlicher Profi sein sollte, nicht ein fälschlich zu lange inhaftierter Hosenpisser –, hielt Kalenin den Diplomaten sehr viel länger fest, als es selbst nach den üblichen Maßstäben sowjetischer Mißachtung für britische Protestnoten akzeptabel war. Als der Mann schließlich aus Lefortowo in die Obhut der Briten entlassen wurde, fanden sich keine Hinweise auf körperlich ausgeübten Druck – denn solcher Druck war nicht notwendig gewesen –, aber geistig war er in der kahlen Verhörzelle mit dem unvermeidlichen Spiegel so weit heruntergebracht worden, daß er seine ganze Schwäche, seine Angst und seine Feigheit akzeptierte und zugab. Moskau gab Wainwrights Verhaftung mitsamt seinem Namen bekannt und meldete die Zerschlagung eines umfangreichen, vom Westen gesteuerten Spionagerings. Sogar der sowjetische Botschafter wurde, was noch nie dagewesen war, für unbestimmte Zeit aus London abgerufen. Die britische Regierung reagierte mit verachtungsvollen Dementis.

Moskau kündigte Wainwrights Abschiebung an; *Prawda, Iswestija* und das Moskauer Fernsehen berichteten – wiederum eine Seltenheit – umfassend darüber, denn Kalenin klammerte sich jetzt an jeden Strohhalm und hoffte, die Publicity möge den Spion, wer immer es sein mochte, so lange in Angst und Schrecken versetzen, daß er sich nicht überzuwechseln traute, bis sie ihn schließlich doch noch dingfest gemacht hätten. In einer gewohnten Wie-du-mir-so-ich-dir-Reaktion erklärte London einen leitenden Wirtschaftsrat in der sowjetischen Handelsdelegation in Highgate zur *persona non grata*.

Niemand dachte – ernsthaft – an Wainwright. Er war ein tapferer Mann, der gewußt hatte, daß er ein Feigling war, und sich deshalb bemüht hatte, ein tapferer Mann zu sein, und der dabei erbärmlich gescheitert und zum Feigling geworden war. Daher verriegelte Wainwright in der Nacht vor seinem Heimflug die Tür seines Wohnraumes in der Botschaft, in dem er sich so sicher wie im Mutterleib fühlte. Im vollen Bewußtsein der Tatsache, daß Mut eine Eigenschaft war, die er nicht besaß, trank er absichtsvoll eine halbe Flasche Wodka, um sie sich auf diese Weise wenigstens scheinbar anzueignen, und als sich das Quantum als unzureichend erwies, trank er noch mehr. Als man am nächsten Morgen die Tür aufbrach, hatte er die Flasche zu drei Vierteln gelehrt. Wie seine trotzige Gegenwehr zu Beginn der Verhöre war auch Wainwrights Selbstmord ein erbärmliches, unbeholfenes Unterfangen, das beinahe gescheitert wäre. Der Deckenbalken war mehr als hinreichend, um sein Körpergewicht zu tragen, und auch der Gürtel riß nicht entzwei. Aber in den letzten Sekunden seiner trunkenen Tapferkeit hatte er die Schlinge falsch angebracht, und als er den Stuhl beiseite stieß, starb er infolgedessen nicht rasch an einem Genickbruch, sondern zuckte und wand sich in jener Qual, die in seinen Gedanken schon immer die furchtbarste Angst hervorgerufen hatte: Er starb, wie die Autopsie später bestätigte, den langsamen Tod des Erstickens.

Daher dauerte es einen ganzen Monat, bis Berenkow sich in der Lage fühlte, den Vorschlag, den er Kalenin gegenüber beiläufig erwähnt hatte, offen zur Sprache zu bringen, und immer noch war es, wie Berenkow an Kalenins zerstreuter Reaktion erkannte, zu früh dazu.

»Spionageschule?« fragte Kalenin, offensichtlich abwesend.

»Charlie Muffin«, erinnerte Berenkow ihn. »Die Vernehmungen sind jetzt beendet. Ich glaube, er ist wertvoll.«

»Sie können ihn Ihrer Verantwortung unterstellen«, sagte Kalenin, immer noch abwesend. »Wenn Sie glauben, er kann uns nützen, dann soll er es auch tun.«

20

Es war ein langer Monat für Charlie. Lang und frustrierend, und zwar immer mehr. Natalia Fedowa teilte ihm nicht offiziell mit, daß die Vernehmungen dem Ende zugingen. Ihre Fragen wiederholten sich inzwischen häufig, gewiß, aber das war bei solchen Prozeduren nicht ungewöhnlich, und Charlie hatte sich allmählich damit arrangiert, denn die Gespräche mit Natalia boten ihm Tag für Tag die einzige Gelegenheit für einen Kontakt mit der Außenwelt. Eines Abends verließ er das inzwischen vertraut gewordene Gebäude bei der Ringautobahn in der sicheren Erwartung weiterer Vernehmungen; er würde auch an den folgenden Tagen regelmäßig zur gewohnten Zeit aufstehen, baden und darauf warten, daß das Telefon klingelte –

doch das geschah nicht. Die abrupte Stille verwirrte Charlie, und er erkannte, daß seine Abhängigkeit von diesen Begegnungen über den schlichten Umstand des Zusammentreffens mit einem anderen menschlichen Wesen hinausging. Er erkannte zugleich, daß dies eine vorhersehbare Reaktion war; während der Ausbildung hatte es sogar Vorträge darüber gegeben, in denen beschrieben worden war, wie ein fügsamer Vernommener sich in Streßsituationen, abgeschnitten von der Welt und weit weg von zu Hause, psychologisch an den Vernehmenden zu binden suchte. Charlie kannte diese Reaktion, und es überraschte ihn, daß er selbst sie zeigte; schließlich hatten die Ausbildungskurse ja davor gewarnt, um es zu verhindern. War es das, wovor die Psychologen gewarnt hatten? Okay, er war abgeschnitten von der Welt und weit weg von zu Hause, aber er kannte seinen Heimweg. Und der Streß, dem der Gedanke an die noch nicht begonnene Mission ihn aussetzte, war nicht so, daß er ihn nicht hätte bewältigen können. Es paßte ihm nicht, daß er sich in Kategorien fügte, die von Seelendoktoren entwickelt worden waren, denn die waren seiner Auffassung nach großenteils sowieso einen Streifen dämlicher als die Leute, die sie angeblich zu behandeln hatten. Aber was war es dann? Hatte er sich für die Frau interessiert? Die Umstände brachten es mit sich, daß sie die erste Frau war, die er seit langer Zeit – gar aus der Nähe – zu Gesicht bekommen hatte. Und er hatte mehrmals den Eindruck gehabt, daß sie auf seine Flirtversuche reagierte; sie war nicht im geringsten beleidigt gewesen. Jawohl, sagte er sich schließlich: Er hatte sich für die Frau interessiert. Und das war noch dämlicher als irgend etwas, das einem Psychologen in den Sinn kommen konnte. Einer, der vernommen wurde, riß nicht seinen Vernehmungsbeamten auf. Charlie grinste; auch so ließ sich das Verhältnis definieren. Die dich vernehmen, kannst du nicht hernehmen... Vermutlich war gegen Phantasien nichts einzuwenden, solange er nicht die Tatsache aus den Augen verlor, daß sie genau das waren: Phantasien. Eine verflucht attraktive Frau war sie immerhin, und große Titten hatte sie auch. Und daß die Vernehmungen zu Ende waren, bedeutete, daß er wieder im Gefängnis saß, eingesperrt in seinem miefigen Appartment.

Enttäuscht war er auch – auf professioneller wie auf gesellschaftlicher Ebene – darüber, daß er Berenkow nicht wiedergesehen hatte. Er hatte damit gerechnet – schließlich hatten sie es an jenem Abend vereinbart –, aber es kam kein Anruf. Als vier solcher leeren, widerhallenden Tage vergangen waren, beschloß Charlie, eine neuerliche Rebellion zu wagen, und er stellte fest, daß die Dinge sich auch hier geändert hatten. Niemand versuchte ihn aufzuhalten.

Charlie besaß einen ausgezeichneten, angeborenen Orientierungssinn, und einen weiteren Vorteil bot die Erinnerung an die – wenn auch nächtliche – Fahrt zu Berenkows Wohnung, und so machte er sich zuversichtlich auf den Weg in die Stadtmitte. Sein Ausflug begann als Test; er wollte feststellen, ob er immer noch unter Arrest stand, aber als er weiterging, fiel ihm ein, was er im Stadtzentrum finden würde, und er dachte: Warum nicht? Es war der einzige Kontaktpunkt, den er kannte. Und nur aus diesem Grund war er schließlich überhaupt in Moskau. Als er sich entschlossen hatte, sich tatsächlich zum GUM-Komplex zu begeben, überlegte er, ob er seine Spur verwischen sollte, und er grinste – wie schon einmal in der Wohnung –, weil ihm dieser professionelle Gedanke ganz automatisch in den Sinn gekommen war. Nein, beschloß er. Nicht heute, nicht beim ersten Ausflug. Er zweifelte nicht einen Augenblick daran, daß er überwacht wurde, aber wenn er sie jetzt abschüttelte, dann würden sie mißtrauisch werden, und das war das letzte, was er sich wünschen konnte. Es war besser, einfach so spazierenzugehen, anscheinend ziellos wie jemand, der versuchte, seine Langeweile zu bekämpfen – was schließlich so unzutreffend nicht war –, indem er einige der bekanntesten touristischen Sehenswürdigkeiten der Stadt besuchte. Es war nur natürlich – und völlig unverdächtig –, daß darunter auch das größte Kaufhaus der Sowjetunion war. Für diejenigen, die ihn unsichtbar beobachteten – und Charlie hatte nicht die Absicht, auch nur zu versuchen, sie zu sehen –, würde es bedeutungslos sein. Für Charlie aber würde es die Möglichkeit zu einer nutzbringenden Erkundung für den Ernstfall werden. Falls es jemals zum Ernstfall kommen sollte.

Die Straßen waren trist, gleichförmig und deprimierend, und Charlie dachte daran, wie niederschmetternd die Vorstellung war, hier den Rest seines Lebens verbringen zu müssen. Sampson würde es tun. Mit Begeisterung. Wie lange? Charlie zweifelte. Der stupide Scheißer war jetzt noch eifrig genug dabei, voller Klischees und heißer Luft, aber Charlie konnte sich nicht vorstellen, daß er nicht irgendwann – vielleicht in einem Jahr, vielleicht in zwei, vielleicht in fünf, aber der Tag würde kommen – begreifen würde, daß er lediglich die Gefängnisse gewechselt hatte. Aber das geschah dem Drecksack ganz recht; Charlie hoffte nur, die Erkenntnis möge ihm früher statt später dämmern. Gott, wie sehr wünschte er sich, es gäbe eine Möglichkeit, zweifelsfrei herauszufinden, ob Sampson damit befaßt war, den russischen Verräter zu enttarnen. Er glaubte – ach was, er wußte es, verflucht –, daß er lieber Sampson in einem Wettkampf in professionellem Talent konfrontieren und besiegen würde als beispielsweise Natalia Fedowa. Das wäre eine höllische Erfahrung, gegen Natialia Fedowa anzutreten und zu unterliegen... Alberner Spinner! dachte er.

Die riesige Fläche des Roten Platzes tat sich vor ihm auf, und Charlie fühlte, wie Befriedigung ihn durchströmte, weil er so unfehlbar hergefunden hatte. Er hoffte, daß seine übrigen Fähigkeiten nach der langen Pause noch ebenso gut sein möchten. Um seiner pflichtbewußten Beobachter willen schlenderte Charlie anscheinend ziellos durch Kitaw-Gorod, den ältesten Teil der sowjetischen Hauptstadt. Charlie erinnerte sich an das russische Wort für den inzwischen beherrschenden Platz, und wieder registrierte er zufrieden, daß all seine Kenntnisse und Fähigkeiten so rasch zurückkehrten: Krasnaja Ploschtschad hieß er, ohne Zweifel, und es bedeutete: Schöner Platz. Und schön war er in der Tat, verglichen mit den tristen Schachtelhäuserreihen in immer gleichen, rechteckigen Blocks, die er auf dem Weg hierher durchwandert hatte. Vierhundert Jahre lang das Zentrum der russischen Geschichte, sinnierte Charlie. Hier hatten Gemetzel und Hinrichtungen stattgefunden, Triumphe und Niederlagen. Und nur wenige hundert Schritte weit entfernt – vielleicht noch näher – lag die Stelle, an der er sich mit dem unbekannten Fremden treffen sollte, durch den er sich, wenn er sehr clever und sehr gerissen wäre und sehr viel Glück hätte, wieder völlig würde rehabilitieren können, so daß er zu einem Leben würde zurückkehren können, daß er niemals, auch nicht in einem Anfall eitler Rachsucht hätte aufgeben dürfen. Wieder ein »wenn«, das vor ihm aufragte wie ein mahnender Finger. Würde der Rote Platz – der Schöne Platz – Schauplatz seines Triumphes oder seiner Niederlage sein? Das fragte Charlie sich. Und war der Russe wirklich noch nicht bekannt? Wenn es Berenkow war – und Indizien dafür gab es genug –, dann würde er erstaunt gewesen sein, Charlie in Moskau zu sehen, und vor seinem tatsächlichen Erscheinen beim GUM würde er nicht ahnen, daß Charlie der designierte Reiseleiter war. Charlie hoffte inständig, es möge Berenkow sein.

Seit seinem vorherigen, lange zurückliegenden Besuch hatte Charlie vergessen, wie gewaltig die Architektonik dieses Gebäudes war: Gullivers Behausung im Lande Lilliput. Nein, dachte er – der Vergleich gefiel ihm nicht. Ringsumher ragten die verachteten Bauwerke der Zaren und Zarinnen, der unterdrückerischen, die Massen in den Staub tretenden Reichen auf, welche die neuen Zaren, Zarinnen und Unterdrücker, statt sie zu hassen, lieber besetzt hatten, und diese saßen jetzt wie dankbare Einsiedlerkrebse sicher und behaglich in den Gehäusen, die einst größere, bessere Krebse beherbergt hatten. Charlie war nicht sicher, ob dieser Vergleich besser war als der erste. Vielleicht sollte er sich doch lieber nicht weiter bemühen – zumindest nicht so angestrengt.

Das Lenin-Mausoleum paßte nicht zu seiner Umgebung. Das Denkmal des ziegenbärtigen Opportunisten, der die großen Krebse verjagt hatte, war die minderwertige Imitation eines Bauwerks. Wenn es schon hatte sein müssen, dann hätten sie es wenigstens richtig machen sollen, dachte Charlie. Ob Lenin nun ein Opportunist oder ein leidenschaftlicher Revolutionär gegen ein ungerechtes Regime gewesen war – und Charlie hielt ihn eigentlich eher für einen Opportunisten als für einen leidenschaftlichen Revolutionär –, er hatte immerhin eine ziemlich dramatische Massenbewegung hervorgebracht, die in der Weltgeschichte ihresgleichen suchte. Deshalb hatte er Besseres verdient als etwas, das aussah wie ein behelfsmäßiger Luftschutzbunker aus den vierziger Jahren. Charlie fragte sich, ob die hier stets gegenwärtigen, geduldig schlangestehenden Besucher – waren es wohl wirklich echte Touristen aus dem Reich der Sowjets oder vielleicht doch festangestellte Schauspieler mit einem Job fürs Leben? – ebenso enttäuscht waren wie er.

Charlie entschied, daß er nun lange genug ziellos ausgesehen hatte; er wandte der Ruhestätte des Vaters der Revolution den Rücken zu und bewegte sich endlich in die Richtung dessen, was das eigentliche Ziel seines Besuches war. Draußen am Kaufhaus, in turmhoher Repräsentation, ragte der volle Name, dessen Initialen das bekannte Akronym bilden: *Gossudarstwenny uniwersalny magasin*, früher einmal, dachte Charlie im Näherkommen, eine Zusammenballung von mehr als tausend verschiedenen Läden, ein jeder mit den anderen konkurrierend, ein jeder überlebend. Jetzt war es, wie alles – fast alles – andere, ein Kollektiv, aber durch seine begünstigte Lage und mit seinem fesselnden Angebot wahrscheinlich ein erfolgreicheres Kollektiv als die meisten anderen in diesem System.

Der Westeingang, am dritten Donnerstag eines jeden Monats – so lautete die Anweisung. Wo zum Teufel war der Westeingang? Es sah so aus, als habe das ganze Ding ringsherum Dutzende von Eingängen. Charlie machte sich erneut seinen Orientierungssinn zunutze; er nahm die Basiliuskathedrale an der Südseite des Roten Platzes als Markierungspunkt. Die Topographie zu erkunden, war leicht genug, aber Charlie war nicht sicher, daß ihm das schon sehr viel weiterhelfen würde. Einmal betrat er das riesige Kaufhaus auch durch einen der

Westeingänge, und sogleich fühlte er das geschäftige Treiben, das drinnen herrschte wie in einem menschlichen Bienenkorb. Und in diesem Bienenkorb würde am dritten Donnerstag eines jeden Monats eine Bienenkönigin sitzen, die sich ihn als ganz spezielle Arbeitsbiene erwählen würde. Hoffentlich. Ein Touristenführer, und darin eine zusammengerollte Ausgabe der *Prawda*, erinnerte sich Charlie, erforderten die Instruktionen weiter. Aus professioneller Sicht war dieser Treffpunkt, wie er fand, gut gewählt und das Erkennungszeichen mit Buch und Zeitung unauffällig genug; der letzte Teil der Kontaktaufnahme – »Ich glaube, wenn ich in Moskau lebte, würde es mich nicht kümmern, wie das Wetter ist« – war ein harmloser Wortwechsel, der bei niemandem Verdacht erregen würde. Was aber würde Verdacht erregen? Charlie hatte so lange überlebt – und war so lange gut gewesen –, weil er jedes Problem vor Beginn einer Operation von allen denkbaren Seiten betrachtet hatte, denn die Gefahr bestand immer darin, daß die Bösen eine Route kennen konnten, an die er nicht gedacht hatte, und über sie würden sie dann auf ihn herabstoßen und ihn packen können. Charlie schob sich gemächlich durch das Gedränge im Kaufhaus; er ließ sich vom Strom der Massen tragen, und innerhalb weniger Sekunden hatte er die Mängel des Plans erfaßt. Sein heutiger Besuch war okay, und der nächste – am dritten Donnerstag irgendeines Monats zwischen elf und zwölf dann – vielleicht auch noch, aber jeder weitere würde riskant werden. Und die Idee mit dem Reiseführer und der Zeitung war nicht so gut, wie er zunächst gedacht hatte: Zweifellos war er heute beobachtet worden, und die Beobachter dürften gesehen haben, daß er den Weg ohne Karten und Führer gefunden hatte. Ein Stadtführer würde also merkwürdig erscheinen, wenn seine Beschatter so gut waren, wie sie sein sollten. Ebenso merkwürdig würde es erscheinen, wenn er in mehreren aufeinanderfolgenden Monaten stets am dritten Donnerstag um die gleiche Zeit zum gleichen Ort zurückkehrte. Scheiße, dachte Charlie. Aber er verzweifelte nicht; dazu war er zu erfahren. Nachdem er die Mängel ausfindig gemacht hatte, suchte er nach einem Weg, sie zu umgehen. Es ging einfach darum – und er hoffte, es werde einfach sein –, seine Verfolger abzuschütteln. Er würde es so gut machen müssen, wie seine Beschatter es noch nie erlebt hatten, damit es nicht so aussähe, als hätte er sich in einer bewußten Anstrengung der Verfolgung entzogen, sondern so, als wäre den Verfolgern ein ärgerlicher Fehler unterlaufen – und als solcher würde es sich bei einer nachfolgenden Untersuchung auch erweisen müssen. Nachdem er diese Lösung gefunden hatte, machte Charlie sich daran, sie zu verbessern. Beim ersten ernsthaften Besuch hier würde er nicht versuchen, ihnen auszukneifen; es würde ja nichts weiter passieren – abgesehen davon hoffentlich, daß derjenige, der dann später Kontakt mit ihm aufnehmen würde, ihn identifizieren würde –, und deshalb war es ratsam, sich bei dieser Gelegenheit beobachten zu lassen. Und noch besser wäre es, zahllose andere scheinbar sinnlose Besichtigungsbesuche zu unternehmen und Stadtführer und Zeitungen zu Unmengen von scheinbar unschuldigen touristischen Sehenswürdigkeiten zu schleppen. Damit gäbe es einen logischen Grund für das Buch, und je länger und offensichtlicher er es mit sich herumtrüge, desto rascher würden sie aufhören, es zur Kenntnis zu nehmen, denn sie würden sich bald daran gewöhnen, daß er es immer bei sich hatte, und das GUM hätte dann nicht mehr Bedeutung als irgendein anderer Platz, zu dem er spazieren könnte.

Das alles würde eine Menge Lauferei mit sich bringen, dachte Charlie, sich an sein chronisches Problem erinnernd. Er blieb stehen und schaute hinunter auf seine jetzt schon brennenden Füße in den viel zu engen Schuhen, die sie ihm in der Fluchtnacht verpaßt hatten. Dann fiel ihm ein, daß er sich im größten Kaufhaus des Landes befand, und er begann, sich mit größerer Aufmerksamkeit umzusehen und nach der Schuhabteilung zu suchen. Wie sich herausstellte, gab es mehr als nur eine; Charlie durchstreifte sie alle und hielt Ausschau nach irgend etwas, das entfernte Ähnlichkeit mit seinen gewohnten Hush Puppies hätte, aber seine Enttäuschung wuchs. Es ist wirklich kaum zu glauben! dachte er. Vielleicht hing es ja mit den Schneemassen zusammen, die es hier im Winter geben würde; in solchen Stiefeln jedenfalls, entschied Charlie, brauchte man keine Schneeschuhe, um die Verwehungen zu überwinden. Einige schienen groß genug, um damit übers Wasser zu laufen. Na, es würde verflucht unbequem werden.

Ohne Hast verließ Charlie das Kaufhaus, aber er trieb sich noch eine Weile in der Umgebung herum, denn sonst hätte man vielleicht gemerkt, daß das GUM sein Ziel gewesen war. Er besuchte die Basiliuskathedrale, er blieb stehen und tat, als bewundere er das Denkmal für Minin und Poscharski daneben; dann ging er weiter, schlenderte die Rasina-Straße hinunter, und als er das Rossija-Hotel sah, beschloß er, hineinzugehen. Seine spontane Absicht war, etwas zu trinken, aber dann fiel ihm ein, daß er ja gar kein Geld hatte, und wieder wurde ihm klar, wie sehr er noch immer ein Gefangener war. Er setzte sich unten ins Foyer und bereitete seine Füße auf den Rückweg vor. Nach einer halben Stunde erhob er sich wieder, und sogleich wußte er, daß seine Füße niemals für irgendeinen Weg bereit sein würden.

Unter wachsenden Beschwerden brauchte er eine ganze Stunde, um zu seinem Appartment zurückzufinden. Er kochte einen Kessel Wasser, goß kaltes zu, bis die Temperatur richtig war, und dankbar ließ er den Schmerz aus seinen Füßen quellen; er genoß es, wie das Brennen nachließ, und wünschte sich, es möge niemals aufhören. So kam es, daß seit seiner Rückkehr schließlich eine ganze Stunde vergangen war, als er erholt in die Küche ging, den Kühlschrank öffnete und sah, daß sie in seiner Abewesenheit die Wohnung betreten und die Vorräte erneuert hatten. Die Überwachung war also nicht zu Ende! Vermutlich waren auch die Lauschgeräte wieder angebracht worden. Er grinste und sagte laut: »Danke.« In einem Schrank im Wohnzimmer fand er eine Flasche Wodka, die vorher nicht dagewesen war; Charlie betrachtete sie als einen Hinweis darauf, daß sie ihn akzeptiert hatten. »Nochmals danke«, sagte er zu den unsichtbaren, unbekannten Lauschern.

Wieder und wieder durchstreifte Charlie so gut wie jede touristische Sehenswürdigkeit der Hauptstadt. Er las den Schmähartikel über Wainwright in der *Prawda* und fragte sich, ob nicht vielleicht längst alles gelaufen war; trotzdem hielt er am vereinbarten Donnerstag seine Verabredung am GUM ein. Er hoffte nur, daß er damit nicht seine Verhaftung heraufbeschwor: Ständig befürchtete er, Berenkow könne unversehens aus der Menge auftauchen.

Das tat er nicht, aber er rief an, und zwar am Abend des Tages, an dem Charlie vom Kaufhaus zurückgekehrt war.

»Ich frage mich, ob Sie nicht vielleicht Lust hätten, zu arbeiten«, sagte Berenkow.

Charlie wäre vor Aufregung fast in die Höhe gesprungen. »Ist das ein Witz?« rief er. »Ich verliere schon fast den Verstand vor lauter Langeweile.«

»Hätten Sie Lust, an einer Spionageschule zu unterrichten?«

Charlies Zögern entsprang nicht den Vorbehalten, die Berenkow bei ihm vermutete. Wahnsinn! dachte Charlie; er sah sofort, mit welchen Vorteilen dieser Vorschlag verbunden war. Zu dem Russen sagte er: »Es klingt ganz interessant.«

»Werden Sie's tun?«

»Ja«, sagte Charlie. »Ich werd's tun.«

»Wirklich eine Schande, das mit Wainwright«, sagte Wilson.

»Er war seelisch tiefer getroffen, als wir vermutet hatten«, pflichtete Harkness ihm bei.

»Wir haben alles arrangiert?«

Harkness nickte. »Anscheinend beabsichtigte er, sich in Bognor zur Ruhe zu setzen. Die Beerdigung wurde dort arrangiert. Seine Frau ist vor zwei Jahren gestorben. Aber er hat noch eine Mutter; sie lebt in einem Altersheim in Brighton. Ich nehme an, das ist einer der Gründe, weshalb er dort in der Nähe wohnen wollte. Ich habe dafür gesorgt, daß seine Pension an sie fällt, damit die Unterbringungskosten für das Heim aufgebracht werden können. Die Pensionsabteilung war darüber nicht glücklich; damit würden wir einen Präzedenzfall schaffen, meinten die Leute dort.«

»Zum Teufel mit der Pensionsabteilung«, sagte Wilson. »Sagen Sie mir Bescheid, wenn es Schwierigkeiten gibt.«

Harkness nickte. »Ich glaube, es wird keine geben. Was ist mit dem Begräbnis?«

Der Direktor überlegte. »Die Sowjets werden natürlich scharenweise aufkreuzen«, prophezeite er.

»Ich schätze, das ist unvermeidlich«, meinte Harkness.

»Dann ist es besser, wenn keine wichtigen Leute hingehen...« Wilson zögerte. »Richardson!« entschied er plötzlich. »Von Richardson werden sie jetzt wissen.«

»Könnten sogar auf die Idee kommen, daß es da etwas gibt, das Wainwright ihnen nicht erzählt hat«, meinte Harkness.

»Würde mich nicht überraschen.« Wilson nickte. Er schwieg für ein paar Augenblicke. »Es besteht wohl kein Zweifel daran, daß er ihnen alles erzählt hat?«

»Nein, ich glaube, da besteht keiner«, antwortete Harkness. »Sie werden damit rechnen, daß wir jetzt den Code ändern. Nicht nur wegen Wainwright, sondern auch, weil sie wissen, daß wir über unsere Lauschanlagen ihre eigenen Veränderungen zur Kenntnis genommen haben.«

»In Zukunft soll der Absender nicht mehr genannt werden«, entschied Wilson. »Ich will nicht noch jemanden verlieren, weil die Russen panisch versuchen, herauszufinden, wer dahintersteckt.«

21

Mit äußerster Sorgfalt präparierte General Kalenin seine Köderinformationen; die zwölf Verdächtigen, die er damit ausstatten wollte, waren professionelle Geheimdienstoffiziere mit Leib und Seele, denen es sofort aufgefallen wäre, wenn das Material nicht absolut echt gewirkt hätte oder wenn es etwas gewesen wäre, das nicht eindeutig zu dem Bereich gehörte, für den sie zuständig waren. Dies aber bedeutete, wie der KGB-Vorsitzende äußerst widerwillig einsah, daß das Material echt sein mußte. Er versuchte, sich mit dem Gedanken zu trösten, daß die anerkannte Methode zum Löschen eines Ölquellenbrandes darin bestand, die Ölquelle zu sprengen und so eine zerstörerische Feuersbrunst mit einem noch größeren – aber sehr viel kürzeren – Brand zu ersticken. Er bemühte sich, den potentiellen Schaden so weit wie möglich zu begrenzen; er studierte die bereits durchgesickerten Informationen und suchte nach Kleinigkeiten, die sich hinzufügen ließen, ohne daß eine sowieso schon schlimme Situation weiter verschlimmert würde, aber bei zwölf möglichen Lecks war dies nicht hundertprozentig möglich. So mußte er Informationen über die sowjetischen Vorbereitungen für den Fall eines offenen, bewaffneten Konfliktes an der chinesischen Grenze bei Alma-Ata und ein paar Hinweise auf Truppenstärken und Einsatzpläne im Zusammenhang mit der denkbaren Notwendigkeit, im Zuge eines solchen Konfliktes Truppen von der Front des Warschauer Paktes nach Osten zu verlagern, hinzufügen.

Nicht einmal vierzehn Tage, nachdem Wainwrights Leichnam heimgeführt worden war, änderten die Briten ihren Code. Kalenin wunderte sich indessen, daß es nicht schon früher geschah. Er setzte die mit dem Entschlüsseln des Codes befaßten Kryptologen erneut unter Druck und durchlebte zwei frustrierende Wochen der Ungewißheit, bis die Mathematiker den Schlüssel fanden. Wieder war es ein mathematischer Code, diesmal basierend auf dem Faktor fünf, und wieder bekam Sampson die Aufgabe, das Kräuselschema und die Identitätszeile, die auch jetzt wieder eine andere Codestruktur aufwies, zu transkribieren. Wie man es aufgrund ihrer Erfahrung – und ihrer Computer – erwarten konnte, waren es die Mathematiker, denen es gelang, die Kräuselziffern zu isolieren, die dem Code zugrunde lag, aber es geschah erst, nachdem Sampson vorgeschlagen hatte, die zweite Formel mit der ersten zu verknüpfen. Ihre geringschätzige Haltung gegenüber Sampson hatten sie abgelegt; die Kryptologen lauschten seinen Vorschlägen und handelten danach: Sie nahmen die aktivierende Ziffer des ersten Codes – zwei – und dividierten durch sie die aktivierende Ziffer des zweiten, wodurch sich die Ziffer 2,50 ergab. Mit ihr als Multiplikator experimentierten sie eine weitere Woche an ihren Computern herum und führten zahllose Multiplikationen und Subtraktionen durch, und schließlich fanden sie Zugang zu den Mitteilungen, indem sie die aktivierende 2,50 vervierfachten und dann mit der Grundziffer multiplizierten, worauf sich für die eigentliche Nachricht noch einmal eine Multiplikation mit der 2,50 anschloß.

Die Dechiffrierungsexperten sahen sich nur dadurch behindert, daß ihnen nicht mehr als drei Funksprüche für ihre Arbeit zur Verfügung standen. Der erste betraf, wie sie nach der Transkription sahen, die Schwierigkeit der Devisenbeschaffung durch Goldverkäufe, verursacht durch Ausfälle in den Goldbergwerken von Muruntau. Der zweite enthielt Informationen über Truppendispositionen, die notwendig waren, um die sowjetische Kontrolle über Afghanistan weiterhin zu gewährleisten. Der dritte, der sie alle elektrisierte, besagte, daß der russische Informant die Absicht habe, Kontakt aufzunehmen und dazu das Kennwort zu benutzen.

Sampson war an allen Transkriptionen beteiligt, und es gelang ihm, die Identitätszeile zu entziffern, noch bevor die Mathematiker mit der ersten Nachricht erfolgreich waren. Wieder war »Rose« der Schlüssel; in späteren Diskussionen mit Berenkow führte der Russe dies auf Schlampigkeit zurück, während Sampson mit wachsendem Selbstvertrauen das Gegenteil behauptete: Es wäre in der Tat besonders gerissen, ein bereits existierendes Schema weiter zu benutzen, wenn logischerweise erwartet werden müßte, daß man etwas Neues versuchte. Bei der nächsten Gelegenheit hatte der rosenbegeisterte britische Direktor seinen Code auf eine einzelne Spezies – die *Centifolia* – reduziert, und als Sampson den Text transkribiert hatte, wandte er sich augenblicklich an Berenkow, um über den Unterschied zu sprechen, den er festgestellt hatte. Eingedenk der Bedeutung dieser Angelegenheit, empfing Berenkow ihn noch am selben Tag.

Die beiden trafen sich in Berenkows Büro. Ein Konferenztisch war freigeräumt worden, der viel zu groß war für die schmächtige Akte, die Sampson mitbrachte. Der Engländer hatte den Sachverhalt schnell geschildert, denn es waren nur wenige Vergleiche anzustellen.

Berenkow begriff sofort. »Kein Absender mehr?«

Mit pedantischer Gründlichkeit ging Sampson die Zeile noch einmal durch, um zu beweisen, was er vorgetragen hatte. »Der erste Block identifiziert wiederum Wilson HD«, erklärte er. »Der zweite Block ist lediglich eine Zeit-Datums-Konfiguration. Statt des Absenders steht hier nur ›Residentur‹.«

»Das heißt, jetzt haben wir auf unserer Seite nicht einmal mehr den Namen des Absenders.«

»Aber wir wissen, daß der Kontakt noch besteht, obwohl Richardson abkommandiert wurde. Und obwohl Wainwright nicht mehr lebt. Und da ist noch etwas.«

»Was?«

»Der dritte Funkspruch. Er bezieht sich auf einen Erkennungssatz«, erläuterte Sampson. »Bis jetzt haben wir nichts mitgeschnitten, das uns einen Hinweis darauf geben könnte, wie er lautet.«

Berenkow nickte. »Wie interpretieren Sie das?«

»Richardson hat die Nachricht persönlich überbracht«, vermutete Sampson. »Deshalb haben sie ihn abgezogen.« Nach einer Pause meinte er: »Aber da ist noch etwas anderes in diesen Informationen. In allen. Finden Sie nicht?«

»Was meinen Sie?« fragte Berenkow.

Bevor Sampson antwortete, breitete er alles auf dem Konferenztisch auf – die neuen Funksprüche, und dann die vorhergegangen im alten Code. »Lassen Sie die Mitteilung über den Kontakt mal beiseite«, sagte er. »Sehen Sie sich die anderen genau an, und analysieren Sie sie über die Entschlüsselung hinaus. Fast ohne Ausnahme – es sind, genau gesagt, vier, die davon abweichen – stammt alles von der operativen oder Planungsebene. Und selbst die vier, die dabei aus dem Rahmen fallen – sie haben ausschließlich mit Handelsentscheidungen zu tun – weisen operative Bezüge auf, so daß sich vermutlich auch hier irgendwo eine Verbindung herstellen läßt.«

Berenkow nahm sich Zeit. Er las jeden einzelnen Funkspruch sorgfältig und aufmerksam, und mehrmals schien er zu einem Blatt zurückzugehen, das er bereits studiert hatte. Sampson hatte offensichtlich recht. Schließlich sagte er: »Ich danke Ihnen. Das war eine überaus scharfsinnige Beobachtung.«

Berenkow wiederholte sein Urteil beim folgenden Gespräch mit Kalenin. Wie vor ihm Berenkow, prüfte auch der KGB-Vorsitzende alle Funksprüche. Schließlich blickte er mit ernster Miene auf und sagte: »Absolut richtig. Die Handelsinformationen haben mich in die Irre geführt, aber Sampson hat absolut recht. Es sind ausschließlich Planungssachen oder militärische Operationen in diesen Mitteilungen enthalten.«

»Das sind meine Abteilungen«, erklärte Berenkow unumwunden. Kalenin erkannte, daß der Kreis der möglichen Informanten damit von zwölf auf sieben Personen reduziert wurde. Das waren zwar immer noch sieben zuviel, aber eine kleine Verbesserung war es immerhin. »Ja«, sagte er knapp.

»Ich würde es verstehen, wenn Sie mich vom Dienst suspendierten, bis die Untersuchung abgeschlossen ist«, erklärte Berenkow formell.

Kalenin schüttelte sofort abweisend den Kopf. »Ich brauche Ihre Hilfe, nicht Ihre Abwesenheit.«

»Warum türken wir nicht etwas? Damit würde er sich doch offenbaren.«

»Habe ich schon getan«, bekannte Kalenin. »Es hat nicht funktioniert.«

»Bei mir auch?« fragte Berenkow.

»Bei Ihnen auch«, antwortete der Vorsitzende.

Berenkow fragte sich, was für Material es wohl gewesen sein mochte. »Was tun wir dann?« fragte er.

»Wir werden die Überwachung substantiell verstärken«, beschloß Kalenin. »Elektronisch, fotografisch – in allen Bereichen.«

»Was ist mit Suspendierung? Sperrung der sicherheitsempfindlichen Bereiche für die Verdächtigen? Bei sieben Personen dürfte das doch schnell zu machen sein.«

»Aber wir würden den Grund für die Kontaktaufnahme eliminieren.«

»Es ist scheußlich riskant, alles einfach weiterlaufen zu lassen, ohne irgendwie einen Filter dazwischenzuschieben.«

»Ich will ihn finden, wer immer es ist. Ich will ihn nicht in den Untergrund treiben.«

»Aber es ist trotzdem ein scheußliches Risiko.«

»Eines, das ich eingehen muß. Ich habe gar keine andere Wahl.«

»Sampson erweist sich als brillanter Kopf«, lobte Berenkow.

Der Überwachungsaufwand, den Kalenin betrieb, überstieg das normale Maß um ein Vielfaches, und so war er durch Filme und Mikrophone über alles informiert, was zwischen seinem Freund und dem Engländer vorgegangen war. Er nickte. »Er scheint der einzige Glücksfall zu sein, der uns seit langem widerfahren ist.«

»Er ist sich der Bedeutung dieser – Gelegenheit, die sich hier für ihn ergibt, wohl bewußt, und er ist entschlossen, sich zu beweisen. Es ist eine persönliche Angelegenheit für ihn«, sagte Berenkow, der erwartet hatte, daß Kalenin seine Zusammenkünfte mit dem Engländer beobachten würde; er wußte, daß es geschehen war.

»Für mich ist es ebenfalls eine persönliche Angelegenheit«, erwiderte Kalenin mit wachsendem Verdruß.

Daß er recht hatte, erwies sich früher als der KGB-Vorsitzende erwartet hatte. Zwei Tage später wurde er zu einer außerordentlichen Plenarsitzung des Politbüros geladen, die eigens zur Erörterung des Informationslecks einberufen worden war. Kalenin ging im vollen Bewußtsein der Tatsache, daß man ihm, auch wenn Wainwright außerhalb der sowjetischen Jurisdiktion zu Tode gekommen war, einen politischen Fehler zur Last legte, ganz abgesehen von der wachsenden – und berechtigten – Kritik wegen seiner anscheinenden Unfähigkeit, die Aktivitäten eines Verräters zu lokalisieren und zu stoppen. Das Politbüro hatte bereits vor seinem persönlichen Erscheinen einen vollständigen Bericht erhalten; gleichwohl beharrte man darauf, daß Kalenin die bisherigen Ergebnisse persönlich vortrage – eine Demütigung, die ebenfalls nur als Kritik zu deuten war, wie er begriff. Schließlich mußte er sich eine ganze Stunde lang befragen lassen, ständig in dem betrüblichen Bewußtsein, daß er kaum eine befriedigende Antwort zu geben hatte.

»Dies ist eine Situation, die beendet werden muß«, erklärte der Vorsitzende des Politbüros, Anatol Matuschin.

»Dessen bin ich mir bewußt«, antwortete Kalenin, wütend über seine eigene, ersichtliche Ohnmacht.

»Die Fortschritte bisher sind nicht beeindruckend.«

»Wofür ich persönlich um Entschuldigung bitte, Genosse Vorsitzender.«

»Ihre Entschuldigungen interessieren mich weniger«, erwiderte Matuschin. »Mich interessiert, daß ein Verbrecher, ein Verräter, der Gerechtigkeit zugeführt wird und daß man dem Informationsfluß in den Westen, durch den unsere eigene Sicherheit unmittelbar bedroht wird, ein Ende bereitet. Ich will Ergebnisse, Genosse General. Ich will Ergebnisse, und zwar schleunigst. Und wenn Sie sich unfähig zeigen, sie zu erbringen, dann muß jemand anders mit dieser Aufgabe betraut werden.«

Charlie kam zu dem Schluß, daß die Dinge wieder gut aussahen. Und nach der langen Pause, die auf seine erste Begegnung mit Berenkow gefolgt war, kamen sie nun auch wieder in Bewegung. Zweimal traf er mit Berenkow zusammen, dienstlich diesmal, draußen in jenem schon vertrauten, amerikanisch wirkenden Gebäude an der Ringautobahn, wo Berenkow ihm erläuterte, daß es seine Aufgabe sein sollte, Agenten, die unmittelbar davorstanden, in den Westen eingeschleust zu werden, zu unterweisen. Mit dieser Tätigkeit, erklärte er weiter, würde Charlie eine legitime Position erhalten, dazu ein Gehalt von dreitausend Rubeln monatlich, einen Einkaufsschein und womöglich auch eine neue Wohnung, die besser wäre als das behelfsmäßige Appartment, in dem er jetzt hauste. Charlie stellte die Fragen, von denen er wußte, daß sie erwartet wurden, und erwog die Implikationen des Angebotes, wie auch dies von ihm erwartet wurde – und die ganze Zeit über dachte er in Wirklichkeit nur an den Bonus, der ihm damit in den Schoß fiel. Um den Auftrag, der ihn nach

Moskau geführt hatte, zu erfüllen – und falls der Kontakt zustandekäme, war Charlie entschlossen, ihn zu erfüllen –, bedurfte er der völligen Rehabilitation, die er längst wußte. Aber in den Westen zurückzukehren und die Identität von Leuten zu kennen, auf die das KGB jahrelanges Training und Erfahrung verwendet hatte, um sie dann nach Europa und in die USA einzuschleusen – das wäre ein noch größerer Coup, der es ihm ermöglichen würde, die sowjetische Spionagetätigkeit auf Jahre hinaus schwer zu beeinträchtigen. Gott, wie wundervoll plötzlich alles aussah!

Nach den Gesprächen mit Berenkow mußte er vor zwei verschiedenen Prüfungsausschüssen erscheinen; Charlie sah sofort, daß hier seine Kenntnisse getestet werden sollten – eine Herausforderung, die ihm willkommen war. Er war ganz zuversichtlich, und seine Zuversicht wuchs, als er – an ihren Fragen – merkte, wie wenig diese angeblichen Experten über das wirkliche Leben außerhalb der Sowjetunion wußten. Die Illegalen, die von der Sowjetunion ins Ausland geschmuggelt wurden, brauchten mehr Ausbildung und Beratung, wenn sie tatsächlich mit solchen Vorurteilen und regelrechten Mißverständnissen vollgestopft waren, wie einige der Prüfer sie in ihren Fragen demonstrierten. Charlie wies jedesmal auf ihre Unkenntnis hin, ohne sich darum zu kümmern, ob er vielleicht jemanden beleidigte; er gedachte nicht, hier eine Laufbahn einzuschlagen, die so lange dauern würde, daß die Freund-Feind-Politik eine Rolle spielen konnte. Außerdem bewies er bei jeder dieser Gelegenheiten, daß er für die ihm zugedachte Funktion geeignet war, und nichts anderes sollten sie schließlich herausfinden.

Am Ende bestätigte Berenkow seine Einstellung, und zwar nicht in dem offiziellen Gebäude, sondern in dem Wohnkomplex am Kutusowski-Prospekt. Jetzt, da er Geld in der Tasche hatte, brachte Charlie Blumen mit, und Walentina war nicht so schüchtern wie beim erstenmal; sie blieb länger bei ihnen am Tisch sitzen, verließ sie auch später nicht und beteiligte sich häufiger an der Unterhaltung. Georgij war nicht da; vor seiner Austauschprüfung hatte er in der Akademie noch einiges zu studieren, und abgesehen davon, daß Charlie erklärte, er hoffe, der Junge werde erfolgreich sein, sprach er mit keinem der beiden weiter über ihn, denn er war sich der Meinungsverschiedenheiten zwischen den beiden hinsichtlich des geplanten Auslandsaufenthalts wohl bewußt.

Obgleich Walentina mehr Zeit mit ihnen zubrachte, fanden Charlie und Berenkow noch Gelegenheit, über Geschäftliches zu reden. Charlie äußerte sich Berenkow gegenüber ebenso kritisch zu dem

Auswahlkomitee, wie er es während der Prüfung getan hatte, und der Russe schüttelte in müdem Einverständnis den Kopf; er wußte von diesen Unzulänglichkeiten und erklärte, genau dies wäre ja der Grund, weshalb Charlie ihm für diese Funktion in den Sinn gekommen war.

Nachdem er sich nun schon einmal am GUM präsentiert hatte – und Berenkow hätte gewußt, warum, wenn Berenkow der Unbekannte gewesen wäre –, gab Charlie sogar vor, die überquellenden Bücherregale zu examinieren, und zog einen Band Tschechow heraus, aber Berenkow reagierte nicht; er kam nicht einmal darauf zu sprechen, wie er diese Bücher in England benutzt hatte. Charlie erwog, das Gespräch auf die Beschuldigungen der *Prawda* gegen den Ersten Sekretär der britischen Botschaft zu bringen, doch dann besann er sich anders: Er wollte nicht zu viel riskieren.

Es gibt Spionageschulen in der gesamten Sowjetunion, aber die meisten befinden sich in der Umgebung von Moskau. Die Institute, in denen die sowjetischen Agenten für die Arbeit in Übersee ausgebildet werden, stehen unter der Verwaltung des Ersten Hauptdirektorats, innerhalb dessen eine Unterabteilung, das Direktorat S, für die Auslandsinfiltration zuständig ist.

Balaschika ist ein solches Institut, und zufällig liegt es an derselben Umgehungsstraße, die Charlie inzwischen so gut kannte, etwa fünfzehn Meilen weit im Osten von Moskau, in der unmittelbaren Nähe der Gofkowskoj-Chaussee. Es ist ein festungsmäßig gesichertes, abgeschiedenes Anwesen mit Sensorzäunen, uniformierten Wächtern und Hunden. An seinem ersten Tag wurde Charlie von einer Eskorte begleitet, und erst auf der Fahrt aus der Stadt hinaus händigte man ihm die notwendigen Akkreditierungs- und Ausweispapiere aus. Die Sicherheitskontrollen waren schärfer als die, die er in ähnlichen Zusammenhängen in England erlebt hatte; viermal wurde er von neuem eingehend überprüft, ehe er das Hauptgebäude erreichte, wo eine weitere Kontrolle stattfand.

Gleich am Ende der Eingangshalle erwartete ihn ein Mann. Charlie erkannte ihn wieder; er hatte in beiden Prüfungskommissionen gesessen.

»Mein Name ist Krysin«, stellte der Mann sich vor. »Andrej Wladimirowitsch Krysin. Ich bin der Direktor dieses Instituts.«

»Und dazu jemand, dessen Ignoranz hinsichtlich der wirklichen Zustände im Westen Charlie dreimal offenbar gemacht hatte, wie er sich erinnerte. Scheiß drauf, dachte er. »Ich freue mich, mit Ihnen zusammenzuarbeiten«, sagte er.

»Wir freuen uns, Sie hier zu haben«, antwortete Krysin bedeutsam.

»Angesichts unserer offenkundigen Ignoranz, die Sie ja im Verlauf dessen, was wir für Ihre Eignungsprüfung halten sollten, anscheinend mit so großem Vergnügen entlarvten, können wir Ihre fachkundige Unterstützung vermutlich nur zu gut gebrauchen.«

Wie kam es nur, dachte Charlie, daß er immer die gleichen Probleme mit seinen Vorgesetzten hatte? »Ich hoffe«, sagte er, »ich werde Sie nicht enttäuschen.«

»Das hoffe ich auch«, erwiderte Krysin, und jetzt war es eine offene Drohung. »Ich hoffe es wirklich sehr.«

Leck mich am Arsch, dachte Charlie.

22

Natalia Fedowa war die dritte Person, die den Raum betrat. Ihr Erscheinen stürzte Charlie in heillose Verwirrung, aber er war sicher, daß man ihm nichts anmerkte. Er rührte sich nicht von der Stelle und beugte sich über sein Pult an der Kopfseite des kleinen Klassenraumes; er war froh, daß noch weitere Leute kamen, denn dies bedeutete, daß er nicht sofort anzufangen brauchte und somit noch etwas Zeit zum Nachdenken hatte. Was zum Teufel suchte sie hier? Berenkow hätte keinen Kontakt mit ihm aufgenommen, er wäre über die Auswahlprüfung nicht hinausgekommen, und – was noch mehr bedeutete – sie hätten ihn niemals in ein derart abgeschirmtes Institut wie Balaschika hineingelassen, wenn sie ihm nicht vertraut hätten! Ein Test konnte es also nicht sein. Und wenn es doch ein Test wäre, dann würde er nicht so vonstatten gehen. Dann würde sie nicht ganz gelassen auf einem Stuhl vor ihm Platz nehmen. Nein – man würde Mikrophone und Kameras verwenden, ihm Fallen stellen und versuchen, ihn in einem Augenblick der Unvorsichtigkeit zu erwischen. Vielleicht steckte Krysin dahinter. Charlie wußte, daß er den Akademiechef vor den anderen Kommissionsmitgliedern lächerlich gemacht hatte; möglicherweise hatte der Mann seinen ganzen Einfluß geltend gemacht, um Natalia dazu zu bringen, eine weitere Überprüfung vorzunehmen und vielleicht einen negativen Bericht abzufassen, damit der schlechte Eindruck, den er anscheinend bei den übrigen Prüfern hinterlassen hatte, ein wenig gemildert würde.

Charlie wartete, als sie schließlich aufblickte. Er lächelte sie an. Sie reagierte nicht, sondern wandte den Blick ab. Ihr war sichtlich unbehaglich zumute. Charlie räumte ein, daß seine Schlußfolgerungen auch falsch sein konnten, aber etwas Besseres fiel ihm nicht ein.

Okay, Natalia Nikandrowa Fedowa, dachte er, wenn du eine Vorstellung sehen willst, wirst du eine Vorstellung sehen. Und zugleich mit diesem Gedanken kam ihm ein zweiter in den Sinn. Wenn er, wie immer, ehrlich zu sich selbst war, dann konnte er nicht leugnen, daß es ihm Spaß machen würde, vor ihr anzugeben.

Außer Natalia waren fünf Leute gekommen, eine Frau und vier Männer. Obwohl der Raum klein war, blieb eine Menge Platz. Sie verteilten sich auf mehrere Sitzreihen; Natalia saß in der dritten von vorn. Charlie wartete, bis alle sich niedergelassen hatten, und sah zu, wie die andere Frau und zwei der Männer Notizblöcke hervorholten und Bleistifte danebenlegten.

»*Dobraja utra*«, sagte Charlie.

»*Dobraja utra*«, antwortete jeder einzelne. Charlie schlug mit der flachen Hand auf den Tisch und erklärte: »Sie sind alle soeben verhaftet worden.«

Die Versammelten blickten unsicher in die Runde, und Charlie fuhr fort: »Was Sie soeben getan haben, ist unvorstellbar! Man sagt mir, Sie haben jeden einzelnen Trainingskurs erfolgreich abgeschlossen. Sie sind bereit, irgendwo in den Westen eingeschmuggelt zu werden. Sie sind keine Russen mehr. Sie denken nicht russisch, Sie sprechen nicht russisch – Sie sind keine Russen.«

Es war ein Mätzchen gewesen – das älteste Mätzchen aus dem Lehrbuch –, aber es hatte funktioniert. Er hatte ihre Aufmerksamkeit. Die Tatsache, daß sie blindlings in die älteste Falle der Welt hineingetappt waren, sprach nicht eben für die Qualität ihrer Ausbildung.

»Sie«, sagte Charlie und deutete auf den blonden Mann, der unmittelbar vor ihm in der vorderen Reihe saß. »Wie ist Ihr Name?«

»Belik«, antwortete der junge Mann. »Gennadij Belik.«

»Was haben Zachary Taylor, James Buchanan und Rutherford Hayes miteinander gemeinsam?«

Der junge Mann lächelte erleichtert. »Sie waren alle Präsidenten der Vereinigten Staaten von Amerika.«

Charlie seufzte. »Soll ich Ihnen verraten, wer das weiß?« sagte er. »Amerikanische Historiker, Akademiker, wissen das. Ein paar hundert College-Studenten. Und ausländische Agenten, die man mit Fakten zwangsernährt hat, in dem törichten Glauben, sie damit zu tarnen ...« Wenn Krysin dies hörte – und Charlie zweifelte nicht einen Augenblick daran, daß er es hörte –, dann war er jetzt noch übler gestimmt. »Okay – was hätten Sie sagen müssen?«

Belik wurde rot; seine Unsicherheit war nicht zu übersehen. »Ich weiß es nicht«, gab er zu, Charlies Frage beantwortend.

»Genau!« lobte Charlie. »Sie wissen es nicht. Gehen Sie nie über das hinaus, was unbedingt notwendig ist, um die Fabel aufrechtzuerhalten, die sie den Leuten vorleben. Jemand, der die Namen von drei obskuren Präsidenten der Vereinigten Staaten auswendig kennt, der zieht Aufmerksamkeit auf sich. Eine Grunderfordernis für Ihr Überleben – und buchstäblich davon reden wir hier: Von Ihrem Überleben – ist, niemals, unter keinen Umständen, Aufmerksamkeit auf sich zu lenken. Sie müssen zu Leuten werden, die niemand wahrnimmt. Sie sehen, aber Sie werden nicht gesehen...« Er zeigte auf die andere Frau. »Wie heißen Sie?«

»Olga Suworow«, antwortete die Frau. Sie war unauffällig und hatte mausfarbenes Haar – eine gute Wahl, dachte Charlie.

»Sie haben sich draußen versammelt, bevor Sie den Raum betraten?« erkundigte sich Charlie.

Sie nickte.

»Sie sehen, aber Sie werden nicht gesehen«, wiederholte Charlie. »Schauen Sie mir weiter ins Gesicht, wie Sie es jetzt gerade tun. Wenden Sie Ihren Blick nicht ab und beschreiben Sie mir, wie die anderen hier im Raum gekleidet sind.«

Olgas Augen huschten zur Seite, und Charlie befahl: »Sehen Sie mich an!«

Erwartungsgemäß fing Olga mit Natalia an. »Ein graues Kleid«, begann sie unsicher. »Mit einem Gürtel. Die Schuhe... ich glaube, die Schuhe waren schwarz. Die Männer... drei tragen Anzüge. Ich glaube, einer war grau... nein, zwei waren –«

»Stop«, sagte Charlie. Er schaute der Frau unverwandt in die Augen und rezitierte: »Sie tragen ein Pfeffer-und-Salz-farbenes Kostüm und braune Schuhe, und Sie haben eine Laufmasche im linken Strumpf. Weil Sie in dieser Stellung dasitzen, kann man es nicht sehen, aber Sie tragen eine Halskette mit einem schwarzen Steinanhänger, und Ihre Ohrringe gehören nicht dazu; sie sind dunkelblau. Die andere Frau in diesem Raum trägt ein graues Kleid, ihre Schuhe sind nicht schwarz, sondern dunkelgrau, und wenn Sie sich an den Gürtel erinnern, dann sollten Sie sich auch daran erinnern, daß das Kleid vorn mit schweren schwarzen Knöpfen geschlossen ist. Sie trägt eine Goldkette am Hals, aber keine Ohrringe, obgleich ihre Ohrläppchen durchbohrt sind. Strümpfe trägt sie nicht. Der Mann in der ersten Reihe trägt eine grüne Sportjacke und eine graue Hose ohne Bügelfalten. Er ist Raucher, denn die Finger seiner linken Hand weisen Nikotinflecken auf. Dies ist aber nicht der einzige Hinweis darauf, daß er ein starker Raucher ist: Manchmal rauchte er verstohlen; er hält dann die

Zigarette in der gewölbten Hand. Die Handfläche ist ebenfalls nikotinfleckig.« Instinktiv versteckte Belik seine Hand unter der anderen. Charlie fuhr fort. »Er trägt ein graues Hemd und eine graue Strickkrawatte. Die linke Manschette des Hemdes ist zerschlissen. Irgendwann hat einmal sein Füllfederhalter geleckt und einen großen Fleck hinterlassen, der sichtbar war, als er zu Anfang der Stunde ein paar Bleistifte für seine Notizen aus der Tasche nahm. Die beiden Männer in der hinteren Reihe tragen Anzüge; der eine ist einfach grau, der andere hat ein blaues Karomuster auf grauem Grund. Ihre Hemden sind beide weiß, die eine Krawatte ist rot, die andere gemustert, aber vorherrschend blau. Der graue Anzug ist schon alt; am linken Knie befindet sich eine Flickstelle. Der karierte ist aber auch nicht neu, denn der Hosenboden ist abgenutzt und glänzt. Beide Männer tragen schwarze Schuhe. Der Mann im grauen Anzug hat die nervöse Angewohnheit, an seinen Nägeln zu kauen, an der linken Hand stärker als an der rechten...« Der so Beschuldigte versteckte seine Hände wie vor ihm Belik. »Der Mann in dem gemusterten Anzug hat ebenfalls eine nervöse Angewohnheit. Er schiebt den Ring an seiner linken Hand hin und her. Der vierte Mann in diesem Raum hat eine braune Sportjacke an, dazu eine hellbraune Hose und derbe Schuhe. Die Schuhe sind reparaturbedürftig; die Absätze sind schiefgelaufen. Die Krawatte ist rot, und der Knoten – vermutlich in Befolgung einer früher erteilten Unterweisung – ist breit; zweifellos hat man Ihnen erklärt, dieser Stil sei im Westen, vor allem in den USA, gerade populär. Der Mann in der braunen Jacke verfolgt diese Unterrichtsstunde mit Ungeduld und hält sie für Zeitverschwendung: Er hat bereits fünfmal auf die Uhr gesehen. Er erweckte den Anschein, sich Notizen zu machen, aber den Bewegungen seines Bleistifts nach zu urteilen, sind es keine Notizen, sondern Männchen, mit denen er sich die Zeit vertreibt...«

Charlie wandte seinen Blick von Olga Suworow ab und schaute in der Klasse umher. Das Gesicht des Mannes in der braunen Jacke war rot erglüht, und Belik und der Mann in der hinteren Reihe hatten ihre Hände unter ihrem Pult verborgen. Noch ein Mätzchen, gestand Charlie sich insgeheim – später würden sie vielleicht sogar zu dem Schluß kommen, daß dieser Trick so eindrucksvoll nicht gewesen war, denn er hatte immerhin den Vorteil gehabt, sie alle hereinkommen und vor sich sitzen zu sehen, auch wenn sie einräumen mußten, daß sie hinter ihren Pulten halb verdeckt waren. Wirkungsvoll war es auf jeden Fall gewesen. Alle blickten sich verdattert an – bis auf Natalia. Sie sah Charlie jetzt ins Gesicht, und ihre Miene wirkte leicht belustigt. Belustigt? fragte sich Charlie. Oder verächtlich?

Er wandte sich an den verlegenen Mann in der braunen Jacke. »Wie nennt man Sie?«

»Popow«, antwortete der Mann. »Jurij Pawlowitsch Popow.«

»Nein!« widersprach Charlie. »Hören Sie doch zu, um Himmels willen! Hören Sie zu. Man hat Sie ausgebildet, um Sie in Länder einzuschleusen, in denen Englisch gesprochen wird: England, die Vereinigten Staaten, Kanada, Australien, Neuseeland oder – was eher unwahrscheinlich ist – Südafrika. Niemand, der Ihren Namen wissen will, wird fragen: ›Wie nennt man Sie?‹ So klingt eine konstruierte Übersetzung aus einer anderen Sprache. Es ist ein Verhörtrick, genau wie wenn man ›guten Morgen‹ auf russisch sagt.«

»Wie sollten wir denn darauf antworten?«

Die Frage kam von Natalia. Charlie sah sie an und dachte, wie attraktiv sie doch aussah. Nicht schön. Attraktiv. Eine verächtliche Frage? überlegte er, eingedenk ihres Gesichtsausdrucks vorhin. Oder war sie ernsthaft interessiert? Er sprach von Verhören und von Fallen, und sie hatte ihn verhört. Es konnte ein Test sein. Wenn er sich als zu gerissen im Durchstehen von Vernehmungen erwies, würde sie womöglich argwöhnen, daß er auch sie ausgetrickst habe. »Immer ganz unschuldig«, antwortete er. »Denn das ist es, was Sie immer sind: unschuldig an jeder Dummheit, die zu dem geführt hat, was immer gerade mit Ihnen geschieht. Nicht zornig, und nicht arrogant. Zorn und Arroganz sind natürlich auch geeignet, aber wenn sie nicht durch und durch echt sind, ist es leicht, sie zu durchschauen und zu untergraben. Unschuld ist Ihre Barriere. Denn wenn Sie unschuldig sind, ist es nur natürlich, daß Sie verwirrt sind, und wenn Sie verwirrt sind, ist es nur zu verständlich, wenn Sie stottern und sich täppisch benehmen – sogar gefährliche Fehler wird man Ihnen dann nachsehen.« Charlie zögerte; er wußte nicht, ob er fortfahren sollte. Natalia hörte ihm konzentriert zu, und ihre Aufmerksamkeit war herzerwärmend. Er redete weiter. »Aber machen Sie es sich zunutze, ein verwirrter Unschuldiger zu sein.« Er sah den Mann in der braunen Jacke an, der sich als Jurij Popow vorgestellt hatte. »›Wie nennt man Sie?‹ war eine unpassende Formulierung, und anstatt mir eifrig und beflissen zu antworten, hätten Sie den Spieß umkehren und mich fragen müssen, wie diese Frage gemeint sei. Dadurch hätten Sie das Gleichgewicht verschoben, weil ich jetzt auf Ihre Frage hätte eine Antwort geben müssen. – Sie!« Charlie deutete ganz plötzlich auf den

Mann im karierten Anzug, der in der letzten Reihe saß. »Worauf will ich mit all dem hinaus?«

Der Mann zuckte zusammen. Die plötzliche, unwillkommene Aufmerksamkeit bedrängte ihn. Seine Ahnungslosigkeit ließ ihn erröten, wie Popow vor ihm errötet war, und er sagte: »Ich weiß nicht genau ...« Kläglich verstummte er.

»Gut!« rief Charlie beifällig, und er sah, wie überrascht der Mann ihn anstarrte. »Sie haben es zwar nicht so gemeint, aber genau das ist der Sinn dieser Lektion. Begehen Sie niemals den Fehler, irgendeine Frage umfassend oder sofort beantworten zu wollen. Denken Sie immer daran, daß Sie verwirrt sind und daß Sie nicht verstehen, was los ist. Mißverstehen Sie alles, und gewinnen Sie dadurch Zeit. – Sie!« Wieder deutete er herausfordernd mit dem Finger, diesmal auf Natalia. »Was war auffällig an allem, was ich bisher gesagt habe?«

Alle anderen im Raum waren spürbar erleichtert, weil diese Frage an ihnen vorübergegangen war. Natalia indessen zeigte keinerlei Unbehagen, und auch keine Hast, im Gegenteil – sie blickte auf ihre Tischplatte, dachte über die Frage nach und sah dann wieder auf. »Es ging um Niederlagen. Alles, was Sie gesagt haben, zielte auf unsere Enttarnung. Wir müssen in der Lage sein, unsere Tarnung zu bewahren, auch wenn wir in eine Untersuchung geraten.«

Charlies Reaktion war gemischt. Zum einen empfand er Befreiung, weil sie die richtige Antwort gegeben hatte. Aber da waren auch noch andere Gefühle. »Wir« hatte sie gesagt – wir sollen unsere Tarnung bewahren. Gehörte Natalia tatsächlich zu denen, die im Ausland eingesetzt werden sollten? War sie eine von denen, die er verraten würde, wenn sie im Einsatz wären? Nur ein einziges Mal, dachte er, hätte er zu gern mehr Antworten als Fragen an einem einzigen Tag gehabt. »Richtig«, sagte er. »Genauso ist es.«

Natalia errötete beglückt, und auch Charlie war zufrieden.

»Sie!« sagte er, wieder ganz der Schulmeister, zu dem Mann in Grau, den er bisher verschont hatte. »Wie nennt man Sie?«

Der Mann runzelte die Stirn. »Tut mir leid, ich verstehe nicht, was Sie meinen.«

»Gut.« Charlie grinste. »Sehr gut. Wie ist Ihr Name?«

»Walerij Pawlowitsch Wlasow.« Der Mann war dankbar, daß er als letzter auf die Probe gestellt wurde, denn so hatte er Gelegenheit zum Lernen gehabt.

»Dann sagen Sie mir, Walerij Pawlowitsch Wlasow: Warum, glauben Sie, habe ich mich darauf konzentriert, wie man einer Vernehmung begegnet?«

Die Erleichterung des Mannes verflog wie die Luft aus einem Ballon, in den man mit der Nadel gestochen hatte. »Weil es wichtig ist«, plapperte er verzweifelt.

»Warum ist es wichtig?« drängte Charlie.

Wlasow erinnerte sich an das, was Charlie zuvor gesagt hatte. »Damit wir überleben.«

»Ist es richtig, daß ich gleich so weit gehe?« fragte Charlie.

»Ich verstehe nicht.« Der Mann versuchte, auf der bereits ausgeschilderten Route zu fliehen.

Charlie ließ ihn nicht entkommen, aber er dehnte die Frage auf alle Anwesenden aus. »Warum?« fragte er noch einmal. »Warum, denken Sie, halte ich gleich in unserer ersten Sitzung ausgerechnet Ihre Widerstandsfähigkeit für so wichtig? Sie!« Er zeigte wieder auf Natalia. »Sagen Sie mir, was Sie denken.«

Diesmal zögerte sie nicht eine Sekunde lang. »Ich glaube, Sie haben nicht das geringste Vertrauen in unsere Fähigkeit, uns einer Enttarnung zu entziehen«, antwortete sie schlicht. »Ich glaube, Sie sind davon überzeugt, daß man uns festnehmen wird, kaum daß wir angekommen sind.«

»So ist es«, erwiderte Charlie. »Keiner von Ihnen hätte auch nur die geringste Chance. Man hat Sie abgerichtet wie Tiere, man hat Ihnen Kunststücke beigebracht. Seehunde können Bälle auf der Nase balancieren, Hunde können auf den Hinterbeinen laufen – vorausgesetzt, der Trick wird immer auf die gleiche Weise, mit der gleichen Formel, befohlen. Man hat Sie in einer formelhaften Art unterwiesen, und am schnellsten fliegt derjenige auf, der sich formelhaft benimmt. Agenten benehmen sich formelhaft, gewöhnliche Menschen nicht. Gewöhnliche Menschen – also die Sorte von Menschen, zu denen Sie ja gehören sollen – begehen Fehler und betrinken sich und vergessen, ihre Miete zu zahlen ...« Charlie hob die Hand; er sah, wie Belik und Popow ihn anschauten. »Das steht nicht in Widerspruch zu dem, was ich vorhin über die Unauffälligkeit gesagt habe. Es bestätigt es eher. Normale, unverdächtige, schrankwandbesitzende Bürger tun solche Dinge. Es gibt niemanden, der nicht schon mal vergessen hätte, eine Rechnung zu bezahlen, der seinen Wagen nicht schon mal im Parkverbot abgestellt oder auf einer Party einen über den Durst getrunken hätte. Wer sind denn die Guten auf einer Party? Die Betrunkenen – oder die Nüchternen, an die man sich nachher erinnert?«

»Und was heißt das?« fragte Natalia, die sich anscheinend zur Sprecherin der Gruppe entwickelte.

»So ist es schon besser«, lobte Charlie beinahe allzu betulich.

»Geben Sie so viele Fragen zurück, wie Sie nur können. Es heißt, daß ich glaube, Sie alle müssen noch einmal von vorn anfangen zu lernen – jeder von ihnen. Das soll nicht heißen, daß Sie jetzt wieder in die Anfängerkurse zurückgehen und alles noch einmal machen sollen. Aber nachdem Sie diese Kurse absolviert haben, müssen Sie das, was Sie dort gelernt haben, dazu verwenden, zu werden, was Sie dort werden sollten: Westbürger. Sie müssen aufhören, sich zu benehmen wie Russen, denen man beigebracht hat, Bälle auf der Nasenspitze zu balancieren, wann immer es ihnen befohlen wird.«

Charlies Fähigkeit, zu beschreiben, wie jeder einzelne von ihnen aussah, war kein Kunststück – nicht mehr jedenfalls. Sie war eines gewesen, vor Jahren, als man ihm erklärt hatte, wie notwendig sie wäre; damals war sie eine bewußte Gedächtnisanstrengung gewesen, aber inzwischen geschah dergleichen instinktiv. Die bewußte Anstrengung, die er jetzt unternahm, galt ihren Gesichtern. Es waren Gesichter, an die er sich später würde erinnern müssen, wenn er den Phantombildnern gegenübersäße, damit tadellose Rekonstruktionen angefertigt und in Geheimdienstkreisen in Umlauf gebracht werden könnten, die bald zu ihrer Verhaftung führen würden. Er war ziemlich sicher, daß er sie schon genau genug würde beschreiben können, nach der ersten Sitzung, und jeder noch folgende Tag würde weiter von Vorteil sein. »Ich werde Westbürger aus Ihnen machen«, versprach er. »Instinktive, automatische, mühelos sich anpassende Westbürger. Es wird Zeiten geben, da werden Sie glauben, ich stehle Ihnen Ihre Zeit...« Er warf einen Blick zu Popow, der sogleich wieder niedergeschlagen dreinschaute. »Aber so wird es nicht sein. Ich werde Ihnen scheinbar dumme, bedeutungslose Dinge beibringen, aber genau das, was dumm und bedeutungslos erscheint, wird Sie davor bewahren, enttarnt zu werden.« Charlie blickte lächelnd im Raum umher – zum erstenmal schien er sich zu entspannen, aber ehe sie Gelegenheit hatten, diesen Eindruck zu gewinnen, redete er weiter. »Okay. Mit einer Ausnahme – und da habe ich es nicht verlangt – haben Sie alle einen Fehler begangen. Welchen?«

Wieder ging eine nervöse Bewegung durch die Gruppe; nur Natalia blieb eher gelassen.

»Sie haben mir Ihre Namen genannt«, sagte Charlie. »Weil ich hier vor Ihnen stehe und Sie unterrichte, gehen Sie davon aus, daß ich autorisiert bin, Ihre Namen zu kennen, und als ich Sie danach fragte, gehorchten Sie dieser Autorität. Wurden Sie nicht allesamt bei Ihrem Eintritt in dieses Institut mit Pseudonymen ausgestattet?«

Das war eine Frage für die spätere Rückkehr nach England. Solange er hier in Balaschika wäre, würde er über Training und Ausbildung in Erfahrung bringen, was er nur konnte. Präzise Kenntnisse über die sowjetische Agentenausbildung würden unbezahlbar sein.

Die Leute vor ihm nickten zustimmend.

»Nun, das ist aus gutem Grund geschehen«, erklärte Charlie. »Zu Ihrem Schutz, selbst hier. Die Lektion ist die gleiche wie vorhin: Fühlen Sie sich nie genötigt, zu antworten. Solange Sie nicht automatisch reagieren, vergewissern Sie sich ganz bewußt bei jeder Frage – und auch bei jeder Anweisung–, was dahintersteckt, und suchen Sie nach einem zweiten, dritten oder vierten Motiv für diese Frage, diese Anweisung . . .« Charlie zögerte; er dachte daran, wie er seine Lektionen zu Füßen Sir Archibald Willboughbys gelernt hatte, jenes Direktors, unter dem er so lange gearbeitet hatte. An eine davon erinnerte er sich wörtlich, und er zitierte sie: »Es gibt niemals eine gerade Linie in der Spionage. Es sind immer zu viele, widerstreitende Linien.«

Noch eine Stunde lang erging Charlie sich in allgemeinen Problemen, und als die Gruppe sich zum Gehen bereit machte, war die Stimmung niedergedrückter als bei ihrem Eintreten. Als sie ihre Siebensachen zusammenpackten, wandte Charlie sich an Natalia. »Kann ich Sie noch sprechen?«

Anscheinend machte es sie verlegen, zum Schluß noch vor den anderen ausgesondert zu werden; sie lächelte ihnen entschuldigend zu und sah Charlie an. Als sie allein waren, sagte Charlie: »Ich war überrascht.«

»Ich auch.«

»Sie wußten es nicht?«

»Nicht, daß Sie es sein würden. Ich wußte nur, daß dies ein zusätzlicher Kurs sein würde. Etwas Besonderes . . .« Sie zögerte, und jetzt lächelte sie ihn an. »Müßte ich bei Ihren Fragen nach einem zweiten oder dritten oder vierten Motiv suchen?«

Er grinste zurück. »Vielleicht sollten wir das beide mal tun.«

»Ich weiß nicht, ob es möglich ist, aber ich denke, es wäre wohl das beste, wenn ich beantrage, von diesem Kurs suspendiert zu werden, meinen Sie nicht auch?«

Sollte das heißen, daß sie wirklich in der Ausbildung für den Auslandseinsatz war? »Würde es Ihnen wirklich Schwierigkeiten bereiten?« fragte er.

»Natürlich.« Seine Frage schien sie zu überraschen. »Ihnen etwa nicht?«

»Weiß ich nicht«, sagte Charlie. »Aber ich glaube nicht.« Jetzt, da der Kontakt wieder bestand, wollte er ihn nicht noch einmal verlieren.

»Warum reden wir nicht ausführlich darüber?« schlug er vor. »Irgendwo anders...«

»Auch da bin ich nicht sicher, daß es eine gute Idee ist.«

»Anscheinend sind wir nie ganz sicher, wie?«

»Ich glaube, Sie haben alle durcheinandergebracht«, sagte Natalia.

»Scheint eine Angewohnheit bei mir zu sein«, erwiderte Charlie. »Daß Sie hier sind, ist etwas Neues. Die Anweisung dazu kam von außen.«

Von Berenkow, vermutete Charlie. »Hat man was dagegen?« fragte er.

»Besonders entzückt schienen die anderen Ausbilder nicht zu sein. Die heutige Gruppe gilt als Abschlußklasse.«

Charlie hätte gern gewußt, wo Natalia in all dem einzuordnen war. »Und ich sollte auf die Probe gestellt werden?«

Sie nickte. »Sie waren sehr beeindruckend.«

Charlie verspürte eine körperliche Reaktion auf dieses Lob aus ihrem Munde. Sein Magen zog sich zusammen. »Die Gruppe war es nicht«, stellte er fest.

»Vielleicht waren sie zu sehr davon überzeugt, leichtes Spiel zu haben. Zu locker.«

»Das ist keine Entschuldigung. Nicht mal eine Erklärung«, entgegnete Charlie professionell.

Er sah ihr Gesicht dicht vor sich und bereute, daß er so schroff geantwortet hatte. »Das sollte kein Vorwurf sein«, fügte er hinzu.

»Ich sollte jetzt wohl zu den anderen gehen.«

»Ich kann jetzt«, erklärte Charlie absichtlich töricht.

Stirnrunzelnd sah sie ihn an. »Ich verstehe nicht...«

»Bei einer der Vernehmungen sagte ich mal, ich könne Sie nicht zum Essen einladen, weil ich kein Geld hätte. Nun – für diesen Job werde ich bezahlt. Was machen Sie heute abend?«

Wieder lächelte sie ihn an, und sie schüttelte den Kopf. »Nein«, sagte sie.

»Warum nicht?«

»Sie wissen, warum nicht.«

»Nein, weiß ich nicht«, erwiderte Charlie, immer noch absichtlich begriffsstutzig. Wenn es ihr jetzt gelänge, ihn abzuweisen, würde ihr jede weitere Weigerung leichter fallen.

»Es würde nicht statthaft aussehen.«

»Wer würde es denn sehen?« Wenn sie es wüßten, wären sie wahrscheinlich beide überrascht, dachte er.

»In Moskau essen zu gehen ist nicht so einfach wie im Westen«, meinte sie.

Sie wurde schwach, und Charlie merkte es. »Trotzdem würde ich es gern versuchen«, sagte er. »Bitte.«

Natalia zögerte. Schließlich sagte sie: »Also gut.«

Charlie fühlte, wie sein Magen sich schon wieder zusammenzog.

Kalenin stellte seine Miniaturpanzer auf, um Montgomerys Begegnung mit Rommel in Nordafrika nachzuspielen, völlig vertraut mit den Finten und Strategien dieser Schlacht. Nachdem er die Truppen formiert hatte, starrte er auf sie hinab. Ein Sandsturm hatte getobt, erinnerte er sich – ein blendender, alles verhüllender Sandsturm, und Montgomery hatte ihn genutzt.

Wurde er von einem Sandsturm abgelenkt? überlegte der KGB-Chef. Er wußte, er hatte alles getan, was richtig war, hatte die richtigen Züge unternommen, um den Verräter zu enttarnen. Trotzdem konnte er nichts erkennen. Was also machte er falsch? Was hinderte ihn daran, in die richtige Richtung zu schauen?

Kalenin wandte seinem Spieltisch uninteressiert den Rücken zu. Vom Politbüro hatte er den Befehl bekommen, regelmäßig Bericht zu erstatten. Kalenin wußte, daß er nur selten – irgendwann während seiner Laufbahn – in einer so prekären Lage gewesen war.

23

Bereitwillig ließ Charlie sich von Natalia in allem führen, denn sosehr er sich auch von ihr angezogen fühlte und so aufrichtig sie auch zu sein schien, er glaubte doch nicht an Zufälle, ebensowenig wie er glaubte, daß der Weihnachtsmann jedes Jahr im Dezember durch den Schornstein herunterstieg, und er konnte sich nicht damit abfinden, daß sie in Balaschika einfach in seine Klasse gekommen sein sollte. Ihre Entscheidung, in das Hotel Rossija zu gehen, erweckte seine Neugier, denn dies war das Hotel, in welches er nach seinem rebellischen Ausflug zum Kaufhaus GUM gegangen war; aber das Restaurant im obersten Stockwerk gefiel ihm, denn hier bot sich ein prachtvoller Ausblick über das Zentrum von Moskau. Die Weinkarte enthielt ausschließlich sowjetische Gewächse, und er fragte sich, was Berenkow wohl bestellen würde; zumindest, dachte er, hinderte es ihn daran, Fehler zu begehen. Er wählte einen Rotwein aus Georgien; der Wein schmeckte gut, und Charlie war erleichtert. Er wollte sich vor ihr nicht blamieren. Sein Benehmen – das er, objektiv wie immer, als nervös erkannte – faszinierte ihn, denn seine Nervosität wurzelte nicht in seiner Unsicherheit hinsichtlich ihrer wahren Funktion, sondern in dem schlichten Umstand, daß er sich in ihrer Gesellschaft befand. Nachdem er mit dem Wein Glück gehabt hatte, überließ er ihr die Auswahl der Speisen. Sie bestellte eine kalte Fischplatte und dann ein Gulasch, das ausgezeichnet war. Die Bedienung war typisch russisch, also langsam, aber Charlie hatte es nicht eilig, und die Verzögerungen kamen ihm ganz recht: Bevor das Gulasch serviert wurde, hatte er schon die zweite Flasche Wein in Auftrag gegeben. Anfangs herrschte zwischen ihnen die gleiche Zurückhaltung wie in der Schule, so daß Charlie, obwohl er beschlossen hatte, in der Frage, wo und was sie essen wollten, ihr die Entscheidung zu überlassen, gezwungen war, sie im Gespräch aus der Reserve zu locken und das Eis Stück für Stück zu schmelzen. Beinahe sofort erkundigte sie sich spöttisch, von wievielen Seiten sie seine Fragen zu betrachten habe; er streckte ihr einen Finger entgegen, und sie erriet, was sie zu tun hatte: Sie berührte ihn mit ihrem Zeigefinger, und Charlie erklärte, damit sei ein Abkommen besiegelt, und keiner dürfe mehr mißtrauisch gegen den anderen sein; seine eigene Heuchelei dabei bereitete ihm nicht das geringste Kopfzerbrechen. Nach und nach wurde sie gesprächig. Sie erzählte ihm von ihrer Heimatstadt Penza, und wie sie ganz jung nach Moskau gekommen war, schon im ersten Jahr ihres Universitätsstudiums, weil die Personalauswähler des KGB Berichte über ihre Fähigkeiten erhalten hatten, vor allem was Sprachen anging. Charlie hatte den Eindruck, daß sie es offensichtlich genoß, beim Geheimdienst zu arbeiten, denn es brachte viele Vorteile mit sich. Sie erzählte, daß ihre Ausbildung umfangreich und ihre Noten eindrucksvoll gewesen waren, so eindrucksvoll, daß man ihr angeboten hatte, ihr Studium um das Fach Psychologie zu erweitern – was sie auch getan hatte –, um sich auf die Funktion vorzubereiten, die sie schließlich erhalten hatte. Nach dieser Eröffnung fragte Charlie geradeheraus, ob ihre Ausbildung nun weiter fortgesetzt werde und ob etwa geplant würde, sie im Ausland einzusetzen – die einzige Erklärung für ihre Anwesenheit in seinem Kurs. Diesmal streckte sie ihm ihren Finger entgegen, und Charlie, dem dieses Spiel gefiel, berührte ihre Fingerspitze mit der seinen – es gefiel ihm auch, sie zu berühren –, und dann gab sie zu, daß es nicht geplant wäre. Sie unternahm nicht erst den Versuch, ihren Stolz zu verbergen, als sie ihm erzählte, daß sie die leitende Psychologin der Vernehmungssektion sei und daß sie in der Schule die Aufgabe hätte, das Abschlußgutachten über die Eignung der anderen fünf für den

Einsatz im Ausland zu erstellen. Charlies erste, jähe Reaktion war die der Erleichterung, denn dies bedeutete, daß er in nächster Zukunft nicht gezwungen sein würde, sie in die Falle gehen, verhaften und einkerkern zu lassen, in das Grauen des Gefängnisses, wie er es gekannt hatte – in England oder in Amerika. Aber gleichzeitig sah ein anderer Teil seines Gehirns – der niemals ruhende, niemals schlafende, niemals entspannte professionelle Teil –, daß hier etwas nicht stimmte.

»Dann hatte es also nichts zu bedeuten, wie?« fragte er.

Sie sah ihn an, das Gesicht verunsichert in Falten gelegt. »Was hatte nichts zu bedeuten?«

»Was Sie in der Klasse sagten – daß Sie beantragen wollten, von diesem Kurs suspendiert zu werden. Weil Sie ja auch sagten, es sei etwas Besonderes, etwas Neues. Es gibt keine anderen Kurse, in die Sie wechseln könnten.«

Sie lächelte ihn voller Bewunderung an. »Ich habe auch gesagt, Sie seien beeindruckend«, meinte sie. »Ich hatte gehofft, Sie würden sich nicht erinnern.«

»Warum?«

»Weil es eine Lüge war. Es war ernst gemeint, als ich sagte, ich sei überrascht gewesen, als ich heute hereinkam und Sie dort sah. Ich wußte nicht, wie ich reagieren sollte. Niemand hatte mich vorgewarnt. Ich weiß nicht, warum sie es nicht getan haben; es war dumm, es nicht zu tun. Und weil ich so verunsichert war, habe ich das Theater einfach weitergespielt, bis ich mir draußen Rat holen konnte.«

»Bei Krysin?«

»Ja.«

»Haben Sie ihm erzählt, daß wir uns heute abend treffen?«

Wieder runzelte sie die Stirn. »Gibt es einen Grund, weshalb ich es nicht hätte tun sollen?«

Statt ihre Frage zu beantworten, schob Charlie eine zweite hinterdrein. »Was hätten Sie getan, wenn Krysin gesagt hätte, nein, Sie dürfen nicht hingehen?«

»Daß ich es ihm gesagt habe, geschah aus Höflichkeit«, erläuterte sie. »Ich bin Krysin gleichgestellt, was den Rang betrifft. Und den Einfluß. Er verfügt nicht über die Autorität, mir etwas zu verbieten.«

»Was hätten Sie getan, wenn er sich dagegen ausgesprochen hätte?« beharrte Charlie.

Natalia schaute in ihr Weinglas. »Ich weiß es nicht«, gestand sie. »Ich glaube, ich wäre gekommen, aber ich bin nicht sicher.«

»Er könnte Sie also beeinflussen?«

»Nicht, was mein Privatleben angeht, nein«, präzisierte sie. »Ich hätte auf Krysin gehört, wenn ich dächte, daß es zu Schwierigkeiten für die anderen fünf im Kurs führen könnte, wenn ich mich mit Ihnen einlasse, denn sie sind der Dreh- und Angelpunkt des Ganzen, nicht Ihr oder mein Privatleben.«

»Lassen Sie sich mit mir ein?« fragte Charlie blitzschnell.

»Nein«, antwortete sie sofort.

Beinahe zu scharf, fand Charlie, und er sah die Gelegenheit zu einer noch nicht gestellten Frage: »Sind Sie verheiratet?«

»Wäre es von Bedeutung, wenn ich es wäre?«

»Müßten Sie das nicht selbst entscheiden?«

»Warum?« erwiderte sie. »Was für eine bourgeoise Frage! Was um alles in der Welt kann irgend jemand dagegen einwenden, daß ein verheirateter Mann oder eine verheiratete Frau mit jemandem essen geht?«

»Die Rollen sind wieder vertauscht«, stellte Charlie fest.

Sein Ausweichen verwirrte sie, und das sollte es auch. »Was meinen Sie damit?«

»Sie haben jetzt wieder die Führung«, sagte er.

Sie lächelte widerwillig. »Beantworten Sie meine Frage«, forderte sie ihn auf.

»Nichts«, antwortete er, »absolut nichts kann irgend jemand dagegen einwenden. Und jetzt beantworten Sie meine: Geschieht es soeben?«

Natalia seufzte, aber Charlie hatte nicht den Eindruck, daß es gereizt klang. »Ich habe im ersten Jahr hier in Moskau geheiratet«, sagte sie. »Er war Major in einer Grenzschutzdivision. Ein unglaublicher Mann, in jeder Hinsicht. Die hervorstechendste Hinsicht jedoch war die sexuelle; er erwartete, daß ich für die anderen Frauen Verständnis zeigte, aber das konnte ich nicht. Also ließ ich mich von ihm scheiden.«

»Es klingt, als ob Sie ihn immer noch liebten«, fand Charlie.

»Oh, das tue ich auch«, gab sie sofort zu. »Sehr sogar.«

Enttäuschung umhüllte Charlie wie eine Decke, die ihm jemand über den Kopf geworfen hatte, so daß es ringsumher finster wurde. »Warum versuchen Sie nicht, wieder mit ihm zusammenzukommen?« fragte er.

»Habe ich versucht«, antwortete sie, immer noch offen und ehrlich. »Er ist nicht interessiert.«

»Das tut mir leid«, sagte Charlie achtlos.

»Warum sollte es Ihnen leid tun?«

Er lächelte; allmählich faßte er sich wieder. »Das war nur eine von diesen dummen, bedeutungslosen, westlichen Reaktionen.«

»Wenigstens ist Eduard noch da«, sagte sie. »Er ist jetzt zehn. Ein sehr intelligentes Kind. Eigentlich habe ich Glück, wenn man die Vorteile bedenkt, die meine Arbeit mit sich bringt. Er ist in einem Internat und erhält dort eine wundervolle Erziehung.«

Ein KGB-Internat, vermutete Charlie. In gewisser Weise wirkte die Vorstellung, ein Kind so früh dem Geheimdienst einzuverleiben, obszön wie eine Legebatterie. Das gleiche, dachte er, galt wohl für Priesterseminare, obwohl er sich nicht vorstellen konnte, daß einem Priester dieser Vergleich gefallen hätte. »Wie oft sehen Sie ihn?« fragte er.

»Nicht oft genug«, antwortete Natalia. »Ich hätte ihn lieber bei mir zu Hause, aber es ist besser für ihn, wie es jetzt ist.«

Nach dem Gulasch wollte keiner der beiden noch ein Dessert. Charlie bestellte Kaffee und Brandy – russischen. »Nun?« fragte er.

»Nun was?«

»War es so schlimm?«

»Nein«, sagte sie. »Es war sehr nett. Danke.«

Ihre Wohnung war sehr viel zentraler gelegen als seine, in einer Nebenstraße der Mytninskaja. Im Erdgeschoß saß die übliche Concierge, und Natalia reagierte nicht, als Charlie zuversichtlich dort vorbeischlenderte, sie zum Aufzug begleitete und mit ihr hinauf zu ihrer Wohnung fuhr. Hier roch es nicht, stellte Charlie fest. An der Wohnungstür drehte sie sich um. »Nein«, sagte sie.

»Was – nein?« fragte er unschuldig.

»Einfach nein.« Sie streckte formell die Hand aus. »Nochmals vielen Dank. Es hat sehr viel Spaß gemacht.«

Charlie ergriff ihre Hand und dachte, um wieviel besser als Fingerspitzenberühren das war. »Mir auch«, sagte er. »Kommen Sie morgen nicht zu spät zur Schule.«

»Waren sie wirklich schlecht?« fragte sie ernsthaft. »So schlecht, wie Sie sie gemacht haben?«

»Sie waren hundsmiserabel«, sagte Charlie.

In seinem gewohnten Überschwang bestand Berenkow auf einem festlichen Abendessen, und in ihrem gewohnten Gehorsam traf Walentina die notwendigen Vorbereitungen. Berenkow übernahm naturgemäß die Verantwortung für die Weine. Für die zahlreichen Trinksprüche gab es importierten Champagner aus Frankreich, und der Wein zum Essen sowie der Brandy hinterher waren ebenfalls französisch. Georgij, der seinen Vater immer noch nicht restlos kennengelernt hatte, hörte dessen flammende Reden mit ehrfürchtigem Staunen, und noch verlegener hörte er die Gratulationen, mit denen Berenkow ihn immer wieder bedachte, das Lob für die mit kaum überbietbarem Notenerfolg bestandene Prüfung und die Prophezeiung der Triumphe, die Georgij in der westlichen Universität feiern würde – wo auch immer das sein würde. Der Junge trank ein bißchen zuviel und ging auf wackligen Beinen zu Bett; als er den Tisch verlassen hatte, sagte Walentina: »Ich kann mich nicht damit abfinden. Ich habe es versucht – ich habe versucht, zu glauben, daß es für ihn so gut sein wird, wie du immer sagst – aber ich kann mich nicht damit abfinden.«

»Es wird, wie du immer sagst – aber ich kann mich nicht damit abfinden.«

»Es wird anders sein als beim ersten Mal«, versicherte Berenkow. »Beim ersten Mal wußten wir nicht, ob wir je wieder zusammensein würden, du und ich. So wird es diesmal nicht sein.«

»Wie lange wird es dauern?« fragte die Frau; sie wollte es genau wissen.

»Zwei Jahre«, sagte Berenkow. »Es wird bestimmt nicht länger dauern als zwei Jahre.«

»Zwei Jahre, ohne ihn zu sehen!«

»Vielleicht werden wir ihn ja früher sehen können. Vielleicht wird es nicht zwei Jahre dauern müssen.«

»Du meinst, er wird in den Ferien nach Hause kommen können?«

»Ich meine, wir werden ihn sehen«, antwortete Berenkow. »Selbstverständlich werden wir ihn sehen.«

24

Charlie war ein unnachgiebiger, unerbittlicher Ausbilder, weil er es sein mußte. Um zu gewinnen. Und um zu überleben. Er konzentrierte sich – wie er es immer tat – vor allem anderen auf sein Überleben, und so hatte er Natalias Warnung entnommen, daß diejenigen, die er unterrichtete und die schließlich bereits als qualifiziert galten, Krysin oder sonst jemandem in Balaschika Meldung machen würden, wenn er sich nicht den Anschein gäbe, für den Unterricht alles und noch mehr zu tun. Und indem er alles und noch mehr tat, gewann er zugleich, denn eben dadurch konnte er erfahren, wie gut sie wirklich waren – wie hoch folglich ihr Ausbildungsstandard war –, und gleichzeitig konnte er vieles über das Institut bei der Gofkowskoj-

Chaussee lernen; das alles gedachte er nach England mitzunehmen. Unter dem Vorwand, ihre Technik zu kontrollieren, ließ er sie ihr gesamtes Handwerkszeug demonstrieren; sie mußten ihm erzählen, wie sie Spionagezellen einrichteten, wie sie innerhalb dieser Zellen kommunizierten, wie sie ihre Briefkästen und Kontaktverfahren organisierten und – was das wichtigste war – wie sie die Verbindung mit Moskau aufrechterhielten. Immer wieder korrigierte und modifizierte er, voller Zuversicht, daß sie niemals Gelegenheit haben würde, sich die Kenntnisse, die er ihnen vermittelte, zunutze zu machen, und die ganze Zeit über war ihm bewußt, daß er nicht nur gewann und überlebte, sondern außerdem der Mittelpunkt von Natalias Aufmerksamkeit und ihrer wachsenden Bewunderung war.

Charlie mäßigte – wenn auch nur insgeheim – die vernichtende Meinung, die er anfangs über ihre Fähigkeiten gehabt hatte. Sie waren gut und in mancher Hinsicht eindrucksvoll ausgebildet. Aber sie hatten alles schematisch gelernt, beinahe ohne einen Hinweis darauf, wie sie improvisieren oder sich anpassen konnten, wenn die Umstände, für die man sie vorbereitet hatte, einmal nicht in das erwartete Schema passen sollten. Charlie vermutete, daß die Leute in London, denen er später Bericht erstatten würde, mit Faszination zur Kenntnis nehmen würden, wie wenig Eigeninitiative Moskau seinen Agenten gestattete.

Fasziniert würden sie auch hören, was er über Balaschika zu erzählen hatte. Von einer vergleichbaren Einrichtung in England hatte Charlie noch nie gehört. Er schätzte, daß das Trainingslager des CIA in Camp Peary, Virginia, ähnlich aussehen würde, aber wahrscheinlich war selbst dies nicht so üppig ausgestattet. Die Anlage war eine Enklave in einer Enklave; Charlie schätzte, daß sie sich über mehrere tausend Morgen erstreckte. Im Zentrum lagen Klassenräume und Verwaltungsbüros. Die auszubildenden Agenten lebten auf dem Gelände in Schlaftrakten, die an den Zentralblock grenzten. Es gab komplette Nachbauten typischer Straßen und Häuser aus Städten des Westens. Indem er darauf bestand, die Leistungen seiner Klasse in einer möglichst authentischen Umgebung zu begutachten, erlangte Charlie Zutritt zu den Reproduktionen englischer, amerikanischer, kanadischer und französischer Ortschaften. Es gab Bereiche, die ihm verschlossen blieben; in einem davon erklang unüberhörbarer Explosionsdonner, und Charlie begriff, daß hier auch die *Spetnaz*-Einheiten ausgebildet wurden. Flüchtig fragte er sich, ob auch Lezow und der andere Agent, der ihn aus England herausgeholt hatte, hier trainiert worden waren.

Krysin blieb feindselig, aber Charlie ignorierte die Haltung des Mannes; er war entschlossen, soviel Informationen über Personal und Einrichtungen mitzunehmen, wie er nur sammeln konnte. Er bedrängte die Leute in den Freizeit- und Speiseräumen und erfand glaubhafte Fragen zur früheren Ausbildung derer, die er jetzt zu unterweisen hatte, und auf diese Weise gelangte er auch in die Klassenräume und Büros der anderen Ausbilder, bis Krysin ihn eines Tages kommen ließ und ihn darauf aufmerksam machte, daß er gegen die Vorschriften verstoße und daß sämtliche Fragen und Erkundigungen über seinen – des Direktors – Schreibtisch zu leiten seien. Charlie konnte darauf – in aller Unschuld – erwidern, daß ihm von der Existenz einer derartigen Vorschrift nichts bekannt gewesen wäre, und Krysin mußte zugeben, daß er ihn nicht darauf aufmerksam gemacht hatte, was nicht eben dazu beitrug, das Verhältnis zwischen ihnen zu verbessern. Charlie kümmerte das nicht. Inzwischen hatte er die Namen von fünf Ausbildern – abgesehen von Krysin – herausfinden können, und indem er unangemeldet und ungebeten in mehrere Klassenräume hineingeplatzt war, hatte er sich vier weitere Agenten im Infiltrationstraining genau ansehen und einprägen können.

Jedesmal, wenn er Natalia einlud, abends mit ihm auszugehen, nahm sie an. Sie aßen aserbaidschanisch im Restaurant Baku, besuchten eine Aufführung im Zentralkonzertsaal, und weil sie darauf bestand – sie behauptete, er habe so etwas noch nie gesehen –, gingen sie auch in den Moskauer Staatszirkus; Charlie mußte zugeben, daß sie recht gehabt hatte. Wenn ein solcher Abend dann zu Ende ging, geleitete Charlie sie zu ihrer Wohnungstür, sie streckte höflich die Hand aus, und Charlie schüttelte sie ebenso höflich. Nach dem Zirkus versuchte er, sie zu küssen, aber sie drehte den Kopf zur Seite, und er landete nur einen Schmatz auf ihrer Wange – eine weitere Höflichkeitsgeste.

Charlie faßte den Plan, am Donnerstag Kontakt aufzunehmen. Er wußte, daß Krysin hartnäckig versuchte, etwas an ihm auszusetzen, aber er hatte bisher nichts gefunden – abgesehen von seiner naseweisen Fragerei, und da hatte Krysin sich die Schuld selbst zuschreiben müssen –, und so war zu erwarten, daß der Direktor sich gegen den Vorschlag sträuben würde. Charlie war darauf vorbereitet und betonte immer wieder, wie notwendig es wäre, daß die Leute das, was sie in der Ausbildung gelernt hätten, auf der Straße in die Praxis umsetzen könnten, und als er es in Form einer Herausforderung darstellte – er wolle ihre anfängliche Ausbildung gegen sein nachfolgendes Training setzen –, erlangte er schließlich Krysins Zustimmung. Auch der Klasse präsentierte er es als Herausforderung; er warnte sie vor und teilte ihnen am Mittwoch mit, daß er am folgenden Tage der Hase sein werde und sie die Hunde zu spielen hätten, und daß er innerhalb einer Stunde sämtliche Verfolger abzuschütteln gedenke. Im Grunde war es nicht notwendig gewesen, sie herauszufordern, das wußte Charlie –, er wollte Natalia beeindrucken, das war alles.

Charlie benutzte ausgiebig die Metro, fuhr kreuz und quer durch die Stadt und hängte Popo und Olga Suworow ab, indem er so tat, als wolle er an der Station Kasan den Zug verlassen, und dann in letzter Sekunde wieder aufsprang. Zweimal stieg er danach um, und schließlich trat er an der Station Kiew wieder auf die Straße hinaus. Er hatte Glück, denn just in diesem Augenblick wurde ein Ausflugsdampfer, der die Moskwa hinaufschippern sollte, startklar gemacht. Hastig lief er zur Anlegestelle und drängte sich in die Schlange der letzten Wartenden. Belik versuchte, ihm zuvorzukommen, und wenige Augenblicke später stand er an der Reling und spähte verzweifelt um sich, als das Boot ablegte. Charlie stand noch am Ufer. Er verschwand wieder in der Untergrundbahn, und jetzt fuhr er bis Kursk. Das Museum für Orientalische Kunst war ein idealer Platz: Ein weitläufiges, großes Gebäude mit zahlreichen, verwirrenden Räumen, und durch den Notausgang gelangte er schließlich nicht auf die Hauptstraße, die Obucha-Straße, hinaus, sondern in eine schmale Seitengasse. Durch den Park am Ufer des Jausa kam er zu dem Sanatorium, das in der Villa auf dem Gelände eingerichtet worden war; er betrat das Haus und verließ es wiederum durch einen Seitenausgang, so daß er es vermied, dieselbe Tür zweimal zu benutzen. Auf sein Glück vertrauend, bestieg er am Rande des Parks einen Bus, der nicht in die Richtung fuhr, in die er wollte, sondern in die entgegengesetzte. Zwei Haltestellen weiter stieg er wieder aus und fuhr mit einem anderen Bus auf demselben Weg zurück, bis er eine passende Metrostation erblickte, wo er sich wieder unter die Erde begeben konnte. Zweimal wechselte er den Zug, aber beim zweitenmal blieb er auf derselben Linie, und an der Station Arbazkaja, unweit des Kreml, kam er wieder ans Tageslicht. Er marschierte nicht geradewegs zum GUM, sondern ging bewußt langsam um den Dserschinski-Platz herum, und er betrachtete die ziegenbärtige Statue des Mannes, nach dem der Platz benannt ist, der Gründer des sowjetischen Geheimdienstes. Dann bestaunte er die unebene Fassade der KGB-Zentrale. Dort hinein war er nicht gekommen, wie Wilson gehofft hatte. Aber das wäre auch zuviel des Guten gewesen. Er war auf Berenkow gestoßen, und das war gut. Er hatte sich in Balaschika einschmuggeln können, und auch das war gut. Verdammt gut. Wenn er jetzt nur noch den Kontakt herstellen und die ganze Chose hinter sich bringen könnte. Charlie schlenderte weiter, das Gebäude immer noch vor sich. Es lag dem GUM günstig gegenüber, falls der Informant wirklich dort sein sollte, dachte er.

Schließlich betrat Charlie das riesige Kaufhaus durch den verabredeten Eingang und lungerte, den Stadtführer und die *Prawda* als Erkennungszeichen in der Linken, dort herum; er kam sich sehr auffällig vor, und das behagte ihm nicht. Er wartete fünfzehn Minuten lang und ging dann weiter hinein. In seinen Füßen pochte der Schmerz; das Abhängen der Verfolger hatte sie angestrengt. Zunächst ohne bewußte Absicht, doch dann mit wachsender Entschlossenheit bewegte er sich auf die Schuhabteilung zu, die im zweiten Stock lag, und diesmal sah er sich konzentrierter um als beim erstenmal. Immer noch fand er die Schuhe hier allesamt ziemlich groß und unförmig, aber schließlich entdeckte er doch ein Paar, dessen Material eine gewisse Ähnlichkeit mit dem Wildleder der Hush Puppies hatte, die so gut zu seinen Füßen waren. Er probierte die Schuhe an, wackelte prüfend mit den Zehen, um festzustellen, wieviel Platz sie dort hatten, und dann unternahm er einen kurzen Versuchsgang. Nicht schlecht, dachte er; die Dinger würden sich weiten und auf jeden Fall bequemer sein als die, die er jetzt trug. Er zahlte und behielt sie an; die alten ließ er sich in eine Tüte stopfen.

Er kehrte zurück zu der vereinbarten Stelle unten am Eingang und verbrachte dort noch einmal fünfzehn Minuten, wachsam um sich blickend, in Erwartung, angesprochen zu werden. Na, nun komm schon! dachte er in jähem Überdruß. Wer immer der Fremde sein mochte, er mußte ein Profi sein, und Charlie fand, daß der Mann, wenn er ein Profi war, nun wirklich Zeit genug gehabt hatte, sich zu vergewissern, daß niemand ihn überwachte. Er blickte im Kaufhaus umher und suchte nach Berenkows vertrautem Gesicht. Ringsumher wimmelte es von Kunden; an einer Theke ganz in der Nähe debattierte ein amerikanisches Ehepaar über die Vorzüge geschliffener Gläser als Souvenirs und entschied sich schließlich dagegen. Charlie bewegte seine Zehen in den neuen Schuhen, krümmte und streckte sie und versuchte, das Leder möglichst rasch in eine bequeme Form zu bringen. Berenkow konnte er nirgends entdecken.

»Gibt es eine Siegesprämie?«

Obwohl er darauf vorbereitet war, angesprochen zu werden – ja, er hatte sogar darauf gewartet –, schrak Charlie beim Klang der vertrauten Stimme doch zusammen.

Natalia strahlte ihn an. »Was ist denn?« Das Lächeln wich einem besorgten Stirnrunzeln.

»Sie haben mich erschreckt«, antwortete Charlie aufrichtig. War das möglich? Sie gehörte zum Geheimdienst – aber hatte sie einen so umfassenden Zugang zu allen Informationen, wie Wilson es vermutet hatte? Warum nicht? Als Vernehmungsspezialistin und Gutachterin überstand sie mehr als nur einer Abteilung. Bei Licht besehen, war es eine ideale Plazierung. Es mußte ja nicht Berenkow sein. Tausend Fragen stürzten auf ihn ein, wirbelten umeinander.

»Das war hochnäsig«, sagte sie.

»Was?« Langsam faßte Charlie sich wieder.

»Daß Sie glaubten, Sie könnten uns alle abschütteln.«

Das war es wohl, falls sie ihm wirklich die ganze Zeit über gefolgt war – und gefährlich war es auch, denn er hatte sich immer wieder wachsam umgesehen, und er hatte sie nicht bemerkt. »Den ganzen Weg?« fragte er.

Natalia nickte, überaus zufrieden mit sich selbst. »In der Metro hätte ich Sie fast verloren, in Ploschtschad Nogina. Aber im letzten Moment habe ich gesehen, daß Sie umgestiegen waren.«

Charlie wollte immer noch Zeit gewinnen; er faßte ihren Arm und begann, sie zum Ausgang zu führen. Wo blieb das Tschechow-Zitat, das ihm als Bestätigung dienen sollte? Draußen erschauerte er sogar, um es ihr naheliegend – und einfach – erscheinen zu lassen, und er sagte: »Es ist plötzlich kalt.«

»Mich hat's warm gehalten, Ihnen auf den Fersen zu bleiben«, erwiderte sie.

Es würde gegen alle Regeln und Vorsichtsmaßnahmen verstoßen, wenn er den ersten Schritt täte. »Es gibt eine Prämie«, sagte er. Er nickte zum Rossija-Hotel hinüber, wo sie zum erstenmal zusammen gegessen hatten. »Einen Glückwunsch-Drink.«

Die Unsicherheit blieb, und sie irritierte ihn. Wenn der Grund für ihr Auftauchen in dem Kaufhaus tatsächlich der war, den sie angab – schlicht ein Ergebnis ihrer Erfahrung –, dann bestand die Möglichkeit, daß der Überläufer, falls er sie gesehen hatte, von ihr verschreckt worden war. Das aber bedeutete, daß er allzu hochnäsig und selbstsicher gewesen war. Schlimmer noch – es hieß, daß er wahrscheinlich alles vermasselt hatte.

Er führte sie in die Dachbar neben dem Restaurant. »Ich bin beeindruckt«, erklärte er.

»Das sollten Sie auch sein«, antwortete sie mit plötzlicher Ernsthaftigkeit.

Charlie wartete hoffnungsvoll, aber sie redete nicht weiter. »Ich dachte, Sie wären Psychologin und Gutachterin«, sagte er schließlich.

»Meine gutachterliche Tätigkeit ist sehr umfassend«, antwortete sie. »Sie bezieht sich auf die praktische Arbeit wie auf alles andere.«

Sie wußte das Kennwort nicht, erkannte Charlie. Es war also tatsächlich ihre Geschicklichkeit gewesen. Und seine Unfähigkeit. Die Erkenntnis, daß sie ihm auf der Straße ebenbürtig war, machte ihn unglücklich; er hatte nicht geglaubt, daß jemand es sein könnte. Hochnäsig – wie sie gesagt hatte. Er wartete, bis der Wein serviert wurde, hob sein Glas und sagte: »Herzlichen Glückwunsch.«

Sie kicherte, als sie ihn durchschaute. »Sie sind beleidigt!« stellte sie vergnügt fest.

»Nein, bin ich nicht«, erwiderte Charlie abwehrend.

»Sind Sie doch! Ich weiß, daß Sie es sind. Sie hielten sich für besser als alle anderen.«

Scheiß-Psychologen! dachte Charlie. »Die anderen haben's nicht geschafft«, sagte er. »Keiner von ihnen. Also werden wir es wiederholen müssen. Sie auch. Ich wette, beim nächsten Mal hänge ich Sie ab.«

»Die Wette gilt.« Sie streckte ihm die Hand entgegen.

Charlie spielte mit und meinte: »Allmählich habe ich es satt, dieses dauernde Händeschütteln.«

Noch einmal wurde Natalia plötzlich ganz ernst, und sie sagte: »Ich auch.«

Ein paar Augenblicke lang schauten sie einander unverwandt an, und Charlie verspürte die Nervosität, die er in ihrer Gegenwart schon früher empfunden hatte. »Die Übung soll den ganzen Tag dauern«, stellte er fest. »Wir müssen nicht nach Balaschika zurück.«

»Nein«, sagte sie zustimmend.

»Meine Wohnung liegt weit draußen«, sagte Charlie. »Die Nachbarn kochen dauernd Kohl.«

Sie erhob sich wortlos, und auf dem Weg zu ihrer Wohnung sagte keiner etwas. Sie kamen an der vertrauten Concierge vorbei, und Natalia hatte den Schlüssel bereits in der Hand, als sie die Wohnungstür erreichten. Die Wohnung war adrett und peinlich ordentlich wie Natalia selbst – ein kleines Appartment, dessen Wohnzimmer sich mittels einer ausklappbaren Couch in einen Schlafraum verwandeln ließ. Sie nahm den Umbau vor. Anscheinend machte es sie verlegen, ihn jetzt tatsächlich in der Wohnung zu haben; sie sah ihn nicht an. Als sie sich, immer noch, ohne ihn anzuschauen, vom Bett abwandte, streckte er die Hand aus, so daß sie stehenbleiben mußte, und zog sie an sich. Er fühlte, daß sie zitterte. Er küßte sie, anfangs nicht besonders geschickt, aber dann verflog ihre Nervosität, und sie reagierte, und es wurde besser. Auch Charlie war nervös, vor allem bei dem Gedanken, mit ihr zu schlafen, denn es war so lange her, und beim ersten Mal ging es auch nicht sehr gut, und das machte ihn noch nervöser. Ihre Brüste waren sehr voll; er hatte gewußt, daß sie so sein würden. Er streichelte sie, und sie reagierte, und Charlie wußte, er würde es noch einmal tun können, und darüber war er froh. Beim zweiten Mal war es viel besser; sie begannen, sich aneinander zu gewöhnen, und einer paßte sich der Geschwindigkeit des anderen an. Sie erreichte vor ihm ihren Höhepunkt, und auch das freute ihn, und als es vorüber war, umschlang sie ihn fest und ließ ihn nicht los.

»Wundervoll«, sagte sie. »Das war wundervoll.«

»Für mich auch«, sagte Charlie.

»Ich hatte es fast vergessen.«

»Ich auch.«

»Charlie?«

»Was?«

»Ich möchte dir etwas erzählen. Warum ich in deiner Klasse bin.«

Sie ließ ihn los, während sie sprach, so daß er neben sie gleiten konnte. Er stützte sich auf dem Ellbogen auf und sah auf sie herab. »Warum denn?«

»Nicht nur, um die anderen zu begutachten«, sagte sie. »Ich sollte dich auch begutachten. Ich sollte das, was du tust, mit dem Benehmen vergleichen, das du bei den Vernehmungen gezeigt hast.«

»Du wußtest also, daß ich dasein würde, damals, am ersten Tag?«

Sie nickte. »Es sollte dich aus dem Gleichgewicht bringen.«

Das hatte es verflucht auch getan! dachte Charlie. Er sagte: »Warum zum Teufel haben sie mich denn reingelassen in den Laden, wenn sie mir nicht trauten?«

»Sie vertrauen dir, soweit sie können. Sie wollten nur absolut sichergehen.«

»Hast du deinen Bericht schon geschrieben?«

Sie nickte wieder und drehte den Kopf, um ihm in die Augen zu sehen. »Ich habe ihnen gesagt, ich sei nicht der Meinung, daß es irgendeinen Grund gebe, dir zu mißtrauen. Ich hielte dich für phantastisch. Und das stimmt auch.«

Dieses Gutachten, begriff Charlie jäh, würde sich in wenigen Monaten als fatal erweisen. »Danke«, sagte er.

»Bist du jetzt wütend? Du hättest allen Grund dazu.«

»Nein«, sagte er. »Das ist der Job.«

»Aber das hier nicht, oder?«

»Nein«, sagte er. »Jetzt nicht mehr.«

»Ich bin froh, daß es geschehen ist«, meinte Natalia. »Ich hatte Angst davor, aber jetzt bin ich froh.«

»Ich auch«, bekannte Charlie aufrichtig. »Sehr froh.«

»Ich werde dich nicht noch einmal belügen, Charlie. Das verspreche ich dir.«

Charlie schluckte und versuchte, sein Unbehagen zu verbergen, indem er sich vorbeugte und sie küßte. Warum zum Teufel hatte es nicht Natalia sein können, die in den Westen überlaufen wollte? dachte er verbittert.

Ohne neue Funksprüche blieb ihnen nichts anderes übrig, als die bereits aufgefangenen noch einmal zu analysieren und nach einem Hinweis zu suchen, den sie vielleicht übersehen hatten. Edwin Sampson sperrten sie am Dserschinski-Platz in ein Büro dicht neben Berenkows, und erfolglos studierte er alles, was sie bisher hatten. Täglich fanden gegenstandslose Konferenzen mit Berenkow statt, und nachdem er jede einzelne Nachricht zerbröselt hatte, ohne auf einen neuen Aspekt zu stoßen, erklärte Sampson: »Es ist hoffnungslos. Da ist kein Hinweis auf die Identität des Informanten. Wir wissen nur, daß er hier sein muß – hier in diesem Gebäude.«

»Ich nehme an, zumindest die Tatsache, daß die Sendungen aufgehört haben, kann Anlaß zu einiger Befriedigung sein«, meinte Berenkow.

»Vielleicht hat der Mann es mit der Angst zu tun bekommen. Vielleicht glaubt er, wir sind ihm auf den Fersen.«

Berenkow schnaubte. »Ich wünschte, er hätte recht!«

»Der Tag wird kommen«, prophezeite Sampson. »Bis jetzt hat er Glück gehabt. Aber er wird einen Fehler begehen. Es ist unvermeidlich, daß er irgendwann einen Fehler begeht.«

»Vielleicht ist er clever genug, es doch zu vermeiden«, sagte Berenkow.

25

Charlies Leben wurde zu einem Dasein in separaten, festen Abteilungen, und die festeste von allen gehörte Natalia. Man teilte ihm eine neue Wohnung zu, kleiner, aber besser als die erste und näher bei der Stadtmitte, und sie benutzten die beiden Wohnungen abwechselnd: Manchmal waren sie in seiner, manchmal in ihrer. Die Wochenenden verbrachten sie ganz zusammen; manchmal machten sie einen Ausflug mit dem Flußdampfer, manchmal fuhren sie mit ihrem Lada in die Berge außerhalb Moskaus, und manchmal faulenzten sie auch einfach, blieben in der Wohnung, für die sie sich entschieden hatten, lasen, hörten Musik und genossen es, zusammenzusein. An einem Wochenende kam Eduard aus dem Internat nach Hause. Sie gingen noch einmal in den Zirkus – und dann schliefen sie getrennt, was ihnen beinahe unnatürlich vorkam, so sehr hatten sie sich aneinander gewöhnt. Charlie versuchte, mit dem Jungen Freundschaft zu schließen, aber Eduard blieb distanziert und reserviert; instinktiv fühlte er, daß sich hier ein Konkurrent um die Zuneigung seiner Mutter bewarb.

Es war nicht Charlies Absicht gewesen, daß es sich so entwickelte. Normalerweise betrieb er seine Affären so nicht, auch nicht, als Edith noch gelebt und er sie betrogen hatte. Seine Gewohnheit war immer das »Zack, bäng, danke Ma'am« gewesen: Spaß für beide Seiten – und dies im vollen Bewußtsein –, und keine Tränen der Reue, wenn die Stunde des Abschieds kam. So versuchte er anfangs tatsächlich, eine gewisse Leichtfertigkeit zu bewahren, aber die ungeschickte Künstlichkeit seines Benehmens war offensichtlich gewesen, und schließlich hatte er den Dingen freien Lauf gelassen; er wußte, daß es sinnlos war, und er wußte, daß es dumm war, aber er wollte nicht, daß es aufhörte. Das war selbstsüchtig – im gleichen Maße, wie es sinnlos und dumm war –, und schlimmer noch als alles andere: Es war gefährlich.

Weil ihm die Gefahr, die ihr drohte, immer deutlicher bewußt wurde, verzichtete er darauf, sie mitzunehmen, als Berenkow ihn das nächste Mal einlud; auch hätte sie sich in Gegenwart eines so hochrangigen Beamten womöglich gar nicht wohl gefühlt. Charlie gratulierte Georgij pflichtschuldig zu seinem Examensresultat und sah Berenkows prahlerischen Stolz mit Belustigung. Er stimmte in die Trinksprüche ein, auf denen Berenkow beharrte, und kümmerte sich nicht um das verlegene Erröten des Jungen. Erst jetzt hatte er Gelegenheit, dem Russen für die Arbeitsstelle auf der Spionageakademie zu danken; er erzählte, daß es ihm großen Spaß mache, und Berenkow erwiderte, er sei beeindruckt von dem, was Charlie dort tue; Charlie fragte sich, ob damit Natalias Bericht gemeint sein konnte. Daß von Krysin Lob kommen könnte, glaubte er nicht.

Eine andere Abteilung war sein Leben in der Spionageschule. Die Barriere zwischen ihm und den anderen Ausbildern existierte immer noch, aber je öfter sie seine kaum bestreitbare Erfahrung anerkennen mußten, desto häufiger kam es vor, daß der eine oder andere diese Barriere außer acht ließ. Charlie indessen kultivierte diese Kontakte und preßte aus ihnen heraus, soviel er nur konnte.

Am nächsten Kontakt-Donnerstag inszenierte er eine zweite Verfolgungsübung; wieder hängte er sie alle ab, und auch seine Wette mit Natalia gewann er, denn diesmal verlor sie ihn. Inzwischen allerdings sah er sie nicht mehr als Konkurrentin, und so war dieser Sieg kein nennenswerter Triumph. Wichtiger war die Zeit, die er damit zubrachte, im Kaufhaus herumzulungern und auf einen Kontakt zu warten, der nicht zustande kam. Charlies Reaktion darauf war ambivalent. Vom professionellen Standpunkt aus wollte er ein Treffen. Er wollte den Informanten identifizieren, den Wechsel organisieren und dann im vollen, wohlverdienten Triumph nach England zurückkehren. Aber dies würde zugleich bedeuten, daß er Natalia verlassen müßte, und der Gedanke, Natalia zu verlassen, wurde mehr und mehr zu einer Belastung. So kam es, daß er gleichermaßen enttäuscht wie erleichtert war, als an diesem Tag im GUM nichts passierte, und seine Erleichterung war noch größer, als er zum nächsten Termin wieder hinkam und wieder nichts passierte. Zur Zeit dieses Besuches hatte er schon eine neue Gruppe von Agenten, deren Ausbildung er den letzten Schliff verleihen sollte. Die erste Gruppe war verschwunden; er vermutete, daß sie unverzüglich nach Großbritannien oder in die USA eingeschleust worden waren – ein Gedanke, der ihn ein wenig beunruhigte, denn eigentlich hatte er nicht gedacht, daß sie Gelegenheit finden würden, in die Praxis umzusetzen, was er ihnen beigebracht hatte. Er hatte vor ihnen zurück sein wollen, damit Warnungen in Umlauf gebracht, Phantombilder angefertigt und die Leute gleich bei der Ankunft verhaftet oder umgedreht werden könnten. Es hieß auch, daß Natalia nicht mehr in seiner Klasse saß; Charlie war das nur recht, denn es war inzwischen zu einer Farce geworden, tagsüber die Rolle des Lehrers und der Schülerin zu spielen; schließlich verbrachten sie ja jede Nacht und jedes Wochenende miteinander. Der Verdacht, einige von denen, die er ausgebildet hatte, könnten bereits unentdeckt bei der Arbeit sein, erfüllte Charlie mit Mißmut; aber sein Verdruß wurde gemildert durch das Bewußtsein, daß er mit der zweiten Gruppe – wieder waren es sechs – um so mehr Agenten später würde enttarnen können. Außerdem würden diejenigen, die schon weg waren, ohnedies keinen großen Schaden anrichten können. Er hatte bei der Ausbildung großes Gewicht auf die Grunderfordernisse für eine erfolgreiche Arbeit gelegt und ihnen allen immer wieder eingeschärft, daß es zunächst unbedingt notwendig sei, sich im

Einsatzland fest niederzulassen, eine unverdächtige Arbeit, eine unverdächtige Wohnung und – soweit dies möglich war – unverdächtige Respektabilität zu erlangen. Er versuchte, sich selbst mit dem Gedanken zu trösten, daß, selbst wenn sie schon an Ort und Stelle wären, mindestens ein halbes, wenn nicht gar ein ganzes Jahr vergehen würde, ehe sie mit ihrer eigentlichen Arbeit beginnen könnten.

Und in einem Jahr würde er wieder zu Hause sein, dachte Charlie. Dies wiederum brachte ihn natürlich auf Natalia, und nachdem er das Problem nun so lange umgangen, gemieden und beiseite geschoben hatte, zwang er sich, einmal ernsthaft darüber nachzudenken. Benutzte er sie? Genoß er die Sicherheit, die Behaglichkeit, die Normalität einer Liebesaffäre in einer unsicheren, unbehaglichen, unnormalen Situation? Oder war es mehr als Opportunismus? War es Liebe? Charlie stellte sich diesem Wort; es war das Wort, dem er am gründlichsten ausgewichen war. Charlie hatte Angst vor der Liebe. Angst davor, sie zu gestehen. Jemanden zu lieben, hatte für ihn immer bedeutet, einen Teil seiner selbst zu entblößen, den niemand sehen sollte – als säße er mit offenem Hosenstall in einem überfüllten Bus. Neben der kurzen, bald verrauchten Erregung der Abwechslung war es das Gefühl gewesen, nicht von einer Frau abhängig zu sein, welches Charlie zu vielen Affären getrieben hatte, als Edith noch dagewesen war. Aber er war von ihr abhängig gewesen, und er hatte es – zu spät – auch eingesehen. Charlie, der sich sonst über Regeln und Formeln stets lustig machte, wünschte zu Gott, es gäbe eine Tabelle, die er hätte befragen können, eine mathematisch unangreifbare Quadratwurzel der Liebe.

Er hielt auch den fünften Termin im GUM ein, erfolglos wie alle anderen zuvor, und als er über den Dserschinski-Platz und am Hauptquartier des KGB vorbei zurückging, fiel ihm plötzlich ein, daß er nach der Vereinbarung mit Wilson – ihm war, als seien Jahre vergangen, seit sie im Büro des Gefängnisdirektors über alles gesprochen hatten – nur noch einen Monat Zeit hatte. Sogleich fiel ihm ein Gegenargument ein. Sechs Monate, das war eine völlig willkürlich gewählte Periode gewesen, aus dem Nichts gegriffen und vereinbart, weil er damals erwartet hatte, ein schwieriges Problem bewältigen zu müssen. Charlie überlegte weiter. Er hatte sich damals auf das Risiko seiner eigenen Enttarnung konzentriert. Was, wenn der Informant nun schon vor Wochen oder Monaten aufgeflogen war? Da war diese aufwendig publizierte Affäre mit dem Ersten Sekretär der britischen Botschaft gewesen; das war ungewöhnlich. Die Enttarnung des Überläufers wäre eine – naheliegende – Erklärung dafür, daß kein Kontakt stattgefunden hatte. Logisch und naheliegend. Nur, daß ein logischer Schluß den nächsten nach sich zog. Wenn die Russen ihren Verräter geschnappt hätten, dann hätten sie ihn zum Reden gebracht, und wenn sie ihn zum Reden gebracht hätten, dann hätten sie Charlie nicht unbehelligt in Moskauer Kaufhäusern herumlungern lassen.

Wo also war der Mann?

Charlie begriff, daß er unglaublich gut plaziert war, um unbezahlbare Informationen zu sammeln; das Vertrauen, das man in ihn setzte, wuchs, und er war nicht in Gefahr. Schon in den ersten Tagen seines Aufenthalts in Moskau hatte er die Möglichkeit erwogen, länger hierbleiben zu müssen, als es mit dem Direktor vereinbart war. Also, beschloß Charlie, würde er bleiben. Nur ein bißchen länger – falls kein Kontakt zustande käme. Schließlich war er ein Profi mit Haut und Haaren, und es war professionell richtig, zu bleiben. Außerdem brauchte er dann nicht daran zu denken, Natalia zu verlieren. Scheiße dachte er – wieso war nie mal was einfach?

Daß keine weiteren Funksprüche übermittelt wurden, trug nichts dazu bei, den Druck, den das Politbüro auf Kalenin ausübte, zu mildern, und so ließen auch seine Anforderungen an seine Untergebenen nicht nach. Im Gegenteil, sie wuchsen. Das Politbüro bestand darauf, Erklärungen zu erhalten, die der KGB-Chef nicht hatte; seine Forderungen wiederum gelangten über seine unmittelbaren Stellvertreter an die Abteilungsleiter und deren Mitarbeiter, und die Unsicherheit verbreitete sich – nicht nur am Dserschinski-Platz, sondern auch durch andere Unterbüros in der ganzen Hauptstadt. Sogar Charlie merkte, daß in Krysin eine Veränderung vor sich ging, aber er konnte nicht herausfinden, warum, und so nahm er fälschlich an, es handelte sich um einen weiteren Hinweis darauf, wie distanziert das Verhältnis zwischen ihnen beiden war.

Da manches darauf hindeutete, daß die undichten Stellen in den Militär- und Planungsabteilungen zu finden wären, konzentrierte sich die Aufmerksamkeit vor allem auch auf Berenkow. Edwin Sampson nahm eine weitere Untersuchung vor, die erfolglos blieb wie alle anderen; separate, miteinander konkurrierende Ausschüsse wurden unabhängig voneinander eingerichtet – unabhängig auch von den Bemühungen des Briten –, und sie begannen, eigene Analysen durchzuführen. Auch sie blieben ohne Erfolg. Die Überwachung der britischen Botschaft verwandelte sich in handfeste Schikane. Ein Auto, mit dem ein Archivar und eine Sekretärin einen völlig unschuldigen Ausflug zur Tschaikowski-Konzerthalle in der Sadowajastraße machen wollten, wurde in einen Verkehrsunfall mit einer KGB-Beobachtungstruppe verwickelt, und die Briten blieben drei Stunden lang in Polizeigewahrsam, bevor sie durch diplomatischen Druck wieder freigelassen wurden.

Es ist eine der diplomatischen Anomalien, daß zwar keine sowjetische Botschaft in irgendeiner westlichen Hauptstadt einheimische Mitarbeiter beschäftigt, die westlichen Botschaften in Moskau aber russische Hilfskräfte einstellen. Die Versuche dieser Leute waren plump und offensichtlich und wurden von den internen Sicherheitskräften beinahe sofort entdeckt: Innerhalb einer Woche ertappte man zwei Hausmädchen und einen Reinigungsarbeiter dabei, wie sie Lauschgeräte zu installieren versuchten. Über die selbstverständlich in Moskau vorgetragenen Beschwerden hinaus erweiterte das Außenministerium den Protest dadurch, daß der sowjetische Botschafter persönlich ins Ministerium zitiert wurde. Außerdem wurden die Medien detailliert über den Vorfall informiert, und die Presse berichtete ausführlich darüber; der Kreml reagierte mit der klischeehaften Erwiderung, dies alles wäre nichts als antisowjetische Propaganda.

Berenkow wußte, daß er störte, aber er wußte auch, daß er keine andere Wahl hatte: Seine offizielle Position erforderte, daß er Kalenin informierte. Er beschloß, das Ende ihrer inzwischen gewohnten, jeden Tag wieder fruchtlosen Konferenz zu nutzen, wenn Kalenin die gleichermaßen fruchtlosen Berichte beiseite gelegt und einen Wodka vorgeschlagen hatte – dem er, je länger die Krise ungehindert ihren Fortgang nahm, um so heftiger zusprach.

Kalenin runzelte die Stirn, als Berenkow anfing, von den Qualifikationserfolgen seines Sohnes zu reden; er begriff nicht gleich, um was es ging, so daß Berenkow sich wiederholen mußte. »Ins Ausland?« fragte Kalenin.

»Es gibt einen Platz für ihn, in Boston«, sagte Berenkow. Dann fiel ihm ein, daß es mehrere Städte dieses Namens gab, und da ihm die sichtliche Zerstreutheit des Vorsitzenden nicht entgangen war, fügte er eilig hinzu: »Boston in Amerika, nicht Boston in England.«

Kalenin reagierte nicht sofort. Er schenkte ihnen erst ein, reichte Berenkow sein Glas und fragte dann: »Er soll in den Westen gehen?«

»Ich glaube, es würde ihm nützen«, meinte Berenkow.

»Sind Sie sicher, daß das klug ist?«

»Deshalb dachte ich, ich sollte offiziell mit Ihnen darüber sprechen.«

»Was, glauben Sie, würde passieren, wenn die westlichen Geheimdienste herausfinden, wer sein Vater ist?« fragte Kalenin.

»Das halte ich nicht für ein ernsthaftes Risiko.«

»Dann haben Sie vermutlich nicht genügend darüber nachgedacht«, versetzte Kalenin. »Der amerikanische CIA rekrutiert ganz aktiv an den Universitäten; es existiert dort ein organisierter Apparat zur Talentsuche. Und wenn sie schon so gut organisiert sind, werden sie ihr Augenmerk natürlich vor allem auf sowjetische Gaststudenten richten. Meiner Einschätzung nach besteht ein ernsthaftes Risiko, daß Georgij kompromittiert werden könnte.«

»Ist das als offizielle Mitteilung zu verstehen, daß Georgij seinen Studienplatz dort nicht in Anspruch nehmen soll?« fragte Berenkow kläglich.

»Es soll nur heißen, daß ich noch darüber nachdenken möchte«, antwortete Kalenin. »Wir sollten es vielleicht beide tun.«

»Er arbeitet überaus hart«, sagte Berenkow leer.

»Wir haben im Augenblick schon genug Schwierigkeiten zu erwarten«, sagte Kalenin. »Sie sind ein Bevollmächtigter des Komitees für Staatssicherheit, ein Mann von höchstem Rang, und jemand, der im Westen bekannt ist. Ich denke, wir sollten es uns ernsthaft überlegen, bevor wir riskieren, zu den Peinlichkeiten, unter denen wir ohnehin schon zu leiden haben, noch weitere hinzuzufügen.«

Die Leiden – und die Peinlichkeiten – wurden schlimmer.

In einem plötzlichen Wirbel wurden die Funksprüche nach London wiederaufgenommen; drei Stück fingen die Abhörspezialisten des KGB an aufeinanderfolgenden Abenden auf. Jeder einzelne bildete einen Teil eines sensationellen Ganzen: Die Funksprüche enthielten die vollständigen Identitäten – und die dazugehörigen Tarnungen – des nahezu gesamten sowjetischen Spionagesystems in Großbritannien, angefangen beim Residenten, der unter diplomatischem Titel in der Botschaft saß, über alle anderen Diplomaten bis hin zur sowjetischen Handelsmission in Highgate.

Der letzte der drei Funksprüche versprach weitere Informationen, diesmal zur Identität von Agenten in den Vereinigten Staaten und in Frankreich, und er schloß mit den Worten: »Beabsichtige in Kürze vereinbarten persönlichen Kontakt aufzunehmen.«

In London sagte Wilson: »So. Los geht's.«

»Hoffen wir«, sagte der vorsichtige Harkness.

Moskau fing auch die Antwort aus London auf. Sie lautete: »Man merkt nicht, ob es Winter oder Sommer ist, wenn man glücklich ist.«

26

Charlie hatte das Gefühl, sein ganzes Leben lang gerannt zu sein, oft buchstäblich. In der Abteilung hatte er rennen müssen, um den anmaßenden Scheißern mit der hochnäsigen Sprechweise immer ein Stück weit voraus zu sein. Er hatte rennen müssen, um zu überleben, als dieselben Scheißer ihm eine Falle gestellt hatten. Und er hatte wieder rennen müssen, um zu überleben, als er sie in ihre eigene Falle hatte tappen lassen. Im Knast war er gerannt wie ein gefangenes Tier, das blindlings aus einer Ecke in die andere flüchtet. Und es war ihm bewußt, daß er auch hier den Eindruck haben konnte, zu rennen – verstrickt in die schwierigste, gefährlichste Operation, die er jemals erlebt hatte. Aber er hatte diesen Eindruck nicht. Er fühlte sich nicht gedrängt, sondern eher entspannt, so, als hätte er Zeit – alle Zeit der Welt –, um sich auszuruhen, ohne Gefahr zu laufen, daß ihn jemand einholte. Es lag an Natalia, daß wußte er. Ebenso, wie er wußte – ohne daß er sich an Regeln hätte orientieren können, denn hier gab es keine Regeln –, daß er sie liebte. Er liebte sie ganz und absolut, und er wollte nicht einen einzigen Augenblick seines nun nicht mehr rennenden Lebens ohne sie verbringen. Das bedeutete, daß er bleiben mußte. Was er nicht konnte. Ebensowenig, wie er auch nur in Erwägung ziehen konnte, fortzugehen.

Die Konflikte – zwischen Gefühl und Loyalität und Neigung und Professionalismus – stürzten auf ihn ein, und jedesmal wenn er den einen halbwegs gelöst hatte, stolperte er über den nächsten. Wenn er Natalia aus seinen Überlegungen ausschloß – was zu einem Widerstreit zwischen Liebe und Professionalismus führte –, sah er sich nach zwei geplatzten Rendezvous immer mehr davon überzeugt, daß der Kontakt nicht zustande kommen würde. Was in den sowjetischen Zeitungen über den Ersten Sekretär der Briten erschienen war, las sich unzureichend und wenig aussagekräftig wie alle derartigen Berichte in der sowjetischen Presse, aber Charlie vermutete, daß dieser Vorgang, was immer sich tatsächlich abgespielt haben mochte, die Person betraf, mit der er sich im Kaufhaus GUM treffen sollte. Rätselhaft war die Frage, warum sie, wenn sie den Überläufer schon geschnappt hatten, ihn unbehelligt ließen. Aber Charlie sah, daß es Erklärungen gab: Beispielsweise konnte es sein, daß der Mann lieber gestorben war, als sich verhaften zu lassen. Oder daß er beim Verhör gestorben war. Oder daß er beim Verhör wahnsinnig geworden war, bevor er den Treffpunkt hatte verraten und dadurch gefährden können. Wenn diese Schlußfolgerung zutraf, dann hatte es keinen

Sinn, weiter in Moskau zu bleiben – wieder ein Konflikt – und zukünftige Sowjetspione zu trainieren, um sie besser zu machen, als sie waren – noch ein Konflikt. Professionell gesehen, sollte er schleunigst von hier verschwinden. Professionell gesehen, sollte er aufhören, hier herumzukrebsen, und wieder anfangen, zu rennen. Würde sie wohl mit ihm rennen? Diese Idee hatte lange – zu lange – auf sich warten lassen. Aber – warum nicht? Sie hatte es nicht gesagt – er übrigens auch nicht, denn es machte ihn nervös, diese Worte über die Lippen zu bringen –, aber Charlie war absolut sicher, daß Natalia ihn liebte. Warum zum Teufel hatte sie es nicht sein können, die überlaufen wollte, an jenem Tag im GUM? Oder Berenkow, auf den alle Wegweiser deuteten, aber der nicht herausrücken wollte? Wenn es Berenkow gewesen wäre, hätte Charlie schon vor Monaten verschwinden können, ehe er sich hier so hoffnungslos verheddert hätte. Er schüttelte den Kopf – ein physischer Ausdruck seiner Irritation. Was für ein Denken war denn das – sich zu wünschen, dies wäre geschehen und jenes nicht! Wie ein Kind! Es war nicht Natalia, und es war nicht Berenkow, und er hatte sich verliebt, und jetzt mußte er logisch und vernünftig über alles nachdenken, statt sich in Phantasien zu flüchten. Es ging natürlich nicht nur um Natalia. Da war auch noch Eduard zu berücksichtigen. Sie würde nicht in Erwägung ziehen, den Jungen zu verlassen – und wieso zum Teufel sollte sie das auch tun? Also würde er sie beide außer Landes schaffen müssen, und zwar gleichzeitig. Schwierig, aber nicht unmöglich. Mit bewußter Anstrengung stoppte Charlie den Strom seiner Gedanken. Wie schwierig? Offiziell war er immer noch Brite. Natalia und Eduard waren es nicht. Sie waren Russen, und Charlie bezweifelte, daß die britische Botschaft bereit sein würde, die beiden auszufliegen, bloß weil sie mit ihm hereinspaziert kamen. Es würde zu einem diplomatischen Hin und Her kommen, und es war verflucht nicht einmal unwahrscheinlich, daß sie die beiden wieder ausliefern würden, wenn der Druck der Sowjets zu heftig würde. Und heftig würde der Druck zweifellos werden. Also war es so praktisch nicht durchführbar. Und wenn er log? Wenn er Natalia und Eduard in die Botschaft schleppte und London weismachte, sie wäre der Informant, auf den sie so versessen wären? Dann würden sie die Regeln außer acht lassen und die beiden ganz bereitwillig hinausschmuggeln. Aber was würde passieren, wenn sie in London ankämen? Die Russen würden sich ihnen an die Fersen heften, weil Natalia einen hohen Rang innehatte, und weil sie es immer taten. Und wenn Wilson erst merkte, daß er übers Ohr gehauen worden war, würde von ihm und von der Abteilung kein Schutz zu erwarten sein.

Dann wäre alles wieder wie früher mit Edith – gejagt und verängstigt, auf der Flucht von Stadt zu Stadt, von Land zu Land. Charlie wußte, daß er es nicht aushalten würde. Er konnte es nicht mehr aushalten, und er konnte von Natalia nicht verlangen, daß sie es ertrug, ganz gewiß nicht mit einem Kind.

In der Spionageschule kam und ging ein weiterer Kurs, und Charlie wußte, daß er es nicht viel länger hinausschieben konnte. Seine Ratlosigkeit und seine Zerstreutheit stellte sich immer öfter zwischen sie, wurde zu einer Schranke, die die heitere Ruhe zwischen ihnen störte. Sie stritten miteinander – es war kein ernsthafter Streit, sondern nur gereiztes Gezänk, aber immerhin das –, und Charlie geriet dadurch weiter unter Druck, denn er wollte nicht, daß sie ihn mißverstand und sich einbildete, seine Gefühle für sie hätten sich geändert und er hätte die Beziehung zu ihr satt.

Er versuchte, eine Gelegenheit zu planen. Er führte sie ins Rossija, wo sie zum erstenmal miteinander gegessen hatten und von wo aus sie beim nächstenmal zu ihrer Wohnung aufgebrochen waren, wo sie miteinander geschlafen hatten. Alles an Natalia hatte irgendeine Wirkung auf Charlie, aber ein greifbares Resultat ihres Zusammenseins war die Verringerung seines Alkoholkonsums. An diesem Abend indessen trank er mehr als sonst; er brauchte es als Stütze, aber er war weit davon entfernt, betrunken zu sein. Im Russischen bewegte er sich inzwischen ganz sicher, und so bestellte er für sie beide; seine Wahl war gut, und da er nach Omen Ausschau hielt, fand er, dies wäre ein gutes Zeichen für das, was später kommen sollte.

Natalia bemerkte seine Bemühungen, und auch sie gab sich Mühe; die Spannung, die sich in den letzten Tagen und Wochen zwischen ihnen angebahnt hatte, verflog. Erleichtert sah Charlie, wie Natalia sich entspannte, und ebenso erleichtert begriff er, daß nach der langen, furchtlosen Quälerei endlich der Augenblick gekommen war, offen mit ihr zu sprechen.

»Ich muß dir etwas sagen«, begann er, als sie gegessen hatten und der Kaffee serviert worden war.

»Was?«

»Ich liebe dich.«

Natalia zuckte zusammen. Diese Reaktion hatte Charlie nicht erwartet.

»Ich sagte, ich liebe dich«, wiederholte er.

»Ja.«

»Ist das alles – bloß ›ja‹?«

Natalia wandte den Blick ab; sie wollte ihm nicht in die Augen schauen. Er konnte sich doch nicht geirrt haben! Nicht darin. Er war sicher, daß er wußte, wie sie fühlte. Die Stille dauerte eine ganze Weile. Schließlich sagte Charlie: »Ich verstehe.«

»Nein«, platzte sie heraus, wie gehetzt plötzlich. »Nein, du darfst mich nicht mißverstehen.«

»Du hast nichts gesagt oder getan, was mir die Möglichkeit gäbe, dich zu verstehen oder mißzuverstehen.«

»Ich liebe dich.« Natalia sah ihm jetzt endlich in die Augen. »Ich liebe dich ganz und gar. Ich habe nie gedacht, daß es möglich sein könnte, jemanden so zu lieben. Ich dachte immer, ich hätte meinen ersten Mann geliebt, aber jetzt weiß ich, es hatte mit Liebe überhaupt nichts zu tun . . .«

Die Erleichterung spülte über Charlie hinweg, mit solcher Gewalt, daß er froh war, einen Stuhl unter sich zu haben, weil es fast ein Gefühl körperlicher Schwäche war. »Dann . . .« fing er an, aber sie schüttelte den Kopf und ließ sich nicht unterbrechen.

»Anfangs war es nicht so«, sagte sie. »Ich fand dich frech und eingebildet . . .« Sie zögerte und suchte nach dem passenden Ausdruck. »Scheußlich«, sagte sie schließlich hilflos. »Aber nicht sehr lange. Du hast mich zum Lachen gebracht, auch wenn du davon nichts wußtest. Ich hatte längst vor, mit dir auszugehen, als du mich an jenem Abend fragtest. Ich wollte nur nicht, daß du merktest, wie gern ich ja sagen wollte. Und ich wußte immer, daß wir irgendwann ein Liebespaar werden würden. Auch das wollte ich, aber auch da wollte ich nicht, daß du es für eine beiläufige Angelegenheit halten konntest. Für etwas, das nicht weiter wichtig war. Denn es war sehr wichtig für mich . . .« Wieder machte sie eine Pause. »Du bist so wichtig für mich.«

»Es wird alles gut werden«, versprach Charlie. »Es wird wunderschön werden. Ich weiß es.« Er griff über den Tisch nach ihrer Hand, und obgleich sie sie nicht wegzog, erwiderte sie doch seinen Druck nicht. Stirnrunzelnd betrachtete er ihre reglose Hand. »Was ist denn?«

»Ich bin Russin, Charlie«, sagte sie. »Weißt du, was das bedeutet?«

»Klar bist du Russin.« Charlie lachte unsicher.

»Weißt du, was es bedeutet?« wiederholte sie beharrlich. »Kennst du das Gefühl, das es schafft, in den Menschen?«

»Vielleicht nicht«, räumte Charlie ein.

»Es ist stärker als bei jeder anderen Nationalität. Loyalität – das ist es, wovon ich spreche.«

»Ich verstehe«, sagte Charlie; er glaubte tatsächlich, es zu verstehen, aber er wollte es nicht.

»Diese Loyalität würde ich niemals verraten«, fuhr Natalia fort.

»Nicht einmal für jemanden, den ich so sehr liebe, daß neben ihm alles andere verschwindet. Nicht einmal für Eduard – den ich anders liebe, aber ebenso wie dich – könnte ich eine andere Entscheidung treffen.«

Charlie starrte in sein fast leeres Weinglas. Als er merkte, was er tat, schenkte er sich aus der Flasche nach; er wußte nicht, was er sagen sollte.

»Du hast die Wette verloren, Charlie«, sagte Natalia ruhig.

Stirnrunzelnd blickte er auf. »Was für eine Wette?«

»Die zweite Verfolgungsjagd«, sagte sie. »Einmal hast du mich zwar abgehängt. Aber ich habe dich wiedergefunden – ganz zufällig, bei der Marksa-Metrostation. Da hast du dich schon nicht mehr umgesehen...«

Weil ich da schon alle abgehängt hatte, dachte Charlie. Und weil ich zum Kaufhaus unterwegs war. Er spürte, wie ein taubes Gefühl der Unsicherheit in ihm aufstieg.

»Ich versuchte nicht, dir zu folgen; ich wollte nicht, daß du mich bemerktest«, erzählte Natalia. »Statt dessen versuchte ich es gleich im GUM. Ich sah dich dort warten, an derselben Stelle, an der du schon einmal gewartet hattest. Nach professionellen Grundsätzen war es nicht richtig, zu derselben Stelle zurückzukehren, aber du hattest es getan. Deshalb sprach ich dich nicht an. Und dann gingen wir zusammen aus, und es machte mir Spaß, mit dir zusammenzusein, obwohl ich da noch nicht wußte, was sich aus diesem Spaß entwickeln würde. Ich war dann wieder im GUM, Charlie; ich sah dich, als du beim nächstenmal da warst, und ich erkannte, daß deinen Besuchen ein Muster zugrunde lag. Ich folgte diesem Muster. Und du verhieltest dich entsprechend, jedesmal. Am dritten Donnerstag eines jeden Monats, zwischen elf und zwölf Uhr mittags. Immer mit der *Prawda* und mit einem Reiseführer. Immer in der linken Hand.«

»Was wirst du jetzt tun?« fragte Charlie. Seine Kehle war trocken.

»Glaubst du nicht, ich hätte es schon getan, wenn ich etwas tun wollte?« fragte Natalia. »Ich habe mich schon vor langer Zeit entschieden. Ich habe beschlossen, mich so lange, wie es nur möglich wäre, an das zu klammern, was ich hatte – was wir hatten. Ich wußte, es würde nicht ewig dauern können, aber ich wollte nicht, daß es aufhörte. Ich wollte jeden Tag haben, jede Nacht, und ich versuchte, dabei nicht an den folgenden Tag zu denken – weil er vielleicht nicht kommen würde...« Sie verstummte für einen Moment und sagte dann: »Ich habe mich vor diesem Augenblick gefürchtet, Charlie. Alle Anzeichen für eine ›besondere Gelegenheit‹ haben mich mit Entsetzen erfüllt; ich hatte Angst, zu sehen, wie du dich offensichtlich bemühtest. Und am meisten Angst hatte ich vor den Worten ›Ich muß dir etwas sagen‹. Ich habe mich danach gesehnt, zu hören, wie du mir sagst, daß du mich liebst, aber ich habe immer gewußt, daß dann auch noch etwas anderes kommen würde. Und ich will nicht wissen, was es ist.«

»Es könnte alles gut werden«, wiederholte Charlie in hohler Verzweiflung. »Alles könnte gut werden. Ich versprech's dir.«

Natalia schüttelte entschlossen den Kopf. »Nein, Charlie. Aus all den Gründen, die ich zu erklären versucht habe, aus all den Gründen, die du kennst. Wir hatten es – wir haben es noch –, aber wir können es nicht behalten.« Jetzt weinte sie ohne Scham, lautlos. Die Tränen rannen ihr übers Gesicht.

»Ich *liebe* dich!« sagte Charlie starrköpfig.

»Ich liebe dich auch«, sagte Natalia. »Aber das ist nicht genug.«

Großbritannien schlug soviel Kapital wie möglich aus der Abschiebung der Spione. Der Premierminister nannte im Unterhaus persönlich vierzig Namen, und als aus Moskau die unvermeidlichen Proteste kamen, veröffentlichte das Außenministerium am darauf folgenden Tag eine Liste mit weiteren dreißig Personen, die ebenfalls ausgewiesen werden würden. Der sowjetische Botschafter wurde ins Außenministerium zitiert und vom Minister persönlich verwarnt: Falls die Sowjetunion wie üblich mit einer Massenausweisung von Briten aus der sowjetischen Hauptstadt reagieren würde, gäbe es noch fünfundzwanzig weitere Sowjetagenten, die zu *personae non gratae* erklärt werden könnten, und wenn das geschähe, würde London die unannehmbare Zahl von nur fünfzig Ersatzpersonen zulassen, wodurch die Größe der Botschaft drastisch reduziert wäre.

In Moskau saß Berenkow in seiner Besprechung mit Edwin Sampson. Er hatte das Gefühl, Kalenin stehe hinter ihm; vermutlich saß der KGB-Chef in diesem Augenblick hinter den von Sicherheitsposten bewachten Türen im Monitorraum am Ende des Ganges und verfolgte das Gespräch live auf dem Bildschirm der Überwachungsanlage.

Sampson deutete auf die letzte der aufgefangenen Nachrichten, die britische Kennantwort auf die versprochene Kontaktaufnahme des sowjetischen Spions. »Das ist Tschechow«, erklärte der Engländer. »Aus den *Drei Schwestern*.«

»Ist mir bekannt«, antwortete Berenkow. »Die Werke Tschechows waren mir einmal sehr vertraut.« Der große Russe schwieg einen Augenblick lang und fragte dann: »Kennen Sie auch dieses Zitat? ›Schlägt man vielerlei Heilmittel für eine Krankheit vor, so bedeutet dies, daß sie nicht heilbar ist.‹«

»Nein«, sagte Sampson.

»Das ist aus dem *Kirschgarten*«, sagte Berenkow. »Der *Kirschgarten* war mir eigentlich immer lieber.«

Das Gespräch mit Kalenin fand am selben Abend statt – eine heikle Begegnung zweier alter Freunde.

»Eine Suspendierung ist zunächst unvermeidlich.«

»Selbstverständlich.«

»Erkannt habe ich es natürlich schon vor langer Zeit. Ich hoffte, es würde nicht passieren.«

»Aber es stimmt nicht, das wissen Sie«, sagte Berenkow.

Kalenin hob die Hand; er wollte nicht, daß die Besprechung länger dauerte, als absolut notwendig war. »Bitte«, sagte er. »Warten wir damit bis zur formellen Untersuchung.«

27

Beide versuchten – vergebens –, in ihrer Beziehung zueinander eine gewisse Form zu bewahren, doch sie war innerlich ausgehöhlt, und mit jedem Tag fiel sie – wie alles, was innerlich ausgehöhlt ist – mehr und mehr in sich zusammen. Zunächst weigerte Charlie sich, zu glauben, daß es ihm nicht gelingen könnte, sie zu einer Sinnesänderung zu bewegen, aber wie an diesem Abend im Dachrestaurant des Rossija mit dem Blick über Moskau war Natalia auch weiterhin nicht bereit, ihn irgend etwas erklären zu lassen; statt dessen verlangte sie – mit wachsendem Zorn –, er solle ihr nicht alles noch schwerer machen, als es ohnehin schon wäre. Abende und Tage, die sie entspannt und gelöst miteinander verbracht hatten, waren jetzt von Anspannung und dann von Feindseligkeit erfüllt. Sie schliefen bald wie Fremde miteinander, mechanisch, und dann hörte auch das auf. Sie wurden einander fremd, mehr und mehr.

Charlie dachte daran, den Donnerstag-Termin fahrenzulassen, aber seit der ersten Konfrontation mit Natalia waren erst zwei Tage vergangen, und Charlies Professionalismus gestattete ihm nicht, jetzt aufzuhören. Wieder geschah überhaupt nichts, aber diesmal konzentrierte er sich darauf, festzustellen, ob Natalia ihn kontrollierte. Er entdeckte sie nirgends, aber bei den vorherigen Gelegenheiten hatte er sie auch nicht bemerkt. Er fragte sie nicht, und von sich aus sagte sie nichts.

Schließlich gelangte Charlie zu der Überzeugung, daß es keinen Sinn habe, noch einmal zum GUM zu gehen. Und als die Probleme mit Natalia sich steigerten, begriff er überdies, daß er würde verschwinden müssen. Mit verspäteter Ehrlichkeit gestand Charlie sich selbst ein, daß sie ohnehin seit langem der einzige Grund gewesen war, noch zu bleiben. Wie seit langem schon in allen Dingen schuf auch hier die scheinbare Antwort auf eine Frage ein neues Problem. Er konnte nicht einfach verschwinden, wie er es mit Wilson vereinbart hatte. Er hatte ein Verhältnis mit Natalia, und er schätzte, daß dieBehörden darüber informiert waren. Wenn sie es nicht waren, dann würden sie es bald sein, wenn sie sein Verschwinden untersuchten – und das würden sie tun, denn sie wußten natürlich, wieviel Schaden er mit seinen Kenntnissen über die Agentenschule anrichten konnte. Wenn er floh, wie er jetzt fliehen mußte, bedeutete dies, daß Natalia verhaftet, verhört und wahrscheinlich eingesperrt werden würde. Diese Erkenntnis war für Charlie ein Ansporn, sie noch einmal anzusprechen, sie zu warnen, aber sie weigerte sich, mit ihm darüber zu sprechen. Es kam zu einer der heftigsten Auseinandersetzungen, die sie je gehabt hatten. Er beschuldigte sie, wie ein Strauß den Kopf in den Sand zu stecken und sich zu weigern, der Wirklichkeit ins Auge zu sehen, und sie schrie zurück, ihre Wirklichkeit sei Rußland, und wenn ein Strauß den Kopf in den Sand stecke, bleibe er wenigstens, wo er sei. Ihr Ausbruch ließ darauf schließen, daß sie wußte, was er sagen wollte – daß sie es zumindest erriet –, und Charlie behauptete, von dieser Voraussetzung ausgehend, daß sie keine Ahnung habe, welches Risiko sie eingehe. Natalia geriet außer sich, sie brach in Tränen aus und erwiderte, sie wisse es sehr wohl, und es sei ihr egal, und als er sie beschimpfte und sie dumm und kindisch und unvernünftig nannte, da flüchtete sie und schloß sich im Badezimmer ein. Dies wiederum erhöhte die Barriere, die zwischen ihnen gewachsen war, weiter, denn es bedeutete, daß ihr schließlich die Demütigung nicht erspart blieb, die Tür aufzuschließen und wieder herauszukommen. Vorher allerdings schrie sie durch die Tür, sie wollte jetzt nicht mehr darüber reden. Instinktiv hätte Charlie beinahe geantwortet, daß sie noch über nichts geredet hätten, aber statt dessen stimmte er ihr zu, und dann saßen sie schweigend da und sahen einander nicht einmal mehr an, und Charlie begriff plötzlich, daß zwischen ihnen wirklich alles zu Ende war.

Gleichwohl weigerte er sich immer noch, sie aufzugeben. Er verbrachte seine Nächte ohne sie, allein in seinem Appartment; eine Entspannung hätte er ebenso nötig gebraucht wie Natalia, aber noch nötiger brauchte er die Einsamkeit, um einen Weg zu finden, das schier Unmögliche zu tun und sie vor der drohenden Vergeltung zu bewahren. Sie war nicht die einzige, die mit Vergeltung zu rechnen hatte, erkannte er. Von seinen ersten Begegnungen mit Alexej Berenkow her wußte Charlie, daß die Genehmigung, ihn tatsächlich in der Agentenschule zu beschäftigen, von jemand anderem erteilt worden war, aber daß Berenkow zweifellos die Anregung dazu gegeben hatte. Deshalb würde er leiden. Charlie seufzte; er versuchte, rational zu bleiben. Daß Berenkow leiden würde, hatte von Anfang an festgestanden. Mochte diese Haltung nun zynisch, professionell oder beides sein – Charlie hatte von ihrem ersten Kontakt an – und er hätte diesen Kontakt ja gar nicht zurückweisen können – gewußt, daß Berenkow in dem Augenblick, da sich das Tor der britischen Botschaft hinter ihm, Charlie, schlösse, der Verlierer sein würde. Das war nun einmal Berufsrisiko, entschied Charlie; er versuchte nicht, dem inzwischen vertrauten Gedanken auszuweichen. Für Berenkow hätte er nichts tun können – und er würde auch zum Schluß nichts tun können –, aber er hatte in vollem Bewußtsein ein Verhältnis mit Natalia angestrebt, wenngleich er nicht hatte ahnen können, was es ihm schließlich bedeuten würde; sie hatte nicht verdient, deshalb leiden zu müssen. Außerdem hatte sie ihn gedeckt. Sie hatte seine Besuche im GUM nicht verraten, als sie es hätte tun können. Und sie verriet ihn immer noch nicht, obwohl die Situation, wenn sie auch nicht offen erörtert wurde, jetzt völlig klar war.

Als ihm die Idee kam, klammerte Charlie sich daran wie ein Ertrinkender, der einen Rettungsring zu fassen bekommen hatte. Aber als er ihn ergriffen hatte, spähte er umher wie derselbe Schiffbrüchige, der nun nach dem lauernden Haifisch Ausschau hielt, voller Angst, von der Bestie in den Tod gezogen zu werden. Perfekt war die Idee nicht – das sah Charlie mit der Objektivität, die ihm zur zweiten Natur geworden war. Im Gegenteil – für einen Rettungsring war das Ding reichlich mit Wasser vollgesogen, aber es bestand immerhin eine Chance. Gutes Timing wäre wichtig. Absolut genaues, unerbittliches Timing, damit es einen unumstößlichen Beweis für ihre Loyalität gäbe. Das aber bedeutete, daß sie ihn – endlich – würde anhören müssen. Und wenn es hieß, daß er sie mit Gewalt festhalten und ihre Hände von den Ohren wegzerren müßte – sie mußte ihn anhören.

»Nein«, sagte sie sofort, als er sie anrief. »Ich will nicht, daß wir uns noch einmal treffen. Ich habe darüber nachgedacht, und ich finde, wir sollten ein Ende machen. Sofort.«

»Wir müssen uns treffen«, sagte Charlie mit ruhiger Hartnäckigkeit, entschlossen, jeden Disput, der ihre Weigerung verhärten würde, zu vermeiden. »Wir müssen uns noch einmal treffen«, setzte er hinzu. »Ein letztes Mal.«

»Oh«, sagte sie.

»Verstehst du, was ich sage?« fragte er bang.

»Ich glaube, ja.«

»Es ist wichtig«, beharrte Charlie. Entschlossen, ihre Zustimmung zu erhalten, fuhr er fort: »Nicht nur deinetwegen, Natalia. Da ist auch noch Eduard.«

»Ja«, sagte sie. »Da ist auch noch Eduard. Da war immer auch noch Eduard.«

In ein Restaurant zu gehen, hätte es zu etwas gemacht, das es nicht sein sollte, und keiner wollte dem anderen in dessen Wohnung begegnen: Der Augenblick des Abschieds sollte von angenehmen Erinnerungen geprägt sein, nicht von schmerzlichen Empfindungen. So gingen sie einfach spazieren – allerdings nicht in der Nähe des Roten Platzes und des GUM, denn auch hier hätte es unangenehme Erinnerungen gegeben –; sie schlenderten am Flußufer entlang und betrachteten die geschäftig umhergleitenden Boote und die Insekten im Dunst. Natalia hielt seine Hand wie ein Schulmädchen, und unbewußt berührte sie mit ihrem Arm den seinen. Die Zurückhaltung der letzten paar Wochen war verschwunden, und Charlie spürte die Verzweiflung im Hals wie einen Kloß, den er tatsächlich herunterschlucken mußte: Plötzlich war ihm restlos bewußt, was er hier aufgab – ohne die Hoffnung, es je wiederzufinden. Er hatte Edith verloren, und jetzt würde er Natalia verlieren. In einem seltenen, aber dauerhaften Moment des Selbstmitleids fragte Charlie sich, warum er immer verlieren mußte, warum er nicht einmal, ein einziges Mal, gewinnen konnte, nur ein kleines bißchen.

»Ich glaube, du hast meine Worte am Telefon nicht richtig verstanden«, sagte sie.

»Doch«, sagte Charlie. »Und es waren keine Worte. Es war nur eins.«

»Ich glaube, allein würde ich es riskieren«, stellte Natalia fest. »Ich habe es schon riskiert. Aber Eduard kann ich nicht in Gefahr bringen.«

Charlie hatte resigniert, aber er versuchte es doch noch einmal. »Und wenn es keine Gefahr für Eduard gäbe?«

»Kannst du dafür garantieren?« fragte sie beinahe verzweifelt. »Kannst du garantieren, daß du uns beide beschützen wirst, für immer und alle Zeit?«

Sie hatten die Kalininskij-Brücke erreicht. Hier gab es Ruheplätze und Bänke am Gehweg, und ohne Diskussion gingen sie auf eine Bank zu und setzten sich. Charlie sprach kein Wort.

»Du hast mir nicht geantwortet«, sagte sie.

»Nein.«

»Und?«

»Ich habe nachgedacht«, sagte Charlie. »Ich dachte, wie leicht es doch wäre, zu lügen, wenn ich dich nicht so sehr liebte. Zu sagen: Ja, ich kann es garantieren.«

»Ich bin froh, daß du es nicht gesagt hast«, antwortete Natalia. »Denn ich hätte gewußt, daß es eine Lüge ist, und ich will nicht, daß du mich weiter belügst. Nicht mehr.«

»Ich habe dich nicht belogen«, sagte Charlie.

Sie griff nach seiner Hand, und aller Trost, alle Ruhe zwischen ihnen war wieder da. »Hör auf«, sagte sie sanft scheltend, nicht wütend wie so oft in letzter Zeit. »Ich weiß ja, daß es keine andere Möglichkeit gab. Wir hätten uns einfach nicht aufeinander einlassen sollen – nicht, wie wir es getan haben. Wenn man verloren ist, sollte man niemanden finden, der es auch ist – das ist alles.«

»Ich will, daß du mir jetzt zuhörst«, sagte Charlie. »Ich mache mir Sorgen um dich, weil ich dich liebe, aber du sollst mir auch um Eduards willen zuhören. Denn wenn dir etwas zustößt, wird er auch darunter zu leiden haben.«

Natalia saß vornübergebeugt da; sie sah den Fluß nicht, der vor ihr dahinfloß, aber sie protestierte auch nicht, sie weigerte sich nicht, ihn anzuhören, wie sie es bisher immer getan hatte. Charlie war froh darüber; er hatte es nicht erwartet, aber es erleichterte die Sache, weil er sich ihrer jetzt sicher sein konnte und weil er daran gleichzeitig erkannte, daß sie sich seiner ebenfalls sicher war. Also würde sie nicht an ihm zweifeln. Und sie durfte auch nicht an ihm zweifeln, nicht einen Augenblick lang, wenn sie die Verhöre und den Druck, dem man sie aussetzen würde, überstehen sollte.

Charlie log mühelos, denn es waren einfache Lügen – geringfügige, aber entscheidende Abweichungen von der Wahrheit, die mit allen Fakten und mit allen Umständen übereinstimmten. Er wußte, wie gut sie war, er kannte ihre Ausbildung, und während er so tat, als wäre er ebenso in die Probleme vertieft wie sie, achtete er wachsam auf ihre Reaktionen, und er wartete auf die Art von Zwischenfragen, die man schon sehr bald in den Verhören stellen würde. Aber Natalia erhob keine Einwände, und Charlie hoffte so verzweifelt, wie er nie zuvor auf irgend etwas gehofft hatte, daß dies bedeuten möge, es würde funktionieren und sie würde unter keinen Umständen in Gefahr geraten.

»Es bedeutet, daß ich einen Fehler gemacht habe«, sagte sie, und gleich danach, als wolle sie sich verteidigen: »Ich hatte nicht genug Zeit. Es kam alles überstürzt.«

»Dann ist es nicht deine Schuld.«

»Nein«, sagte sie zweifelnd. »Es war nicht meine Entscheidung.«

»Da sind noch wir«, bemerkte er.

»Ja«, sagte sie.

Und Charlie erklärte, wie auch dies zu rechtfertigen war; er befand sich jetzt auf festerem Boden, denn hier brauchte er nicht wirklich zu lügen. Immer noch wartete er angespannt darauf, daß sie einen Fehler entdeckte, aber sie entdeckte keinen, und als er fertig war, hoffte er, es möge daran liegen, daß dieser Teil der Geschichte ebenso gut war wie der erste, und nicht daran, daß ihre Emotionen und Empfindungen ihre sonstige Wachsamkeit umnebelt hatten.

»Jetzt?« fragte sie mit tonloser Stimme.

»Jetzt«, sagte Charlie. Er fühlte, wie die Verzweiflung über ihn hinwegspülte, und stemmte sich dagegen, denn jetzt war es zu spät für Verzweiflung. Sie hatten wiedergewonnen, was sie vorher gehabt hatten, weil sie akzeptiert hatten, daß es zu Ende war; es gab kein Zurück, weil es nichts gab, wohin sie hätten zurückkehren können. Konflikte über Konflikte, und immer wieder Wenn und Aber. »Du begreifst, wie wichtig das Timing ist, nicht wahr?« drängte Charlie. »Das Timing muß haargenau stimmen.«

»Ja«, sagte Natalia. »Ich habe es verstanden.«

Stumm blieben sie auf der Uferbank sitzen. Die Lichter gingen an, und der Schatten des riesigen COMECON-Gebäudes lag wie eine Barriere über der Moskwa, eine Hürde für den immer noch betriebsamen Bootsverkehr. Noch immer ruhte Natalias Hand in seiner, und Charlie wollte sie nicht loslassen.

»Ich liebe dich, Natalia«, sagte er.

»Ich liebe dich auch, mein Schatz«, antwortete Natalia. Sie verstummte und sagte dann: »Und ich weiß, ich werde mein Leben lang bereuen, was ich getan habe – oder was ich nicht getan habe.«

Charlie wandte sich ihr hastig zu. Er wollte etwas sagen, aber sie drückte seine Hand und schnitt ihm das Wort ab. »Nein! Sag's nicht. Bitte sag's nicht.«

Er ignorierte ihr Flehen. »Warum kannst du nicht mitkommen?«

»Warum kannst du nicht bleiben?« Darauf wußte er nichts zu erwidern. »Meine Loyalität ist nicht die einzige Barriere«, setzte sie hinzu. »Da ist auch die deine. Ich habe schon mehr gegeben als du. Warum kannst du nicht auch etwas geben?«

»Du weißt, daß ich es nicht kann.«

»Dann weißt du auch, daß ich es nicht kann.«

Die Schatten über dem Fluß vertieften sich und verhüllten die kleineren Boote bald völlig. Seite an Seite blieben sie sitzen, ihre Finger umschlangen einander, und keiner der beiden wollte der erste sein, der den unwiderruflich letzten Kontakt zwischen ihnen beendete.

»Das Timing ist wichtig«, wiederholte Charlie.

»Dann solltest du jetzt gehen.«

»Ja.«

»Ich wünschte, wir könnten miteinander schlafen«, sprudelte Natalia plötzlich hervor. »Nicht wie beim letztenmal. Nicht wie so oft in der letzten Zeit. So, wie es früher war, als wir zusammen waren wie jetzt.«

»Es muß nicht heute geschehen«, meinte Charlie.

»Doch, es muß«, widersprach sie sofort. »Es hätte keinen Sinn, halten zu wollen, was wir jetzt haben . . .« Sie hob den Arm und wies auf den Fluß hinaus, wo der Abendnebel sich zusammenballte und mit den Insektenschwärmen in Wettstreit trat. »Es ist wie dies«, sagte sie. »Wie der Abendnebel.«

Charlie vollzog die Trennung; er wußte, daß er es tun mußte. Er zog seine Hand zurück, entschlossen und ohne sie anzuschauen. »Ein Glück, daß wir am Fluß entlangspaziert sind«, stellte er fest.

»Ja«, stimmte Natalia zu, und sie gab sich Mühe, ihre Stimme munter klingen zu lassen. »Morisa Toresa ist ganz in der Nähe.«

Charlie stand auf, gezwungen wie sie. »Vergiß die Zeit nicht«, mahnte er. »Sie werden es beinahe sofort erfahren. Warte nicht.«

Einen Moment lang schauten sie einander nur an. Natalia saß noch auf der Bank, und Charlie stand vor ihr, einen Schritt weit entfernt, denn er wagte es nicht, ihr allzu nah zu kommen.

»Ich will nicht, daß du mich küßt«, sagte sie.

»Nein.«

»Sag nichts. Tu nichts.«

Ein paar Augenblicke lang blieb Charlie so stehen. Er wußte, er würde sie nie wiedersehen, und er wollte sich alles ins Gedächtnis meißeln. Dann wandte er sich ab, ging zur Hauptstraße hinauf und nahm Kurs auf die britische Botschaft an der Morisa Toresa. Er ging mit hängenden Schultern, und zum erstenmal in seinem Leben kümmerte ihn nicht, was um ihn herum vorging. Der Gedanke, sich in den Schutz der britischen Gesandtschaft zu begeben, erfüllte ihn tatsächlich mit Widerwillen, aber jetzt konnte er nicht anders, denn

Natalias Sicherheit hing davon ab, daß er zu einem bestimmten Zeitpunkt dort eintraf. Er wußte, daß sie ihn noch eine ganze Weile würde sehen können – und er sie –, aber er drehte sich nicht um. Als er schließlich bei der Botschaft ankam, hatte sein Professionalismus wieder die Oberhand gewonnen, aber er bewegte sich beinahe automatisch – bis zum eigentlichen Augenblick des Eintretens, denn er mußte haargenau stimmen.

Es waren noch viele Autos und Menschen auf der Straße; das war ihm recht, und flüchtig fragte er sich, wie viele von diesem Verkehr echt und wieviel offiziell sein mochten. Weit vor dem Tor der Botschaft überquerte er die Straße; er näherte sich auf derselben Straßenseite, ließ aber nicht erkennen, daß ihn eines der vor ihm liegenden Gebäude interessierte. In der Nähe des Eingangs sah er sowjetische Uniformen; damit hatte er nicht gerechnet, und soweit er sich erinnern konnte, waren sie bei seinem letzten Moskauaufenthalt auch nicht dagewesen. Zuversichtlich ging er weiter, ohne einmal innezuhalten. Abrupt, aber nicht minder selbstsicher, bog er in das Gelände ein wie ein Mann, der seinen Weg kannte und nicht erwartete, angehalten zu werden.

Er wurde nicht angehalten.

Eilig betrat Charlie die Eingangshalle; er wollte möglichst rasch offizielles britisches Territorium unter den Füßen haben. Da war der Empfangstisch, und da war auch Sicherheitspersonal, Briten diesmal. Hinter dem Schreibtisch saß ein Mann. Mit ausdruckslosem Gesicht blickte er auf, sah Charlie an und fragte: »Kann ich Ihnen helfen?«

»Ja«, sagte Charlie. »Ich will nach Hause.«

Während der Untersuchung saß Alexej Berenkow im Lefortowo-Gefängnis, in demselben Gebäude, in dem Monate zuvor Cecil Wainwright gebrochen worden war, so daß er seine Feigheit eingestanden hatte. Es war kein gewöhnliches Zugeständnis; Berenkow vermutete, daß Kalenin interveniert hatte, und er war dankbar dafür: In der dritten Woche bekam er Besuch von Walentina. In den hallenden Räumen des Gefängnisses wirkte die kleine Frau noch kleiner; alles ringsumher schien sie zu erdrücken. Wie ein zarter Vogel saß sie auf ihrem Stuhl, und blinzelnd spähte sie durch das Gitter, hinter dem ihr vierschrötiger Mann saß. Berenkow fühlte die Angst wie einen körperlichen Schmerz.

»Sie haben gesagt, ich dürfte nur ein paar Augenblicke bleiben. Ich hätte Glück, daß ich überhaupt hier sein dürfte.«

»Ja«, sagte Berenkow. Er sehnte sich danach, die Hand zu ihr auszustrecken und das Grauen aus ihrem Gesicht zu streichen. »Mach dir keine Sorgen«, sagte er. »Ich habe nichts getan.«

»Du bist im Gefängnis!« sagte sie.

»Ich war schon öfter im Gefängnis«, erwiderte er. »Diesmal ist es leichter.«

»Ich verstehe das alles nicht, Alexej«, sagte sie flehentlich. »Ich verstehe nicht, wieso sie dich verhaften und einsperren, und ich verstehe nicht, wieso sie Georgijs Examen für ungültig erklären und seine Austauschgenehmigung sperren.«

»Wann ist das passiert?« fragte Berenkow betrübt.

»Vorige Woche«, antwortete Walentina. »Es gab keine Erklärungen. Nur einen Brief vom Schuldirektor. Georgij hat um ein Gespräch gebeten, aber sie haben ihn nicht vorgelassen.«

»Das kommt noch«, sagte Berenkow betrübt.

»Sag mir etwas, Alexej«, bat seine Frau. »Sag es mir ganz ehrlich: Hast du etwas verbrochen?«

»Nein«, antwortete Berenkow sofort.

»Was ist dann passiert?« schrie die Frau in ganz ungewohntem Zorn.

»Ich weiß es nicht«, sagte Berenkow.

28

Sie reagierten schnell, und obwohl Charlie mit den Gedanken woanders war – er dachte immer wieder an Natalia und an seine Sorge um sie –, war er beeindruckt. Der Mann am Empfang führte nur ein einziges Telefongespräch, und innerhalb weniger Minuten führte man ihn zu einem, der sich Hollis, und einem, der sich Greening nannte. Beide, sah Charlie, waren jung, energisch und eifrig; flüchtig fragte er sich, ob er am Anfang wohl auch so gewesen war. Sie führten ihn in einen Teil der Botschaft, den Charlie von seinem früheren, offiziellen Besuch als Residenz des Geheimdienstes erkannte, aber er mußte in einem Vorzimmer warten, während Hollis ständig auftauchte und wieder verschwand. Charlie vermutete, daß er Kontakt mit London aufnahm. Auch von dort kam die Reaktion ungewöhnlich rasch; wenig mehr als eine Stunde war vergangen, als Hollis wieder zurückkam und verkündete: »Wir reisen unverzüglich ab – bevor sich eine Gelegenheit für offizielle Proteste oder Aktionen ergibt. Wir haben Glück: Es gibt einen *British Airways*-Flug.«

Sie trafen eine Stunde vor dem planmäßigen Abflug am Flughafen

Scheremetjewo ein, Charlie eingeklemmt zwischen zwei Bewachern, die hastig ausgestellten Diplomatenpapiere in der Hand. Damit kamen sie an den üblichen Anfangskontrollen vorbei, und der lokale Direktor von *British Airways* schien sie zu erwarten; Charlie vermutete, daß die Botschaft ihn bereits telefonisch unterrichtet hatte. Der Linienmanager führte sie, bevor die normalen Passagiere an Bord gingen, in einen durch einen Vorhang abgeteilten Sonderbereich der Ersten Klasse.

Die Russen unternahmen den Rückholversuch dreißig Minuten vor dem Start, während die anderen Passagiere ihre Plätze einnahmen; man hörte, wie mehrere Männer plötzlich polternd heraufgestürmt kamen, und Hollis und Greening traten ihnen an der Tür entgegen. Charlie hatte sich bereits angeschnallt; er hörte, wie draußen gestritten wurde und wie Hollis sich lautstark weigerte, einen britischen Staatsbürger auszuliefern. Charlie konnte die Russen nicht erkennenn, denn der Blick durch den Eingang war ihm versperrt; sie behaupteten beharrlich, Charlie werde wegen eines Verbrechens gesucht. Hollis verlangte einen ordnungsgemäßen Haftbefehl zu sehen, und als dieser Forderung nicht entsprochen werden konnte, erklärte er, Charlie werde in England wegen Mordes gesucht, und er präsentierte etwas, das aussah wie ein formelles Justizdokument. Der Streit tobte weiter, während die zusteigenden Passagiere dahinter rumorten, und besorgt meldeten sich jetzt auch Pilot und Erster Offizier zu Wort; sie hatten offenbar keine Ahnung, was hier vor sich ging.

Hollis machte seine Sache ausgezeichnet, dachte Charlie. Der Mann behauptete, die Angelegenheit unterstehe seiner Jurisdiktion – was, technisch gesehen, auch zutraf –, und das Flugzeug sei britisches Territorium – was Charlie für eine eher fragwürdige Behauptung hielt. Der Kapitän indessen schien davon beeindruckt zu sein, denn nach einer kurzen Beratung mit dem Manager von *British Airways* verkündete er, daß er unverzüglich abzufliegen gedenke, wenn nicht ein offizielles Dokument vorgelegt werden könne, welches die britischen Papiere außer Kraft setze. Daraufhin begingen die Russen einen Fehler: Sie versuchten, das Flugzeug zu stürmen. Mühelos versperrte man ihnen den schmalen Eingang, aber ihre Verzweiflung überzeugte den Kapitän davon, daß sie blufften. Er ließ die Heckeinstiege verriegeln, um zu vermeiden, daß die Russen dort eindringen konnten, und half dann, die immer noch andrängenden Russen mit körperlicher Gewalt zurückzuschieben, damit auch der Einstieg zur Ersten Klasse geschlossen werden konnte.

Es folgte eine zweite Auseinandersetzung, die Charlie durch die offene Tür zum Cockpit mit anhören konnte; der Kontrollturm weigerte sich, die Rollerlaubnis zu erteilen, und schließlich fuhr der Kapitän das Flugzeug anscheinend ohne Unterstützung des Bodenpersonals vom Terminal zur Startbahn.

»Keine Sorge«, meinte der immer noch atemlose Hollis, der neben Charlie Platz genommen hatte. Es ist alles okay.«

Charlie begriff erst jetzt, daß er sich überhaupt keine Sorgen gemacht hatte. Dies war der Teil des Unternehmens gewesen, bei dem das Risiko, gefaßt zu werden, am größten war – und er war noch nicht vorüber –, aber Charlie hatte keine Angst. Das Gefühl der Leere war noch immer zu stark, zu stark auch, als daß er Erleichterung empfunden hätte, als das Flugzeug schließlich abhob und er wußte, daß er in Sicherheit war. In Sicherheit vor den Sowjets zumindest. Daß ein Haftbefehl wegen Mordes gegen ihn existierte, hatte er allerdings nicht erwartet, obwohl es, wenn er es sich recht überlegte, nur folgerichtig war. O Gott – es war doch sicher nicht alles umsonst gewesen! Er hatte sich doch nicht in eine Falle locken lassen, um jetzt ins Gefängnis zurückzukehren! Aber selbst dieser Gedanke schien im Augenblick nichts weiter zu bedeuten. Das würde sich ändern, falls er zuträfe, das wußte Charlie – aber vorläufig war es ihm egal.

»Wissen Sie, was das bedeutet?« fragte der gesprächige Hollis neben ihm.

»Was?« fragte Charlie dumpf.

»Ich kann nicht zurück ...« Hollis drehte sich um und sah Greening an, der hinter ihnen saß. »Nach dieser Sache werden wir beide unerwünscht sein.«

»Na, Gott sei Dank«, entgegnete der Mann hinter ihnen.

Charlie wollte nichts essen, nichts trinken, nicht einmal plaudern. Er starrte durch das Fenster in die schwarze Nacht hinaus und sah sein eigenes Spiegelbild. Inzwischen durfte es passiert sein, dachte er. Ob sie Natalia formell festgenommen hatten? Oder wurde sie nur verhört? Er hoffte zu Gott, daß ihr nichts zustoßen möge. Das Quälende war – jetzt und in alle Ewigkeit –, daß er es niemals erfahren würde.

Ein kleiner Trupp erwartete sie am Londoner Flughafen – vier Männer, die in offiziöser Eile auf das Flugzeug zueilten, und noch andere, die in Autos warteten. Mit rascher Ehrerbietigkeit wurden Hollis und Greening in ein anderes Auto geleitet; Charlie schloß daraus, daß ihr Rang ziemlich hoch sein mußte. Niemand stellte sich vor, und es gab auch keine offiziellen Einreiseformalitäten zu erledigen; statt dessen nahmen sie ihn rechts und links beim Arm und führten ihn hastig durch Nebengänge und Seitentüren. Charlie fügte sich gehorsam jedem Schieben, jeder Anweisung; noch immer war ihm das alles gleichgültig. Erst als die Wagenkolonne die M4 erreicht hatte und auf dem Weg nach London war, unternahm Charlie bewußte Anstrengungen, seinen Überdruß beiseite zu schieben und sich auf das zu konzentrieren, was nun vielleicht geschehen würde.

Er hatte versagt.

Aber nicht auf eine Art und Weise, die Schuldgefühle in ihm hätte wecken müssen. Er hatte Wilson damals im Büro des Gefängnisdirektors gesagt, daß der Auftrag beinahe unmöglich zu erfüllen sei, und die Russen hatten den Ersten Sekretär geschnappt, noch ehe er sich richtig hatte organisieren können. Charlie war sicher, daß die Verhaftung des Diplomaten der Grund dafür gewesen war, daß es nie zum Kontakt gekommen war. Sie würden Grund zur Enttäuschung haben, aber sie würden ihn nicht kritisieren können – ganz gewiß nicht, wenn er ihnen alles über die Agentenschule erzählte und wenn er ihnen berichtete, was er getan hatte, um herauszukommen. Von Natalia, beschloß er, würde er ihnen nichts erzählen. Nicht, daß er einen besonderen Grund gehabt hätte, sie zu verschweigen – er konnte ihr keine Schwierigkeiten bereiten –, aber er würde trotzdem nicht über sie sprechen.

»Wir hätten nie gedacht, daß wir Sie zurückbekommen«, sagte ein unbekannter Mann an seiner Seite.

Charlie kannte diese Art von offizieller, vorwurfsvoller Stimme. »Das Leben ist voller Überraschungen«, sagte er; er wußte, daß die merkliche Abwesenheit von Angst den Mann ärgern würde. Wieder mal Zeit, zu rennen, dachte er. Was war mit der Mordanklage, von der sie in Moskau geredet hatten? Charlie blickte hinaus in die gelb erleuchteten Straßen von London und fragte sich, wie lange es wohl dauern würde, bis er sie wiedersähe – ohne eine Eskorte.

Die Männer, die ihn am Flughafen abgeholt hatten, behielten ihn in ihrer Mitte, als er vor dem Gebäude, das ihm einst so vertraut gewesen war, aus dem Wagen stieg. Instinktiv zögerte Charlie und schaute an der Fassade hinauf, an die er so oft voller Wehmut hatte denken müssen. Der Mann hinter ihm rechnete nicht damit und prallte gegen ihn.

»Weiter«, befahl er brüsk, und Charlie gehorchte und ging durch die Tür. Nichts schien sich verändert zu haben. Da waren noch immer dieselben braunlackierten, seufzenden Heizkörper, die abblätternden, gelbgekalkten Wände und die uralten, maschendrahtumhüllten Aufzüge, die sich unsicher ruckend aufwärts bewegten, als stehe noch längst nicht fest, daß sie auch oben ankommen würden.

Wilsons Büro war eine Veränderung. Willoughbys Räume hatten an der Rückseite des Gebäudes gelegen, und Cuthbertson hatte sie geerbt. Sir Alistair Wilsons Suite befand sich im obersten Stockwerk, zur Straße hinaus, und als Charlie eintrat, sah er durch die vorhanglosen Fenster draußen eine Lichterkette, und er erkannte, daß er über den Fluß hinausblickte. Der Direktor stand neben seinem Fenster, Harkness hinter ihm, näher beim Fenster. Auf dem Schreibtisch stand eine Vase mit Rosen, und eine Blüte, die farblich zu dem Strauß paßte, ragte aus dem Knopfloch am Revers des Direktors. Ihr Parfümduft erfüllte den ganzen Raum.

»Charlie!« rief Wilson wie jemand, der einen alten, lange vermißten Freund begrüßte. »Charlie!«

Humpelnd trat er vor, mit steifem Bein, die Hand ausgestreckt. Charlie blieb völlig verwirrt in der Tür stehen. Zögernd erwiderte er die Begrüßung; er sah, daß Wilson mit einer ruckhaften Bewegung des Kopfes die Männer, die ihn am Flughafen abgeholt hatten, entließ. Der weniger überschwengliche Harkness kam jetzt ebenfalls heran und reichte ihm die Hand. Charlie schüttelte sie.

»Sie haben es geschafft, Charlie! Und Sie sind zurückgekommen. Meinen Glückwunsch! Verdammt gute Arbeit«, lobte Wilson. Er faßte Charlie bei den Schultern und zog ihn weiter ins Zimmer. Was war denn hier los? Was zum Teufel war hier los? fragte Charlie sich. Die mußten doch wissen, daß mit der Verhaftung des Ersten Sekretärs alles schiefgegangen war!

Charlie blieb neben dem Stuhl, den Wilson ihm anbot, stehen; er setzte sich nicht gleich. »Es hat nicht geklappt«, stellte er fest. »Es ist nicht zum Kontakt gekommen.«

»Nein.« Wilson pflichtete ihm augenblicklich bei. »Natürlich nicht.«

»Es lag also am Ersten Sekretär?« fragte Charlie. »Ich dachte mir schon, daß es deshalb aufgeflogen ist. In der Zeitung stand, daß er verhaftet worden war; die Rede war von einer größeren Spionagezelle, die zerschlagen worden sei.«

Wilson drehte sich um und warf Harkness einen kurzen Blick zu. »Eine der Tragödien in dieser Geschichte«, bemerkte er, einen Moment lang geistesabwesend. Wilson hatte die sowjetischen Presseberichte ebenso gelesen wie Charlie, und so besann er sich plötzlich. »Ja, natürlich – Sie können es nicht wissen, denn dort stand es ja nicht in der Zeitung: Wainwright beging Selbstmord in unserer eigenen Botschaft, nachdem die Sowjets ihn freigelassen hatten.«

»Haben sie ihn kleingekriegt?« fragte Charlie sofort.

»Er hat ihnen gesagt, was er wußte«, antwortete Wilson. »Er hatte anfangs die Leitung. Dann haben wir gewechselt.«

Darum also hatte niemand – außer Natalia – seine Ausflüge zum GUM bemerkt! Und sogleich kam ihm ein zweiter Gedanke: Alle bisherigen Kontakte waren blind gewesen, hatte Wilson ihm damals im Gefängnis gesagt. Das hieß, daß Wainwright beim Verhör keine Identität hatte verraten können. Also war der Überläufer noch unentdeckt; zweifellos hatte er sich nur zurückgehalten, bis der Boden weniger heiß wäre. O Gott, dachte Charlie – er war zu früh abgehauen!

»Ich habe gesagt, es ist nicht zum Kontakt gekommen«, erinnerte er den Direktor.

Wilson lächelte entschuldigend. »Das konnte es auch nicht.«

Charlie ließ sich langsam auf den Stuhl sinken. Er wußte, daß die Zeit gekommen war, mit dem Raten aufzuhören. »Konnte nicht?«

»Es gab nie einen Spion, Charlie. Es gab nie jemanden, den Sie hätten treffen können«, erklärte Wilson. Fordernd beugte er sich vor. »Erzählen Sie mir etwas«, verlangte er. »Etwas Wichtiges. Ist es Ihnen gelungen, mit Berenkow zusammenzutreffen?«

Charlie runzelte zweifelnd die Stirn. »Ja«, sagte er. »Mehrmals. Deshalb war die Operation auch kein absoluter Fehlschlag. Berenkow hat dafür gesorgt, daß ich an einer Spionageschule unterrichten konnte. Ich kenne die gesamte Anlage von Balaschika. Ich kenne das ganze Personal und mindestens zwanzig Agenten. Ich weiß über die Ausbildungsmethoden Bescheid. Aber ich verstehe nicht – wieso gab es nie einen Spion?«

»Sie können es nicht verstehen, Charlie«, sagte Wilson, und wieder lächelte er, als wolle er um Nachsicht bitten. »Sie mußten blind sein, wie Wainwright. Ich wußte, daß Wainwright im Verhör zusammenbrechen würde. Ich habe es sogar geplant; allerdings sollte er sich nicht das Leben nehmen. Und Sie hätten auch erwischt werden können, wenngleich es so nicht geplant war. Wenn man Sie aber erwischt hätte, durfte ich nicht riskieren, daß auch Sie zusammenbrechen –« Wilson hob die Hand. »Ich weiß, daß Sie nicht so leicht kleinzukriegen sind. Aber für jeden gibt es eine Grenze der Belastbarkeit.«

»Ich verstehe immer noch nicht«, protestierte Charlie.

Wilson lehnte sich bequem gegen den Heizkörper und streckte sein steifes Bein von sich. »Sie waren Teil – und zwar ein notwendiger, zusätzlicher Teil – einer der kompliziertesten Operationen, die wir jemals entwickelt haben«, erzählte er. »Vor fünf Jahren, als ich hier Direktor wurde, beschloß ich, einen Schlag gegen den sowjetischen Geheimdienst zu führen. Mit einem Schlag so viel Schaden anzurichten, wie ich nur konnte. Es war, wie ich schon sagte, ein komplizierter Plan, aber gleichwohl einer von einer gewissen Einfachheit. Ich hatte Glück, denn ein Teil der Vorbereitungsarbeiten war bereits getan worden. Kurz vor seiner Ablösung als Geheimdienstchef brachte Willoughby, den Sie, wie ich weiß, zutiefst bewundern, eine klassische Desinformationsoperation in Gang, und zwar mit einem brillanten und überaus wagemutigen Agenten. Er sorgte dafür, daß Edwin Sampson sich in Beirut kontaktieren und für den sowjetischen Dienst anwerben ließ –«

»Was!« platzte Charlie heraus.

Wilson hob wieder die Hand, um ihm das Wort abzuschneiden. »Ich habe mir gedacht, daß Sie das überraschen würde, Charlie. Aber hören Sie weiter. Hören Sie, wie brillant und wagemutig Sampson wirklich ist. Ich beschloß, auf dem aufzubauen, was Willoughby vorbereitet hatte. Das bedeutete natürlich, daß wir einiges weggeben mußten, aber ich fand, daß die Investition sich lohnte. Als die Russen von Sampsons Loyalität ihnen gegenüber vollständig überzeugt waren, forderten sie ihn auf, sich hierher zurückversetzen zu lassen. Ich war selbstverständlich einverstanden. Setzte ihn ins sowjetische Büro und ließ ihn weiter gutes, echtes Material in ihre Hände spielen, um ihre Überzeugung zu festigen. Sie ernannten ihn tatsächlich zum Major, wußten Sie das?«

Charlie nickte; er wagte nicht, jetzt zu sprechen.

»Und dann erwischten wir Sie«, erzählte Wilson weiter. »Wir erwischten Sie, und ich sah plötzlich, wie die Operation doppelt effektiv gemacht werden könnte. Inzwischen wußten wir natürlich, daß Berenkow am Dserschinski-Platz saß, als einer der offiziellen Vertreter Kalenins, und ich sah eine Möglichkeit, den sowjetischen Dienst härter zu treffen, als ich mir jemals hätte träumen lassen . . .« Wilson machte eine Pause und lächelte sein verzeihungsheischendes Lächeln. »Ich hatte Sie unterm Mikroskop, als Sie im Gefängnis saßen, Charlie. Aus den Gutachten über Sie und nach dem, was Sie mit Cuthbertson angestellt hatten, wußte ich, was für eine Persönlichkeit Sie sind, aber ich mußte mich selbst überzeugen, um ganz sicher zu sein. Ich beobachtete von Woche zu Woche, wie Sie sich weigerten, nachzugeben, wie Sie sich gegen alles und jeden zur Wehr setzten, und schließlich kam ich zu der Überzeugung, daß alles klappen würde. Von hier aus ließ ich den getreuen Sampson nach Moskau funken, daß sie vermutlich einen Spion im eigenen Nest hätten, und zwar einen so hochrangigen, daß ich persönlich sein Ansprechpartner sei und den Verkehr mit ihm beaufsichtige. Dann beauftragten wir einen Kulturattaché namens Richardson, seinem Kollegen Cecil Wainwright einen Zettel in die Tasche zu stecken . . .« Wieder zögerte Wilson. »Richardson erfuhr soviel wie nötig war, aber Wainwright mußte, wie ich schon sagte, blind bleiben, damit es klappte. Wochen vor dem, was Wainwright für eine echte Kontaktaufnahme im Bolschoi hielt, hatte ich per Kurier einen strengen geheimen Code nach Moskau übersandt, der verwendet werden sollte, wenn sich etwas wirklich Wichtiges ergäbe. Ich wollte, daß die Russen ihn abhörten; sie sollten wissen, daß da etwas vorging. Nachdem Sampson auf diese Weise die Zündschnur in Brand gesetzt hatte, verhafteten wir ihn zum Schein. Das alles war zeitlich praktisch minutengenau auf den Augenblick abgestimmt, in dem Sie kurz davor standen, zusammenzubrechen. Wir zogen einen Scheinprozeß auf, was nicht schwierig war, weil die Gerichtsverhandlung ja unter Ausschluß der Öffentlichkeit stattfand. Nach dem Prozeß wurde Sampson in das Gefängnis Wormwood Scrubs eingeliefert, wir steckten ihn zu Ihnen in die Zelle und beauftragten ihn, Sie zu kultivieren, was er ja auch tat . . .« Wilson schüttelte voller Bewunderung den Kopf. »Wie ich schon sagte, ein brillanter, überaus mutiger Mann. Hat er Sie dazu gebracht, ihn zu hassen?«

»Ja«, sagte Charlie. Seine Kehle war trocken, und die Antwort war nur ein Krächzen.

»Das mußte er natürlich«, meinte Wilson. »Damit später alles klappen konnte – jetzt nämlich, da Sie wieder hier sind. Die Russen mußten wissen, daß Sie einander nicht ausstehen konnten, damit er nicht in Gefahr gerät . . .«

»Er hat einen Polizisten erschossen.« Charlie versuchte mühsam zu begreifen, was er hörte. »Er hat einen von den guten Gefängniswärtern zusammenprügelt und einen Polizisten erschossen. Ich hab's gesehen.«

»Moment«, sagte Wilson. »Hören Sie bis zum Ende. Trotz der offiziellen Gutachten in Ihrer Akte und der Beobachtungen des Gefängnisdirektors mußte ich mir persönlich volle Gewißheit über Sie schaffen. Wir hätten Ihre Beteiligung an der Operation noch zu diesem Zeitpunkt abblasen können. Die Russen sind immer verdammt gut, wenn es darum geht, ihre Leute herauszuholen. Wir wußten es, als sie Kontakt mit Sampson aufnahmen – erst durch die Zeitung, dann durch das Radio, das er sich in die Zelle hatte bringen lassen sollen. Daß er es Ihnen erzählt hat, war der Test, Charlie. Wenn Sie nicht genau das getan hätten, was Sie taten, wenn Sie nicht zum Direktor gegangen wären und versucht hätten, die Sache zu vereiteln . . . wenn Sie statt dessen einfach einverstanden gewesen wären, mitzugehen, dann hätte ich Sie ganz einfach in eine andere Zelle verlegen lassen, und Sampson wäre allein gegangen.«

»Und was wäre mit mir passiert?« wollte Charlie, plötzlich wachsam geworden, wissen.

Diesmal kam kein Lächeln von Wilson. »Wenn Sie den Fluchtplan nicht gemeldet, sondern versucht hätten, mit Sampson nach Moskau zu fliehen, dann wären Sie ein Verräter gewesen, nicht wahr, Charlie? Sie hätten dann den Rest Ihrer Haftstrafe abgesessen, ohne Bewährung, ohne Straferlaß...«

»Jesus!« sagte Charlie tonlos.

»Aber Sie sind kein Verräter, Charlie. Ich wußte das immer...« Das Lächeln kehrte zurück. »Und da wußte ich auch, daß alles klappen würde – zumindest bestand die Chance, daß es funktionieren würde. Natürlich war es wichtigg, sicherzustellen, daß Sie zurückkehrten. Deshalb war die Sache mit dem Polizisten wichtig –«

»Sie haben einen Polizisten ermorden lassen!«

Wilson schüttelte den Kopf. »Der Wärter mußte zusammengeschlagen werden. Das war unglückselig, aber notwendig. Sie durften ja keinen Verdacht schöpfen. Aber die Sache mit dem Polizisten war Theater: Er war einer von unseren Leuten.«

»Platzpatronen?« fragte Charlie.

Wilson nickte.

»Die Russen wollten die Waffe haben«, erinnerte sich Charlie. »Wenn sie das Magazin überprüft hätten, wäre alles vorbei gewesen, bevor es angefangen hatte.«

»Nein«, erwiderte Wilson; er war nicht beleidigt. »Ich hab's Ihnen doch gesagt, Charlie. Wir hatten alles bis ins letzte Detail geplant. Es waren zwei Platzpatronen. Die erste, die den Mann zu Boden warf. Und die zweite, mit der er den Fangschuß bekam. Die restlichen Patronen waren echt, für den Fall, daß die Russen sie prüften. Zu diesem Zeitpunkt mußten ja auch die Russen an den Mord glauben.«

»Aber warum?« fragte Charlie.

»Für den Haftbefehl wegen Mordes«, erklärte Wilson freundlich. »Wenn wir Sie nicht so reibungslos herausbekommen hätten – und ich glaube, daß wir da von Glück reden können –, dann hätten wir immer noch einen Haftbefehl und eine Mordanklage gegen Sie gehabt. Moskau hätte nicht gut einem Mörder Asyl geben können, oder?«

»Sampson tötete zum Schein einen Polizisten, um mich zu schützen!«

»So ist es«, bestätigte Wilson.

»O Gott«, sagte Charlie wie betäubt.

»Alles, was Sie zu tun hatten, um Ihren Teil der Operation erfolgreich zu absolvieren, war, nach Moskau und wieder zurück zu gelangen«, sagte Wilson. »Die Geschichte mit dem GUM hatte nur den Zweck, Sie glauben zu machen, daß es einen Sinn hatte, wenn Sie nach Moskau gingen . . .« Wilson schwieg für einen Augenblick und setzte dann hinzu: »Übrigens, das mit der Agentenschule war ein höllischer Bonus. Gut gemacht.«

»Berenkow hat das arrangiert«, wiederholte Charlie.

Wilson nickte. »Er war unser Ziel«, sagte er. »Alle Informationen wurden sorgfältig so abgefaßt, daß sie auf Berenkows Abteilung deuteten. Ich frage mich nur, ob wir es nicht zu offensichtlich haben werden lassen, als wir für das angebliche Kennwort ein Tschechow-Zitat einsetzten. Wir haben noch nicht gehört, daß irgend etwas gegen ihn unternommen worden ist, und in den nächsten Monaten werden wir auch nichts hören.«

»Die Informationen«, sagte Charlie. »Wie haben Sie es denn geschafft, die Informationen, die Sie da angeblich aus Moskau kriegten, so echt aussehen zu lassen, daß Sie darauf hoffen konnten, sie zu überzeugen?«

Wilson verlagerte sein Gewicht auf der Heizung und zog sein steifes Bein in eine bequemere Position. »Ja, das erforderte große Sorgfalt«, gab er zu. »Eine Menge bekamen wir von Amerika, auch wenn sie es nicht wissen. Wir baten sie um spezielle Hilfe, um Informationen von ihrem Satellitenüberwachungssystem. Wenn die Sowjets – statt zu glauben, es stammte von einem ihrer eigenen Leute – das wüßten, dann wäre ihnen klar, wie effizient und umfassend die Satellitenspionage ist. Das gesamte Material über Baikonur und über die Getreideproduktion stammte von Satelliten. Die amerikanische NSA und unsere eigenen Telefon- und Radioabhörleute in Cheltenham haben uns ebenfalls sehr geholfen – wiederum ohne zu wissen, wie sehr –, und auch von dort haben wir sehr viel brauchbares Material bekommen. Die Informationen, von denen ich Ihnen im Gefängnis erzählte – die Politbürobeschlüsse –, wurden vom Mikrowellenfunk abgehört. Ja, und schließlich veranstalteten wir dann einen Heidenwirbel. Wir hatten die Sowjetbotschaft hier verstärkt beobachtet, und im Laufe mehrerer Monate – während Sie im Gefängnis waren und bevor Sampson verurteilt wurde – identifizierten wir ihre Agenten hier. Die Informationen gingen per Kurier nach Moskau, wir ließen sie zurückfunken und wiesen dann vor zwei Monaten die meisten von ihnen aus.«

»Und durch meine Beteiligung war Berenkows Schicksal dann

besiegelt«, sagte Charlie; in seinen Gedanken hatte sich jetzt ein klares Bild geformt. »Wir hatten einander hier gekannt. Die Informationen – und die Hinweise darauf, daß der Informant überlaufen wollte – deuteten auf ihn. Wenn ich nach Moskau käme und dann wieder verschwände, wäre dies die letzte Bestätigung für den ohnehin existierenden Verdacht?«

»So ist es«, sagte Wilson.

»Wußten Sie von Georgij?«

»Georgij?«

»Sein Sohn hat ein Examen gemacht und sich damit für ein Austauschstudium irgendwo im Westen qualifiziert«, sagte Charlie.

»Fabelhaft!« rief Wilson begeistert. »Ich hatte keine Ahnung davon, aber auch das ist ein höllischer Bonus. Genau wie die Tatsache, daß Sie tatsächlich an ihn herangekommen sind. Ich dachte mir, daß es vielleicht dazu kommen könnte, aber ich wußte, daß die Chancen gering waren.«

»Armer Alexej«, meinte Charlie betrübt.

Wilson runzelte die Stirn, als er Charlies Mitgefühl sah. »Sehen Sie denn nicht, wie der sowjetische Geheimdienst dadurch aus den Angeln gehoben wird?« fragte er. »Alles, was Berenkow seit seiner Rückkehr und Rehabilitation in Rußland angefaßt hat, ist jetzt suspekt, und nicht nur das: Alles, was er je von hier aus hinübergeschickt hat, ist es ebenfalls. Sie werden Jahre brauchen, das alles zu sortieren, und es wird sie auf mehr Holzwege schicken, als wir zählen können.«

»Ja«, pflichtete Charlie ihm bei. »Es ist äußerst clever.« Er verstummte und fragte dann: »Was ist mit Sampson?«

»Er tut, was er von Anfang an tun sollte, seit ich Willoughbys Operation weiterzuführen beschloß. Ich hatte schon immer die Absicht, seine Verhaftung vorzutäuschen und ihn nach Rußland überwechseln zu lassen ...« Wilson schwieg, und wieder spiegelte sich die Bewunderung in seinem Blick. »Ich glaube, ich kenne keinen Mann, dessen Mut und innere Überzeugung größer wären als seine. Ich habe ihm die Entscheidung nicht aufgezwungen, müssen Sie wissen. Ich habe ihm ein paar Wochen Zeit gelassen, es sich zu überlegen, ich habe ihm so deutlich gemacht, wie es nur ging, daß er sich in eine Situation begeben würde, die nur wenige Leute durchstehen könnten. Er bestand darauf, es durchzuführen. Es ist möglich, daß er an der Untersuchung beteiligt wird, die sich mit der Identität des mutmaßlichen Überläufers befaßt. Schließlich kam die erste Warnung von ihm. Wenn das geschehen sollte, könnte er die Waagschalen weiter zu

Berenkows Ungunsten verlagern. Aber das wäre ein weiterer Bonus, und ich glaube, davon haben wir schon genug. Unsere eigentliche Hoffnung richtet sich darauf, daß es ihm gelingt, vollwertiger Mitarbeiter ihres Geheimdienstes zu werden . . .« Wieder lächelte er. »Und dann werden wir haben, was wir nach der Überzeugung der Russen jetzt schon haben: Einen Spion in ihrem Nest.«

»O Gott!« sagte Charlie.

»Er wird natürlich nicht bis ans Ende seiner Tage bleiben können«, sagte Wilson. »Der Haftbefehl wegen Mordes liegt auch gegen ihn vor. Wir haben vereinbart, daß er seine Zelte dort abbrechen kann, wann immer er will. Aber da ich Sampson kenne, nehme ich an, daß er die vereinbarte Frist einhalten wird. Fünf Jahre. Fünf Jahre lang wird er uns alles zuspielen, was er in die Hände bekommt. Und wenn er zurückkehrt, werde ich persönlich dafür sorgen, daß er jede erdenkliche Belohnung und Auszeichnung erhält.«

»Sie hätten mir das sagen müssen«, beharrte Charlie tonlos. »Sie hätten mir das wirklich sagen müssen.«

Die entsprechenden Zeitpunkte wurden überprüft, die Indizien sprachen für sie, und Kalenin entschied, daß die Frau offensichtlich den verzweifelten Versuch unternommen hatte, die Flucht zu verhindern. Es war sein Fehler gewesen, die Verhaftungstrupps zur Agentenschule und zu Charlie Muffins Wohnung zu schicken. Erst später – zu spät – identifizierte er auf Fotografien den Unbekannten, der sich unversehens in die britische Botschaft begeben hatte, dreißig Minuten, nachdem Natalia Fedowa versucht hatte, ihn zu erreichen – ein Versuch, auf den Kalenin, wie er jetzt einsah, rascher hätte reagieren müssen. Zu dem Zeitpunkt, da der Mann auf dem Foto als Charlie Muffin erkannt worden war, hatte der verfluchte Kerl bereits in Scheremetjewo in der Maschine gesessen. Auf halbem Wege zum Flughafen hatte Kalenin über Funk die Nachricht erhalten, daß die Maschine gestartet sei. Die Idioten hätten sie stürmen oder die Reifen zerschießen sollen, statt hilflos herumzustehen und auf Befehle von oben zu warten. In seiner Wut beschloß Kalenin, daß sie ihre Unschlüssigkeit für den Rest ihres Lebens im Gefängnis bereuen würden.

Der KGB-Chef unterbrach seine Gedankengänge und wandte sich wieder der Frau zu, die nervös vor ihm saß. »Noch einmal«, sagte er. »Berichten Sie mir die wichtigsten Punkte noch einmal.«

»Ich habe das Verhältnis zwischen uns gefördert«, wiederholte Natalia. »Ohne daß ich irgendwelche Beweise gehabt hätte, die ich

Ihnen oder sonst jemandem hätte vorlegen können, war ich doch nicht zufrieden mit den Ergebnissen der ersten Vernehmung und auch nicht mit seiner Arbeit in Balaschika.« Natalia legte eine Pause ein, als wäre sie nicht sicher, daß sie tatsächlich das zum Ausdruck brachte, was sie meinte. »Ich hatte niemals einen Beweis, nichts Greifbares. Nur ein Gefühl. Wenn wir zusammen waren, spürte ich da immer etwas in seinem Benehmen – eine Art Unsicherheit. Wie gesagt, nur ein Gefühl. Ich fing an, ihm zu folgen. Zweimal hatte er dasselbe Ziel: Das Kaufhaus GUM. Ganz offensichtlich war es ein Treffpunkt. Heute folgte ich ihm wieder dorthin, denn ich brauchte einen handfesten Beweis dafür, daß hier etwas nicht so war, wie wir glaubten. Und dann wußte ich, daß er mich gesehen hatte. Er ließ sich nichts anmerken, aber ich wußte, er hatte mich identifiziert.«

»Also ist er geflohen«, meinte Kalenin nachdenklich. »Und daß er sich bei uns einschleusen konnte, hat nur einen einzigen Grund: Die Dummheit eines Mannes, der es wirklich hätte besser wissen müssen. Dieser verdammte Alexej Berenkow!« Er hob den Kopf und sah Natalia an. »Und Sie haben keinen Zweifel hinsichtlich der Person, mit der er sich bei jeder dieser Gelegenheiten getroffen hat?«

»Nicht den geringsten«, antwortete Natalia. »Ich wußte natürlich, weshalb meine Vernehmungsarbeit abgebrochen wurde. Ich wußte, was Edwin Sampson tun sollte. Und es war eindeutig Sampson, bei jedem Treffen. Obwohl alles auf das Gegenteil hindeutete, obwohl sie einander demonstrativ verabscheuten, blieben sie ständig in Kontakt miteinander.«

»Charlie Muffin ist ein Überlebenskünstler«, sagte Kalenin versonnen. »Ein professioneller Überlebenskünstler. Als er erkannte, daß Sie ihm auf die Spur gekommen waren, dürfte er alles stehen und liegen gelassen haben, um seine Verluste zu minimieren: Es ist immer noch besser, eine Operation teilweise zu retten, als überhaupt nicht.«

»Aber da ist immer noch Sampson.«

»Ja«, sagte Kalenin, und seine Wut flammte wieder auf. »Da ist immer noch Sampson, und wenn wir ihn erst verhört haben, wird es absolut nichts mehr geben, was Sampson uns nicht erzählt hat.«

»CLAP HANDS, HERE COMES CHARLIE«

– Die Muffin-Romane Brian Freemantles –

»Clap Hands, Here Comes Charlie« – der Titel der zweiten Muffin-Story traf die Stimmung in den Londoner Buchhandlungen im August 1985 haargenau: Vier Wochen zuvor war, nach einer vierjährigen Pause, Brian Freemantles »Charlie Muffin And Russian Rose« auf den Markt gekommen – und nun bereits vergriffen. Wenn Klatschen Freude und Zustimmung signalisiert, dann konnte das Votum für den Entschluß des Autors, ein weiteres Charlie-Muffin-Abenteuer zu schreiben, nicht eindeutiger ausfallen!

Brian Harry Freemantle wurde am 10. Januar 1936 in Southampton, Hampshire, geboren. 1953, nach Abschluß der Schulausbildung, trat er seine erste Stelle als Journalist an. Bis 1958 arbeitete er beim NEW MILTON ADVERTISER, Hampshire, als »Mädchen für alles«. 1958 wechselte er zur EVENING WORLD nach Bristol, danach folgte der entscheidende Karrieresprung in die englische Hauptstadt. Als Reporter, Auslandskorrespondent und Herausgeber war er für die Blätter EVENING NEWS, DAILY EXPRESS, DAILY SKETCH und DAILY MAIL tätig. Seine Aufgaben führten ihn in mehr als dreißig Länder, darunter die UdSSR und die meisten fernöstlichen Staaten. 1975 gab Freemantle den Journalismus auf. Heute lebt der Autor in Winchester. Er ist verheiratete und Vater von drei Töchtern.

Ein erfülltes, arbeitsreiches Leben – und mit Grund dafür, daß nach dem Entschluß, Romane zu schreiben, noch sechs Jahre vergingen, bevor der Erstling »Good Bye To An Old Friend« (»Die Schliche der Taube«, Ullstein Krimi Nr. 1061) in den Regalen der Buchhandlungen auftauchte. In schneller Folge erschienen dann 1974 »Face Me When You Walk Away« (»Labyrinth mit Minen«, Ullstein Krimi Nr. 10130) und 1975 »The Man Who Wanted Tomorrow« (»Rächer kennen kein Erbarmen«, Ullstein Krimi Nr. 10262). Jeder der drei Romane wurde von Kritik und Publikum begeistert aufgenommen. In nur drei Jahren hatte es Brian Freemantle erreicht, sich in die *upper class* des internationalen Spionage-Thrillers »hineinzuschreiben«. THE TIMES LITERARY SUPPLEMENT sah bereits »Goodbye To An Old Friend« und »Face Me When You Walk Away« auf dem Niveau eines le Carré, Deighton oder Graham Greene. Doch erst »Charlie Muffin« (»Agentenpoker«, Ullstein Krimi Nr. 10045), 1977 bei Cape, London, erschienen, brachte Brian Freemantle den verdienten, ganz großen Erfolg. Freemantle war es gelungen, mit allen gängigen Klischees, die bis zu diesem Zeitpunkt die Spionageliteratur beherrschten, gründlich aufzuräumen und gleichzeitig seinen eigenen, unverwechselbaren Stil zu finden.

Worin unterscheiden sich die Bücher der Charlie-Muffin-Serie so sehr von der Vielzahl der sonstigen Polit-Thriller? Schaut man sich Ian Flemings James-Bond-Romane an, so wird man angesichts des Niveau- und Sittenverfalls innerhalb des Secret Service während der letzten dreißig Jahre nur die Hände über dem Kopf zusammenschlagen können! Vorbei die Kultiviertheit, die Weltgewandtheit, die Überzeugung von der Richtigkeit des eigenen Tuns! Der britische Geheimdienst, von Fleming glorifiziert, wurde erstmals Anfang der sechziger Jahre von John le Carré seiner Ehrbarkeit beraubt. Bis hin zur Smiley-Trilogie (Dame, König, As, Spion/Eine Art von Held/Agent in eigener Sache) gelingt es immerhin noch, den Eindruck einer gewissen Effektivität aufrechtzuerhalten. Die Anlehnung an die »amerikanischen Vettern«, CIA, NSA – und der anderen unverfänglichen betitelten Behörden, die sich im Dunstkreis Washingtons etabliert haben, mag da geholfen haben. – Brian Freemantle blieb es dann vorbehalten, das Bild des typischen Geheimdienstes der siebziger und achtziger Jahre zu zeichnen. »Früher hätte man die »Einfallspinseligkeit«, die hier zutage tritt, als Hirngespinst abgetan, doch die bundesrepublikanische Wirklichkeit der Jahre 84/85 übertraf sogar noch die Vorstellungskraft dieses Schriftstellers! –

Elitedenken wird kurzerhand durch Elitedünkel ersetzt! Bedauerte Conny Sachs in »Dame, König, As, Spion« noch jene desorientierten Oxbridge-Absolventen aus der Zeit zwischen den Kriegen, die Mitte der fünfziger Jahre an den Hebeln der Macht saßen, mit den Worten: »... erzogen, ein Weltreich zu regieren – und was blieb davon?« – dann begannen uns in Freemantles Geschichten nur noch die blassen Produkte einer sozialistischen Nachkriegserziehung. Das Spiel um die Macht, auf das sich der Service einst so gut verstand, hat sich in die Hinterhöfe der Ministerien verlagert! Nicht länger gilt die Parole »Right or wrong, my country«. Bei Charlie Muffin heißt es nur noch: »Wer muß noch unterschreiben, damit sich das Risiko der Verantwortung gleichmäßig verteilt?«

Persönlichkeit und Erfolge der Vergangenheit, das muß Charlie Muffin erkennen, erzählen immer weniger. Vorrangig sind Universitätsbildung, Bowler, Regenschirm und die Gier nach dem Adelstitel. James Bond brachte zwanzig Jahre zuvor neben dem passenden *social background* wenigstens noch das gerüttelt Maß an Rücksichtslosigkeit mit, das die britische Oberschicht seit jeher auszeichnete. Ungerechtfertigten Snobismus wirft Charlie Muffin seinen Vorgesetzten und den Kollegen vor – und gerade dieser Vorwurf stempelt ihn zum Außenseiter. Dabei darf man keineswegs übersehen, daß der Gute auf seine unvergleichliche Weise ein ebenso großer Snob ist. Er geht der Umwelt mit seiner Brillanz auf die Nerven – durchgelaufene Sohlen und ein gelegentlicher Furz dokumentieren nur optisch und auditiv seine Verachtung. – In »Agentenpoker« sollte Charlie Muffin »verbrannt« werden – ein passender Ausdruck für das Verkaufen eines Agenten an die Gegenseite. Der »abgewirtschaftete Emporkömmling« (so seine Vorgesetzten und Kollegen), beziehungsweise der »beste Agent im Stall« (Muffin über Muffin) versteht sogar die Beweggründe seiner Chefs – doch nimmt er die linkische Art und die Phantasielosigkeit übel, mit der »die da oben« ihm ans Leder wollen. Das kann ein Muffin wahrhaftig besser (purer Snobismus!) – womit man an dem Punkt angelangt ist, an dem Charlie den Weg in den Abgrund wählt: das Zuspielen der Chefs von CIA und Secret Severice an die Russen.

Über fünf Romane hinweg begleitet Brian Freemantle seinen »Helden« bis hin zu dessen existenzieller Vernichtung in »Madrigal For Charlie Muffin« (Abgesang auf Charlie Muffin, Ullstein Krimi Nr. 10177).

Nachdem Charlie dem Geheimdienst endlich in die Fänge geraten ist, und es den Richtern in einer nichtöffentlichen Verhandlung gelingt, den Schlüssel zu seiner persönlichen Freiheit endgültig »wegzuschmeißen«, kann man sich des Eindrucks nicht erwehren, daß sich auch Brian Freemantle nunmehr erschöpft zurücklehnte. Endlich konnte er Charlie Muffin vergessen! Unter dem Pseudonym John Maxwell schrieb der Autor »The Mary Celeste« und einen weiteren Thriller unter seinem eigenen Namen, der als »Deakens Krieg« ebenfalls im Ullstein Verlag erschienen ist (Nr. 10249). Dem Publikum war dies jedoch bei weitem nicht genug. Es hungerte nach einer neuen Muffin-Story – und Brian Freemantle ist zu sehr Schreib-Profi, um diesem Drängen nicht nachzugeben. »Charlie Muffin And Russian Rose«, zeigt, daß eine schöpferische Pause durchaus Vorteile haben kann: Ausgefuchst und raffiniert waren auch die anderen Romane Freemantles, doch »Russian Rose« übertrifft jedes seiner früheren Bücher! Die Dichte der Handlung, die sichere Charakterisierung und die immense Spannung sichern Brian Freemantles neuestem Werk einen Platz unter den besten Polit-Thrillern, die bisher geschrieben wurden!

Frieder Middelhauve

Alan Furst

Die Paris-Falle

Deutsche Erstausgabe

Ullstein Buch 10271

ein Ullstein Krimi

Diesmal soll der ehemalige Rauschgift-Dealer und Privatdetektiv Levin im Auftrag der Synagogengemeinde seiner Eltern das Ergebnis einer Sammlung, 104 000 Dollar, einer jüdischen Organisation in Paris überbringen. Zuerst wird Rogers Onkel ermordet . . .